COLLECTION FOLIO

Pascal Lainé

Les petites égarées

Ramsay/Denoël

Pascal Lainé est né en 1942 à Anet (Eure-et-Loir). Il a reçu le prix Médicis en 1971 pour son deuxième livre, *L'Irrévolution*, puis, en 1974, le prix Goncourt pour *La Dentellière*. *Trois petits meurtres... et puis s'en va* est le premier volume d'une série de comédies policières qui comporte actuellement trois autres titres : *Plutôt deux fois qu'une*, puis *Monsieur, vous oubliez votre cadavre* et *L'assassin est une légende*.

CHAPITRE PREMIER

1

On a souvent dit qu'il était « bel homme » et qu'il
« en imposait » malgré sa petite taille. Quarante ans
après sa mort, ceux qui l'avaient connu n'en parlaient
encore qu'avec révérence, pensant peut-être qu'il
allait pousser la porte et entrer dans la pièce pour les
considérer de ce regard terriblement silencieux qui
semblait déchiffrer les âmes, et peut-être les démas-
quer.

Les yeux sont en effet d'une étrange transparence.
C'est elle qui donne au regard son expression de
candeur glacée : cet homme devait voir les gens et les
choses comme ils sont, sans la moindre fioriture. La
photo date du début du siècle : le grand-père se tient
debout, la main gauche effleurant avec infiniment peu
de naturel le plateau d'un guéridon, la droite posée
sur le gilet comme pour en retirer la montre d'or et
d'argent marquée à ses initiales.

Il porte une redingote noire, un pantalon plus clair,
des bottines vernies (ou bien les a-t-il fait frotter
jusqu'à ce qu'elles miroitent comme de la laque de
Chine). Une légère calvitie lui agrandit le front (il était
fier de ce front, dont la hauteur et la courbure
dénotaient assurément une vive intelligence). Il porte

une barbe courte, qui achève le rectangle presque parfait de son visage (mais peut-être une fuite disgracieuse du menton venait-elle contrarier la noble élévation du front, la belle rectitude du nez. En fait, nul ne se souvenait de l'avoir vu sans cette barbe).

Le grand-père se trouvait à peu près au milieu de son existence quand a été pris ce portrait, et à l'évidence il s'y trouvait bien. Il considérait, droit devant lui, un monde transparent comme son regard. Il ne s'y rencontrait pas d'obstacle, assurément, qu'il ne fût capable d'abattre un jour. Il ne s'y trouvait point d'abîme sur lequel il ne prétendît jeter un viaduc.

Il en a édifié un peu partout en France. Ma mère se rappelait les endroits : quand le train ou la voiture passait par là, elle me disait : « c'est le grand-père qui a construit ce pont » — et j'avais un peu l'impression d'être chez moi, sur mes terres jadis conquises par mon aïeul. Nous arrêtions la voiture, et nous faisions quelques pas sur « notre » viaduc. Nous le trouvions bien beau, bien solide. Elles sont encore là, j'imagine, ces grandes courbes de fer enjambant les abîmes. Elles seront là bien après moi, et encore dans mille ans, peut-être. Difficile de ne pas respecter le bonhomme qui a fait ça !

Chaque fois que je découvre l'un de ces ponts suspendus qui sont comme un geste au-dessus de vallées entières ou de bras de mer, je me dis qu'un tel ouvrage n'a pu naître que du regard. La main n'est pas capable de cette sûreté. Aucune machine, même, ne pourrait ainsi lancer l'acier d'un trait au-dessus du vide. Le regard seul a pu atteindre ce qui était réellement inaccessible. Un regard comme celui du grand-père.

Mais quand on examine bien la photo, ce front droit, ce nez droit, et précisément ce regard, un peu trop clair, on sent aussi qu'il avait surtout de la géométrie dans la tête, l'aïeul de la famille. Personne n'est parfait.

Il s'était donc mis plus ou moins à refaire le monde, en plus solide, en plus simple, et bien entendu en acier. Les poutrelles, ça le connaissait. Il en avait même posé un certain nombre sur la tour Eiffel, car il avait travaillé pendant plusieurs années sous les ordres de l'ingénieur Maurice Koechlin. Et c'est au pied de la tour, dans un petit immeuble de briques rouges, qu'il s'est installé peu après : de la fenêtre de son salon ou de son bureau, il pouvait contempler un ciel plein de poutrelles. Le plus haut édifice du monde ! tout en fer ! Il avait calculé lui-même les courbes, les portées, les tractions, les résistances. Il n'était qu'un jeune ingénieur. Il y en avait des dizaines comme lui aux ateliers Eiffel. Mais il en faisait plus que les autres, sûrement. La tour s'était élevée tout entière dans sa tête avant que les fondations ne fussent commencées sur le Champ-de-Mars. C'est écrit dans son regard.

Il habitait au premier étage au-dessus de l'entresol. C'était un bel appartement, un peu sombre à cause de la tour devant les fenêtres, mais spacieux et confortable. Il y avait une salle de bains. Le grand-père prenait chaque matin une douche glacée en poussant de grands cris. Puis il se fouettait le dos et les flancs avec une serviette humide, pour stimuler la circulation de son sang. Il poussait de nouveaux cris. Sa bonne l'avait surpris, un matin, dans l'accomplissement de ce rite hygiénique : la rumeur des pratiques étranges

13

du monsieur seul du premier s'était aussitôt répandue dans tout l'immeuble. Le grand-père passa pour un excentrique, non point à cause de ses cris ou de ses séances de flagellation, mais parce qu'il se douchait quotidiennement.

Il croyait à l'hygiène. Il croyait au progrès. Mais sa foi dans l'avenir de l'homme, bizarrement, lui avait fait retrouver les gestes des anciens mystiques : ce libre penseur se donnait le fouet et s'aspergeait d'eau froide.

A l'âge de seize ans, tout jeune bachelier, il avait écrit son admiration au grand Louis Pasteur. Celui-ci voulut bien le recevoir. On dit que le jeune homme se jeta à ses pieds et lui saisit la main pour la baiser comme on le fait au pape ou aux prélats.

Il ne resta jamais bien longtemps de suite dans son appartement au pied de la tour Eiffel, car ses chantiers l'appelaient généralement en province. C'est pourtant dans l'immeuble du Champ-de-Mars que cet homme pressé rencontra la jeune fille qui allait devenir ma grand-mère.

Elle venait de s'installer avec sa maman dans un modeste deux pièces, au quatrième, juste sous l'étage des domestiques. Le père était mort depuis longtemps, à ce qu'on disait, et les deux femmes subsistaient en exécutant les petits travaux de couture ou de ravaudage qu'on voulait bien leur confier. La mère ne sortait jamais car un asthme tenace lui interdisait de monter les escaliers. C'est la jeune fille, une belle et grande brune au regard doux et triste, qui allait chercher ou porter les commandes : elle vint à croiser sur le palier le monsieur du premier.

Il remarqua sa tournure, son agréable visage, et ne

fut pas insensible à la façon dont elle avait baissé les yeux en l'apercevant. Il s'était rendu compte, bien sûr, qu'elle était grande, sans doute même plus grande que lui, mais la modestie de son maintien balançait ce défaut : un quart d'heure plus tard, Mme Marthe, la concierge, qui était la gazette du quartier entre la colline de Chaillot et le Gros-Caillou, enseignait au monsieur du premier l'histoire complète de la pauvre femme et de sa fille. Elle l'avait même enjolivée, cette histoire, elle y avait ajouté quelques détails édifiants, car elle pensait qu'un homme qui prend une douche tous les jours en poussant de terribles imprécations a le plus urgent besoin qu'une épouse s'occupe de lui.

Nanti de ces renseignements, le monsieur du premier remonta chez lui, ouvrit vivement la commode de sa chambre, et prit au hasard dans l'un des tiroirs une demi-douzaine de chemises, qu'il alla porter chez la dame du quatrième pour qu'elle en refît les poignets.

C'était une très grosse femme, noyée dans sa graisse. Elle étouffait réellement, et ne pouvait se déplacer qu'en se tenant aux meubles. Toutes sortes de vêtements et de coupons de tissu étaient amoncelés sur la table, au milieu de la pièce. Une énorme machine à coudre, en ombre chinoise contre la fenêtre, évoquait un étrange volatile perché sur son pédalier, picorant de son bec pointu les fleurs d'un coupon de tissu. Le monsieur du premier nota d'un coup d'œil la pauvreté du mobilier et le désordre industrieux de la minuscule pièce. Il ne lui déplaisait pas que la belle enfant rencontrée dans l'escalier fût une jeune fille modeste et laborieuse : Il voulait bien qu'elle eût de grands yeux noirs, le nez bien dessiné, un sourire de Joconde, du moment que tout cela, le sourire, les yeux, le nez, restait penché sur de l'ouvrage. Il nota également le grand crucifix de bois et l'image en médaillon de la Vierge accrochés au mur, face à la fenêtre. On avait attaché un petit bouquet de fleurs fraîches au médaillon ; le monsieur du premier était libre penseur, et il avait lu l'*Origine des espèces*, mais il admettait volontiers que les femmes eussent de la religion : c'était une des étrangetés de leur nature que d'avoir besoin de croire et d'obéir, et le constructeur de ponts métalliques se disait qu'il valait mieux ne pas toucher à ce mystère-là : il y aurait toujours des zones opaques dans le cerveau d'une femme, comme il y avait encore des espaces en blanc sur la carte de l'Afrique.

Cependant la grosse dame qui respirait mal avait fini d'examiner les chemises du voisin, et trouva qu'elles étaient encore bonnes et que les poignets n'étaient point à refaire.

Le monsieur insista si bien que la brave femme finit pourtant par accepter cette tâche inutile, admettant avec fatalisme qu'elle avait affaire à l'un de ces maniaques qui trouvent du défaut au travail le mieux accompli, et pressentant qu'elle n'était pas près d'en être débarrassée !

Le monsieur parla du temps qu'il faisait et de la visite à Paris du tsar Nicolas, puis il parla de lui, de la beauté des ponts métalliques, ou pareillement de la tour Eiffel, qu'on voyait encore mieux du quatrième étage de l'immeuble que du premier, et où lui-même, jeune ingénieur, avait travaillé voilà dix ans. (La couturière l'écoutait poliment en fumant une cigarette à l'eucalyptus, et le monsieur se disait en lui-même que c'était une terrible maladie, vraiment, que celle qui contraignait une honnête femme à fumer.)

Après une vingtaine de minutes, comme la jeune

fille n'était toujours pas remontée, il prit à regret congé de la dame. Celle-ci promit que les chemises de M. l'ingénieur seraient prêtes sous quarante-huit heures, et qu'elle les ferait déposer par sa fille.

Le surlendemain, donc, la jeune personne se présenta chez le monsieur du premier. Celui-ci la fit entrer dans le salon où la bonne venait d'épousseter les jolis meubles de style Henri II. Puis il fit mine d'aller chercher son portefeuille dans le bureau, afin de laisser le temps à la demoiselle d'apprécier les belles dimensions du lieu. Il revint après une bonne minute, ayant mis l'argent dans une enveloppe, qu'il confia à la jeune fille après l'avoir fermée : c'était à la maman, bien sûr, à compter les pièces.

La belle enfant fit une gracieuse révérence, et s'en alla. M. l'ingénieur ne lui avait pas dit un mot. Il l'avait seulement regardée, examinée plutôt, de telle sorte que la jeune personne rougit violemment et se demanda ce qui, dans sa mise ou son allure, avait pu le rendre si perplexe.

2

Ils se marièrent deux mois plus tard. Elle entrait dans sa vingtième année. C'était un bel homme de quarante ans.

Ils ne s'étaient encore jamais parlé, pour ainsi dire, quand il la coucha dans le grand lit à montants de bois sculpté, au premier étage. Le lendemain matin ils ne s'étaient toujours pas dit grand-chose, mais c'était sans importance puisque le monsieur et la maman de la jeune mariée avaient réglé l'affaire une fois pour toutes. Ils étaient ravis, l'ingénieur et la couturière asthmatique ! Et Mme Marthe, la concierge, était ravie aussi ! Et Berthe, la bonne de Monsieur depuis plus de dix ans, dans cet appartement et dans le précédent, affecta d'être ravie également : cette sexagénaire à demi chauve, extrêmement laide, et férocement dévouée à Monsieur, n'était pourtant pas près de partager son autorité sur la poussière ni de donner à quiconque la clé du garde-manger. Elle jugea d'un coup d'œil la jeune personne que son patron allait épouser, la trouva insignifiante, et se promit de la dresser bien vite.

Ce que la jeune mariée pensait de l'appartement, du lit Henri II, et du monsieur à barbe carrée, on ne devait l'apprendre vraiment que bien des années plus tard. Elle mit longtemps à le savoir elle-même puisque personne ne le lui avait demandé, et que pareillement sans doute, elle avait omis de se poser la question.

Ils voyagèrent beaucoup dans les premières années de leur mariage. Il fallait encore en construire des ponts, pour que ce siècle de progrès et de civilisation s'achevât dignement ! Ils allèrent jusqu'au Tonkin.

Ça a dû lui faire drôle de traverser les océans, à la sage rêveuse qui faufilait naguère les jambes de pantalon sous la lumière tremblotante de la lampe à pétrole. Elle a dû rêver encore plus, sur le pont du grand paquebot qui l'emmenait en mer de Chine. L'ingénieur rêvait aussi, trois pas plus loin, regardant l'horizon. Le bateau était en fer, et ça le rendait songeur, toutes ces poutrelles sous ses pieds.

Il a pris sa jeune épouse en portrait, pendant leur séjour en Indochine : on la voit assise, en robe blanche, sur un grand fauteuil de rotin. Une petite fille aux yeux bridés se trouve à côté du fauteuil. Ce n'est pas l'enfant de la jeune femme, bien sûr : elle n'en eut point pendant ces années de voyage. Ce doit être une petite servante : elle tient une ombrelle à bout de bras pour protéger le visage de la dame en robe blanche. La fillette a l'air de s'ennuyer. La jeune femme également : c'est si long, un instantané ! Le temps s'ouvre devant soi comme un gouffre, dans le déclic de l'obturateur. Et quelque chose a dégringolé dans le gouffre : peut-être l'image seulement qu'on a laissée dans la chambre noire. Peut-être davantage.

Ils n'ont pas eu d'enfant, là-bas. Ils n'y ont pas trouvé non plus le moindre Orient. L'homme a

19

construit ses ponts et dans son fauteuil de rotin la femme a attendu, elle ne savait plus quoi. Au bout de quelques mois, l'homme a souffert d'un premier accès de malaria. Il a maigri, ses joues se sont creusées, son regard eut l'éclat du diamant. La femme l'a soigné avec patience et dévouement, bien sûr : l'homme n'avait pas grande confiance dans le médecin du chantier, qui était dans la colonie depuis dix ans, qui souffrait également des fièvres, et qui se soignait à l'absinthe.

Les poules et les cochons venaient divaguer jusque dans la véranda.

Il pleuvait des semaines entières, et la jeune femme se disait que le ciel avait été rabattu comme un couvercle, pour toujours, sur la colonie : elle ne pourrait plus s'en aller.

Un jour elle eut froid. Elle avait la fièvre, à son tour.

Elle allait se confesser, elle communiait le dimanche. Elle était la seule Européenne, dans la cabane de tôle qui servait d'église. Le prêtre repartait à dos de mulet, vers le milieu de la matinée. Il allait dire la messe un peu plus loin sur la voie ferrée en construction, dans une autre baraque de tôle.

Elle aidait le médecin du chantier à vacciner les petits des indigènes. Elle les trouvait très beaux, avec leur tête ronde, leurs cheveux raides, et leurs immenses yeux noirs creusant des puits jusqu'au fond de l'âme. Le médecin disait que la plupart n'atteindrait pas l'âge de vingt ans.

Parfois l'ingénieur se réveillait au milieu de la nuit, et la prenait brusquement. Elle pensait au garçon qu'elle lui donnerait un jour. Puis elle pensait aux enfants qu'elle avait vus le matin, au dispensaire, et elle criait « retire-toi ! ». L'homme se retirait. Il ne voulait pas davantage d'un enfant dans cette jungle. La fièvre et la mousson se répandaient sur le drap, et il se rendormait aussitôt. La femme ne se rendormait pas. Elle écoutait la pluie tambouriner contre la tôle du toit, et toute la souffrance du monde n'était qu'un bruit que rien ne peut arrêter.

La boue entra une nuit dans la chambre. La femme se réveilla, regarda cette horreur monter autour du lit, et ne dit rien. Elle resta sur le lit jusqu'au lendemain soir, assise en chemise de nuit, pendant que les servantes essayaient de nettoyer la chambre, et elle ne dit rien.

Elle ne semblait plus voir ce qui se passait autour d'elle. Quand le mari voulut la prendre par le bras pour lui faire quitter le lit, elle le frappa de toutes ses forces, sans dire un mot.

Le médecin de la colonie examina la jeune femme, lui fit tirer la langue, lui regarda le blanc de l'œil, et lui prit le pouls : il le trouva faible, et il engagea le mari à renvoyer la malade en métropole.

L'ingénieur offrit à boire au médecin, qui ne demandait généralement pas d'autre honoraire que la permission de se soûler dès le matin. Les deux hommes parlèrent de la patiente, bien sûr. Ses irrégularités d'humeur furent imputées au climat du pays, qui était mauvais pour les dames. Elle se rétablirait dès son retour à Paris, estima le praticien, et surtout quand elle aurait un gros nourrisson à langer. « Il ne faut jamais contrarier la nature chez une femme », conclurent les deux quadragénaires avant de retourner, l'âme paisible, l'un à ses poutrelles de fer, l'autre à ses vaccins, à ses sauvages, à ses bouteilles.

3

Paris venait d'inaugurer l'Exposition : de l'esplanade des Invalides au Champ-de-Mars et des Champs-Elysées au Trocadéro, la capitale s'était couverte d'édifices baroques aux allures de pièces montées, comme pour faire savoir au monde que le siècle allait être une immense pâtisserie. Et tandis que là-bas, dans la lointaine Indochine, l'ingénieur jetait d'impossibles passerelles sur des torrents de boue, le Champ-de-Mars achevait de disparaître sous la crème Chantilly, et les Parisiens se noyaient avec enthousiasme dans la limonade.

La jeune femme retrouva son divan et sa machine à coudre au quatrième étage, chez sa maman. Elle ne voulut pas habiter seule le grand appartement d'en bas, d'autant plus que Berthe, la bonne, ne desserrait pas les dents, la fixant parfois pendant des minutes entières comme si elle avait voulu l'assassiner.

Elle se remit à coudre comme si le monsieur du premier, le mariage qu'elle avait fait, l'Indochine, n'avaient été qu'une sorte de rêve : bon ou mauvais, elle n'aurait su le dire et elle ne s'en souciait guère puisque les rêves passent, et s'oublient bien vite au réveil.

La maman respirait de plus en plus difficilement. Elle passait des nuits entières assise sur son lit, à demi asphyxiée malgré la fenêtre ouverte, malgré les cigarettes d'eucalyptus, les cataplasmes et les frictions d'alcool camphré. Le médecin vint plusieurs fois. Il lui trouva « le cœur fatigué ». Elle n'avait pas cinquante ans, mais on lui fit entendre à demi-mot qu'elle devait songer à plier bagage : elle dit qu'elle voulait bien s'en aller puisque sa fille avait fait un beau mariage et n'aurait plus besoin d'elle. La mort ne lui faisait pas peur. Elle aurait seulement voulu respirer librement pendant une heure ou deux avant de disparaître, et ne pas mourir en étouffant. Mais elle comprenait que c'était impossible.

Elle continua de travailler comme par le passé, car sa clientèle ne cessait de croître : on était toujours content de ses boutonnières; ses gros doigts de fée rajustèrent et ravaudèrent pendant des mois encore. Sa fille l'aidait, bien sûr, mais elle était moins habile et sans doute moins appliquée. Elle se rendait plus utile en allant livrer à la clientèle du quartier les chemises rapiécées ou le manteau que la couturière asthmatique avait retourné, le rendant comme neuf.

La jeune femme prenait le trottoir roulant, qui passait sous ses fenêtres. Il fit très beau cet été-là. C'était un temps pour flâner. Des messieurs en redingote ou des militaires à pantalon rouge s'approchaient de la jeune femme pour lui chuchoter à l'oreille quelques mots galants, et parfois lestes. Elle pressait légèrement le pas et souriait intérieurement, comme on sourit dans son sommeil. Car tout ceci n'était qu'un rêve, comme l'Indochine : Paris était devenu un livre d'images : des palais de contes de fées avaient surgi

23

du sol, et de prodigieuses fontaines de lumière abolissaient la nuit.

Elle écrivait régulièrement à l'ingénieur, tâchant à lui représenter toutes les merveilles de l'Exposition, qu'elle voyait chaque jour rien qu'en regardant par la fenêtre. Elle ne lui dit pas qu'elle s'y promenait quelquefois, seule, son paquet de chemises sous le bras.

La maman mourut à l'automne. Mme Marthe, la concierge, et Berthe, la bonne, s'occupèrent des funérailles car la jeune dame n'avait pas l'expérience de ces choses-là. Il n'y eut que ces trois personnes pour suivre le corbillard. Et encore, la bonne avait grommelé entre ses dents des choses incompréhensibles mais sans doute terribles pendant tout le temps de la cérémonie et jusqu'à la mise en terre. Les chemises rapiécées, les robes rajustées, les manteaux retournés dureraient bien encore quelques années, mais on oublia cette brave femme d'autrefois pour qui l'envers valait bien l'endroit.

On vendit la machine à coudre et le modeste mobilier de la défunte. Sa fille garda le linge, quelques bibelots, et redescendit au premier étage pour y attendre l'ingénieur.

Celui-ci écrivit plusieurs lettres pour lui manifester sa tristesse : n'avait-il pas perdu celle qui avait été sa vraie partenaire, jusque-là, dans son mariage ? (N'était-il pas en deuil en quelque sorte de la moitié de son épouse ? L'autre moitié lui donnerait sans doute un bel enfant joufflu, solide comme un pont, mais il ne lui pardonnerait jamais tout à fait sa jeunesse, qu'il appelait « de l'indolence », ni de le dominer du chignon et de l'ombrelle quand il la promènerait à son bras.)

En attendant, la jeune femme se promenait toute seule, ou bien avec Mme Marthe, la concierge. Elle avait beaucoup de loisirs, bien sûr, depuis que la couturière était morte. L'appartement de l'ingénieur était bien trop grand, et elle n'en aimait pas le mobilier, qu'elle trouvait triste et solennel. C'étaient des meubles d'ingénieur sans doute, et le vaisselier n'était pas fait pour contenir des assiettes, mais pour qu'on y empilât plutôt tout le sérieux du monde. Elle aurait voulu enlever de la cheminée la grosse pendule dont le tic-tac l'agaçait, mais elle n'osait pas. Tous ces objets qui appartenaient à l'ingénieur, même les plus anodins, étaient d'un poids formidable : on sentait qu'on ne pouvait les déplacer selon sa fantaisie.

La jeune femme se risqua un jour à ne plus remonter la pendule. Mais Berthe la remit en marche le lendemain.

Un autre jour elle accrocha le crucifix de sa mère au-dessus du lit : elle aurait un peu moins peur de dormir seule dans cet appartement. Berthe vit le crucifix, ne dit rien, et le brisa par mégarde, la semaine suivante, en faisant les poussières.

Il lui arrivait de ne plus savoir se remémorer le visage de son mari. Alors elle fermait les yeux pour mieux se concentrer, et c'est toujours la même image qui lui revenait : celle d'un monsieur barbu qui lui donnait cent sous dans une enveloppe, pour sa maman.

Mme Marthe, la concierge, avait à peu près l'âge de la défunte couturière. Elle était veuve et n'avait pas eu d'enfant : depuis son mariage, la jeune personne du quatrième était devenue une dame, dans de beaux

25

meubles qu'une domestique époussetait chaque jour, mais elle restait si simple, et semblait si démunie dans sa solitude que Mme Marthe la prit sous sa protection. Elle lui apprit à préparer des conserves et à tricoter sur quatre aiguilles. Elle lui montra aussi comment on lit l'avenir dans les cartes. Elle lui expliqua que les enfants conçus à la pleine lune sont plus souvent des garçons que des filles, mais qu'ils peuvent naître avec une tache de vin si les volets de la chambre n'ont pas été bien fermés cette nuit-là. Elle dit également à la jeune femme qu'elle ferait bien de chasser Berthe avant le retour de l'ingénieur, car c'était une méchante personne.

Un samedi, elles allèrent ensemble voir le cinématographe. Un autre jour, elles prirent le métro jusqu'à la Belle Jardinière, où elles achetèrent du fil à coudre bleu.

Mme Marthe disait qu'une belle jeune femme a besoin d'un chaperon pour sortir. Sur le boulevard elle souriait en douce aux messieurs qui regardaient la belle jeune femme.

Elle savait beaucoup de choses sur les hommes : ainsi, quand ils allaient dans une « maison », il valait mieux fermer les yeux que de les laisser prendre une maîtresse qui ruinerait leur ménage.

Elle disait qu'une femme a toujours le dernier mot quand elle sait se taire, et elle ajoutait plaisamment que la formule ne s'appliquait pas seulement aux veuves.

Si une femme ne porte pas de corset, ses organes risquent de descendre. Certains jours du mois, elle ne peut pas réussir une mayonnaise, ni chercher du vin à la cave, autrement elle en ferait du vinaigre.

La jeune épouse de l'ingénieur aimait écouter

Mme Marthe. Elle apprit que la vie était bien plus compliquée, mais bien moins redoutable aussi qu'elle ne le croyait. Tout ce qui existait, et même ce qui n'existait pas, trouvait sa place dans le monde de Mme Marthe. Pour échapper au malheur, à la maladie, à la ruine, il suffisait de prendre certaines précautions, comme de bien serrer son corset.

Elle eut l'impression qu'elle aimait mieux son mari depuis que Mme Marthe l'avait définitivement écarté, avec tous les autres hommes, de l'étrange et complexe monde féminin que les recettes, les dictons, les superstitions, et mille et une précautions très nécessaires protégeaient désormais comme de formidables fortifications.

L'ingénieur pouvait maintenant rentrer.

4

Il descendit du train, gare de Lyon, un matin de février, et il reprit possession de l'appartement, de ses meubles, de sa pendule et de sa femme. Mme Marthe retourna dans sa loge, et Berthe disparut dans la cuisine pour préparer une tarte aux pommes. Ces deux femmes d'expérience savaient bien que Monsieur voudrait faire un enfant à Madame dans l'après-midi.

Madame, par contre, ne s'était doutée de rien, et subit avec perplexité les assauts mécaniques du faiseur de ponts : elle ne se rappelait plus si elle aimait cet homme, ou s'il lui faisait seulement un peu peur. Tant qu'il avait été loin d'elle, en fait, elle n'avait pas eu le loisir d'y songer. Ou peut-être l'imagination lui avait-elle manqué. Longtemps elle avait eu du mal à concevoir qu'elle était vraiment mariée. Cela s'était passé trop vite.

Et de nouveau les choses se passaient bien trop vite : il s'était mis à la besogner avec tout le sérieux dont il était capable, mais sans explication. Tout cela devait être nécessaire et sagement décidé, songeait-elle, mais il ne lui avait pas laissé le temps de bien comprendre ce qu'elle devait faire, ni surtout ce qu'elle devait ressentir. Alors elle ne ressentait rien, et elle se disait qu'elle y réfléchirait plus tard, quand elle serait seule.

Le lendemain, M. l'ingénieur voulut visiter l'Exposition, ou ce qu'il en restait car on achevait de démanteler la rue des Nations et ses plus beaux palais. Il regretta beaucoup de ne pas avoir pu assister à cette célébration sans précédent du génie humain. Il aurait su l'apprécier mieux que tout autre. Le siècle était né sans lui, et il en éprouvait une secrète amertume, cet homme qui avait tant contribué, justement, à le faire naître.

C'était du moins son opinion, qu'il exprima gravement à sa jeune épouse.

Celle-ci trouvait que les palais étaient bien plus beaux en ruine, et elle aurait voulu qu'on les laissât là. Elle aurait bien aimé savoir dire à son mari ce qu'elle ressentait à la vue de ces murs traversés de nuages qui s'élevaient encore, échouant à contenir Dieu sait quel vide.

L'ingénieur s'arrêta devant le pavillon du Tour du monde où l'on achevait d'abattre la pagode, et il parla pendant un moment aux ouvriers, leur expliquant les merveilles qu'ils avaient pu admirer l'an passé, et dont il connaissait comme personne la signification véritable, même s'il ne les avait pas vues. Il ramassa un boulon parmi les décombres, l'essuya, le contempla pendant une bonne minute sous le regard perplexe des ouvriers, puis il le mit dans une poche de son manteau, en souvenir, et il s'en alla.

Il avait vu « son » Exposition et il rentra satisfait chez lui. Berthe prépara le thé, et aida Monsieur à enfiler sa veste d'intérieur. Madame servit le thé pendant que Berthe était allée chercher la boîte à cigares. Madame était devenue transparente depuis le retour de Monsieur. Berthe lui en avait voulu de se trouver là, dans l'appartement, alors que le maître légitime du lieu était si loin, mais maintenant elle ne la haïssait plus tant : après tout, Monsieur était depuis longtemps en âge d'engendrer un fils, et il fallait bien qu'il eût une femme pour cela.

L'ingénieur se vit accorder un congé de six mois : c'était le prix de la malaria, des joues creuses, du regard un peu trop brillant, des mains qui tremblaient, des trois dents qui s'étaient déchaussées. Il reçut également une prime de vingt mille francs, qu'il convertit en Chemins de fer russes.

Mais l'inactivité lui pesait, et au bout d'une semaine il en eut assez de se promener, de lire le journal, de regarder par la fenêtre les derniers vestiges de l'Exposition partir en débâcle sous la pluie.

Il se mit en tête de faire une invention considérable.

Après quelques jours de réflexions fiévreuses, il décida qu'il ferait voler un « plus lourd que l'air » : les travaux de Clément Ader n'avaient pas abouti de manière concluante, car le moteur dont il équipait son « Avion » avait un rendement bien trop faible, et l'appareil lui-même était évidemment constitué d'une structure trop légère, que le vent et les intempéries auraient bien vite mise à mal. Il fallait construire un engin en métal : l'acier servirait aux structures, et l'aluminium serait employé pour la voilure.

L'ingénieur calcula en moins de trois semaines les caractéristiques de son appareil, qu'il appela le « Sidéroptère ». Il dessina ensuite l'épure, déposa les brevets, puis écrivit au ministère de la Guerre, sollicitant un rendez-vous auprès des personnes compétentes pour leur soumettre les plans de son engin volant, aux fins d'obtenir les crédits nécessaires à la construction du prototype.

Il écrivit également à la société Panhard et Levassor, qui aurait à fournir les six moteurs indispensables pour arracher du sol l'appareil et son pilote.

Plusieurs semaines passèrent, pendant lesquelles l'ingénieur, qui attendait les réponses à ses différentes missives, rêva tout à loisir de machines volantes de plus en plus volumineuses, capables de transporter des régiments entiers au-dessus des mers et des continents. Ces appareils étaient tous construits en métal, et l'on pouvait envisager de les cuirasser à condition de quadrupler le nombre des moteurs, que l'ingénieur accrochait désormais par milliers aux ailes formidables de ses Sidéroptères.

Il ne reçut au bout de quelques semaines que des réponses très évasives, dans lesquelles on s'inquiétait du poids de l'engin, tout en lui reconnaissant d'évidentes qualités de robustesse. La société Panhard était disposée à vendre à M. l'ingénieur une douzaine de moteurs s'il le souhaitait, mais la lettre laissait entendre que les dits moteurs ne fourniraient peut-être pas toute la puissance nécessaire pour faire décoller un appareil qui à première vue s'apparentait plutôt à une locomotive.

L'ingénieur se vit ainsi réduit à ne voir voler ses engins que dans sa tête, et il s'en montra passablement affecté, bien qu'il possédât une âme en poutrelles d'acier, comme l'avion qu'il aurait pu construire s'il s'était trouvé au ministère de la Guerre un général assez imaginatif pour envoyer sur l'Allemagne son armada d'enclumes volantes.

Il exprima sa déception avec une sombre délectation, expliquant à sa femme et à la bonne que les

31

Prussiens arriveraient bien à faire voler leur propre Sidéroptère, même si les imbéciles à manches de lustrine du ministère le jugeaient trop lourd, et un jour ou l'autre, la flotte de cuirassés aériens du Kaiser viendrait bombarder Paris !

Quatre mois après le retour de l'ingénieur, sa jeune épouse eut un vertige dans l'escalier de l'immeuble, et alla frapper chez Mme Marthe, lui demandant de bien vouloir l'aider à remonter chez elle.

La concierge ne parut pas s'inquiéter le moins du monde du malaise de la jeune femme : elle l'installa sur son canapé, bien sûr, et lui dit de se reposer avant de retourner là-haut, mais en la considérant des pieds à la tête d'un regard entendu et vaguement égrillard.

Une heure plus tard, tout l'immeuble savait que la femme de l'ingénieur allait avoir un gros garçon à la Saint-Sylvestre.

L'ingénieur lui-même cessa pendant quelques jours de faire voler ses fers à repasser, et fuma de gros cigares en tenant tendrement la main de son épouse.

Puis il abandonna les cigares, car la jeune femme disait que la fumée lui donnait des maux de tête.

Puis il abandonna la main de la jeune femme, reprit ses cigares, et reprit ses chères recherches : l'enfant piloterait sûrement le bel engin d'acier construit par son père, et il n'y avait pas une seconde à perdre.

Berthe, la bonne, regardait toujours la patronne à la dérobée, mais plutôt avec sympathie désormais. Elle l'observait un peu comme elle aurait surveillé de la pâte à brioche : il fallait que ça gonfle, ni trop vite ni trop lentement.

Après quelques semaines, comme la jeune femme s'était évanouie deux fois dans la même journée, elle lui conseilla même de ne plus porter de corset.

L'enfant naquit dix jours avant Noël. C'était une fille.

L'ingénieur l'appela Rose : cette sainte du calendrier avait au moins le mérite à ses yeux de s'appeler d'un nom de fleur. Il laissa baptiser l'enfant quelques semaines plus tard, mais il ne consentit point à entrer dans l'église.

Mme Marthe voulut être la marraine, ce qui fut accordé par le père, qui s'en fichait d'ailleurs comme d'une guigne. On eut plus de mal à trouver un parrain : Monsieur et Madame ne possédaient guère de famille, et avaient encore moins d'amis, conformément au caractère plutôt sévère et ombrageux de l'ingénieur.

La jeune maman se souvint d'un sien cousin, dont elle n'avait pas eu de nouvelles depuis des années, et qui était ébéniste dans le faubourg Saint-Antoine. Elle retrouva son adresse et lui écrivit. Une réponse arriva huit jours plus tard : le cousin était mort. Il n'avait laissé qu'un chenapan de fils, qui venait de s'engager dans la Légion à la suite d'une mauvaise rixe.

Mme Marthe s'adressa finalement au locataire du troisième, qui n'avait pas plus de famille que ses voisins : le malheureux homme était affligé d'un bec-de-lièvre, et cette disgrâce, ajoutée à son grand âge, expliquait aisément sa solitude. Il fut enchanté de la demande qu'on lui faisait, et descendit au premier pour faire la connaissance de la maman et du bébé. Il apporta deux canaris dans une jolie cage. L'ingénieur lui serra bien cordialement la main, puis, s'étant assez convaincu de la laideur vraiment terrifiante du brave homme, il prétexta une course à faire et le laissa papoter avec son épouse.

Le monsieur du troisième resta jusqu'au soir : voilà dix ans qu'il n'avait parlé à personne. La jeune femme, gentiment, lui laissa expliquer ce qu'il avait à expliquer depuis si longtemps, mais elle avait du mal à distinguer les paroles sous le nasillement de l'infirme, d'autant plus que les canaris faisaient un vrai charivari : eux non plus n'avaient pas dû bavarder depuis un bon moment. Enfin la petite Rose se mit à piailler à son tour. Alors la maman dit qu'elle devait allaiter le bébé. Le monsieur se leva et prit congé. Il était radieux et promit de revenir bientôt. La jeune femme eut mal à la tête, le soir, mais elle était contente d'avoir vu du monde.

L'ingénieur n'avait rien dit, mais il n'en revenait pas d'avoir fait une fille. Il regardait le bébé pendant de longs moments, l'air incrédule. Peut-être qu'à force de le regarder, il en ferait un gros garçon... mais cela n'arriva pas, et la progéniture de l'ingénieur demeura une grosse fille, obstinément.

Il abandonna peu à peu ses recherches sur le Sidéroptère : il aurait voulu être un grand homme aux yeux de son fils, mais que diable pouvait-il devenir sous le regard d'une petite fille ?

Il ne touchait pas au nourrisson : Berthe le lui tendait, et disait en riant que « ça » ne le mordrait pas, mais lui, sans doute, n'en était pas certain, et il avait peur, plus ou moins, de commettre l'inceste.

On lui avait confié l'achèvement d'un chantier, non loin de Marly : il prenait le train à Saint-Lazare, chaque matin, et il revenait le soir vers huit heures. Il accrochait son manteau et son chapeau dans le vestibule, et il demandait à Berthe si le nourrisson n'avait pas été malade : Berthe répondait à chaque fois : « pourquoi voudriez-vous qu'elle soit malade, cette enfant ? ».

Il n'aurait pas su se l'expliquer, bien sûr, et sa femme disait qu'il s'inquiétait trop et que les nouveau-nés sont bien plus solides qu'on ne pense.

Naguère encore, elle n'aurait jamais espéré que l'ingénieur s'intéresserait à ce point à leur enfant, et surtout à une fille.

Il passait les soirées à méditer. Il pouvait ne rien dire pendant des heures entières. Il y avait deux fauteuils dans le salon, de part et d'autre de la cheminée. Il ajustait sur les épaules de sa veste une sorte de mantelet de gros tricot gris, et il s'installait dans le fauteuil qui était à droite de la cheminée. Il regardait les bûches flamber. Quand il n'y avait pas de feu il regardait tout de même l'âtre vide. La jeune femme considérait également la cheminée. Elle était assise dans le fauteuil de gauche.

Elle avait du mal à ne pas s'endormir, mais elle ne voulait pas aller se coucher la première. Elle n'aimait pas être seule dans la chambre. Elle avait toujours dormi à côté de sa mère. Depuis l'enfance elle avait entendu le soufflet de forge de l'asthmatique. Elle ne savait plus dormir seule. Elle avait un peu peur, au fond, de cet homme qui vivait à côté d'elle et qui ne disait rien. On se demandait toujours quel reproche il se retenait de vous faire. Mais elle préférait encore qu'il fût là, même dans le lit, si près d'elle, si lourd, depuis qu'elle n'avait plus sa mère.

Quelquefois il lisait. C'étaient de gros volumes aux pages couvertes de signes mystérieux, des livres d'ingénieurs, sans doute, ou de savants.

Personne n'avait le droit de toucher à ces ouvrages, qui s'empilaient vertigineusement sur son bureau quand il était en humeur d'inventer. Berthe elle-même n'avait pas la permission de les épousseter : l'ignorante pouvait disperser dans la pièce d'un coup de plumeau maladroit les précieuses formules cabalistiques.

Quelques jours après la naissance de la petite Rose il avait acheté un nouvel appareil de photographie, s'étant mis en tête de prendre chaque jour un cliché du nouveau-né afin d'étudier sa croissance. Il mesurait son tour de tête, aussi, ou l'angle que le front faisait avec l'arête du nez, et les observations ainsi recueillies étaient consignées quotidiennement sur un petit calepin noir qu'il ne laissait voir à personne. Après quelques semaines il se lassa de cette recherche, ayant constaté que le nourrisson était « nettement microcéphale » et redoutant d'avoir à suivre le développement d'une enfant débile.

La maman put choisir quelques photographies parmi la centaine que l'ingénieur avait prise de la petite Rose, et elle les colla dans un luxueux album à reliure de cuir maroquin et fermoir d'argent. D'une belle écriture, élégante et régulière quoiqu'un peu appliquée, elle nota : « Rose vient d'avoir deux semaines, le 30 décembre 1901 », ou bien « Rose a pris cent grammes, le 16 janvier 1902 ». Tous ces clichés, malheureusement, représentent le nourrisson à plat ventre sur le même coussin, sous le même angle et sous le même éclairage : l'enfant si semblable à elle-même fixe parfois l'objectif d'un regard où paraît se lire toute la perplexité du monde face à l'étrange œil de métal et de verre que son papa dardait chaque matin sur elle.

L'hiver passa. Il neigea en février. *Le Figaro* publia qu'une jeune femme avait péri noyée pour s'être imprudemment aventurée sur la glace qui recouvrait le lac du bois de Boulogne. Cette malheureuse n'était certes pas la maman de Rose, qui n'osait pas s'éloigner de son nourrisson, et qui n'osait pas davantage sortir le bébé par ces temps de frimas. Elle ne se serait pas pardonné de la ramener malade. Elle s'occupait pendant de longs moments à recenser toutes les fautes qu'elle risquait de commettre et que, justement, elle ne se serait pas pardonnées. C'était très effrayant, mais cela faisait passer le temps.

Le voisin au bec-de-lièvre venait bien quelquefois prendre le thé. Il demandait à voir le bébé. Il aimait la regarder quand elle dormait. Quand elle ne dormait pas, il essayait de jouer avec elle. Il lui chatouillait le menton pour qu'elle lui sourie. Il trouvait moyen, même, de lui faire des grimaces (ou peut-être seulement des mimiques, on n'aurait su dire exactement), mais la petite se mettait à brailler de terreur, et le monsieur confus s'excusait, admettant qu'il n'était pas d'une laideur bien comique.

Mme Marthe, la concierge, avait pitié du pauvre homme, bien sûr, mais elle se demandait si le spectacle d'une telle disgrâce n'allait pas être malsain, à la longue, pour la petite Rose. Ne risquait-il pas aussi de faire tourner le lait de la maman ? Dûment avertie du danger, celle-ci pria le monsieur de bien vouloir espacer ses visites, prétextant que la petite faisait de l'anémie, et devait passer les jours comme les nuits dans le calme le plus absolu.

Elle se trouva encore plus seule. Berthe, de nouveau, ne lui parlait plus. Mme Marthe montait bien la voir presque chaque jour, et lui parlait de la vie qui continuait dans le monde tout autour de l'immeuble, mais la brave femme ne restait pas plus de quelques minutes pour ne pas risquer d'attirer l'affreux fantôme qui n'allait pas manquer d'écouter la conversation de derrière la porte.

La jeune maman songea un moment à écrire à son cousin qui était dans la Légion. Elle lui enverrait une photo de la petite. Une correspondance s'établirait peut-être. Après tout c'était sa seule famille. Mais elle songea que l'ingénieur verrait d'un mauvais œil (et il avait le regard naturellement sévère) cette amitié avec un homme qui était certainement un mauvais sujet.

Elle lisait chaque semaine l'Illustration. On y trouvait des images de pays lointains, aux noms étranges. Au Transvaal, les cavaliers anglais donnaient l'assaut contre des soldats boers. A Odessa, le tsar passait en revue la flotte impériale. Un ours gigantesque avait été abattu par les chasseurs, dans une forêt de Transylvanie.

Au fond, le monde n'était qu'une grande exposition, mais il aurait fallu des années, une vie entière sans doute, pour en faire vraiment le tour.

Elle aurait bien aimé parler à l'ingénieur de l'ours de Transylvanie qu'elle avait vu l'après-midi même, ou de cette baleine qui s'était échouée sur la côte portugaise et dont le cadavre empuantissait l'air à des kilomètres à la ronde, portant des miasmes jusque dans le sàlon bien propre de la tranquille rêveuse. Mais elle savait que l'ingénieur ne s'intéressait pas à ces futilités.

Celui-ci la laissait aller à la messe, le dimanche matin. Elle s'y rendait avec Mme Marthe. Elle aurait aimé flâner un peu sur le chemin du retour, mais elle craignait de laisser la petite toute seule. Son père n'aurait pas su s'en occuper. Le nourrisson, d'ailleurs, se mettait à piailler quand il le tenait du bout des doigts comme une soupière trop chaude. Ils avaient l'air embêté de s'être rencontrés, tous les trois, même s'ils s'aimaient bien, au fond. L'ingénieur, certainement, se serait senti plus à l'aise avec un garçon.

Le mercredi, la jeune femme allait se confesser. Cela, l'ingénieur ne le savait pas. Berthe le soupçonnait seulement, et n'osait encore rien dire à son patron. Berthe avait cessé de croire en Dieu depuis qu'elle était au service de M. l'ingénieur et qu'elle le vénérait comme le Christ ressuscité. Elle avait compris que les curés étaient depuis toujours les ennemis des maris puisque par la confession, justement, ils savaient ce que les maris ne devaient surtout jamais apprendre.

En vérité, la jeune femme n'avait rien de bien grave à cacher à l'ingénieur. Elle ne péchait guère, pas même en imagination.

Mais tout de même, elle ne disait pas à l'ingénieur qu'elle allait à confesse. Elle sentait bien qu'il valait mieux lui dissimuler certaines choses, et elle les dissimulait effectivement. Mme Marthe l'accompagnait jusqu'à l'église et l'attendait devant le confessionnal. Elle ne demandait pas mieux que de favoriser la piété de la jeune épouse, du moment qu'il s'agissait d'un secret, d'une sorte d'intrigue.

Elle appelait la jeune femme « ma petite ». Elle se doutait qu'elle n'était pas tout à fait heureuse mais, bien sûr, elle ne lui en disait rien : elle ne voulait pas la chagriner davantage. Elle croyait revivre à travers elle les premières années de son propre mariage, qui n'avait pas été très réussi, sans doute.

Au printemps, l'ingénieur prit de nouvelles photos de la petite Rose. On la voit assise sur une couverture de laine écossaise. Il y a de l'herbe tout autour. On aperçoit dans la distance un assemblage de poutrelles de fer : le chantier de Marly devait être bien avancé, à l'époque. Le nourrisson poussait aussi. Peut-être l'ingénieur a-t-il voulu comparer les deux croissances.

Il n'a pas pris de portrait de la jeune maman. Il ne devait plus jamais la photographier par la suite : elle ne correspondait sans doute pas à l'idée qu'il se faisait de la maternité.

Elle avait la taille toujours aussi souple, le maintien, quand elle faisait son marché, d'une infante à son premier bal. Elle avait toujours ces yeux qui promenaient sur les choses une éternelle tendresse : c'était elle qui venait de naître, et non le joli bébé avec lequel elle gazouillait.

Elle se rendait compte que les hommes la regardaient dans la rue et que cela chagrinait M. l'ingénieur, même s'il ne disait rien. Elle se jugeait vaguement coupable, bien qu'elle n'eût jamais rien fait pour attirer ces regards, car c'était comme si elle avait laissé insulter son mari. Elle aurait voulu contenir cette grâce et cette douceur qui émanaient d'elle dans un débordement bien involontaire, mais il n'existait pas de corset pour cela.

Vers la fin de l'été, l'ingénieur fut appelé sur un nouveau chantier, en Algérie. Elle lui prépara sa malle, et commença même à lui tricoter des gants, en prévision de l'hiver. Il prit le train le dernier jour du mois de septembre. Le lendemain, elle lui écrivit sa première lettre. Elle croyait qu'il lui manquait, et elle le lui exprima en quatre pages pleines de tendresse. Elle lui envoya une boucle de cheveux de la petite Rose. Le soir elle se coucha dans le grand lit, et elle n'eut pas peur, pour la première fois, de dormir seule. Elle lut jusqu'au milieu de la nuit un roman que lui avait prêté Mme Marthe.

6

A la Toussaint elle alla montrer la petite Rose à la grand-mère défunte. Mme Marthe l'accompagna, et acheta un gros pot de chrysanthèmes pour son ancienne locataire. Il faisait beau. Un vent froid chassait les feuilles mortes par les allées du cimetière. La jeune femme avait emmitouflé la petite Rose dans une couverture. Il y avait beaucoup de monde, et les gens se retournaient pour admirer le joli bébé dans c'e la laine bleue, petite tache de lumière parmi tout ce noir. Là-haut, le ciel était du même bleu.

La jeune femme s'agenouilla devant la tombe de sa maman, et l'épousseta un peu avec son mouchoir. Puis elle remplaça les fleurs fanées par une bruyère qu'elle venait d'acheter, et par le pot de Mme Marthe : « Elle n'était pourtant pas bien vieille », fit la concierge en hochant la tête. La jeune femme se releva : « et tellement active... renchérit-elle en reprenant le bébé : je ne croyais pas qu'elle partirait si vite ».

Ensuite elles se turent toutes les deux : il n'y avait plus que cette tombe et le silence autour. La jeune femme n'avait encore jamais réalisé que l'absence de sa mère pouvait s'être imprimée parmi les choses mêmes, aussi définitivement : elle se mit brusque-

43

ment à sangloter. Mme Marthe lui entoura les épaules de son bras, et lui dit tout doucement : « Là, là, mon petit ! Il faut pleurer. Cela fait du bien ». Mais elle était très émue aussi. Pendant une minute les deux femmes communièrent dans le sentiment de la fragilité des choses, puis la petite Rose se mit à pleurer à son tour, sans doute réveillée par les sanglots de sa maman. On s'en alla reprendre le tramway.

Elle écrivait tous les jours à l'ingénieur : c'était son autre disparu en quelque sorte, et la jeune femme aimait bien parler aux disparus. Les vivants lui faisaient un peu peur. Elle ne se confiait vraiment à personne. Son mari n'était parti que pour un temps, mais elle ne savait pas imaginer vraiment son retour, et cela l'aidait à s'ouvrir un peu. Dans son souvenir, l'allure, la voix et même le regard de l'ingénieur devenaient presque doux. Elle était heureuse de lui écrire combien il lui manquait. Elle lui envoya même une mèche de ses propres cheveux.

Il lui répondait chaque dimanche, et lui faisait toutes sortes de recommandations. Il lui envoya un jour une photo du pont en construction, et il lui fit apprécier l'état d'avancement de l'ouvrage : quand l'arc central serait terminé, expliquait-il, il n'y aurait plus qu'à poser le tablier, et son retour ne serait plus qu'une question de semaines. Elle eut un petit serrement de cœur en lisant ces derniers mots. Elle pensa que c'était de bonheur. Elle se tourna vers le bébé qui dormait à côté de son fauteuil, et elle lui chuchota : « Ton papa sera bientôt de retour ». Puis elle abandonna la lettre sur ses genoux, sans la replier, elle ferma les yeux, et elle répéta, cette fois pour elle-même : « Il sera bientôt de retour. Il veillera sur nous

44

deux ». Elle se tut pendant quelques secondes, car l'émotion lui serrait la gorge. Enfin elle murmura d'une voix étranglée : « Nous avons tant besoin de lui, ma chérie ». Elle savait trop bien ce qu'était un foyer sans homme. Elle avait vu sa mère étouffer de misère. C'est de cela que la pauvre femme était morte, songeait-elle parfois. De cette vie précaire où l'on n'attend rien ni personne, où la solitude finit par apparaître comme un châtiment du Ciel, où les jours de fête et de soleil finissent eux-mêmes par sombrer dans un silence sans fond.

Vers la mi-février un événement se produisit dans l'immeuble : de nouveaux locataires s'installaient au quatrième étage, dans l'appartement même où la jeune femme avait vécu naguère. Mme Marthe, qui avait vocation à ne rien ignorer de ce qui se passait des combles à la cave, lui enseigna que c'était un couple de bohèmes, un jeune peintre et sa compagne, et que cet artiste venait de faire scandale au Salon des indépendants, en y exposant un nu particulièrement réaliste de sa maîtresse. « On dit qu'il a montré jusqu'aux moindres détails, commentait avec délectation Mme Marthe ! » Les deux femmes ne parlèrent pendant quelques jours que de l'artiste sulfureux et de sa maîtresse impudique. Elles refirent à plusieurs reprises, en paroles, le tableau qu'on aurait certainement dû censurer, du moins tel qu'il se présentait à leur imagination. A la fin de la semaine, à elles deux, elles eurent réalisé de quoi décorer un lupanar et faire rougir un corps de garde. Elles-mêmes en rosissaient de honte et de plaisir mêlés, et se perdaient en conjectures chaque fois plus scabreuses, se croyant l'une et l'autre incapables de se représenter vraiment les fameux « détails » dont Mme Marthe pensait en toute bonne foi avoir entendu parler.

L'épouse de l'ingénieur avait très envie de voir cette femme qui se laissait peindre nue, et qui le matin descendait chercher le lait, aux dires de Mme Marthe, « en robe de chambre et en cheveux ». Elle finit par la croiser dans l'escalier, un après-midi, et put la considérer dans la lumière rouge et or que dispensaient les vitraux de la fenêtre du palier. C'était une grande femme brune, au visage d'un parfait ovale, aux lèvres sensuelles, et aux yeux immenses qui lui faisaient un regard émerveillé. L'épouse de l'ingénieur la trouva belle comme une apparition, sous l'éclairage quasi surnaturel de la fenêtre à vitraux. Elle rentra chez elle en se répétant avec une secrète jubilation : « C'est une grande femme brune, une belle femme, vraiment ! ». Elle se jugea moins disgraciée, ce soir-là, d'être grande, très brune, et d'avoir sans doute « le teint olivâtre », ainsi qu'on l'écrivait dans les romans.

Elle rencontra le peintre quelques jours plus tard, également dans l'escalier. Il était grand et brun, lui aussi. Il avait l'air d'un adolescent, mais elle trouva que son regard brillait d'une fièvre étrange : ce pouvait être la marque du génie, pensa la jeune femme, ou encore d'une phtisie très avancée, égales preuves que cet homme était marqué au fer d'un destin certainement tragique. Il était vêtu d'un pantalon et d'une veste de velours côtelé, à la manière des ouvriers, mais il portait un chapeau mou à larges bords, crânement incliné de côté, et une longue écharpe de laine blanche qui lui barrait majestueusement la poitrine de son espèce d'hermine.

Ce soir-là elle reçut une lettre de M. l'ingénieur, parlant d'un accident qui venait de coûter la vie à cinq ouvriers du chantier, et de la grève qui s'ensuivait depuis lors. C'était un bien triste événement, admettait M. l'ingénieur, et l'achèvement du viaduc risquait d'être repoussé de plusieurs mois car la direction du chantier envisageait d'instaurer de nouvelles règles de sécurité pour satisfaire aux revendications des ouvriers.

La jeune femme replia la lettre, s'installa derrière le grand bureau d'ébène de son mari, trempa le porte-plume dans l'encrier, puis, l'âme légère, se mit à réfléchir à la manière dont elle allait partager dans sa lettre les nouveaux soucis et la déception de M. l'ingénieur.

Le couple d'artistes fit très vite parler de lui dans l'immeuble, mais non plus pour le tableau scabreux naguère exposé aux Indépendants : l'homme et la femme buvaient de l'absinthe, disait-on, et se battaient comme des chiffonniers. On entendait jusqu'au troisième les cris de la femme. On l'avait vue dévaler l'escalier, un soir, presque nue et le visage en sang. On parlait aussi de débauches, d'orgies romaines organisées dans le deux-pièces où l'on reprisait autrefois les chemises, et plusieurs locataires étaient d'avis de faire déguerpir le couple dépravé : l'immeuble fut en effervescence durant quelques semaines, puis les cris et les disputes au quatrième étage prirent fin brusquement, la créature dont on parlait depuis deux mois ne se fit plus voir en chemise dans l'escalier, et Mme Marthe enseigna bientôt à la femme de M. l'ingénieur que l'intéressant jeune homme au regard de braise avait eu le bon sens de se débarrasser de sa bruyante compagne.

La petite Rose fit ses premiers pas une semaine avant Pâques. C'était aussi le premier jour du printemps, et Mme Marthe, qui connaissait les relations secrètes entre les choses, ne manqua pas d'y déceler le présage d'une robuste santé. La maman écrivit à l'ingénieur pour qu'il lui envoyât l'argent des bottines, et le dimanche suivant la petite Rose fut lancée en grande cérémonie sur les pelouses à l'abandon du Champ-de-Mars, où les herbes folles faisaient une haute mer pour les enfants du quartier. Mme Marthe se trouvait là, bien sûr, observant les nuages, observant le vol des pigeons, observant la démarche de scaphandrier de la petite aux pieds lourdement lestés par les bottines toutes raides : la brave femme était d'humeur divinatrice et trouva dans ce qu'elle voyait la matière de toutes sortes de prédictions. Ainsi pourvue d'un avenir, la petite Rose s'adonna sans réserve à la surprise et au vertige d'une marche hasardeuse et syncopée : après une demi-heure elle ne tombait déjà presque plus, et tout le monde se retrouva devant les ruines du Château d'eau de l'Exposition.

Il avait planté son chevalet face au monument, dont les bassins étagés pour les cascades bruissantes et les lumières de la fête évoquaient à présent, vides et silencieux, les marches d'un escalier pour des géants d'autrefois.

Les deux femmes aperçurent ensemble le jeune homme à l'écharpe blanche, et comme la petite Rose s'en allait titubant et brimbalant de bonne grâce du côté de l'artiste, elles prirent le parti somme toute raisonnable de la suivre. Le bébé à la dérive s'échoua finalement entre les pieds du chevalet, qu'elle manqua renverser. Le jeune homme sourit gentiment de l'aventure, la maman s'excusa, confuse. On alla chercher Rose sous le chevalet, on s'extasia sur l'enfant, on admira la toile en cours d'exécution, et Mme Marthe jugea que c'était le moment de présenter l'un à l'autre ces deux voisins qui ne se connaissaient pas encore. L'épouse de l'ingénieur rappela qu'elle avait naguère occupé avec sa maman couturière le petit appartement du quatrième. « Voilà donc pourquoi je trouve encore des épingles sur le plancher ! s'esclaffa le jeune homme. Elles vont se nicher entre les lattes, et elles choisissent d'en sortir quand je marche pieds nus ! »

Il expliqua ensuite qu'il aimait peindre les ruines, à l'instar des artistes des siècles passés, estimant que le temps et les intempéries devaient parachever ce que la main de l'homme n'avait fait que commencer. La jeune femme hochait gravement la tête. Mme Marthe buvait les paroles du peintre et le contemplait dans une espèce de béatitude. Elle brûlait de parler du tableau qui avait fait scandale au Salon des indépendants, mais elle n'osait pas, et l'artiste, pour le moment, semblait ne s'intéresser qu'aux paysages. On bavarda ainsi pendant près d'une heure. Il fallut à deux ou trois reprises récupérer sous le chevalet la petite Rose, qui pensait avoir trouvé un compagnon de jeu dans l'animal à longues pattes de bois.

Le peintre laissait parfois s'attarder sur la maman des regards dont Mme Marthe elle-même ressentait la brûlure. On devinait qu'il allait bientôt proposer de peindre la jeune femme, peut-être bien pour le prochain Salon des indépendants, et il le fit en effet : « Dans une robe de bal vert émeraude et brodée de perles », précisa-t-il, ou tout simplement comme elle était vêtue cet après-midi-là, « en trottin ». On rougit, mais l'artiste dit en souriant qu'il n'y avait pas lieu de rougir, et qu'il était prêt à demander à M. le mari de madame la permission et l'honneur de faire ce portrait. La jeune femme rougit de plus belle et dit avec une candide fierté que son époux lui-même l'avait souvent « prise en portrait ». « Ainsi, monsieur est photographe ? » s'enquit le jeune artiste qui se retenait peut-être bien de rire.

Le jour déclinait et l'air se rafraîchissait. On arracha bébé Rose à ses amours innocentes avec le chevalet, et l'on s'achemina tous ensemble vers le petit immeuble de briques qui dressait sa silhouette pataude, chaleureuse et discrètement complice, contre les banals rougeoiements du soleil couchant.

Ce soir-là comme chaque soir la jeune femme écrivit à M. l'ingénieur. Elle parla de la petite, des bottines de la petite, des progrès de la petite, et aussi de la gentillesse de Mme Marthe et du beau temps qui revenait. Elle ne parla pas du peintre et de la proposition flatteuse qu'il avait faite : elle se disait qu'elle ne reverrait sans doute plus ce jeune homme qu'en le croisant dans l'escalier, et que l'agréable babillage de l'après-midi n'avait pas assez d'intérêt pour qu'on en fît part à M. l'ingénieur.

Au moment où elle allait se coucher elle voulut voir bébé Rose dans son berceau. Elle la contempla pendant un moment avec une espèce d'avidité, puis elle la sortit de ses couvertures, la prit dans les bras, et l'embrassa pendant une minute avec une passion fébrile et presque douloureuse.

Surprise au plus profond de son sommeil, la petite se mit à hurler, et la maman dut la bercer plus d'une heure durant : le bébé dans les bras, elle fredonna pendant tout ce temps des mélodies qu'elle inventait au fur et à mesure, comme saisie d'une inspiration merveilleuse.

7

Le plus dur, avec Berthe, c'est qu'elle pouvait passer des journées entières sans dire un mot. Elle arrivait le matin à sept heures, parfois même plus tôt. Elle était là depuis un bon moment quand son adversaire se réveillait, et elle avait déjà repris possession de l'appartement. On ne l'entendait pas aller et venir : elle mettait des pantoufles de feutre pour travailler. Elle glissait silencieusement d'une pièce à l'autre, et la jeune femme sursautait en découvrant à chaque fois avec le même saisissement le spectre en tablier noir qui faisait tourner les tables sous couleur de les épousseter. Berthe ne parlait pas, mais l'épouse de l'ingénieur croyait entendre distinctement ce qu'elle s'empêchait de dire, et elle en avait des frissons. Elle aurait préféré vivre seule dans l'appartement, depuis que M. l'ingénieur était parti, plutôt que de devoir affronter jour après jour le silence terrifiant de cette femme. Elle s'efforçait de ne pas penser à elle, et de ne jamais rencontrer ses regards chargés d'horribles sous-entendus. Mais comment aurait-elle expliqué à M. l'ingénieur qu'elle ne pouvait plus supporter la présence de la vieille domestique, ponctuelle, honnête, courageuse, propre, irréprochable en tous points ?

Mme Marthe cherchait avec son amie le meilleur moyen de chasser cette fée Carabosse. Elle lui suggéra même d'oublier de l'argent dans les tiroirs, mais Berthe n'y toucha point, se contentant de rompre son vœu de silence pour remarquer avec aigreur que « Madame avait encore laissé traîner des sommes dans le vaisselier ». La pauvre jeune femme en était réduite à supplier Dieu de la débarrasser par tout procédé à sa convenance de l'odieuse créature.

Or le Ciel voulut bien exaucer cette prière, et un beau matin du mois de mai Berthe n'apparut point. L'épouse de l'ingénieur comprit tout de suite qu'il s'était passé quelque chose de grave, sachant bien que l'affreuse muette serait descendue à l'appartement sur des béquilles plutôt que de renoncer à ses droits sur les casseroles et les napperons. Alors on se livra sans réserve au plaisir de la solitude et de l'indépendance. On passa toute une heure à gazouiller avec bébé Rose, on ouvrit les fenêtres pour laisser entrer le soleil, on fit soi-même les poussières, on mit en panne la pendule du salon. Vers midi, la jeune femme descendit chez Mme Marthe pour lui annoncer l'étrange et heureuse nouvelle : le cerbère n'était pas descendu de sa chambre ce matin-là ! La concierge fut aussi d'avis que Berthe devait être malade, et l'on monta au cinquième, où se trouvaient les chambres des domestiques. On frappa longuement à la porte, on appela : « Berthe ! Berthe ! Vous sentez-vous mal ? », enfin Mme Marthe colla l'oreille au battant : elle n'entendit même pas le bruit d'une respiration. « Elle est peut-être morte ! » fit-elle avec effroi, se retournant vers la femme de l'ingénieur, qui retenait son souffle depuis une seconde, toute glacée par le pressentiment d'un drame.

On redescendit en hâte au premier, où la jeune femme pensait savoir trouver une clé de la chambre. La minute d'après, elles étaient de retour sur le palier de service, munies d'une douzaine de clés disparates, et la porte fut crochetée en grand mystère.

Il n'y avait personne dans la chambre ! Malgré la fenêtre entrouverte, une odeur pestilentielle se dégageait du galetas. Les deux femmes restèrent une seconde sur le seuil, pétrifiées par la surprise : la si propre et maniaque Berthe vivait dans un taudis d'une saleté repoussante, et le lit ouvert donnait à voir des draps brunis par la crasse. « Regardez ! » s'écria Mme Marthe : le plancher était jonché de bouteilles vides. L'épouse de l'ingénieur se mit à son tour à fixer le sol d'un regard incrédule et fasciné. Il n'y avait pas le moindre doute : la sévère, l'irréprochable Berthe s'adonnait à la boisson, la nuit. Elle quittait l'appartement du premier, chaque soir, pour se mettre à vivre comme une bête jusqu'au matin, parmi ses souillures.

Berthe fut retrouvée dans la soirée. On ne sut jamais par quelle suite de circonstances elle avait cuvé son vin dans un caniveau plutôt que dans sa chambre, la nuit précédente. Le commissariat du quartier, où on l'avait amenée à l'aube, l'expédia dans un hospice, et l'épouse de l'ingénieur donna de bon cœur les cent sous qu'elle avait sur elle, pour les orphelins de la police.

Mme Marthe promit qu'elle se rendrait le lendemain au « Bon Pasteur », où elle connaissait du monde, pour y trouver une nouvelle bonne. Elle passa la soirée avec la jeune femme. On jeta les pantoufles de Berthe, on compta et recompta les verres de cristal qu'elle avait cassés dans les dernières années, on déplaça le vaisselier de la cuisine, qui gênait l'ouverture de la porte, et l'on alla se coucher vers minuit, la tête encore bruissante des grands événements de cette journée.

Le lendemain soir, Mme Marthe amenait une Alsacienne de seize ans, propre et jolie, qui plut beaucoup à madame bien qu'elle ne parlât pour ainsi dire que son patois prussien. Mme Marthe conta l'histoire de la jeune personne, qui avait quitté l'Alsace où ses parents venaient de mourir, et qu'un oncle de Paris avait bien voulu recueillir. Mais ledit oncle ayant tenté d'abuser de l'innocence de la jeune fille, celle-ci n'avait eu d'autre recours que de s'enfuir de chez lui et de se réfugier au Bon Pasteur.

Pendant que la toute fraîche domestique, munie d'une serpillière et de draps propres, faisait sans doute de son mieux pour se frayer un coin d'existence parmi les bouteilles vides de Berthe, l'épouse de l'ingénieur écrivit en six pages serrées l'aventure de la veille, expliquant avec jubilation comment l'incomparable Berthe avait terminé sa carrière au commissariat du Gros-Caillou, derrière un grillage et parmi les ivrognes.

La jeune femme fut plusieurs semaines avant de rencontrer à nouveau le peintre du quatrième. Bébé Rose usait vaillamment ses bottines sur le Champ-de-Mars, elle n'avait même jamais eu d'aussi belles couleurs sur les joues, mais l'artiste devait avoir planté son chevalet ailleurs.

La petite Alsacienne faisait cuire le chou au vin blanc, et l'appartement en acquit bientôt le parfum tenace de son pays natal. C'était une enfant agréable et vraiment propre : le jour où elle lessiva le plancher ciré, croyant certainement bien faire, il fallut toutefois que Mme Marthe la prît un peu en main et lui enseignât les subtilités ménagères d'en deçà des Vosges. Elle s'y mit d'ailleurs très bien, toujours d'aussi bonne grâce, et elle ne garda bientôt plus de ses origines teutonnes qu'un parler terriblement rugueux et une démarche de grenadier qui faisaient un touchant disparate avec sa physionomie avenante et sa silhouette plutôt agréable. « Elle est idiote mais docile et tout à fait honnête », conclut Mme Marthe. « Et elle adore ma petite Rose. Elles s'amusent ensemble comme si elles étaient du même âge », renchérit la jeune patronne, ravie d'avoir trouvé une domestique sur laquelle régner enfin sans conteste.

Le voisin au bec-de-lièvre tomba brusquement malade au mois de juin. Il passa en trois jours. Mme Marthe s'occupa des obsèques puisque le malheureux n'avait aucune famille. Elle embaucha la petite Alsacienne pour faire la toilette du défunt. La pauvre fille, décidément, n'avait pas de chance avec les hommes : elle se fit un peu tirer l'oreille pour ce supplément macabre de travail, mais Mme Marthe, qui la félicitait d'avoir su échapper naguère aux entreprises de l'oncle lubrique, ne comprenait pas cette réticence-ci, estimant qu'il n'y avait pas de mal à tripoter un homme du moment qu'il était mort.

La femme de l'ingénieur versa quelques larmes pensives sur le disparu. Elle s'avisa que la petite Rose n'avait plus de parrain, et elle en fut bien triste. Mais le brave homme, qui n'avait sans doute jamais eu grand-chose à faire, avait pensé au bébé avant de mourir : on apprit qu'il l'avait « couchée sur son testament ». Il lui laissait tout son bien, qui consistait en une grosse montre d'or, avec une chaîne du même métal. La montre, malheureusement, ne fonctionnait

55

plus. Mme Marthe proféra que les objets ont une espèce de fidélité, comme les animaux, à l'égard de leur maître, et assura que la montre ne marcherait jamais. On jugea plus sage de la vendre au poids, avec sa chaîne, et l'on plaça ponctuellement le petit capital ainsi recueilli en bons d'Etat au bénéfice de bébé Rose.

8

Vers la fin du mois de juin, l'artiste au regard ardent réapparut sur le Champ-de-Mars. La jeune femme l'aperçut de loin, qui marchait le nez au vent et l'âme certainement dans l'azur. Elle le reconnut au sillage que faisait derrière lui son écharpe blanche. La jeune femme laissa bébé Rose aller devant elle, la considérant avec infiniment de tendresse et se demandant de quel côté allait se diriger l'enfant qui tanguait bravement parmi les ondoiements de l'herbe haute.

Ce fut du côté de l'artiste. Celui-ci rentrait de voyage : il avait passé quelques jours dans le département de l'Hérault, « où se trouvaient ses racines ». Auparavant il avait beaucoup travaillé pour préparer le prochain Salon des indépendants. Il n'était pas sorti de chez lui plusieurs semaines durant, mais il avait peint deux ou trois « babioles » dont il n'était pas mécontent.

Il avait une douceur, dans la voix, qui donnait un air de confidence au propos le plus banal. On ne pouvait que se pénétrer de ses paroles, qui vous coulaient pour ainsi dire dans le creux de l'oreille.

Après un moment, il sortit de sa veste un carnet de croquis, et avec une dextérité merveilleuse il fit sur-le-champ quelques esquisses de bébé Rose, qu'il offrit à la maman. Celle-ci rougit, minauda un peu, puis accepta, avouant avec candeur qu'elle ne possédait pas d'œuvre d'artistes contemporains.

Il faisait très beau ce jour-là. Une brise d'été agitait doucement les frondaisons et faisait un bruit de source quand on passait sous les arbres. La belle promeneuse imagina qu'elle se trouvait très loin de la capitale, à côté de ce jeune homme qui lui avait pris le bras avec simplicité : le jeune homme, comme en écho à cette réflexion secrète, fit remarquer qu'on n'entendait plus du tout le bruit de la ville. Et il ajouta plaisamment qu'il n'était point tout à fait sûr de retrouver son chemin.

Ils rirent de bon cœur, et bien sûr ils retrouvèrent leur chemin.

Mme Marthe était d'avis qu'un homme ne peut pas vivre longtemps seul : l'alcoolisme, la syphilis et les idées socialistes le guettent. Elle lavait le linge du jeune peintre et reprisait ses caleçons, refusant la moindre rémunération pour ces besognes. Elle rapportait elle-même les chemises propres au quatrième. Elle racontait à la femme de l'ingénieur ce qu'elle avait vu dans le petit appartement de l'artiste, qu'elle n'appelait plus désormais que l' « atelier » ou le « studio » : un jour elle y avait rencontré une femme toute nue, et la femme lui avait simplement dit « bonjour ». Mme Marthe ajoutait que c'était un étrange métier, vraiment, que celui de peintre. Pouvait-on concevoir cela : une femme nue, debout sur un tabouret, un pied en l'air, un carquois à l'épaule, un arc dans la main gauche, et un homme en face, à deux

mètres, préparant ses couleurs et fumant tranquillement la pipe ?

L'épouse de l'ingénieur révéla qu'elle ne s'était
jamais trouvée nue devant son propre mari, sauf dans
l'obscurité la plus complète, et que même alors, elle
s'était sentie terriblement gênée : la concierge se
demandait si un homme qui était peintre ou médecin
pouvait vraiment tomber amoureux d'une femme,
puisque ce sexe n'avait plus aucun mystère pour lui.
Mais « l'amour ne s'adresse pas seulement au corps »,
objectait avec conviction la jeune femme. Et elle
ajoutait que le peintre et le médecin, dans l'exercice
de leur profession, n'étaient évidemment plus des
hommes.

Elle ne connaissait du sexe masculin que l'ingénieur
barbu, dont le regard l'intimidait même quand elle
portait son corset et trois jupons sous sa robe. En
comparaison de quoi le jeune peintre, qu'on aurait
plutôt pris dans ses bras et caressé comme un enfant,
ne pouvait en aucun cas être tenu pour un homme,
évidemment.

Elle savait bien mieux coudre que Mme Marthe, et
s'offrit à repriser le linge de l'artiste, sentant que
l'adolescent au regard fiévreux avait besoin de deux
mamans plutôt que d'une. Quand elle avait fini son
ravaudage, elle descendait porter son travail chez la
concierge. Il était plus convenable que le peintre
n'apprît point que sa jeune voisine aussi prenait soin
de son linge.

Un soir, par exception, elle trouva la loge de
Mme Marthe fermée. Elle en fut étrangement désap-
pointée : elle se plaisait à imaginer, quand elle venait
de rapiécer le gilet ou l'ample chemise de son protégé,
qu'il allait enfiler sur-le-champ le vêtement ainsi

visité par des doigts attentifs. Elle regagna le premier
étage, toujours sous le coup de la déception et dans le
sentiment confus qu'elle allait avoir travaillé pour
rien, en tout cas jusqu'au lendemain. Puis elle pensa à
faire porter le paquet par sa petite Alsacienne, et cette
idée lui parut tout à fait raisonnable : l'artiste
comprendrait que la jeune dame du premier maniait
un peu l'aiguille pour lui, mais il profiterait tout de
même de sa chemise rendue comme neuve, et il
verrait comme les boutons en étaient solidement
recousus.

La jeune dame du premier ne trouva point la petite
Alsacienne. Elle se rappela qu'elle l'avait envoyée
chercher des pommes de terre, et cette enfant était
d'un âge à flâner un peu, un filet de pommes de terre à
la main. Bébé Rose dormait, un sourire sur les lèvres.
On aurait dit un sourire d'amusement. Un calme
délicieux régnait dans l'appartement, surtout depuis
que la pendule ne fonctionnait plus. Le soleil couchant
illuminait le salon, qui en devenait presque pimpant.
La jeune femme traversa, pensive, les trois pièces en
enfilade qui donnaient sur le Champ-de-Mars. Elle se
sentait chez elle, enfin, depuis que Berthe n'y était
plus. L'absence de M. l'ingénieur y était pour quelque
chose aussi.

Puis elle se souvint de la chemise du peintre, et sans
trop y réfléchir elle alla la porter elle-même au
quatrième.

L'artiste protesta que la jeune dame n'aurait pas dû
se donner ce mal pour lui, et qu'il n'oserait plus
confier ses chemises à la concierge, dorénavant. Il
admira beaucoup le rapiéçage du poignet, remar-
quant que lui-même ne savait toucher à de la toile que
pour la barbouiller de couleurs. La couturière sourit

avec indulgence. On était un peu intimidé, de part et d'autre, mais bien ravi. La jeune dame promenait un regard de surprise et de curiosité sur les lieux de son existence passée. Elle avait du mal à reconnaître son appartement, avec cette peinture blanche sur les murs : la pièce paraissait vraiment plus grande, malgré l'énorme chevalet qui en occupait le centre et le désordre des toiles tout autour. De sa voix si mélodieuse, le peintre proposa comme en confidence un « rafraîchissement ». La visiteuse refusa, à mi-voix elle aussi. Mais quand on parla de montrer les dernières toiles qu'on avait faites, la jeune dame accepta volontiers, s'excusant par avance de ne rien savoir en dire car elle n'avait point de jugement. Le peintre répliqua qu'il ne reconnaissait d'autre jugement que celui du cœur, et afin sans doute de faire palpiter celui de la visiteuse, il dégagea quelques-unes des toiles qui étaient rangées dans un coin de la pièce, pour les disposer les unes à côté des autres contre la plinthe. C'étaient des nus féminins : la visiteuse reconnut la belle créature brune rencontrée dans l'escalier, et aussi la femme au carquois dont lui avait parlé Mme Marthe. L'auteur de ces tableaux avait à coup sûr un certain talent : son pinceau rendait à merveille le velouté de la peau, et savait évoquer de manière troublante la tendresse du corps féminin. Le cœur de la visiteuse se mit à battre un peu plus vite, mais elle n'eut pas le recours de baisser les yeux puisque les toiles se trouvaient à ses pieds, posées à même le plancher. Depuis un instant, d'ailleurs, elle ne songeait plus à se détourner de ces images voluptueuses. Elle se laissait aller en douce à une sorte d'ivresse : elle qui ne se regardait guère dans les miroirs, et surtout pas toute nue, était littéralement aimantée par le spectacle de ces corps qu'elle soupçonnait d'être semblables au sien. Elle se voyait dénudée à son tour, et elle n'osait plus lever les yeux sur le jeune homme qui se tenait à son côté, et qui devait savoir mieux qu'elle-même comment elle était faite, jusque dans ces « moindres détails » dont aimait parler Mme Marthe. Si le peintre, en cet instant, l'avait prise dans ses bras pour lui arracher sa robe et la dévorer de baisers, elle ne se serait peut-être pas défendue, car elle se sentait d'ores et déjà dépouillée de sa robe, précisément, et de son corset, et de ses jupons, et de sa pudeur. Son corps se tenait immobile et sage devant les toiles lascives, mais son âme, ou ce qu'en d'autres circonstances on aurait pu désigner par ce mot, s'était laissée choir avec délices parmi les foisonnements roses et blancs de la chair offerte à son regard, à son désir.

L'artiste s'écarta de la belle contemplatrice. Sur la pointe des pieds, comme pour ne pas la tirer de son rêve, il alla s'asseoir dans l'unique fauteuil de la pièce, près de la fenêtre, et il alluma une longue pipe. La jeune femme revenait un peu de son espèce de langueur. Elle pensa qu'il était temps de dire quelque chose, de faire un commentaire peut-être, mais elle chercha en vain les mots pour exprimer ce qu'elle ressentait, et les eût-elle trouvés qu'elle n'aurait sûrement pas osé les dire. Puis elle songea que bébé Rose se trouvait seule dans l'appartement, et qu'elle pouvait se réveiller d'un moment à l'autre. Elle n'avait pourtant pas envie de redescendre. Il y avait peut-être d'autres toiles à regarder. Elle se retourna et vit le peintre qui fumait avec sérénité sa longue pipe : il n'avait pas l'air pressé non plus. Il régnait un silence merveilleux dans la pièce toute blanche. On y était infiniment loin du reste du monde, comme sur le sommet d'un pic inaccessible. Cette précieuse solitude était sans doute l'apanage des créateurs, et l'artiste du quatrième avait bien voulu la partager pendant quelques instants avec la voisine du premier. La jeune femme reconnaissante s'approcha du fauteuil. De la beauté coulait goutte à goutte dans son âme, elle en sentait la sublime brûlure, et dans une minute, certainement, cela ressortirait par sa bouche en phrases mélodieuses. Alors, elle inspira un grand coup, puis, manquant défaillir d'émotion, elle balbutia qu'elle trouvait « tout ça très beau ».

Le peintre, laconique, répondit : « entrez ! », mais il ne s'adressait pas à l'épouse de l'ingénieur, bien sûr : quelqu'un venait de frapper à la porte.

C'était la concierge. Elle resta une seconde sur le seuil, la bouche ouverte, sa pile de linge sur le bras, tout épatée de trouver la jeune femme en ce lieu. Celle-ci s'était tournée vers la porte, face à Mme Marthe, et demeurait immobile aussi, comme prise en faute.

Le peintre se leva et demanda en souriant : « Faut-il que je fasse les présentations ? ». Il avait deux mamans dans l'immeuble pour lui laver et lui repriser son linge, et il se trouvait tout à fait à l'aise dans son rôle de grand garçon gâté. Quant aux deux mamans, elles savaient bien qu'il était sans défense, au fond, et qu'il avait besoin d'elles.

Quelques minutes plus tard, elles redescendaient ensemble l'escalier, l'une vers son banal premier étage, sa petite Rose, ses rêves de quatre sous, l'autre vers la porte vitrée de sa loge, d'où elle regardait passer la vie qui entrait ou sortait de l'immeuble. Elles avaient le cœur un peu serré, toutes les deux.

63

Une étrange nostalgie les gagnait tandis qu'elles s'éloignaient de l'artiste, mais elles étaient contentes, au fond, de s'être rencontrées chez lui : c'était un secret de plus qu'elles allaient partager.

9

Du temps où Berthe faisait régner le silence et l'angoisse dans l'appartement du premier, la jeune femme ne lisait qu'en secret les romans que Mme Marthe lui prêtait : nul doute que la sorcière n'eût bientôt trouvé comment faire disparaître les petits volumes, précieuses friandises au goût de liberté grâce auxquelles Mme la patronne retrouvait chaque soir dans le lit de Monsieur d'imaginaires et merveilleux amants.

Désormais, deux ou trois romans encombraient en permanence la table de chevet de la jeune femme, qui ne savait s'endormir que quand ses héros avaient enfin trouvé le bonheur.

Mariée depuis quatre ans et mère d'une jolie petite fille, elle découvrait enfin les mystères du cœur et s'initiait aux ruses de l'amour : elle apprit ainsi qu'une passion peut se dissimuler des années durant sous les dehors de l'amitié, d'une tendresse toute fraternelle, avant d'éclater soudain comme un feu dévorant et fatal.

Elle écrivit moins souvent à M. l'ingénieur, dont le retour en métropole, remis de mois en mois par les difficultés du chantier, appartenait désormais à un avenir lointain et tout à fait irréel.

Elle pensait souvent, le soir, à l'artiste du quatrième. Elle ne montait plus le voir dans son « atelier » car toutes les chemises du jeune homme étaient désormais reprisées, mais elle le rencontrait presque chaque jour sur le Champ-de-Mars, et ils bavardaient amicalement, comme un frère et une sœur. Elle lui avait demandé son âge, un jour : il avait trois ans de plus qu'elle, mais elle se trouvait bien plus vieille que ce grand garçon qui envoyait la balle à bébé Rose et riait comme un enfant.

Cette idée aurait suffi à la rassurer, si elle avait nourri le moindre soupçon sur la nature de ses propres sentiments, et ses lectures du soir semblaient ne lui avoir rien appris qui s'appliquât à elle-même et au plaisir qu'elle éprouvait à marcher sous les arbres en s'appuyant doucement au bras d'un aimable compagnon.

Mme Marthe suivait avec bienveillance les progrès de cette liaison platonique et bien touchante. Elle regrettait que son propre mariage, jadis, et les responsabilités précoces qu'elle avait assumées l'eussent empêchée de rencontrer comme la jeune femme un confident capable de la distraire, de l'écouter, de lui former le goût, de la comprendre. Le rôle de M. l'ingénieur, dans cette affaire, se faisait évidemment de plus en plus discret. On s'abstenait simplement d'évoquer l'avenir, car l'amitié entre le peintre et la dame du premier semblait destinée à durer éternellement.

Celle-ci doutait quelquefois que le jeune homme vînt chaque après-midi sur le Champ-de-Mars par goût de la promenade seulement : Mme Marthe était

66

d'avis que c'était plutôt pour rencontrer la voisine du premier, et elle demandait à son amie s'il ne lui faisait pas un peu la cour. La jeune femme ne savait que répondre, car elle ne connaissait rien à ces choses : M. l'ingénieur ne lui avait jamais parlé d'amour. Cet homme ne s'intéressait vraiment qu'aux poutrelles de ses ponts, au point de ne pas se chagriner d'en avoir une dans son lit, du moment qu'elle lui donnerait un jour ou l'autre un gros garçon.

Les deux femmes s'interrogeaient sur les regards du peintre, sur les allusions que pouvaient receler ses paroles, sur les croquis au fusain qu'il aimait faire de bébé Rose ou parfois de sa maman : n'étaient-ce pas de suffisantes marques de tendresse, les preuves répétées d'une véritable quoique discrète passion ? A quoi la jeune femme répliquait qu'elle venait encore de croiser dans l'escalier la créature aux cheveux roux qui montait chaque matin au quatrième pour s'y mettre toute nue. Mais l'objection était de pure forme, et l'on admettait volontiers que cette nudité-ci n'avait rien à voir avec l'amour, même s'il n'était pas invraisemblable qu'un jeune homme en bonne santé en profitât quelquefois.

Après bien des hésitations, on finissait par décider que le peintre était bel et bien amoureux de la dame du premier, et qu'il la vénérait au point de ne pas oser se déclarer. Les romans de Mme Marthe fourmillaient de ces héros timides et ténébreux, consumés de passion secrète et de phtisie, et la femme de l'ingénieur lisait les mêmes livres que la concierge.

Un jour, vers le milieu de l'été, il lui proposa de monter avec lui sur la tour Eiffel. Le temps était superbe. Le ciel semblait de faïence bleue. Un orgue de Barbarie jouait un air de la *Veuve joyeuse* : un homme en chapeau melon et maillot rayé, un petit singe sur l'épaule, tournait avec nonchalance la manivelle de l'instrument. Le peintre promit à sa belle invitée que de là-haut ils allaient voir Versailles, la flèche de Notre-Dame de Chartres, et peut-être l'océan.

On ne monta qu'au premier étage car la jeune femme craignait que l'air, au sommet de la tour, ne fût trop vif, ou au contraire trop raréfié, et que la petite Rose ne s'en trouvât mal. On but de la limonade, et l'on fit lentement le tour de la plate-forme en admirant le somptueux panorama de Paris. Il n'y avait pas de plus belle ville au monde. Le peintre dit qu'il aimait voyager, et qu'il connaissait Rome et Florence. La dame dit qu'elle n'avait été qu'en Indochine, et qu'elle n'y avait vu que les temples d'Angkor, qui étaient une bien moins belle chose que Notre-Dame. Elle dit aussi que son mari avait travaillé à la construction de la tour, jadis.

C'était la première fois que la jeune femme parlait de M. l'ingénieur, et une certaine fierté se laissait déceler dans le ton de sa voix. Le peintre leva brièvement la tête et jeta un coup d'œil appréciateur parmi les poutrelles. Il dit que c'était très bien, et l'on n'en parla plus.

En quittant l'ascenseur, toutefois, il tint à déclarer en toute franchise qu'il trouvait cet édifice métallique plutôt laid et d'un goût déjà dépassé. La jeune femme admit en elle-même que le peintre et son mari ne pourraient guère s'entendre s'ils venaient à se connaître. C'étaient deux fortes personnalités, malheureusement opposées en tout point. Elle s'avisa qu'elle aurait sans doute à renoncer à ses promenades avec le jeune homme quand M. l'ingénieur serait de retour.

Le ciel lui parut moins bleu tandis que l'homme au maillot rayé s'attelait aux brancards de son orgue et commençait à s'éloigner. Ce soir-là elle se coucha plus tôt que d'habitude, et elle ne lut point car elle avait mal à la tête depuis qu'elle s'était ressouvenue de sa vie.

Elle alla pourtant flâner le lendemain sur le Champ-de-Mars, comme d'habitude, et elle y rencontra l'artiste. Mais il avait dû se ressouvenir de sa vie, lui aussi, car une femme était accrochée à son bras, et l'épouse de l'ingénieur reconnut la créature aux cheveux roux qui s'exhibait toute nue sur les toiles du jeune homme.

Son cœur se serra. Elle s'immobilisa sur place et demeura un moment interdite. Le peintre passa devant elle, à quelques mètres seulement, et ne la vit point. Il bavardait et riait avec sa compagne : plus rien ne paraissait exister autour du couple.

Bébé Rose s'était éloignée de quelques pas et venait de tomber sur le gravier. Maintenant elle pleurait et demeurait sur place, elle aussi, attendant que sa maman vînt lui remettre la planète sous les pieds. Mais sa maman ne faisait plus attention à elle, regardant seulement le peintre s'éloigner avec sa rousse, et les gens, déjà, s'attroupaient devant le bébé : on s'étonnait que la petite Rose n'eût point de maman pour la consoler et punir le gravier qui l'avait blessée.

Le moment d'après, la dame du premier rentrait chez elle en toute hâte, serrant très fort contre elle la malheureuse enfant qui aurait pu mourir sous ses yeux sans qu'elle la vît. Elle était bien décidée à ne jamais se pardonner cette négligence. Elle n'osait songer à tout ce qui aurait pu arriver pendant cette minute d'inattention. Elle en frémissait d'horreur et de honte. Elle se répétait « mon Dieu, mon Dieu », tout en courant vers la maison, serrant toujours le bébé dans ses bras, et elle commençait à deviner ce qui se passait dans son cœur : elle n'était pas malade de honte seulement. La jalousie lui tenaillait le ventre. Il pouvait bien coucher, l'artiste, avec toutes les grues qui se déshabillaient devant lui, mais il n'avait pas le droit de se promener avec elles, de bavarder avec elles, de rire avec elles.

Elle s'arrêta chez Mme Marthe avant de monter au premier. Elle lui montra les genoux de sa pauvre enfant : ils étaient tout écorchés, reconnut la concierge, et la maman partit alors d'un long sanglot. Mme Marthe prit les choses en main. Elle lava les genoux de la petite au savon noir, ce qui eut pour effet de redoubler les cris de la petit et les sanglots de la grande. On s'occupa ensuite de la plus désemparée des deux, qui revendiquait pour elle-même, avec véhémence, tous les châtiments du Ciel. On finit par comprendre la véritable raison de son désarroi. On lui assura en souriant que tout cela n'était pas si grave. On lui révéla même, sous le sceau de l'amitié, qu'on avait trompé son mari, autrefois, et que le Ciel n'avait pas pris cette affaire trop au sérieux puisque le mari était mort sans rien soupçonner, et qu'on vivait toujours. On avait eu des remords, bien sûr, mais aujourd'hui l'on n'avait plus que des souvenirs. Alors fallait-il vraiment se tourmenter ?

10

Et puis l'ingénieur annonça son retour par un télégramme de huit mots, où il embrassait son épouse et son enfant en abrégé, comme du bout des lèvres. Pendant une minute la jeune femme resta hébétée face à ces effusions télégraphiques et passablement avaricieuses. Cette manière de l'ingénieur d'annoncer son retour trois jours seulement à l'avance ne ressemblait que trop aux façons qu'il avait dans le lit. Cet homme était brutal et froid. Il n'avait rien à partager avec son épouse, pas même ses meubles, qui ne devaient pas bouger de leur place et qu'elle avait seulement le droit de regarder. Il ne l'avait pas consultée avant de la quitter pour l'Algérie. Il ne la prévenait de son retour qu'au dernier moment, sans doute pour qu'elle lui sortît sa robe de chambre de la naphtaline. Elle se rendait compte qu'elle vivait depuis quatre ans avec un fait accompli.

Une heure après la réception du télégramme elle fut saisie d'un brutal accès de fièvre : elle se mit à claquer des dents, et son menton parut prêt à se détacher du reste du visage, qui avait pris en quelques minutes la couleur et la consistance du plâtre mort. La petite Alsacienne courut chercher Mme Marthe, qui fut d'avis de quérir au plus vite un médecin. Le praticien examina longuement la malade. Il demanda une serviette, qu'il étendit sur le dos de sa patiente avant d'y poser l'oreille. S'il avait su déchiffrer par ce moyen ce qui se disait dans le for intérieur de la jeune femme, il aurait probablement prescrit le divorce comme unique remède. Mais ces choses-là ne s'entendent pas avec l'oreille. Cependant Mme Marthe, qui avait l'habitude d'écouter aux portes, regardait faire le médecin avec envie.

Celui-ci parla d'un accès de malaria, et ordonna bien sûr de la quinine. La pauvre dame absorba docilement sa quinine, avec énormément de tisane pour l'aider à transpirer, et la fièvre baissa dans la nuit, mais non pas le chagrin.

Le lendemain elle se sentit mieux, seulement fatiguée, mais au point de n'avoir plus la force de penser vraiment aux cinquante ans qui lui restaient peut-être à vivre, et elle se crut moins malheureuse que la veille. Elle promena un peu bébé Rose dans l'appartement, la serrant dans ses bras et la berçant, puis la reposant brusquement dans son petit lit de crainte de défaillir et de la lâcher : elle s'était épuisée si vite à la porter ainsi, qu'elle eut l'impression qu'elle n'aimait pas son enfant, et peut-être en vérité ne l'aimait-elle pas beaucoup. Etait-ce encore l'effet de la fièvre, ou celui de la fatigue ? Il lui semblait que quelque chose d'horrible remuait au fond d'elle-même. Ses chers romans qui lui avaient appris tant de choses sur la nature humaine ne parlaient point de cela, et elle avait le vertige, au bord du gouffre qui se creusait soudain dans le monde le plus quotidien, malgré toute sa volonté de se raccrocher à des certitudes raisonnables.

Une nuit passa encore. La fièvre avait tout à fait disparu. La jeune dame fut plus calme, et la chose tapie dans la boue au fond de son âme avait cessé de remuer et de lui faire peur. Elle fit un rêve où elle posait pour le peintre. Elle se tenait nue au milieu de la pièce toute blanche, la poitrine et le ventre caressés par les rayons du soleil couchant. Ou bien était-ce le vent tiède qui entrait par la fenêtre ouverte. Dans un coin de la pièce, une demi-douzaine de balais étaient posés contre le mur, la brosse en l'air. Elle se demandait ce qu'en pouvait faire l'artiste. Mme Marthe entra sur les entrefaites, une pile de chemises sur le bras. Elle fit d'abord semblant de ne pas voir la jeune femme toute nue, et elle gagna sans rien dire la pièce voisine, pour y déposer les chemises. Quand elle revint, elle se tourna vers le peintre et lui dit : « Il faut la faire pleurer le plus possible : cela chassera la fièvre ». Puis elle choisit le plus gros des balais qui étaient contre le mur, elle l'enfourcha, et elle s'envola par la fenêtre en répétant : « Il faut qu'elle pleure ! elle doit pleurer le plus possible ! ».

Le lendemain, la jeune femme se dit qu'elle devait préparer la maison pour le retour de M. l'ingénieur, et elle fit épousseter les livres dans le bureau. Elle remit aussi en marche la pendule du salon, s'efforçant de s'habituer à nouveau à son tic-tac obsédant. Puis elle vit bien qu'il n'y avait rien de plus à faire, car l'appartement se trouvait dans l'état, exactement, où l'avait laissé M. l'ingénieur : elle y avait vécu, avec son bébé, sans y imprimer la moindre trace.

Plusieurs fois, dans la matinée, elle repensa au rêve qu'elle avait fait. Une sensation de chaleur l'envahissait alors, et elle rougissait. Elle attribua le phénomène à son récent accès de fièvre. Puis elle se rappela que M. l'ingénieur serait de retour le lendemain soir, et cette perspective, en se rapprochant, lui parut encore plus étrange : elle revoyait la barbe carrée de son mari, les poils qu'il avait sur les mains, sa façon de la regarder quand il n'était pas content de quelque chose, et maintenant elle en riait toute seule.

Elle ne vit point ce jour-là Mme Marthe, qui était allée visiter une cousine à Chatou. Elle se jugea trop faible encore pour sortir avec bébé Rose, et elle confia le soin de sa promenade quotidienne à la petite Alsacienne, en qui elle avait maintenant toute confiance.

Elle essaya de se remettre à la lecture du roman commencé l'avant-veille, mais l'histoire lui en parut fade, soudain, et le héros tout à fait dénué d'intérêt. Alors, dans son fauteuil près de la cheminée, elle se mit à penser au peintre, à ses yeux, à ses cheveux bouclés, aux fossettes de ses joues quand il souriait. Elle ferma les yeux, pour mieux le revoir, dans le halo déjà de la nostalgie puisqu'elle savait qu'elle ne pourrait plus le rencontrer si souvent, désormais, et qu'elle n'aurait plus le droit de penser à lui avec tendresse. Quand elle rouvrit les yeux, après un moment, elle vit que ses mains tremblaient et elle eut un brusque sanglot. Elle se souvint de la phrase entendue dans son rêve : « il faut qu'elle pleure, elle doit beaucoup pleurer pour que la fièvre s'en aille », et alors elle versa tout un flot de larmes, s'abandonnant au sentiment de sa propre faiblesse devant la difficile tournure de son destin : ne pouvait-elle aimer l'homme à la barbe carrée, le père de sa petite Rose ? Pourquoi n'avait-elle jamais su lui parler, ni retenir son attention plus d'une minute ? Pourquoi se sentait-elle toujours stupide, devant lui ?

Elle songea qu'il se trouvait maintenant sur le bateau qui le ramenait vers elle, et que ce bateau n'avait pour ainsi dire aucune chance de sombrer. Ses sanglots redoublèrent alors, et elle eut horreur de ses sanglots. Qui était-elle ? quel monstre ? quelle créature du démon ?

Elle demeura dans cet état de confusion pendant un assez long moment, puis elle se retrouva dans sa chambre, fouillant avec inquiétude les tiroirs de sa commode, sans pouvoir se rappeler ce qu'elle y cherchait. Elle fut contente de trouver à la fin un mouchoir, et elle essuya les larmes qui lui avaient ruisselé sur le visage et le cou.

Ses pleurs n'avaient en rien calmé la fièvre qui l'agitait, quoiqu'en eût dit son rêve. Pendant une heure elle erra d'une pièce à l'autre, oubliant régulièrement ce qu'elle s'était proposé d'y prendre ou d'y ranger. Des bouffées de chaleur lui montaient au visage, et elle ouvrait la fenêtre, mais l'instant d'après un frisson la secouait, et elle allait chercher dans l'armoire le châle qu'elle portait en hiver. Elle se remettait à sangloter devant l'armoire, et, s'apercevant à travers ses larmes dans le grand miroir, elle éprouvait soudain une telle honte qu'elle en oubliait ce qu'elle était venue chercher.

Vers cinq heures elle entendit la clé tourner dans la serrure. C'était l'Alsacienne qui rentrait avec bébé Rose.

Dans une impulsion, l'épouse de l'ingénieur gagna sa chambre et s'y enferma. Elle reconnut la voix de la jeune fille, derrière la porte, et le babil de la petite. Le martèlement des bottines sur le plancher se rapprocha, s'éloigna, puis se rapprocha encore. L'enfant cherchait sa maman, bien sûr. Celle-ci demeurait enfermée dans sa chambre sans pouvoir ouvrir ni se montrer : elle retenait son souffle. Elle haïssait soudain son beau bébé Rose et souhaitait ne plus jamais le voir. La petite se mit alors à rire et gazouiller, ayant deviné la présence de sa mère juste derrière le battant, et croyant à un jeu de sa part. L'Alsacienne vint chercher le bébé au pied de la porte, et appela : « Madame ? Madame ? est-ce que tout va bien ? »

Et la jeune femme ne pouvait rien répondre. Elle n'en avait pas le courage. Elle aurait voulu qu'on la laissât, qu'on l'oubliât fût-ce un quart d'heure encore : c'était le temps qu'elle demandait pour se résigner à ce qu'il y avait de l'autre côté de la porte, et pour dire adieu à plusieurs mois d'insouciance, à ses romans, à cette chambre où elle ne pourrait peut-être plus jamais se trouver seule, ni lire, ni rêver. Mais la petite Alsacienne insistait : « Madame ! Madame ! est-ce que vous m'entendez ? Est-ce que vous n'avez besoin de rien ? »

Quand la jeune femme vit la poignée de la porte s'abaisser lentement, comme une sorte d'animal glacial qui serait sorti de sa léthargie pour se mettre à grouiller sous ses yeux, elle déverrouilla soudain la serrure, saisit la poignée comme pour l'étouffer, et poussa brusquement le battant.

Elle passa devant l'Alsacienne ébahie sans dire un mot, et sortit de l'appartement dans la même foulée, le visage défait et les cheveux en désordre.

Elle monta au quatrième.

Il était chez lui. Il s'y trouvait seul. Et elle, le regard terrorisé, la respiration haletante, les mains jointes devant elle dans un geste d'imploration, se tenait sur le seuil sans plus rien pouvoir faire, ni entrer dans la pièce ni s'enfuir vers l'escalier. Alors il lui prit les mains avec douceur, l'attira tendrement à lui, et poussa du pied le battant de la porte, derrière elle.

M. l'ingénieur arriva le lendemain soir et voulut tout de suite faire un garçon à Madame. Celle-ci subit son étreinte en silence, songeant qu'elle avait connu la veille ce que les hommes, les femmes, et toutes les créatures de Dieu sans doute, viennent sur cette terre pour connaître. Elle n'en exigeait pas plus. Elle savait qu'elle ne reverrait jamais le peintre du quatrième. Elle l'avait supplié de ne plus chercher à la rencontrer, et il avait sans doute compris ce qu'elle lui demandait. Il n'avait pas protesté. Il n'avait rien dit. Il l'avait seulement regardée avec infiniment de tendresse, pendant une minute, et elle se souviendrait jusqu'à son dernier jour de ce regard. Peut-être avait-il songé qu'il aurait pu l'aimer vraiment, et faire son portrait comme il l'avait un jour proposé, non pas sur une toile mais dans son âme plutôt, au plus secret de lui-même.

11

De cette double union naquit un enfant, qui fut cette fois encore une fille.

L'ingénieur ne fit aucun commentaire. Plus il était contrarié, moins il parlait. Il s'en allait réfléchir dans son bureau. Il y restait enfermé des heures entières. Sans doute regrettait-il d'avoir épousé cette femme sans dot, trop grande de taille, et à demi stérile.

Il s'était fait installer un lit dans son bureau pendant les couches. Il ne le fit point enlever ensuite, et continua de dormir seul, parmi les ouvrages de mathématiques et les traités de mécanique. Il n'était sans doute pas plus misogyne que la plupart de ses contemporains : il considérait que la femme est une zone d'ombre de la nature humaine qui demeure par-là même inachevée, ouverte à l'imprévisible.

Il ne rencontrait son épouse qu'à l'heure du dîner. Il ne lui parlait guère à ce moment-là non plus. Il lorgnait parfois la petite Alsacienne en se donnant l'air de réfléchir.

On appela le nouveau-né « Madeleine », qui était le nom d'une sainte, mais l'ingénieur y consentit parce que cette sainte était sa propre mère.

On fit venir de son village, près de Nantes, la

78

bienheureuse vieille pour qu'elle assistât au baptême et qu'elle connût ses petits-enfants avant de mourir. Amélie, la sœur aînée de l'ingénieur, qui à cinquante ans passés n'avait jamais quitté sa mère, accompagnait l'aïeule et devait être la marraine de la petite.

Elles débarquèrent gare Montparnasse par un petit matin de neige. La vieille avait entortillé des chiffons autour de ses bottines et glissé des journaux entre sa robe et sa chemise pour ne pas s'enrhumer. Elle avait mis dans un panier d'osier une paire de bas, des œufs frais, son bonnet de nuit, des galettes au beurre, et une chemise de rechange. Elle était contente de ne pas s'être fait voler son panier dans le train.

Elle marchait trois pas en avant de sa fille, qui s'était jadis luxé la hanche et qui souffrait d'un boitillement que la vieille attribuait à la seule paresse.

M. l'ingénieur était venu les attendre au bout du quai. On s'embrassa longuement. On ne s'était pas vus depuis cinq ans. La vieille trouva que son garçon avait maigri, et lui demanda s'il était bien nourri. L'ingénieur assura qu'il se portait à merveille, mais la vieille promit de vérifier cela elle-même.

Amélie ne parlait pas et se contentait de regarder son frère avec vénération. Elle ne disait jamais grand-chose en présence de sa mère, qui trouvait à chaque fois moyen de la reprendre.

Le panier fut confié à la sauvegarde du grand fils, et l'on se dirigea vers le passage du tramway. Mais la vieille refusa de monter dans cet engin. Elle avait passé une nuit abominable dans le train, où elle avait manqué d'air, et maintenant elle voulait aller à pied.

On s'en alla donc vers l'Ecole militaire, l'aïeule ouvrant la marche, Amélie s'essoufflant et clopinant derrière, soutenue par l'ingénieur qui craignait qu'elle ne glissât sur la neige et ne s'abîmât de nouveau la hanche.

On passa sous la grande roue. L'aïeule lui accorda un coup d'œil de bas en haut, puis se tourna vers son fils et sa fille pour qu'ils fussent témoins de sa mimique de désapprobation.

On passa ensuite au pied de la tour Eiffel, qui eut droit à un examen plus attentif puisqu'on savait que le grand garçon avait travaillé à sa construction. Mais l'impression ne fut pas plus favorable, et la vieille se contenta de demander : « C'est vraiment toi qui as planté là ce chandelier ? »

L'épouse de l'ingénieur était anxieuse depuis plusieurs jours. Elle savait bien qu'on allait l'observer et la juger. C'était son devoir, certainement, de plaire à la mère de son mari. Elle ne s'était pas demandé si elle avait envie d'y réussir.

La vieille l'examina longuement, sans sourire, de ce regard transparent, glacial et légèrement hypnotique que son fils avait hérité d'elle. Puis elle fit le tour de l'appartement, et vérifia la bonne tenue de la cuisine avant de revenir à la jeune femme pour l'examiner à nouveau, et la complimenter finalement sur sa denture.

On montra ensuite la petite Rose, que l'Alsacienne avait fini d'habiller, et bébé Madeleine, qui venait de prendre son biberon : celle-ci considéra l'aïeule de ce regard d'extrême attention qu'ont souvent les nourrissons dans les premiers instants de la digestion. La vieille dit qu'elle avait sûrement des vers.

La grand-mère aurait voulu coucher dans la cuisine, mais son fils lui remontra qu'on n'était pas à la campagne et qu'il avait fait préparer deux lits dans son bureau, pour elle et pour Amélie. La vieille femme alla voir les lits, trouva les matelas bien mous, mais ne protesta pas davantage, comprenant qu'elle n'était pas chez elle. L'épouse de l'ingénieur lui demanda si elle ne voulait pas s'étendre et se reposer un moment avant l'heure du déjeuner. On lui répondit qu'on avait l'habitude de passer de mauvaises nuits depuis plus de vingt ans, et qu'on n'allait pas mourir de celle-ci plus que des autres. L'ingénieur eut un sourire, ce qui lui arrivait rarement, et dit que sa maman sciait elle-même son bois dans la cour de sa maison. La jeune femme lui trouva un air de fierté comique et enfantine comme il parlait ainsi, et elle sourit intérieurement. Cet homme l'intimidait encore, mais elle ne le trouvait plus si imposant.

Le baptême eut lieu quelques jours plus tard, mais grand-mère et Amélie ne s'en allèrent pas pour autant. Elles s'étaient bien habituées à l'appartement du fils, et elles s'y trouvaient maintenant comme chez elles. Amélie avait son petit campement dans le bureau de monsieur son frère, au milieu des livres qui l'avaient rendu si savant. Elle n'en sortait guère dans la journée, prenant prétexte de ses « mauvaises jambes » pour se déplacer le moins souvent possible, et seulement du lit au fauteuil le plus proche. La grand-mère avait raison au moins sur ce point : Amélie était une paresseuse, qui dans sa vie n'avait jamais rien su faire que de la graisse.

La vieille, par contre, avait de l'énergie pour deux. Elle voulait bien dormir dans une espèce de librairie avec sa fille, puisque c'était l'usage à Paris. Mais sa vraie vie se passait dans la cuisine. Elle y prenait ses quartiers dès cinq heures, le matin. Elle confection-

nait alors d'invraisemblables ragoûts, qui devaient
mijoter au moins jusqu'au soir. Elle se disait peut-
être, dans sa sagesse paysanne, qu'elle durerait bien
elle-même jusque-là, et elle recommençait le lendemain. Elle ouvrait en grand la fenêtre, mais elle
souffrait tout de même du manque d'air dans cette
maison qui n'avait pas de cour. Elle se plaignait aussi
de ne jamais savoir l'heure car on n'entendait sonner
ni vêpres ni matines. Elle disait qu'on aurait pu
accrocher au moins un carillon à ce drôle de clocher
de fer que son fils avait construit. Elle inspectait
chaque jour l'appartement de fond en comble, cherchant la toile d'araignée qui devait forcément se
trouver quelque part, et bien sûr elle avait découvert
dès le premier jour cette salle de bains où son fils
prétendait s'infliger une douche glacée chaque matin.
Elle n'avait pu réprimer un grommellement de stupéfaction : il y avait partout de la faïence blanche et des
robinets. Cela ressemblait au Godin qu'elle venait de
faire installer chez elle, mais en bien plus grand
puisqu'on pouvait s'installer à l'intérieur de ce poêle-
ci. Elle voulut savoir si sa belle-fille subissait aussi la
douche froide, et comme celle-ci lui exposait qu'elle
préférait le bain, le dimanche avant la messe, ou
parfois même en plein milieu de semaine, la vieille la
toisa d'un regard plein de méfiance, déclarant qu'une
femme honnête n'avait pas besoin de se laver si
souvent.

Elle-même devait être d'une honnêteté vraiment
scrupuleuse puisqu'elle ne remit plus jamais les pieds
dans la salle de bains. Elle sentait d'ailleurs le
salpêtre, comme les vieilles pierres dont elle semblait
avoir un peu la consistance. Elle mourrait sans doute
en s'effritant.

Mais elle n'était pas près de tomber en morceaux, et la réapparition dans sa vie de deux beaux bébés, qui étaient bien sûr un peu les siens, lui donnait comme une seconde jeunesse : le vieux caillou se couvrait de mousse toute verte.

Elle s'était donc emparée des deux petites filles, qu'elle avait commencé par imbiber de sirop vermifuge malgré les protestations de la maman. L'aïeule avait son hygiène à elle : on pouvait bien vivre sans le moindre bain de pieds, mais pas sans se laver les intestins.

Petite Rose s'attacha bien à grand-mère, malgré la figure de gargouille de la vieille, sa grosse voix, son menton plein de poils. L'aïeule avait un pied dans la tombe, certes, mais ce pied lançait des racines et l'arbre mort repartait du bas, donnant des bourgeons comme au printemps. C'était du solide, et les enfants sentent ces choses : petite Rose obéissait au doigt et à l'œil à grand-mère.

On avait tout à fait oublié l'épouse de l'ingénieur, qui semblait ne se trouver encore dans l'appartement que par inadvertance. Même la petite Alsacienne, autrefois si avenante et docile, prenait désormais ses ordres de mère-grand, et considérait plus ou moins la jeune madame comme l'invitée de la famille.

M. l'ingénieur avait réintégré la chambre conjugale depuis que sa maman couchait dans le bureau. Mais il pouvait dormir à peu près partout, et la présence d'une autre personne dans le lit ne le dérangeait pas. Il passait encore les soirées à méditer devant la cheminée. Il ne parlait toujours pas beaucoup. Sa maman disait qu'il était d'un caractère taciturne comme feu le grand-père. Il s'installait dans le fauteuil de droite. Dorénavant l'aïeule occupait celui de gauche.

L'épouse de M. l'ingénieur faisait des réussites sur la table de la salle à manger. Parfois elle commençait une partie d'écarté avec Amélie, mais la grosse femme ne savait pas maintenir son attention plus de quelques minutes, et bientôt elle s'endormait sur place, avachie sur sa chaise, le menton posé sur ses mains jointes, montrant sans façon à sa partenaire le blanc de ses yeux par les paupières entrebâillées. L'épouse de l'ingénieur reprenait les cartes sans rien dire, les mélangeait, et commençait une nouvelle réussite. La vieille et son grand fils, devant leur cheminée, n'entendaient pas la grosse Amélie qui ronflait. On s'inquiétait encore moins de la jeune femme solitaire qui battait ses cartes de l'autre côté de la table.

Elle aurait pu s'en aller, quitter cette maison, partir pour les antipodes, il n'est pas certain qu'on s'en serait ému. Et elle s'en allait en effet. Chaque jour elle s'arrangeait pour descendre chez Mme Marthe, et elle y passait une heure ou deux. Grand-mère s'occupait des enfants, et pas de la jeune maman : si un jour un tramway lui passait sur le corps, à l'infidèle, en quelque sorte, qui s'en allait courir loin de sa légitime progéniture, nul doute que la vieille ne trouverait les mots pour consoler le grand fils.

Mme Marthe et sa protégée parlaient de l'artiste du quatrième, bien sûr. La jeune femme avait révélé sa faute en confidence. Elle s'était bel et bien rendue coupable d'adultère, mais une seule pauvre fois, et c'était comme si elle avait entrevu le paradis, là-haut, entre les bras du jeune homme. Elle ne regrettait rien. Elle était pleine de reconnaissance, au contraire, pour celui qui l'avait couverte de caresses et qui avait paru la vénérer en la soumettant pourtant à des gestes d'une affolante impudeur. Mme Marthe l'écoutait en hochant la tête, à la fois complice et grave : elle aussi avait connu le sublime instant d'égarement, jadis, et depuis ce jour elle savait que l'amour pouvait être ce vertige, cette délicieuse débâcle de l'âme.

Pendant une heure les deux femmes parlaient ainsi de leur vie passée, de leur nostalgie, de leur unique et merveilleux regret. La plus vieille écoutait la plus jeune, puis elle parlait à son tour, quand l'autre n'avait vraiment plus rien à dire pour cette fois, et c'était à la jeune femme à boire le miel de la nostalgie qu'on lui offrait goutte à goutte.

M. l'ingénieur prenait de l'embonpoint grâce aux ragoûts de sa maman, et il fallut déplacer les boutons de sa redingote. Il faisait aussi des taches de sauce au vin sur son gilet et Amélie lui disait d'accrocher comme elle sa serviette à son col.

Le soir, la digestion le rendait d'humeur égrillarde, et il essayait en douce de se perpétuer dans un beau grand garçon, cette fois, qui aurait l'intelligence de son père. La jeune femme échappait à ces accès de galanterie par de violents maux de tête, qui se déclenchaient dès que M. l'ingénieur l'effleurait de la main ou de la barbe.

Elle ne possédait plus rien, pas même sa cuisine, mais elle voulait bien ne plus rien posséder tant qu'on lui laisserait « son » souvenir, celui de quelques mots chuchotés à son oreille, ou d'une main tachée de peinture caressant doucement son ventre nu.

Elle n'allait plus se confesser, désormais, car il lui aurait fallu prétendre qu'elle regrettait le plus beau moment de sa vie, et elle ne le pouvait pas. Amélie, la grand-mère et M. l'ingénieur vivaient sans plus se soucier d'elle, de leur mesquine existence à trois. Ils la laissaient dans son silence, et nul n'aurait pu soupçonner que ce silence, cette docilité, ce merveilleux effacement étaient le cri sans fin d'une révolte qui ne savait pas trouver ses mots.

Plus les jours passaient, plus elle s'éloignait de tout, peut-être même de ses propres enfants. Mais pendant que la grosse Amélie gavait Madeleine de bouillie, la jeune femme se demandait à nouveau si le bébé était bien la fille de l'ingénieur, ou si elle n'était pas plutôt le rejeton du couple miraculeux qui avait existé comme en rêve, là-haut, dans l'atelier du quatrième. Alors elle reprenait l'enfant des bras de la grosse femme, qui protestait que la petite n'avait pas eu son compte de nourriture, et elle la serrait dans ses bras, lui chuchotant qu'elle était sa maman et que jamais personne ne les séparerait de leur maman, ni elle, ni petite Rose. L'enfant souriait et rendait un peu de bouillie sur le corsage de la jeune femme.

12

Or, l'ingénieur avait ses secrets, lui aussi, et Mme Marthe le surprit un matin, à l'heure du laitier, dévalant l'escalier en chaussettes et en robe de chambre. Elle s'était prestement dissimulée dans les cabinets du palier, au troisième, de sorte qu'il ne l'aperçût point.

La légitime épouse fut mise au fait de l'aventure l'après-midi même, et les deux bonnes amies rirent beaucoup à l'évocation du grave et digne monsieur courant si vite dans l'escalier que les basques de sa robe de chambre en flottaient derrière lui. Ainsi l'ingénieur avait ses amours. Une gamine de seize ans à peine, qui devait se mettre à quatre pattes sous le patron avec autant de volupté que s'il s'était agi de passer la serpillière sur le carrelage. Mme Marthe trouvait l'affaire plutôt farce, et tout à fait conforme à ce qu'elle pensait des hommes. La jeune femme ne fit pas de commentaire. L'infidélité de son mari ne l'avait amusée qu'un instant. Elle estimait que cet homme était entouré maintenant de trop de femmes, sa mère, sa chère sœur, son épouse, et désormais cette souillon alsacienne qui devait pouffer de rire sous les tendresses de métronome de Monsieur, rien qu'en pensant à la tête que ferait Madame si jamais elle apprenait.

Mme Marthe dit qu'il fallait chasser la petite insolente avant que Monsieur ne l'engrossât. Si par malheur elle allait accoucher d'un garçon, empêcherait-on l'ingénieur de voir dans ce rejeton mâle son véritable héritier ? Toutes sortes de catastrophes arriveraient alors, immanquablement.

La jeune femme en tombait d'accord, bien sûr, cette situation ne pouvait durer, la fille était mineure et tout cela finirait dans la honte et le scandale. Pourtant les jours passèrent, puis les semaines, et l'épouse bafouée ne se résolvait toujours à rien. Elle avait bien ri en apprenant l'affaire. Maintenant une sorte de nausée lui montait dans la gorge quand elle venait à y repenser. Elle se sentait blessée au plus profond d'elle-même : il ne lui importait guère que son mari eût une maîtresse. Elle aurait même compris qu'il allât chercher ailleurs ce qu'il n'avait pas su prendre chez lui. Mais pas cette fille à peine pubère ! Pas sous son propre toit ! Cela manquait trop de dignité. Elle s'en voulait d'avoir eu un peu peur, jusque-là, du quadragénaire à la barbe carrée. A défaut de l'aimer, elle aurait pu du moins le garder en estime.

Mme Marthe disait que « chacun porte sa croix », qu' « on n'est jamais trahi que par les siens », et aussi qu' « on ne fait pas d'omelette sans casser des œufs ». Mais toute cette sagesse n'était pas d'un grand secours pour la pauvre dame du premier, qui perdait chaque jour un peu plus sa foi en l'avenir. Elle se sentait de trop chez elle, entre la vieille, la grosse belle-sœur, et ce mari qui s'était trouvé une maîtresse à la cuisine. Elle avait honte pour eux, et honte pour elle-même de ne rien savoir leur dire. Allait-elle se laisser chasser de chez elle ? N'avait-elle pas le droit de « balayer devant sa porte » comme disait Mme Marthe ?

Elle n'avait jamais revu son amant d'un jour : elle craignait même de le rencontrer, car l'aimable jeune homme qu'elle croiserait dans l'escalier ne serait jamais aussi beau que le séraphin venu un jour l'envelopper de ses ailes frémissantes. Le fâcheux exemple que lui montrait à présent son mari ne la fit point changer d'avis. Elle aurait seulement voulu lui dire que son infidélité, à elle, avait été quelque chose d'infiniment beau, et qu'en un seul moment le jeune homme du quatrième lui avait offert un bonheur dont on n'aurait jamais idée trois étages plus bas.

Elle apprit par Mme Marthe que l'artiste allait bientôt déménager. Elle ne laissa rien deviner alors de son désarroi, pas même à son amie. Mais elle eut le sentiment que son ange gardien l'abandonnait, et qu'il ne la protégerait plus, même de loin, même seulement en rêve, contre la bassesse banale et sans recours de son existence présente.

Et puisqu'il ne lui restait que ses deux petites, elle les défendrait jusqu'à son dernier souffle contre la vieille et contre Amélie, car elle en était maintenant certaine : l'adorable Madeleine, avec ses beaux yeux noirs et ses beaux cheveux noirs, ne pouvait être que l'enfant du peintre.

Elle décida que le bébé ne mangerait plus les bouillies d'Amélie. Un soir, elle dit aussi à la vieille, devant l'ingénieur, que l'appartement n'était pas assez grand pour la loger plus longtemps, avec sa fille, et qu'elle devait songer à rentrer chez elle, à Nantes. L'aïeule ne répondit rien, consultant seulement du regard le maître des lieux. Celui-ci feignit de n'avoir pas entendu, et alors la bonne vieille reprit son tricot.

La femme de l'ingénieur demeura un moment sur sa chaise, entre le fauteuil de la grand-mère et le fauteuil de l'ingénieur. Elle savait qu'il n'y avait plus rien à dire. Alors elle se leva (c'était donc elle, qui s'en allait), et elle gagna silencieusement la chambre des petites filles. Elle aurait seulement voulu les regarder dormir. Mais la grosse Amélie se trouvait dans la chambre. Elle avait donné des bonbons à la petite Rose et elle gavait Madeleine de bouillie, une fois de plus, léchant elle-même la cuillère après le bébé, qu'elle dévorait pendant ce temps d'un regard de gourmandise béate et cannibale.

La jeune femme pria sèchement Amélie de sortir de la chambre. L'obèse s'accrocha de la main à l'un des barreaux du petit lit de Madeleine, pour se soulever de sa chaise. La jeune femme craignit un instant que le lit ne se renversât. Puis Amélie ramassa d'un geste brusque les bonbons éparpillés sur le lit de Rose.

Elle s'en irait comme cela de l'appartement avec la vieille, songea la femme de l'ingénieur : elle se soulèverait de sa chaise avec difficulté, et elle ramasserait ses affaires de mauvaise grâce, exactement comme elle venait de le faire.

Amélie quitta la chambre en dardant sur son adversaire un regard de haine toute primitive, qui devait venir du fond des âges, ayant traversé d'immémoriaux sédiments de graisse.

Petite Rose réclamait maintenant ses bonbons, et sa maman eut beaucoup de mal à lui faire comprendre que tante Amélie cherchait seulement à l'empoisonner. Bébé Madeleine était tout occupée à digérer sa bouillie et faisait en silence de petites bulles. La jeune femme resta un moment avec ses enfants, qui étaient sa seule famille. Elle attendait que petite Rose s'endormît. Elle la regardait, puis elle regardait bébé Madeleine, comme si elle avait voulu s'imprégner de leur image, ce soir-là, et la garder dans sa mémoire jusqu'à la fin de ses jours. Puis elle entendit que son mari et les deux femmes allaient se coucher. Elle eut alors envie de s'étendre à même le sol et de dormir ainsi, tout près de ses petites filles. Mais elle craignit que son mari ne vînt la chercher et ne lui demandât la raison de cette conduite : alors elle lui aurait tout révélé. Elle lui aurait crié son mépris, sa haine de la vieille, son horreur de la grosse Amélie. Elle lui aurait dit qu'elle l'avait trompé un jour, qu'elle aimait désormais un autre homme, et qu'elle continuerait de l'aimer, ce héros, ce prince de ses rêves, jusqu'à son dernier souffle, que chaque nuit elle serait possédée de ses caresses et de son étreinte, et que lui, M. l'ingé-nieur, ne pourrait jamais rien contre cela.

Mais la jeune femme n'eut rien à révéler, puisqu'elle quitta sagement la chambre des enfants, prenant garde à ne pas réveiller petite Rose qui venait enfin de fermer les yeux. Elle eut un peu le sentiment de trahir sa petite fille, cette nuit-là, en allant s'étendre dans le lit conjugal de M. l'ingénieur. N'abandonnait-elle pas celles qui étaient sa vraie famille pour aller dormir à côté de l'étranger barbu ? Elle s'en voulut de n'avoir rien dit, tout en sachant qu'elle n'aurait alors réussi qu'à se perdre, et à perdre ses enfants. Elle songea malgré elle au nombre d'années qu'il lui faudrait encore vivre dans la honte et le mensonge.

13

Le printemps vint, puis l'été, bien sûr : le soleil brille et la pluie tombe, alternativement, sans savoir que c'est sur la vie des gens. Alors on se dit qu'il n'y a rien ni personne, là-haut, pour empêcher le ciel trop bleu de resplendir sur notre tristesse. Mme Marthe répétait qu'on avait un été superbe, mais la femme de l'ingénieur trouvait que ce beau temps illuminait bien cruellement tout le gris de son existence.

Par les fenêtres ouvertes on entendait les passants bavarder avec animation dans la rue. Parfois un rire d'enfant, le cri bref et strident d'une hirondelle, faisaient comme un scintillement sur les grands meubles noirs de l'appartement. La jeune femme attendait la mauvaise saison. On refermerait alors les fenêtres. Le bonheur des gens n'entrerait plus ainsi jusqu'au milieu du salon.

La vieille et Amélie souffraient aussi de ce beau temps. Pour elles, c'étaient simplement « les chaleurs » : le lait tournait dans le garde-manger, et les femmes avaient des vapeurs, particulièrement Amélie qui cuisait à l'étouffée dans son corset.

Bébé Rose avait fait de grands progrès : elle commençait à parler comme une vraie petite fille.

C'était presque toujours pour réclamer « sa mémée ». Bébé Madeleine eut mal aux dents. Amélie lui donna des bonbons pour l'empêcher de mordre les barreaux de cuivre de son lit.

Une hirondelle entra un soir dans la chambre des enfants. Elle tournoya pendant quelques secondes au-dessus du lit de bébé Madeleine, puis elle se heurta au mur, et tomba sur le plancher. La jeune femme était occupée à coucher petite Rose, qui babillait et faisait des mines. L'enfant se tut soudain, regardant l'oiseau palpiter sur le sol, dans le désordre de ses ailes brisées. Une petite perle écarlate apparut à la pointe du bec. L'oiseau cessa de frémir contre la plinthe, et resta fixé dans l'étrange position où la mort l'avait pris. Bébé Rose écarquillait les yeux, pour mieux voir sans doute le petit animal tourbillonnant soudain mué en chiffon. Soupçonnait-elle déjà que tous les êtres vivants finissent ainsi, pareils à d'inquiétantes serpillières ?

La jeune femme alla ramasser l'oiseau mort, et quitta silencieusement la chambre, tenant l'animal par le bout d'une aile, entre le pouce et l'index. Petite Rose continua de fixer, fascinée, cette chose longue et flasque qui pendait après les doigts de sa maman, et la jeune femme ressentit avec gêne ce regard sur elle. Elle jeta l'oiseau mort dans la boîte à ordures avec un frisson.

Le lendemain, bien sûr, elle parla de l'incident à Mme Marthe, qui avait toujours une idée de la signification de tels événements. Elle assura que l'irruption d'une hirondelle dans une chambre était toujours de bon augure. Bien sûr elle feignait d'oublier que l'oiseau était mort du même coup, et la jeune maman, à la fin, préféra elle aussi ne plus y penser.

Mais cet incident faisait bien une espèce de présage,

et celui-ci ne tarda pas à se réaliser, aussi fatal qu'on pouvait le redouter : la jeune femme tomba malade quelques semaines plus tard, et le médecin appelé d'urgence à son chevet dit à M. l'ingénieur qu'elle était en train de mourir.

Elle avait été comme foudroyée : on l'avait vue porter la main à sa tête, en se levant de table après dîner, elle avait fait quelques pas en titubant et elle était tombée sans connaissance parmi les assiettes du vaisselier, dont l'étagère s'était effondrée sur elle dans un fracas de porcelaine brisée : Amélie en avait fait une crise de nerfs, et la vieille avait dû l'emmener se calmer dans le bureau avant d'aider l'ingénieur à porter sa femme dans la chambre.

Le médecin diagnostiqua une méningite foudroyante, et considéra que la malheureuse ne passerait pas la nuit. Elle passa néanmoins la nuit, et elle reprit connaissance au matin. M. l'ingénieur, qui était resté à son chevet, appela sa vieille maman pour lui faire voir l'espèce de miracle. Il semblait content. La vieille examina la malade, l'air préoccupé, et constata simplement que c'était une « dure à cuire ». Puis elle s'en retourna surveiller son ragoût.

La jeune femme ne retomba point dans son coma. Elle accepta même un peu de bouillon que lui avait préparé la petite Alsacienne, qui n'était pas une mauvaise nature et qui avait pitié de Madame.

Mais, dans l'après-midi, la malade commença de s'agiter et de délirer. Tout le monde, Amélie, la vieille, M. l'ingénieur et même la petite Alsacienne, s'attroupa autour du lit pour l'écouter, comme si la jeune femme était revenue parmi les vivants pour leur parler de l'autre monde, qu'elle venait sans doute d'entrevoir. Elle parla en effet, et ses paroles, malheu-

94

reusement, ne furent point toutes indistinctes : elle dit qu'elle allait mourir et que cela lui était égal, car elle n'était pas heureuse, mais qu'elle regrettait d'abandonner ses deux petites filles à des gens qu'elle haïssait et méprisait. Elle dit aussi que le bébé Madeleine n'était pas la fille de l'ingénieur, mais l'enfant du jeune peintre qui avait naguère habité au quatrième.

Elle sombra ensuite dans un profond sommeil, un sourire de bonheur se dessina sur ses lèvres, et pendant tous les jours et toutes les nuits que dura sa léthargie, cette expression ne la quitta jamais. La vieille venait régulièrement la voir et regardait ce sourire. Elle ressortait de la chambre après quelques minutes, jurant qu'elle ferait quitter à cette garce son air d'insolence, si jamais elle venait à se réveiller.

14

Elle se réveilla bel et bien, en dépit du pronostic du médecin comme des ferventes prières que la vieille avait adressées au diable. Elle sortit de sa léthargie et elle appela petite Rose et bébé Madeleine. Ce fut l'Alsacienne qui vint.

La jeune fille dit avec embarras que M. l'ingénieur allait bientôt rentrer de son travail et qu'il expliquerait tout à Madame. La malade en conçut aussitôt un horrible pressentiment, et malgré son état de faiblesse, elle demanda d'une voix ferme : « Où sont mes enfants ? où sont mes petites filles ? Qu'avez-vous fait d'elles ? »

Elles n'étaient plus là, bien sûr ! Depuis une semaine, déjà, elles étaient parties. « Où donc ? qu'en avez-vous fait ? », s'écria de nouveau la jeune femme. Mais la bonne avait ordre de ne rien dire. Elle n'avait même pas la permission de parler à Madame. Si jamais Monsieur la surprenait dans cette chambre...

Alors la maman de petite Rose et de bébé Madeleine se mit à sangloter, suppliant celle que son mari montait rejoindre la nuit, et lui demandant d'avoir pitié d'une femme qui ne lui avait jamais fait de mal. La gamine hésita, parut vouloir quitter la chambre, puis à la fin se ravisa, et révéla sous le sceau du secret que les enfants de Madame se trouvaient à Nantes, et qu'il avait été décidé que leur grand-mère veillerait désormais sur elles afin de les soustraire, disait Monsieur, à la « mauvaise influence » de leur mère.

L'ingénieur ne rentra ce soir-là qu'à l'heure du dîner. L'Alsacienne avait mis deux couverts sur la table. Elle ne révéla rien à Monsieur de ce qui s'était passé dans l'après-midi. La jeune femme avait pleuré pendant plus d'une heure, puis elle s'était endormie, épuisée à la fois par la maladie et par le chagrin. L'ingénieur dîna sans dire un mot, selon son habitude. La petite Alsacienne mangeait en face de lui et le regardait à la dérobée, comme si elle s'était trouvée devant la porte entrebâillée par mégarde d'une fabuleuse caverne aux trésors : elle croyait Monsieur extrêmement riche et puissant.

Après dîner, Monsieur alla s'asseoir dans son fauteuil, devant la cheminée. L'Alsacienne n'osait pas encore s'asseoir dans l'autre fauteuil, qui avait été le fauteuil de Madame, et surtout celui de la grand-mère. Alors elle s'affaira pendant une demi-heure dans la cuisine, avant de revenir pour demander si elle pouvait monter dans sa chambre ou si elle devait coucher avec Monsieur dans le bureau.

L'ingénieur hésita une seconde, puis, sans lever les yeux de son livre, déclara qu'il se sentait « fatigué, ce soir ». La gamine quitta la pièce sans plus rien dire, un peu déçue cependant : c'était la première fois depuis huit jours que Monsieur ne la retenait pas à l'appartement, et cela l'inquiétait. Mais en montant l'escalier vers l'étage des bonnes, elle sentit à nouveau cette chose qui bougeait nettement dans son ventre, et elle se dit qu'elle coucherait avant longtemps dans la chambre de Madame, puisque Monsieur avait dit qu'il chasserait sa femme de chez lui aussitôt qu'elle serait en état de tenir une valise et de marcher.

CHAPITRE DEUXIÈME

1

C'était le premier dimanche de printemps, je crois.
J'avais dix ans. Ma mère m'avait mené au Museum
d'histoire naturelle, où se trouvent d'étranges créatures dont les squelettes immenses sont les carcasses
de navires, peut-être, que des océans d'autrefois
auraient abandonnés sur le sable en se retirant.

J'avais l'esprit encore plein de cette brocante fabuleuse lorsque je me retrouvai à l'air libre, titubant
dans la lumière de projecteur du couchant. Je me
frottai les paupières où semblait s'être déposée la
poussière des siècles. J'avais quitté le monde depuis si
longtemps que la tête me tournait comme à un
prisonnier qu'on arrache brusquement à sa geôle et à
l'obscurité.

D'éphémères glaciers de zinc ou d'ardoise étince-
laient parmi les toits. Les arbres nus étiraient sur le
sable de l'allée leurs ombres parallèles, et tandis que
le jour finissant abaissait ainsi sa herse devant mes
pas, le tintement de verroterie d'une clochette s'égrenait dans l'air froid, annonçant la fermeture du jardin.

Je me faisais toutes sortes de réflexions sur ce que je
venais de découvrir, et j'aurais voulu que ma mère
partageât mon enthousiasme : je lui expliquai que ma

vocation était fixée, et que je deviendrais paléontologue. Elle me sourit, mais sans exprimer autrement son approbation : on ne faisait plus le compte, à la maison, des carrières où je m'étais déjà promis de m'engager.

Nous nous dirigions vers la sortie de la rue Linné. Le gardien venait d'arriver près de la grille et continuait de répandre sur les derniers visiteurs sa musique aigrelette. Ma mère ralentit insensiblement l'allure, puis s'arrêta tout à fait, comme si elle s'était égarée. Je m'avisai qu'elle ne m'entendait plus depuis un moment : elle se tenait à quelques pas du gardien, les yeux mi-clos, les mains jointes sur le ventre, dans une attitude de recueillement. Elle écoutait la clochette.

Elle demeura ainsi pendant une minute, peut-être davantage. Les promeneurs s'écartaient un peu plus qu'il n'eût été nécessaire pour contourner cet obstacle incongru. Je n'osai pas bouger, malgré la sourde honte que j'éprouvais à me voir ainsi planté au milieu de l'allée, aux côtés d'une somnambule. Intrigué, le gardien s'approcha de nous, oubliant pour un instant d'agiter son espèce d'encensoir. Ma mère, alors, revint à elle et parut se souvenir de moi. Elle me prit la main et m'entraîna vivement vers la grille, s'avisant soudain qu'il était « tard, vraiment très tard ». Mais quelques mètres plus loin elle s'arrêta de nouveau, se tournant vers moi et me considérant avec embarras, puis elle me dit à mi-voix : « Quelque chose m'est revenu à la mémoire comme j'entendais la clochette du gardien. Un très vieux souvenir. »

La nostalgie ne nous rend pas à notre passé. Elle ne nous ramène pas sur les lieux de notre souvenir : elle nous transporte dans un temps immobile qui est comme une image, mais une image seulement, de l'éternité, dont elle manifeste en nous le besoin toujours insatisfait.

Rose avait trois ans. Elle venait d'arriver à Nantes, chez la grand-mère. Madeleine ne marchait pas encore. Chaque matin, le rémouleur tirait sa petite voiture sur la route qui menait à la ville et qui longeait la maison. Une clochette accrochée au-dessus de la meule annonçait son passage. L'univers de Rose s'arrêtait alors à la barrière de bois et à la haie d'aubépines formant la clôture du jardin. Pourtant il y avait ce tintement obstiné, chaque matin, qui s'approchait peu à peu, s'amplifiait au fil des minutes, puis s'éteignait dans la distance, longuement, comme pour donner la mesure des espaces infinis qui s'étendaient au-delà de la maison et de son jardinet. L'enfant retenait son souffle pour entendre jusqu'au bout cette petite musique venue d'ailleurs. Elle se collait de toutes ses forces à la barrière de bois qu'elle n'avait pas le droit de franchir. Grand-mère l'appelait, de cette voix rude qui lui faisait peur. Mais elle ne l'entendait pas : elle écoutait les tintements de la clochette dans le lointain, et tout doucement se formait dans son âme la première notion de la liberté.

Ce n'était plus tout à fait la campagne : la vieille avait vendu ses champs voilà bien longtemps, et il ne restait plus que la maison, la cour et le potager. D'autres maisonnettes, chacune avec son petit jardin, avaient poussé autour, et l'on se sentait maintenant tout près de la ville. Des camions passaient sur la route dans un fracas de roues ferrées et de sabots sur le pavé.

La grand-mère avait pourtant gardé ses habitudes

de paysanne, et jusqu'à cette façon de lever un œil soupçonneux vers le ciel, chaque matin, pour savoir s'il en allait tomber de la grêle ou de l'eau, des dettes ou de la rente.

A soixante-quinze ans passés elle bêchait encore son potager, où elle faisait pousser toutes sortes de légumes, et c'était toujours la saison de la soupe. Il y avait aussi la basse-cour et le clapier. Elle tuait le lapin le samedi. Petite Rose et bébé Madeleine regardaient, pétrifiées, la vieille femme briser le cou au petit animal qu'elles avaient caressé la veille. D'un regard, grand-mère obtenait le silence et l'obéissance, car c'était elle qui faisait mourir les lapins et qui leur enlevait la peau comme on retourne une chaussette. C'était elle qui détenait le pouvoir d'ôter d'un simple geste le mouvement et la vie aux créatures de Dieu.

Ce furent les premiers souvenirs de petite Rose et de bébé Madeleine : un poulet qu'on égorge, un poisson que l'on vide, une portée de chatons que l'on fourre dans un sac et qu'on jette à la rivière. Grand-mère n'était pas plus mauvaise que la mort : elle faisait comme elle ce qu'elle avait à faire. L'une et l'autre savaient les mêmes gestes et la même magie, d'une simplicité fatale. Il n'y avait pas de quoi en faire une histoire, sans doute.

D'ailleurs les petites n'avaient pas vraiment peur de cette fée Carabosse, qui leur rendait un jour le lapin favori dans la doublure de leurs manteaux.

Amélie avait toujours mal à la hanche, et son état s'aggravait dès qu'on lui demandait de bouger de son lit ou de son fauteuil. Sa paresse l'avait clouée au sol une fois pour toutes. Elle en voulait aux deux enfants de courir si vite autour d'elle. Elle fermait douloureusement les yeux et poussait des soupirs à fendre l'âme.

Mais elle n'avait pas la force de gronder les petites. Elle en voulait à tout ce qui bougeait et vivait, seulement c'était grand-mère qui savait tuer, pas elle.

Bébé Madeleine avait les cheveux très bouclés. La pluie les faisait friser et la crasse les collait ensemble. C'était Amélie qui coiffait les enfants. La grosse femme avait de l'énergie quand il s'agissait de leur tirer les cheveux. Cela se terminait sous son grand lit à barreaux de fer, d'où la vieille, alertée par les cris, devait déloger les deux gamines avec son balai. On prit à la fin le parti de les raser. Grand-mère récupéra les tignasses pour finir de bourrer un oreiller. Les petites cessèrent de se gratter la tête.

Avant qu'on l'eût rendue comme chauve, petite Rose avait eu des cheveux clairs, d'une jolie teinte cendrée. Bébé Madeleine était « brune comme une petite moricaude ». (« En tout cas, disait mère-grand, ce n'est pas d'ici, cette vilaine tignasse noire. ») On les appelait la blonde et la brune, et l'on préférait la blonde, ou plutôt on la détestait moins.

Les deux enfants se firent bientôt une espèce de famille entre elles. Petite Rose en était le chef par droit d'aînesse, et bébé Madeleine n'avait qu'à obéir. On ne les envoya pas à l'école, qui était trop loin de la maison, et parce qu'Amélie prétendait leur apprendre à lire elle-même. Mais la grosse femme avait un peu oublié son alphabet. Les deux fillettes se débrouillèrent entre elles. C'était petite Rose qui faisait la maîtresse et qui donnait des coups de règle sur les doigts de Madeleine. Elles apprirent néanmoins à lire, Dieu sait par quel miracle.

Elles apprirent aussi à repriser, à tricoter, à laver le carrelage, et à ne pas se faire pincer du bec par les

105

poules quand elles les bousculaient un peu pour leur prendre leurs œufs.

C'était petite Rose, bien sûr, qui avait eu la première l'idée de rendre leur liberté aux lapins, ou d'allumer une bougie sous les draps après l'heure du coucher. Mais c'était bébé Madeleine qui avait ouvert la porte du clapier, et encore elle qui avait mis le feu au lit.

Bébé Madeleine recevait les raclées à la place de sa sœur, mais petite Rose l'aidait loyalement à faire ses punitions. Grand-mère prenait le mouchoir de la gamine, en démontait les quatre ourlets, et lui ordonnait de les recoudre. Quand bébé Madeleine avait fini, grand-mère prenait le mouchoir, l'examinait sans rien dire, s'assurait que l'ourlet tenait bien, puis, d'un coup sec de la pointe de ses ciseaux, elle anéantissait le travail accompli, et le faisait aussitôt recommencer. Cinq, six fois de suite, pendant tout un après-midi, les fillettes recousaient ainsi les ourlets à seule fin de permettre à grand-mère de les défaire. Bien entendu la grand-mère ne leur donnait pas son dé d'argent, de sorte que bébé Madeleine et petite Rose avaient les doigts en sang. Grand-mère disait que c'était de la mauvaise graine mais qu'on les materait bien un jour. Les deux gamines, en effet, avaient appris à ne pas broncher, et elles se piquaient les doigts en retenant sagement leurs larmes, sachant que la vieille finirait par se lasser de découdre leurs ourlets.

Elles ne se souvenaient pas de leur mère, ni d'avoir eu un père. Elles ne devaient pas bien savoir ce que c'était : les enfants dans cette maison-là poussaient tout simplement au pied de la grand-mère, et la vieille leur disait qu'elles étaient ainsi comme du lierre ou du chiendent.

106

Quand elles avaient les doigts gercés, l'hiver, elles se pissaient sur les mains pour les réchauffer. Bébé Madeleine eut la scarlatine : on ne fit pas venir le médecin. Petite Rose entendit Amélie dire tout bas à la vieille que « la faute de la mauvaise femme serait bientôt effacée ». Mais bébé Madeleine ne mourut pas, et elle n'eut pas d'ourlet à recoudre pendant quelques semaines. Elle avait beaucoup maigri et ses grands yeux noirs et fiévreux lui mangeaient les joues. Ses cheveux, qui avaient commencé à repousser, tombaient maintenant par touffes entières. Petite Rose s'amusait à les lui enlever. On n'avait pas séparé les deux enfants pendant la maladie de Madeleine. On n'avait pas vraiment eu peur de la contagion pour la grande, car grand-mère savait bien que « la mauvaise herbe repousse toujours » et que ces gamines-là s'en tireraient d'une manière ou d'une autre. Bébé Madeleine avait toujours été plutôt petite et mince. Elle fut encore plus menue. Mais elle n'était pas fragile. Quelque chose en elle, dans sa nature, peut-être dans son âme, devait se douter qu'il n'aurait pas fait bon se laisser aller à la fragilité. Alors elle s'était bien défendue contre la maladie et contre la prédiction d'Amélie. Elle saurait sans nul doute se défendre encore. Grand-mère l'avait deviné, et s'y était plus ou moins résignée.

Les deux petites filles s'aidaient mutuellement à vivre. Elles ne savaient pas qu'elles s'aimaient, car elles n'avaient jamais entendu parler de ce drôle de sentiment, mais elles avaient appris à s'épauler dans les coups durs. On n'avait pas éloigné petite Rose de sa sœur pendant le temps de sa maladie. Cette bien étrange négligence avait certainement sauvé bébé Madeleine : la contagion s'était produite, mais dans le bon sens. En babillant avec sa sœur malade, petite Rose lui avait prêté un peu de ses forces et de sa joie de vivre malgré tout, juste le temps qu'il avait fallu, et bébé Madeleine n'était pas morte.

2

Tous les jeudis, hiver comme été, la vieille allait au lavoir avec son panier de linge. Elle avait bien un peu de peine à s'agenouiller sur la margelle, et ses jambes craquaient comme du bois sec, mais elle pouvait rester deux heures, ensuite, à frotter ses draps et ses chemises. Ses mains avaient la couleur et la consistance du cordage à bateau. L'eau glacée ne les faisait même plus rosir. Cette femme était si dure qu'il n'y avait pas de place en elle pour la méchanceté. Quand elle coupait des bûches, son esprit devenait tout bonnement le fer d'une hache. Elle promenait son balai entre les poutres du plafond pour décrocher les toiles d'araignée, et les bestioles finissaient écrasées parce que c'était la règle : la même, exactement, pour la vieille et pour les cafards ou les punaises.

Cette loi valait aussi pour les deux fillettes sous l'empire de leur grand-mère : elles ne pouvaient avoir froid puisqu'elles étaient vêtues, ni faim puisqu'on les nourrissait. Et si elles tombaient malades, c'était tant pis pour elles : les lapins aussi s'enrhumaient, et on n'appelait pas le docteur pour cela. La vieille s'était cassé un bras, un jour, et le bras s'était remis tout seul, pas tout à fait droit, bien sûr, mais assez solide pour tirer l'eau du puits et pour porter le bois dans la chambre.

Le papier tue-mouches qui pendait du plafond de la cuisine faisait une image assez exacte de la vie et du destin dans cette maison. A l'automne, la vieille grimpait elle-même sur la table et décrochait la spirale gluante entièrement noircie par les cadavres d'insectes, affreuse vendange que la bonne femme jetait dans le fourneau, sous le ragoût, parmi les braises rougeoyantes. Cette opération ne suscitait sans doute pas plus de répulsion chez elle que l'arrachage de pommes de terre, ou la greffe d'un cerisier : elle ne composait pas non plus d'alexandrins pour célébrer le passage des saisons.

Pendant que la grand-mère lavait le linge ou bêchait le jardin, Amélie écossait les petits pois. Elle s'asseyait sur une chaise basse, posait une bassine par terre entre ses pieds, s'appuyait des coudes sur les genoux écartés, et faisait tomber les petits pois un à un dans la bassine. Elle ne s'y serait pas pris plus lentement si elle avait voulu les compter. Les petites filles la regardaient, et comprenaient que c'était le temps qui s'égrenait ainsi de la grosse femme : c'étaient toutes ces heures à ne rien faire, dont elle était bouffie, qui s'écoulaient maintenant d'elle, goutte à goutte, avec une régularité stupide. La vieille à sa tâche avait plus ou moins les pensées d'une araignée au milieu de sa toile. Amélie, elle, ne pensait à rien. Du temps se répandait tout simplement d'elle, comme un suintement de sa graisse.

Elle avait une verrue de la taille d'un noyau de cerise sur la tempe droite, et une autre presque aussi grosse sur le menton, du même côté. Quand elle parlait ou qu'elle mangeait, cette excroissance de

110

chair accompagnait le flageolement de ses bajoues. Les petites regardaient cela, fascinées. Si par extraordinaire la grosse femme était tombée morte sous leurs yeux, elles en auraient profité pour toucher les verrues.

Elle se détestait elle-même, au fond. Elle devait détester aussi le monde qui avait laissé naître tant de laideur. Elle avait jadis souffert, d'être à ce point disgraciée. Peut-être avait-elle essayé de maigrir, d'arranger ses cheveux, de moins déplaire, mais elle avait continué de grossir. Ainsi, elle avait bien compris que le bon Dieu lui-même la haïssait d'être si laide, et qu'il la rendrait toujours plus laide.

Alors elle s'était adonnée à sa graisse comme d'autres s'adonnent au vice, faute d'avoir pu y échapper : il lui avait bien fallu se venger de son mauvais destin, et elle s'était vengée. Depuis tant d'années, elle avait fini par oublier que c'était seulement contre elle-même.

Et cette montagne de chair était aussi une montagne de méchanceté quand il lui arrivait de penser à quelque chose. Elle disait aux petites qu'elles avaient le vice collé à la peau et qu'elles iraient en enfer. Elle leur racontait alors l'enfer, elle en faisait siffler les flammes entre ses dents, et les deux fillettes ne pouvaient plus se détacher des horreurs qu'on leur évoquait. Cela se déposait peu à peu dans leur âme. Cela sourdait inexorablement de la grosse Amélie, abominable créature, jumelle de Saturne et jouissant de remplir les enfants de terreur avant de les dévorer.

La pièce principale de la maison était la cuisine. Il y avait bien une espèce de salon donnant sur la rue, mais on n'y mettait jamais les pieds, et les meubles y étaient recouverts de draps. La vie se passait dans la cuisine, où l'on entrait de plain-pied par la cour : le perron sur la rue, le vestibule et son papier à fleurs, le salon et ses défunts fauteuils sous leurs linceuls, c'était pour les étrangers, pas pour les gens de la maison, et l'on ne s'inquiétait pas de ne jamais voir venir ces hypothétiques visiteurs, puisque les fauteuils demeureraient propres et le parquet impeccablement ciré jusqu'à la consommation des siècles.

La porte du salon restait fermée à clé. On ne l'ouvrait que deux fois l'an pour secouer les housses empoussiérées et faire briller le parquet. Grand-mère portait constamment à la ceinture son trousseau de clés. Amélie elle-même n'avait pas le droit d'y toucher. Avec ses dix ou douze clés autour de la taille, la vieille cliquetait constamment. Les petites l'entendaient venir et devenaient sages comme des images. Grand-mère se doutait bien qu'on allait se remettre à courir et à se chamailler quand elle aurait passé la porte, mais elle ne s'en souciait guère. Elle savait que le pouvoir et l'obéissance ne sont que dans les apparences. Elle savait qu'elle-même ne serait plus rien quand on lui aurait enlevé ses clés, et elle se promettait de ne les lâcher que sur son lit de mort.

La cuisine était une salle au plafond très bas, mais de belles dimensions, formant un rectangle environ deux fois plus long que large. Trois fenêtres donnaient sur la cour, mais si étroites que la pénombre régnait toujours. Le soir, ou l'hiver, on s'éclairait à l'aide de lampes à pétrole que l'on déplaçait d'un endroit à l'autre de la pièce. Il y avait une cheminée large comme un portail. On ne l'allumait pas car grand-mère disait qu'elle dévorait des forêts entières sans donner de chaleur. On n'allumait pas davantage le Godin tout neuf, installé contre le mur d'en face : une femme qui porte douze clés à sa ceinture doit plus volontiers fermer les portes que les ouvrir. Elle ne devait pas aimer non plus gaspiller les boulets de charbon. Et puis il y avait toujours des braises dans la vieille cuisinière de fonte. Amélie n'avait qu'à tirer sa chaise par là si elle avait peur de s'enrhumer. Quant aux fillettes, elles couraient bien assez dans tous les sens pour ne pas avoir froid. Et si elles ne voulaient plus courir on leur trouverait quelque chose à faire dans la maison.

Il y avait une petite pièce, au bout de la cuisine, formant une espèce d'alcôve où grand-mère dormait depuis qu'elle était veuve. Ainsi elle ne s'éloignait jamais beaucoup de la cuisinière, qui était comme le cœur de la maison, et à laquelle la vieille alimentait l'étincelle de vie qui tremblotait malgré tout en elle, enchâssée dans une âme de glace. Il y avait quatre chambres à l'étage. La plus grande, orientée vers le nord, servait de débarras. La fenêtre en était condamnée. Il y régnait une température de catacombe ou de grotte. Il s'y accumulait depuis des générations sans doute un ignoble trésor de vêtements usés jusqu'à la trame, de chaises brisées, et de toutes sortes d'ustensiles hors d'usage qu'on n'aurait jamais eu l'idée de faire flamber dans la cheminée car nul ne pouvait jurer que tout cela ne resservirait pas un jour : grand-mère n'espérait certainement pas en la résurrection des âmes, mais dans son avarice elle voulait bien croire à celle des objets.

La seconde chambre restait également inoccupée depuis que l'aïeule habitait en bas. Ç'avait été sa chambre de noces : depuis plus d'un siècle que la maison existait, ç'avait été le lieu obscur et sacré où le clan se perpétuait par de brèves et froides étreintes :

113

le montant des dots, les héritages, les espérances de vie et les nécessités redoutables des partages se mêlaient alors en de sordides accouplements. Grand-mère savait bien que la vie des gens procède de celle des choses, que la terre dure plus longtemps que les hommes, et que ces derniers se succèdent dans les champs et dans leur propre maison à peine moins vite que les araignées qu'elle décrochait chaque jour avec son balai.

La chambre d'Amélie était la plus petite des quatre. En fait elle y habitait depuis sa naissance. Elle avait fait crever plusieurs sommiers sous elle en cinquante ans, mais elle avait toujours dormi contre le même mur, les pieds du côté de la fenêtre. Le matin, il fallait que grand-mère l'appelât de la cuisine, d'un grand coup de gueule à travers le plancher, pour la faire bouger un peu de son matelas. Elle enfilait alors ses savates, prenant garde à ne pas les faire glisser sous le lit car elle n'aurait jamais su les y rechercher. Elle posait sur ses épaules un gros châle de laine qui servait aussi de couvre-pieds, puis elle se levait avec précaution, et elle demeurait une seconde sur place, dans un équilibre incertain, avant de s'ébranler lentement vers la porte.

La quatrième chambre était celle des petites. D'abord on y avait mis le vieux berceau d'Amélie, pour bébé Madeleine. Puis les deux enfants avaient dormi dans le grand lit à montants de chêne où le fondateur de la famille, voilà trois quarts de siècle, était mort du choléra. Il n'y avait d'autre meuble, en dehors du lit, qu'un prie-Dieu recouvert de velours mité, un grand coffre de marine bourré de linge usagé, et une cuvette d'émail pour les besoins naturels des gamines. Celles-ci avaient appris à retaper elles-mêmes le lit et à balayer le plancher. Grand-mère ne voulait pas qu'elles eussent une lampe, ou seulement une bougie, et les deux fillettes devaient se déplacer, s'habiller le matin, et se coucher dans l'obscurité. Mais elles étaient devenues comme des chats : deux chatons que la vieille aurait oublié de noyer dans la rivière. Elles arrivaient à se faufiler sans lumière dans l'existence. On ne faisait plus attention à elles. On ne les entendait pas descendre l'escalier. Elles allaient jouer au fond de la cour, pour ne pas réveiller Amélie. Leur vie était un chuchotement.

3

Un soir, cinq ans après leur arrivée dans la maison, un monsieur barbu vint en visite et se fit amener les deux fillettes. La vieille avait ouvert le salon et les housses avaient été enlevées des meubles. Amélie alla chercher les enfants dans leur chambre ; le matin même, elle les avait prévenues qu'un homme très important viendrait les voir, que ce monsieur était leur père et qu'il s'était déplacé en personne pour se rendre compte de leur mauvaise conduite et les en punir.

Le cœur des petites battait très fort, bien sûr, et Amélie dut les pousser chacune d'une bourrade pour leur faire franchir la porte du salon, où l'on savait qu'il était d'ordinaire défendu de pénétrer. Le monsieur se tenait assis dans un fauteuil. Une lampe à pétrole posée sur le guéridon, près de lui, dispensait une lumière tremblotante. Le reste de la pièce était plongé dans l'obscurité : grand-mère apparaissait en silhouette, debout derrière le fauteuil, vêtue de la robe couleur d'ombre et de deuil qu'elle portait d'habitude le dimanche. Le silence et l'immobilité régnaient autour du guéridon et du personnage, qui semblait suspendu dans sa propre lumière, au milieu du vide :

les deux petites filles regardaient, pétrifiées, cette figuration de la Loi descendue sur terre pour les juger. Elles avaient peur d'être chassées de la maison.

Amélie tira petite Rose par le bras et l'approcha du monsieur. Celui-ci se pencha pour poser un baiser sur la joue de la fillette, sans rien dire, puis il se carra de nouveau dans le fauteuil. Il n'avait pas l'air en colère. Bébé Madeleine voulut s'approcher à son tour, car elle imitait sa grande sœur en tout, mais Amélie la retint d'un geste brusque. Le monsieur n'y fit pas attention. Il regardait seulement petite Rose. Il examinait ses cheveux d'un air quelque peu dégoûté. Ils avaient bien repoussé, et lui tombaient maintenant jusqu'à la taille : l'homme souleva l'épaisse toison mordorée, puis considéra la nuque toute grise ainsi dégagée. Il dit à la grand-mère que cette enfant était vraiment trop sale et qu'il aurait fallu la laver de temps en temps.

Amélie ramena ensuite les filles dans leur chambre. La circonstance devait être importante pour qu'elle se donnât la peine de remonter ainsi à l'étage, et elle s'assura que les petites se mettaient au lit sagement. En même temps elle était un peu déçue : elle aussi, au moins par jeu, s'était figurée qu'on allait juger les deux gamines, et les chasser peut-être de la maison.

Le lendemain, avant l'aube, la vieille les jeta dans un bac d'eau chaude, et les étrilla de mauvaise grâce avec la brosse d'un balai. Les deux fillettes, qui ne se souvenaient pas d'avoir jamais été lavées et qu'Amélie entretenait depuis deux jours dans le pressentiment d'une punition prochaine et terrible, poussèrent de tels hurlements de terreur que le monsieur barbu se réveilla et quitta sa chambre en grand émoi pour aller se rendre compte de l'accident.

L'ingénieur était venu de Paris pour faire signer des papiers à la grand-mère. La vieille était comme Amélie : elle avait bien un peu fréquenté l'école, jadis, mais une république, un empire, et une république encore étaient venus par là-dessus. Alors elle se fit lire deux fois et à haute voix ce qui était écrit sur les papiers, car elle était méfiante, puis elle prit d'un geste brusque la plume qu'on lui tendait, et elle fit au bas de chaque page un griffonnage qui devait représenter une espèce d'assentiment. Mais elle ne put s'empêcher de prendre à témoin les murs épais et vénérables de la maison de ce que sa progéniture cherchait à l'enterrer vive.

Le monsieur barbu fut ensuite de fort bonne humeur. Il regarda presque avec tendresse les deux fillettes toutes propres qui finissaient de débarrasser la table du petit déjeuner. Par les fenêtres embuées, on apercevait un beau soleil pâle d'automne. L'ingénieur avisa le fusil de l'aïeul, accroché au-dessus de la cheminée, et il eut envie d'aller tirer le perdreau dans les champs, un peu plus loin sur la route. Il prit l'arme, la cassa à deux ou trois reprises et s'assura qu'elle n'était pas rouillée. Il alla ensuite acheter des cartouches trois maisons plus loin, chez l'épicier. Comme il n'avait pas de chien pour l'accompagner il emmena Rose et Madeleine.

Les petites se mirent donc à trottiner de bon cœur derrière le monsieur barbu, d'abord sur la route, puis par un sentier que l'ingénieur semblait bien connaître. Il ne pensait plus au fusil qu'il portait en bandoulière. Ce n'était pas un vrai chasseur. Il avait été pensionnaire à Nantes dès l'âge de sept ans. L'aïeul l'avait voulu, espérant que son fils quitterait la terre et ne pousserait jamais la charrue. Les ambitions du

118

vieux s'étaient réalisées, et son garçon avait été envoyé au lycée avec une bourse.

Aujourd'hui, nanti des précieux documents signés par la vieille, M. l'ingénieur marchait avec un vrai plaisir par les prés et les labours qui avaient autrefois appartenu à son père. Certaines anecdotes, certaines impressions de sa première enfance lui revenaient à la mémoire, nimbées des couleurs harmonieuses et tendres de la nostalgie. Il regrettait de n'avoir pas connu assez longtemps le bonheur de ces premières années à la ferme. Il se retourna vers les petites qui le suivaient toujours et qui prenaient garde à ne se faire ni voir ni entendre, n'osant trop croire à leur soudaine liberté, et il les considéra d'un regard d'envie : elles connaissaient en cet instant même ce bonheur dont il n'avait plus aujourd'hui qu'un souvenir vague et lointain.

Un couple de perdreaux s'échappa d'un fourré, juste devant lui. Il les regarda s'éloigner puis, peut-être à regret, il introduisit une cartouche dans son fusil. Il garda désormais son arme à la main, le canon pointé vers le sol : il songea que son père ne se serait pas laissé ainsi surprendre par un envol de perdreaux. Les deux fillettes observaient toujours le plus parfait silence, marchant sagement derrière le chasseur et fixant son fusil avec une espèce de crainte respectueuse. Elles retenaient leur souffle. Elles ne savaient pas où on les emmenait : elles espéraient que ce serait loin. Elles étaient heureuses de marcher derrière cet homme qu'elles ne connaissaient pas.

Quelque chose bougea dans une haie. On entendit un froissement de feuilles mortes. L'ingénieur épaula son arme. Un oiseau jaillit soudain du buisson et fusa vers le bleu du ciel. Le coup de feu claqua. Les deux petites sursautèrent. L'ingénieur abaissa lentement son arme et se retourna vers les gamines médusées. Il souriait. Il mit son fusil à l'épaule et dit : « Votre père n'est qu'un maladroit ».

Ils marchèrent encore une heure par les prés et les labours, l'homme toujours devant, les fillettes sautillant entre les sillons et courant parfois l'une après l'autre. Elles étaient moins sages et moins timides maintenant qu'on leur avait souri. Ils arrivèrent à un village. Il y avait une douzaine de maisons de pierre blanche, une petite église, et un bistrot. L'ingénieur entra dans le bistrot. Les petites se faufilèrent derrière lui. On s'installa tous les trois à une table, comme si on avait toujours vécu ensemble. Il n'y avait personne dans la salle. Après un moment, un bonhomme en savates et en gilet apparut par une porte, sur le côté du comptoir, et s'approcha. L'ingénieur se fit reconnaître : il était du village d'à côté. Mais son nom ne disait rien au cafetier : celui-ci hochait la tête et considérait avec perplexité ce monsieur en habits bourgeois et en bottines de ville qui se promenait avec un fusil, accompagné de deux petites filles en guise de chiens de chasse. L'ingénieur insista si bien, cependant, que le bonhomme finit par admettre qu'on s'était peut-être parlé autrefois, et qu'on avait peut-être bien tiré le lapin ensemble. Alors le monsieur de Paris désigna de la main les deux enfants, et dit : « Ce sont mes filles ». Il expliqua qu'elles habitaient chez leur grand-mère, et qu'il avait aussi un fils plus jeune qu'elles : son fils vivait avec lui à Paris. Le cafetier hochait toujours la tête. Il avait l'habitude d'entendre les gens parler d'eux quand ils avaient bu. Mais celui-ci n'avait pas encore commandé son ballon de blanc.

L'ingénieur était heureux, tout simplement, heureux de revoir son pays natal et de retrouver les deux petites filles qu'il avait presque oubliées.

Il leur offrit des limonades.

Il leur posa des questions. Elles se tinrent par la main pendant tout le temps qu'il leur parla. C'était petite Rose qui répondait, mais avant, elle interrogeait sa sœur du regard : l'une pouvait être ici, l'autre ailleurs, l'une pouvait jouer dans la cour tandis que l'autre aurait grelotté de fièvre dans son lit, celle-ci pouvait lire, celle-là coudre, elles n'en vivaient pas moins serrées l'une contre l'autre de toutes leurs forces, et l'on sentait qu'on n'aurait pu les séparer sans les tuer.

L'ingénieur leur parla longuement de son fils Frédéric, qui venait d'avoir cinq ans, et auquel il apprenait lui-même à lire. Il se souvint des photos qu'il avait apportées pour la grand-mère et qui étaient encore dans la poche de sa veste. Il les fit admirer aux grandes sœurs. Frédéric était un gros garçon aux yeux ronds et au sourire sans malice, qui lisait déjà sans faire de faute les titres du *Petit Parisien* et qui serait un homme de science dès qu'il aurait achevé sa croissance.

Les deux gamines examinèrent avec curiosité le futur grand homme qui portait un joli costume de matelot et qui était leur frère. Elles regardèrent également la jeune femme très blonde qui se trouvait à côté de lui sur plusieurs photos. Cette femme était la maman du petit marin. Rose, ayant consulté Madeleine du regard, demanda si cette dame était aussi leur maman. L'ingénieur répondit que non. Elles n'osèrent pas demander d'autre explication, sentant bien qu'elles touchaient là un mystère qui les dépassait : si un frère et une sœur pouvaient ne pas avoir les mêmes parents, c'était qu'une terrible catastrophe, en l'occurrence, avait bouleversé les lois de la logique et de la nature. D'ailleurs, l'ingénieur ne venait-il pas d'expliquer aux deux fillettes qu'elles n'étaient que « les demi-sœurs, et encore », du matelot ? Petite Rose commençait à comprendre qu'elle était seulement la moitié de quelque chose, et elle ne tenait pas à en savoir plus : l'éternelle colère de grand-mère et les perfidies de tante Amélie en prenaient un sens particulièrement sinistre, et une allure de verdict.

Les photos étaient éparpillées sur la table : le cafetier fut invité à s'extasier à son tour sur le petit Frédéric. Rose et Madeleine finirent tranquillement leur limonade puisqu'on ne leur demandait plus d'admirer les photos, mais bébé Madeleine, celle qui faisait toujours les bêtises, reposa par inadvertance son verre vide sur le visage du petit Frédéric. Le père enleva d'un geste brusque l'objet iconoclaste : la tête du sage petit garçon était maintenant couronnée d'une auréole de limonade. « Tu l'as fait exprès ! Tu l'as fait exprès ! », s'exclama l'ingénieur en tâchant d'essuyer le précieux cliché à l'aide de son mouchoir. Il ne fit qu'étaler les gouttelettes de limonade en bavures pâles sur le visage du rejeton. Le cafetier regardait la scène, les mains sur les hanches, le torchon à la ceinture, l'air embêté. Bébé Madeleine ne pleurait pas. Elle ne montrait aucune marque de crainte ou de repentir. Elle en avait vu d'autres. Elle tenait seulement la main de sa grande sœur, sous la table. L'ingénieur ramassa vivement ses photos et les rangea dans son portefeuille, accusant toujours Madeleine d'avoir tenté plus ou moins d'assassiner son fils en effigie. Le cafetier essaya de dire que la gamine avait été maladroite, mais qu'elle n'était sûrement pas méchante. L'ingénieur, alors, se leva, jeta dix sous sur la table, et quitta le bistrot.

Les fillettes se remirent à trottiner derrière lui. Elles étaient sages et silencieuses, de nouveau, comme deux petits fantômes, mais l'ingénieur les en détestait d'autant plus. Il leur en voulait de le suivre ainsi, sans rien dire, sans rien demander, sans se plaindre, mais avec vaillance et application, obsédantes comme un remords qui n'aurait pas osé s'exprimer tout à fait.

L'ingénieur reprit le train le lendemain matin. Il avait hâte de se retrouver chez lui, à Paris, près de sa femme et de son fils. Il venait d'avoir cinquante ans. Un peu d'embonpoint adoucissait les traits de son visage, et même son regard. Un petit ruban rouge ornait maintenant le col de sa veste : il passait pour un homme bon, sage et accompli.

Les grands meubles noirs encombraient toujours l'appartement. On aurait dit qu'ils avaient pris de l'embonpoint, eux aussi, mais cette impression ne venait que de la profusion de bibelots dont la nouvelle épouse les avait ornés. On avait mis des rideaux neufs aux fenêtres, d'épaisses tentures de velours vert bronze où les flamboiements du soleil s'éteignaient, comme étouffés par la lourde étoffe.

Le petit Frédéric avait pour lui tout seul la jolie chambre où Rose et Madeleine avaient passé les premiers moments de leur existence. On l'avait repeinte en bleu. On avait banni les petits lits des deux fillettes. La maman alsacienne avait tenu à chasser de cette pièce jusqu'au moindre souvenir d'une bien triste histoire, et l'ingénieur l'en approuvait.

La pendule du salon avait disparu aussi : son tic-tac

obsédant agaçait la nouvelle épouse comme l'ancienne, et la nouvelle épouse avait décidé qu'on l'enlèverait, tout bonnement : l'ingénieur en tira prétexte pour faire l'invention d'une pendule électrique qui serait absolument silencieuse et d'une précision exemplaire. Il en dessina l'épure, et déposa un brevet. Il omit malheureusement de faire construire l'appareil, car d'autres idées, d'autres projets déjà, accaparaient cet esprit en perpétuelle ébullition.

Il n'allait plus sur les chantiers. Le fer et l'acier ne l'intéressaient plus autant qu'autrefois. Et s'il travaillait à nouveau parmi les poutrelles de la tour Eiffel, à guère plus de cent mètres de chez lui, c'était dans le laboratoire récemment installé au pied de l'édifice. Il y avait là une énorme soufflerie : on y expérimentait à l'aide de maquettes la résistance au vent des ouvrages d'art qu'on s'apprêtait à construire un peu partout dans le monde. L'ingénieur passait ses matinées au laboratoire. L'après-midi, le plus souvent, il travaillait chez lui dans son bureau : il ne lui fallait qu'une minute, le cas échéant, pour se rendre à la soufflerie, y donner des ordres, ou bien y prendre des documents.

Cependant toutes sortes d'engins irrévérencieux, des dirigeables, et même des aéroplanes, venaient rôder aux abords de la tour avec une irritante familiarité. Un pauvre bougre avait tenté de s'envoler du premier étage, un certain matin de décembre, affublé d'une espèce d'emplumage de toile et de bois : il n'avait pas eu le temps d'agiter ses ailes de fortune, et il s'était écrasé stupidement sous les quolibets des badauds. M. l'ingénieur, qui calculait ses profils et ses portances dans le calme de son laboratoire, à quelques mètres de là, ne fit point d'oraison funèbre à cet imbécile, et se contenta de ricaner quand son épouse, qui avait tout vu de la fenêtre de son salon, lui fit le récit de l'accident.

Des parterres de gazon et de fleurs avaient remplacé sur le Champ-de-Mars les pavillons de l'Exposition, qui n'était plus qu'un beau souvenir : la vie ne peut pas toujours être une fête.

M. l'ingénieur y emmenait souvent son fils en promenade. Il louait un âne pour le petit garçon, et il conduisait lui-même l'âne par la bride. Le rejeton exultait en paradant sur le dos de l'animal : il était content de la bête et du palefrenier. Des passants se retournaient pour regarder l'étrange équipage, et le père comme le fils en tiraient une grande fierté, pensant qu'on admirait le bel enfant rose et joufflu.

L'ingénieur tint à lui faire visiter son laboratoire : il lui montra les machines, les appareils, et lui en expliqua le fonctionnement. Mais le petit garçon dansait d'un pied sur l'autre en réclamant son âne. L'un des collaborateurs de M. l'ingénieur, un jeune technicien qu'on venait d'embaucher à l'essai, dit que l'enfant s'ennuyait et qu'il était trop jeune pour s'intéresser à ces choses. L'ingénieur ne répondit rien. Il jeta un coup d'œil sur le travail en cours : il trouva une erreur dans les calculs qu'un de ses adjoints était en train de faire, et il lui ordonna sèchement de tout recommencer. Il quitta le laboratoire en expliquant au petit Frédéric la difficulté qu'il y avait à travailler au milieu d'un ramassis d'incapables.

Il pensait que son fils allait devenir ingénieur comme lui, peut-être même un plus grand savant que lui. Certains hommes auraient besoin de plusieurs vies pour réaliser tout ce qu'ils portent en eux : le petit Frédéric serait ainsi la seconde vie de M. l'ingénieur. Il ferait voler des avions cuirassés, un jour, et il inventerait des pendules électriques capables de mesurer l'éternité. Par le truchement du rejeton génial, l'ingénieur portait avec orgueil ses regards jusque sur les dernières années de ce siècle tout juste commençant. Il apercevait alors un monde merveilleux, totalement apaisé par la technique. D'énormes engins dirigeables traversaient chaque jour les océans, de gigantesques lunettes astronomiques permettaient d'apercevoir les habitants des autres planètes, le téléphone et le télégraphe sans fil reliaient les peuples d'un continent à l'autre, et le genre humain ne formait plus qu'une immense famille.

Dans le calme de son bureau, face à la tour qu'il avait commencé d'édifier vingt ans plus tôt mais qui continuait à s'élever dans sa tête, jour après jour, tout droit vers l'avenir, l'ingénieur se rendait compte qu'il n'avait cessé d'œuvrer pour le bien de ses semblables.

Vers cinq heures, la bonne frappait à sa porte, et demandait la permission d'apporter le thé. L'épouse alsacienne l'avait choisie bien vieille, mais propre. C'était une Bretonne, comme la maman de M. l'ingénieur, et elle savait faire les sablés au beurre. Dès le premier jour elle était tombée en dévotion pour son patron, dont le charme s'exerçait par une étrange prédilection sur les femmes d'âge mûr. La jeune épouse, qui passait tous ses après-midi à faire des courses, lui laissait la responsabilité de la maison et se gardait bien de lui adresser la moindre critique.

L'ingénieur écartait un peu les documents qui jonchaient son bureau, et la bonne posait le plateau du thé. Il s'arrêtait de réfléchir pendant quelques minutes. L'avenir en gestation sur papier millimétré attendrait bien un peu.

Il rêvait en regardant sa tour. Il se réjouissait des

127

progrès que venait encore de faire le petit Frédéric. Il songeait que sa femme rentrait chaque soir un peu plus tard, et il se demandait s'il ne la mettrait pas enceinte un jour prochain, pour la faire tenir un peu en place. Mais il se rappelait qu'il avait déjà trois enfants en quelque sorte.

Il pensait alors à Rose, et à bébé Madeleine. Il ne leur voulait aucun mal, même à la plus petite. Il ne voulait de mal à personne. Il savait qu'on s'occupait bien d'elles.

Il se disait que leur mère avait reconnu sa faute, puisqu'elle n'avait jamais réclamé ses enfants. En fait il ne savait pas ce qu'elle était devenue, ni même si elle était morte ou vivante : on l'avait envoyée à l'hôpital après la crise qui avait failli l'emporter. Il ne l'avait revue ensuite qu'au tribunal. Elle y était venue seule, sans avocat. Elle ne s'était pas défendue. Elle n'avait rien demandé, ni à lui-même ni au juge. Elle paraissait très malade, et elle avait cet air de tristesse et de détachement qu'on voit quelquefois à ceux qui sentent leur fin prochaine. Elle avait dû mourir, ensuite. L'ingénieur avait un petit serrement de cœur en évoquant son ancienne compagne, et sa triste fin dans la honte et la maladie. Il regrettait parfois la douceur de la jeune femme. Il se souvenait malgré lui du timbre de sa voix. Ou bien il revoyait le velours noir de ses yeux, et la petite mèche brune, échappée du chignon, qui rehaussait la blancheur de sa nuque. Il se laissait aller pendant quelques minutes à la nostalgie, qu'il prenait pour de la compassion. Après tant d'années le pardon était venu, bien sûr : de troublantes bouffées d'indulgence montaient en lui. Il aurait aimé serrer la pauvre infidèle entre ses bras, il

128

lui aurait expliqué qu'elle était moins coupable que malheureuse, peut-être, de n'avoir pas su l'aimer.

Sa nouvelle épouse n'avait pas la même douceur, ni cette délicatesse dans les traits du visage. Elle était bien moins jolie depuis qu'elle avait pris de l'embonpoint, et elle parlait toujours avec son horrible accent teuton. Mais elle ne s'était pas non plus amourachée d'un artiste peintre, et aucune fièvre, en tout cas, ne lui aurait jamais fait avouer le moindre écart de conduite.

Pendant qu'avec son papa le jeune Frédéric apprenait le nom des fleurs qui ornaient les parterres du Champ-de-Mars, les deux petites arrachaient les pommes de terre dans le champ, derrière la maison de grand-mère. Ils prenaient tous du bon air, et leur papa pouvait se féliciter d'avoir des enfants en bonne santé. Il avait une nouvelle épouse, aussi, point très jolie sans doute, mais bien plus solide que l'autre. Et il possédait de beaux meubles d'ébène ou de bois sculpté, et le ruban de la Légion d'honneur, et cinquante louis d'or dans un coffre. Ainsi, quand M. l'ingénieur venait à porter le regard sur lui-même et sur sa vie présente, dans la solitude et le calme de son bureau, c'était un sentiment de grand respect qui s'installait en lui, et le cœur du brave homme se gonflait de la merveilleuse certitude de vivre en paix avec soi-même. Alors il appelait la bonne, et lui demandait de courir au tabac pour lui acheter un cigare.

Grand-mère mourut l'année qui précéda la Grande Guerre. Elle était extrêmement vieille, et elle confondait un peu les gens, les époques, les heures du jour, mais elle grimpait et descendait encore l'escalier de la maison : cette verdeur finit par lui être fatale.

Ce fut Madeleine qui la découvrit un matin : elle gisait au pied de l'escalier, la tête en bas, baignant dans son sang, et les jambes en l'air, toutes raides et maigres comme des balais qu'on aurait oubliés sur les marches. Elle n'était pas tout à fait morte car elle jetait sur la petite fille des regards terribles, mais elle ne pouvait plus du tout bouger. Sa tête faisait un angle insolite avec le reste du corps, et semblait sur le point de s'en détacher.

Madeleine appela au secours. Sa grande sœur accourut, mais tante Amélie, qui faisait l'impotente là-haut, dans son lit, se contenta de gémir en se tordant les mains à la nouvelle de l'accident, et dit qu'elle n'avait plus qu'à mourir à son tour, ce qui justifiait qu'elle restât allongée.

Rose finit par aller quérir des voisins, qui ramassèrent la grand-mère et la portèrent sur son lit. Un médecin arriva un peu plus tard. Il examina la mourante, mais surtout les marches étroites et périlleuses au bas desquelles elle avait dégringolé. Il dit qu'à l'âge où était arrivée la vieille, un escalier faisait aussi bien l'affaire qu'autre chose pour passer dans l'autre monde. Il demanda trois francs et il partit.

Grand-mère fut encore tout un jour et toute une nuit avant de consentir à rendre l'âme. A près de quatre-vingt-dix ans, elle ne devait plus se rappeler qu'elle pouvait elle aussi avoir à prendre congé. Elle avait bien commencé à mourir, en se brisant le cou sur les marches de bois, mais elle s'était interrompue tout net au milieu de son trépas, comme on s'interrompt au milieu d'une phrase : elle avait oublié, ou bien elle feignait d'oublier ce qu'il y avait encore à faire.

Un curé vint dans l'après-midi, et lui administra les sacrements. Mais ce n'était sans doute pas les mots qu'il fallait, et la vieille, qui depuis toujours se fichait du bon Dieu comme d'une guigne, se contenta de fixer le prêtre d'un regard de haine intense.

Elle avait le même regard pour tous ceux, les petites, les voisins, qui l'approchaient et venaient renifler un peu leur semblable au seuil de l'autre monde. Elle n'avait pas l'air de souffrir. En fait, le médecin avait dit qu'elle ne devait plus rien sentir : la nuque était brisée, et le corps n'était plus relié au cerveau. Elle n'avait pas l'air non plus d'avoir peur : or les gens autour d'elle se souciaient peu de savoir si elle entendait, et l'on parlait ouvertement de sa mort.

Mais elle devait bel et bien entendre, et elle comprenait sûrement aussi, et ainsi elle assistait à ses propres funérailles. Mais elle ne voyait pleurer personne, et cela la remplissait de colère, elle qui n'avait jamais regretté quiconque.

Amélie continua de gémir sur son propre sort, et ne

bougea pas de son lit. Elle réclama le médecin pour elle-même quand elle l'entendit arriver à la maison, mais ayant appris que la consultation coûtait trois francs elle préféra souffrir gratis.

Une voisine dit qu'il fallait télégraphier au fils de la vieille pour qu'il vînt régler les obsèques, mais les petites ne savaient pas son adresse. Amélie put seulement indiquer qu'il habitait face à la tour Eiffel, et qu'il travaillait en dessous. Quelqu'un eut alors l'idée d'adresser un télégramme à M. Eiffel lui-même, qui saurait bien le remettre à son véritable destinataire : on rédigea le texte de la missive, que Rose alla aussitôt porter à la poste. C'est ainsi que Gustave Eiffel en personne apprit, non sans perplexité peut-être, la nouvelle de l'accident et du décès imminent de la vieille sorcière de Nantes, avare, dure, sordide, crasseuse, qui fut mon arrière-grand-mère.

Les petites eurent vite compris que l'agonisante n'aurait plus jamais l'occasion d'exercer la colère qu'on voyait dans ses yeux et qui était son dernier lien avec ses semblables. (Elle avait dû voir le jour furieuse aussi, voilà près d'un siècle, et pestant déjà contre un monde où le sucre était si cher.) Maintenant elle ne pouvait plus terroriser personne, elle ne pouvait même plus bouger le petit doigt, mais on se rendait compte que cette femme ou ce qu'il en restait sur le lit, ce macabre fagot déjà prêt à brûler en enfer, n'avait pu naître que d'une mauvaise intention : elle n'avait pas eu besoin d'être méchante à la manière d'Amélie. Le mal, la sécheresse de cœur, la mesquinerie, s'exhalaient naturellement d'elle, comme une haleine fétide.

Des gens du voisinage défilèrent pendant toute la journée pour voir l'étrange phénomène, cette morte qui vous fixait et semblait sur le point de vous invectiver. C'était bien effrayant, et des femmes pensèrent se trouver mal. Les hommes tenaient mieux le coup et restaient de longues minutes au pied du lit, soutenant le regard de la vieille, espérant peut-être y déchiffrer un signe de l'au-delà.

Les deux petites se tenaient de part et d'autre du lit. Elles avaient déjà vu des canards s'envoler après que grand-mère leur eut tranché la tête. L'animal partait droit devant lui, dans une giclée de sang, et allait s'abattre dans le champ, cent mètres plus loin. C'était maintenant le tour de la vieille : on sentait bien qu'elle cherchait à s'envoler. Les gamines regardaient ça sans grand étonnement. La mort avait été si naturelle entre les mains de grand-mère ! Combien de lapins avaient fini dans son tablier, dans de dérisoires soubresauts, le cou brisé de la même façon exactement ? Ces bestioles prenaient leur revanche en quelque sorte. Grand-mère avait toujours fait triompher l'ordre des choses, sans vaine sentimentalité. Il fallait bien qu'elle s'y soumît également.

En fin d'après-midi, Amélie quitta enfin son lit et alla se rendre compte de la catastrophe dans la chambre d'à côté. Il n'y avait plus que les deux petites auprès de l'agonisante : les gens avaient vu ce qu'il y avait à voir, et ils étaient rentrés dîner chez eux. Tante Amélie s'approcha, les mains en avant et les yeux au plafond comme une aveugle car elle n'osait pas regarder. Rose lui apporta un tabouret pour qu'elle pût s'effondrer sans se faire mal. Grand-mère fixait maintenant sa fille, et un indicible mépris se lisait dans ses yeux. La grosse femme ne s'émut guère de ce regard, qu'elle connaissait depuis l'enfance. Elle jugea plutôt que la vieille n'allait pas si mal, et elle se mit à lui parler comme d'habitude, lui demandant si elle pensait pouvoir se lever pour aller préparer la soupe.

Grand-mère était toujours incapable de parler, bien sûr, et d'ailleurs elle se fichait bien de répondre à sa fille : le monde pouvait avoir faim, maintenant qu'elle-même avait pris son dernier repas. Alors, devant ce silence, cette immobilité, cette expression de haine encore plus farouche qu'à l'ordinaire, Amélie finit par admettre que grand-mère était vraiment mourante, et de désespoir elle tomba de son tabouret. Les deux petites savaient comment faire pour la relever : il fallait lui présenter une chaise pour qu'elle s'y agrippât, et la pousser en même temps au derrière.

Amélie finit par se retrouver debout, non sans avoir accusé les gamines d'être les meurtrières de la vieille, au moins en intention. La grosse femme se remit au lit, vaincue par son malheur, et dormit pendant vingt-quatre heures d'affilée, abandonnant aux petites le souci de la moribonde.

Celle-ci avait décidé de ne pas passer sans avoir revu son fils, le seul être qui eût jamais rencontré son affection. Il arriva le lendemain matin, juste à temps pour recueillir son dernier soupir. Les gamines avaient quitté la chambre, pour que le monsieur fût seul avec la vieille en cet instant solennel. Alors grand-mère se laissa glisser dans la mort, considérant son fils d'un regard enfin apaisé, presque heureux.

Ayant de la sorte accompli son devoir, l'ingénieur s'inquiéta d'Amélie, qu'il n'avait point encore vue. Il la trouva dans sa chambre, ronflant et suant sous son gros édredon : Amélie avait la douleur des autruches. Son frère referma la porte de la chambre sur la grosse dormeuse, songeant qu'elle se réveillerait bien assez tôt, désormais.

134

Les petites étaient dans la cuisine. Madeleine préparait le café. Rose lavait le carrelage, comme chaque jour à cette heure-là. L'ingénieur s'arrêta en bas des marches, considéra ses deux filles, et murmura pour lui-même : « Que vais-je faire de vous, maintenant ? Que vais-je bien pouvoir faire de vous ? »

6

Tout fut réglé dans la semaine : on enterra grand-mère. Amélie fut placée chez les Filles de la Sagesse. Elle aurait un bon lit et trois solides repas par jour. La maison fut mise en vente.

L'ingénieur acheta aussi des robes pour les gamines. Il ne pouvait tout de même pas les emmener à Paris dans leurs guenilles de Cendrillon. Et il n'avait pas d'autre choix que de les garder pour le moment avec lui.

Rose allait avoir douze ans. Elle était robuste, avec de bonnes joues, elle avait l'esprit vif, la langue bien pendue, et des allures, plutôt, de garçon. Madeleine, sa cadette de trente mois, avait la douceur de sa mère, des yeux d'un noir profond qui semblaient implorer la tendresse. L'ingénieur évitait de rencontrer ce regard.

Il trouva les deux fillettes bien peu chagrinées d'avoir perdu leur grand-mère, cette femme incomparable qui à quatre-vingts ans passés avait encore eu la force de les élever. Elles avaient regardé sans émotion le cercueil disparaître dans la fosse. Petite Rose s'était penchée pour voir la profondeur du trou, puis elle avait chuchoté quelque chose à l'oreille de sa sœur. L'ingénieur fut contrarié par cette froideur, par cette ingratitude. Mais il se rasséréna, songeant que les enfants sont naturellement égoïstes et n'éprouvent que des émotions fort superficielles.

Il admit toutefois qu'elles avaient été très bien débrouillées par la grand-mère, et qu'elles se tiraient à merveille d'une situation difficile. En fait, les deux fillettes n'avaient tout bonnement rien changé à leurs habitudes, et s'occupaient de la maison comme la vieille leur avait appris à le faire : elles lavaient chaque matin le carrelage de la cuisine, balayaient le plancher des chambres, retapaient les lits, nourrissaient les lapins, allaient ramasser les œufs, et préparaient les repas. Madeleine avait pris la redingote de l'ingénieur, sans rien dire, et en avait recousu les boutons. Quand elle rendit le vêtement à son propriétaire, elle lui demanda à quoi servait le petit ruban rouge qui était sur le col, et s'il convenait d'y coudre un bouton ou autre chose. Attendri, l'ingénieur expliqua qu'il s'agissait d'une décoration, d'une sorte de récompense qu'on lui avait attribuée pour ses travaux. Il construisait des ponts, comme celui qu'il y avait sur le ruisseau, près de la maison, mais bien plus grands et tout en acier. Quand ils prendraient le chemin de fer pour aller chez lui, il lui montrerait l'un de ces ponts. Il avait en outre participé à l'édification d'une tour, à Paris, qu'elles verraient dans quelques jours aussi, et qui était le monument le plus élevé jamais construit par les hommes. « Plus élevé que le clocher de notre église ? » « Bien plus élevé », répondit le monsieur. « Et à quoi ça sert-il ? », demanda encore Madeleine. « A montrer aux générations futures de quoi nous aurons été capables », fit avec orgueil l'ingénieur. La petite fille parut réfléchir un instant, puis, timidement, elle leva vers son mentor un

regard d'admiration naïve. Le monsieur rougit légèrement, et sourit. Il était heureux de cette première
conversation avec l'enfant.

En fait, il n'était pas mécontent d'avoir à garder les
fillettes le temps de leur choisir un pensionnat. Elles
se montraient amusantes et pleines de vivacité chacune à sa manière. La dernière fois qu'il les avait vues,
quatre ans plus tôt, c'étaient des sauvageonnes. Il leur
avait trouvé quelque chose de farouche dans le regard,
une expression de crainte, mais aussi une vraie dureté,
qui donnaient à penser qu'elles pouvaient mordre si
l'on portait trop brusquement la main vers elles. A
présent il découvrait deux petites femmes, un touchant mélange d'innocence enfantine et de sagesse
réfléchie, d'ignorance et d'entendement. Il se dit que
l'admirable vieille leur avait épargné, surtout à Madeleine, les effets désastreux de l'atavisme maternel.
Dans le train qui les emmenait à Paris, Rose posa
toutes sortes de questions et montra de la surprise à
tout ce qu'elle découvrait. Elle voulut savoir à quoi
servaient les fils qu'on voyait courir le long de la voie,
suspendus entre des poteaux. L'ingénieur lui expliqua
ce qu'étaient le télégraphe, le téléphone, l'électricité.
Mais la petite concevait mal qu'on pût mettre des
paroles ou de la lumière à l'intérieur d'un fil, et le
monsieur rit de bon cœur devant tant de naïveté, tout
en reconnaissant que les candides objections de la
fillette ne manquaient pas de bon sens.

La plus heureuse de l'apparition des petites fut
certainement la vieille Renée, la domestique. Elle
complimenta Monsieur sur ces deux belles enfants,
bretonnes comme elle, dont elle n'avait jamais
entendu parler. Elle n'aurait pas été offusquée d'en

découvrir d'autres et d'apprendre que son patron s'était généreusement répandu dans toutes les provinces du pays par ses paternités.

Le bavardage de la brave femme faisait sourire M. l'ingénieur, qui acceptait ses flatteries avec indulgence. La patronne, par contre, ne manquait pas une occasion de rabrouer la vieille et de la renvoyer à ses balais. Elle n'admettait aucune familiarité de sa part, considérant qu'une maîtresse de maison bourgeoise doit garder ses distances vis-à-vis des petites gens, concierges, facteurs, laitiers et autres employés du gaz.

Renée avait fait plus d'une maison avant d'arriver chez M. l'ingénieur : en quarante ans elle avait subi toutes sortes de pimbêches. Maintenant elle avait la peau dure, et puis elle savait bien que l'Alsacienne avait commencé sa carrière au cinquième étage, et que si dès ce temps-là elle s'occupait des vases de la maison, ce n'avait pas toujours été pour y mettre des fleurs.

Elle apprit en outre par la rumeur qui courait dans l'immeuble le difficile destin des petites filles, et si elle n'en tint nullement rigueur à leur père, elle en conçut un motif supplémentaire d'aversion pour la marâtre, qu'elle jugea seule responsable de la disgrâce, pendant dix ans, des malheureuses enfants.

Elles lui faisaient un peu pitié, ces petites qui avaient l'air bien trop sérieux pour leur âge, et elle se mit bientôt à les aimer, elle qui n'avait jamais eu d'enfant que dans d'impossibles rêves de succès et de bonheur où un employé du télégraphe, ou du gaz, ou du chemin de fer, tombait amoureux d'elle et mettait sa fortune à ses pieds.

Madame ne voulait pas que son fils se mélangeât

avec les deux « petites paysannes ». Elle disait qu'elles devaient retourner à la campagne puisqu'elles avaient l'habitude de courir dans les champs. Monsieur acquiesçait, et répondait qu'il allait leur trouver un pensionnat au grand air, mais pas trop loin de Paris, de sorte qu'elles pourraient venir souvent. En tout cas il ne voulait pas entendre parler d'une institution religieuse. Alors Madame s'écriait qu'un peu de religion ne ferait pas de mal à ces deux pestes, et qu'au lieu de « tourner autour du pot », Monsieur aurait mieux fait d'avouer franchement qu'il souhaitait les garder chez lui, et qu'il les préférait à son fils, qu'il leur montrait plus d'attention, plus de tendresse, plus d'indulgence, mais qu'il s'en repentirait un jour, car c'étaient de petites hypocrites qui n'attendaient que l'occasion de lui marcher sur la tête.

La Bretonne, qui avait souvent l'oreille collée à la porte, surtout depuis que les fillettes étaient là, n'entendait pas distinctement ce que Monsieur répondait alors. En fait, Monsieur n'avait rien dit. Il s'était contenté de grommeler de vagues dénégations : « Il aimait son fils par-dessus tout, bien sûr. Toutefois ce n'était pas lui enlever grand-chose que de ne pas détester ses sœurs. Mais il voulait bien les envoyer aux antipodes, si on l'exigeait. Il essaierait de les détester à nouveau. »

Il n'avait pas la force de tenir tête. Il n'aurait jamais soupçonné qu'un homme comme lui pût un jour avoir à discuter avec une femme. Il ne savait pas comment s'y prendre. Il avait vieilli. Il ne se souciait plus tellement d'avoir raison. Mais maintenant il aimait bien les petites, c'était plus fort que lui. Il pensait parfois à leur mère, aussi. Il aurait aimé savoir qu'elle avait réchappé de sa maladie et qu'elle vivait quelque part, point trop malheureuse. Il n'y avait pas de malveillance, en lui. Il n'y avait eu qu'un formidable égoïsme. Et de cet égoïsme, aujourd'hui, il ne lui restait guère qu'un immense désir de paix. On aurait dit de la bonté, presque.

7

Mme Marthe avait pris sa retraite voilà quelques années déjà. Elle habitait chez sa cousine de Chatou. Mais elle avait la nostalgie de ses locataires, de son escalier, et même du bout de trottoir, devant la porte de l'immeuble, qu'elle avait balayé chaque jour pendant un quart de siècle. Alors elle venait rendre visite à la nouvelle concierge, une veuve comme elle, point très jeune non plus mais courageuse, et qui mettait le même soin qu'elle à faire courir les ragots et reluire la rampe de laiton de l'escalier : elles passaient ensemble l'après-midi à parler du pauvre monde.

Mme Marthe apprit ainsi que le monsieur du premier venait de recueillir deux jeunes malheureuses qui étaient ses propres filles. Oui ! Petite Rose et bébé Madeleine étaient revenues ! Mais pas plus tard qu'hier la bonne de M. l'ingénieur avait dit qu'on allait s'en débarrasser à nouveau, ou que si on les gardait ce serait pour les faire trimer, car l'Alsacienne les détestait. Les deux gamines avaient vécu jusque-là chez leur grand-mère, qui les battait, leur donnait du pain dur, et les faisait dormir dans une cave. La plus petite avait manqué rester estropiée des coups qu'elle avait reçus. La plus grande avait appris à chaparder leur nourriture dans les potagers, et ainsi elles n'étaient pas mortes de faim.

Mme Marthe écouta toute l'histoire, et en demeura muette d'horreur pendant une minute. Qu'avait-on fait aux petites filles de sa malheureuse amie ? Pourquoi tant de cruauté ? Mais, en même temps que l'effroi et la réprobation, une secrète jubilation la faisait frissonner : elle avait du goût pour les affaires bien ténébreuses, qui meublaient mieux que n'importe quel roman le vide de son existence depuis trente ans qu'elle était veuve.

Elle aurait bien aimé voir les deux gamines, maintenant, et leur faire raconter leurs souffrances : elle en avait la gorge serrée par avance. De délectables larmes lui montaient aux yeux. Elle se sentait transportée, déjà, en un sublime élan de compassion. L'autre concierge dit que Rose ou Madeleine passeraient sûrement devant la loge avant la fin de l'après-midi, et qu'on pouvait faire bavarder au moins la plus grande, qui n'était pas farouche.

Les deux braves femmes tournèrent leurs chaises de manière à pouvoir surveiller la porte vitrée. En attendant d'écouter les fillettes elles poursuivirent leurs commentaires sur ce qu'elles savaient déjà, et aussi sur ce qu'elles allaient apprendre. Deux heures s'envolèrent ainsi, sans que les petites martyres apparussent, et Mme Marthe dit qu'elle allait manquer son train. L'autre lui offrit alors de passer la nuit chez elle. Mme Marthe accepta sans se faire prier : elle tenait à lire le dernier chapitre de cette aventure-là.

Vers sept heures seulement, petite Rose passa en courant devant la loge, et sortit de l'immeuble. Les bonnes femmes s'élancèrent à sa suite et la rattrapèrent sur le trottoir. On la ramena dans la loge. On la fit asseoir. On lui offrit un biscuit. Mme Marthe, déjà, l'enveloppait d'un regard de tendresse et de convoitise mêlées. Elle songeait à la petite fille qu'elle n'avait pas eue, et qu'elle aurait rendue si heureuse.

Rose avait de bonnes joues, une somptueuse crinière mordorée qui lui tombait plus bas que la taille, et des yeux pétillants de malice. Mme Marthe leva sur l'autre pipelette un regard quelque peu surpris, peut-être désappointé : où donc étaient les marques de coups, les stigmates ? Si un enfant est malheureux, haï, maltraité, cela ne se voit-il pas nécessairement ?

Il fallait la faire parler, puisque son petit visage et son petit corps n'osaient pas s'exprimer comme ils l'auraient dû : la gamine parla en effet, et volontiers, de la grand-mère, des lapins qui finissaient en civet et en pelisse, et du chien de la voisine qui passait sous la clôture pour venir dévorer les poules, puis elle s'inquiéta de l'heure qu'il était, et elle dit qu'elle se ferait gronder si elle ne rentrait pas chez elle avec le cigare que son papa lui avait demandé d'acheter.

Mme Marthe et sa complice se considérèrent l'une l'autre avec perplexité. La première avait un sourire d'ironie. La seconde fit un mouvement de la main qui pouvait être un geste d'impuissance, ou d'excuse, ou simplement d'embarras : elle en avait un peu rajouté, peut-être, sur ce qu'on lui avait dit. Ou bien c'était la bonne du premier, la vieille Bretonne, qui lui avait raconté des fables parce qu'elle n'aimait pas ses patrons et qu'elle voulait leur nuire.

Est-ce qu'on n'allait donc pas pleurer ce soir-là ? Il restait tout de même l'histoire de la pauvre maman des fillettes. La petite devait savoir quelque chose. Il n'était pas possible qu'on ne lui eût jamais rien dit de sa mère, ou qu'elle-même ne s'en fût jamais souciée.

Pourtant, Rose ne put qu'avouer son ignorance. Elle n'avait même pas de notion distincte de ce que pouvait être une maman : c'était là son véritable et profond malheur, mais les deux braves femmes venaient de le mettre à nu sans l'apercevoir, s'étonnant seulement de l'indifférence de la gamine. Alors Mme Marthe se dit qu'une enfant qu'on n'avait cessé de détester et de maltraiter ne pouvait devenir en effet qu'une espèce de monstre. Elle accorda son absolution à la petite, essayant plutôt de réveiller en elle le sublime instinct filial, et elle lui parla de la jeune femme qu'elle avait connue jadis, de sa douceur, et de l'amour qu'elle avait eu pour ses deux bébés. Rose hochait bien gravement la tête : elle se rendait compte que cette dame lui racontait des choses importantes, et elle s'efforçait d'adopter la contenance qui s'accordait le mieux à la circonstance. Mais elle se demandait pourquoi l'on semblait tenir tellement à ce qu'elle se préoccupât d'une personne dont elle entendait parler pour ainsi dire pour la première fois.

Elle demanda l'heure, à nouveau. Elle n'écoutait plus Mme Marthe. Elle ne voulait pas connaître l'histoire de sa pauvre maman. Elle ne songeait qu'au cigare qu'on lui avait demandé d'acheter. Alors les deux femmes lui donnèrent un second biscuit et la laissèrent s'échapper.

8

Plusieurs mois avaient passé. Grand-mère, qui n'avait cru ni en Dieu ni au diable mais à la vermine et aux araignées, devait maintenant ressembler pour de bon à ce qu'elle avait pensé d'elle-même comme des autres. Le printemps était venu sur sa tombe comme sur le reste de la campagne, et tout ᴏ monde, les gamines, et même l'ingénieur, s'était dépêché d'oublier sa vilaine trogne, car les gens préfèrent presque toujours s'intéresser à la vie.

On n'avait encore pris aucune décision sur les petites invitées qui dormaient dans le bureau. L'Alsacienne avait entendu parler d'un excellent pensionnat qui se trouvait à Tournon, sur le Rhône. M. L'ingénieur s'était écrié qu'il eût plus vite fait de placer les gamines à l'Assistance que de les expédier ainsi à l'autre bout du pays. On n'en avait plus reparlé depuis, mais tout le monde savait que l'Alsacienne finirait bien par se débarrasser des deux intruses.

Quand il faisait beau, le dimanche, on allait se promener à Saint-Germain ou à Chaville. On mettait le déjeuner dans un panier, et on s'installait dans l'herbe. Les petites sautaient à la corde ou bien couraient l'une après l'autre. Madeleine revenait s'asseoir après une heure, tout essoufflée. Rose continuait à jouer toute seule, elle se mesurait au corps à corps avec les arbres et ne s'arrêtait que le visage couvert de griffures et les genoux écorchés. L'Alsacienne montrait au père les bas déchirés et le joli col de dentelle abîmé : est-ce qu'il n'allait pas enfin corriger la scélérate ? Mais l'ingénieur aurait bien aimé que son petit Frédéric s'égratignât un peu les genoux, lui aussi.

La maman alsacienne habillait et bichonnait son rejeton avec recueillement. Elle en faisait chaque matin une œuvre d'art. Personne n'avait le droit de toucher à l'adorable petit chromo, et surtout pas les gamines, ou sinon il faudrait tout nettoyer et tout recommencer. L'ingénieur ne mesurait-il donc pas comme cet enfant était beau, et sage, et joliment coiffé par amour pour son papa ? Et ne voyait-il pas que les deux petites vicieuses ne cherchaient qu'à le tripoter et l'abîmer ?

Rose et Madeleine étaient libres : nul ne leur avait demandé, à l'une ou à l'autre, d'être le portrait de son père ou d'avoir les beaux yeux de sa maman. On ne s'était guère soucié qu'elles ressemblassent à quiconque, on ne leur avait même pas demandé d'être jolies, ou seulement aimables, et ainsi elles ne devaient rien à personne. On ne leur avait pas donné d'affection, mais on ne leur en avait pas pris non plus. On les avait laissées tranquilles : elles n'étaient pas jalouses du petit frère que l'on cajolait devant elles, et que sa mère boulimique grignotait tout vif comme une friandise. Il portait de mignonnes bottines qui le faisaient souffrir et l'empêchaient de courir, on lui mettait au cou un joli col empesé, qui l'entravait comme un carcan pour mieux le livrer à l'insatiable adoration maternelle. On aurait dit que ce garçonnet de huit ans savait déjà l'étendue de ses responsabilités : sans lui, l'Alsacienne n'avait rien à faire auprès de M. l'ingénieur, son ancien patron. C'était de lui que cette femme, cette « mère », comme on dit, tirait sa subsistance, ses jolis bijoux, son arrogance. Et pour chaque nouvelle robe qu'elle s'achetait, le col amidonné du petit prince se resserrait un peu plus, pour chaque insolence qu'elle se permettait avec le vieil homme, le bel enfant devenait plus précieux et plus fragile. C'était lui, le pauvre angelot hébété, qui exigeait de son papa une attention et une admiration constantes, jamais elle. C'était pour lui qu'on avait une bonne, et pour lui encore que M. l'ingénieur ne fumait plus qu'en cachette ces affreux cigares qui empuantissaient l'appartement.

On reprenait le train quand le jour commençait à décliner. M. l'ingénieur n'aimait pas beaucoup les excursions du dimanche. Pendant toutes ces heures il cherchait en vain quoi dire à sa vilaine épouse blonde, mais il admettait que le changement d'air était bon pour Frédéric.

Ces promenades l'ennuyaient moins depuis que les petites étaient là. Il savait qu'elles ne se trouvaient près de lui que pour un temps, âprement compté par l'Alsacienne. Il se sentait de l'affection pour elles, d'autant plus volontiers que cette affection était gratuite et sans lendemain. Il regardait avec une curiosité attendrie ses petites filles courir et jouer devant lui. Bientôt il ne les verrait plus. Rose, ou bien Madeleine, se cacherait derrière un tronc d'arbre, et elles ne reparaîtraient plus jamais. Personne ne lui enjoignait d'aimer ces enfants-ci. Elles-mêmes ne semblaient

148

rien attendre de lui. Il leur en avait de la reconnaissance : elles étaient comme un cadeau du ciel ou comme un pardon, peut-être, pour les mauvaises actions qu'il avait pu commettre.

9

Il emmena ses filles tout en haut de la tour Eiffel, un matin du mois de juin. Ce jour-là le troisième étage n'était pas autorisé aux visiteurs car des militaires y réglaient la nouvelle antenne de l'émetteur de T.S.F., l'ingénieur se fit reconnaître, et l'employé qui gardait l'ascenseur lui permit de monter. Les deux petites admirèrent le panorama qui s'étendait sous leurs yeux. Elles admirèrent aussi le prestige et l'autorité de leur père, qui d'un mot s'était fait ouvrir l'accès aux plates-formes supérieures, réservées pour le moment à l'autorité militaire. L'ingénieur échangea quelques réflexions avec l'officier responsable des travaux : les fillettes entendirent les deux hommes évoquer « la défense de la capitale ». Ce n'était pas la première fois qu'on parlait devant elles de la guerre. Mais à présent elles voyaient en effet les soldats affairés à tendre leurs filins parmi les poutrelles : ces insectes prépa-raient le piège où viendrait se prendre et mourir le terrible Léviathan suscité par la nation ennemie. L'ingénieur et l'officier continuaient d'échanger leurs observations sur le travail en cours. Les deux petites n'entendaient évidemment rien à ces propos, mais elles voyaient bien que les deux hommes se compre-naient dans leur langue mystérieuse, qui recélait

150

certainement le secret des nombres dont le Créateur avait formé l'univers. Elles en conçurent une admiration nouvelle et plus grande encore pour leur père, qui avait jadis construit cette tour sur laquelle d'autres hommes, aujourd'hui, tendaient d'étranges filets de métal pour y saisir le destin.

Il les conduisit un autre jour au Gaumont Palace, qui était le plus grand cinéma du monde. Elles virent s'agiter sur l'écran des personnages qui avaient la taille chacun d'une maison. Un peu plus tard, d'énormes papillons se mirent à scintiller de toutes leurs couleurs. Rose se leva plusieurs fois de son fauteuil en battant des mains. Il fallut que son père l'attrapât par le bras et la grondât pour la faire rasseoir, mais il était aux anges, lui aussi. Il avait l'âge de ses fillettes. Il arrondissait à son tour des yeux tout neufs sur le prodigieux spectacle : il prenait un innocent plaisir, à coup sûr, à les plonger ainsi, et à se plonger lui-même à leur suite, dans de faciles émerveillements. (Il n'y avait pas eu l'électricité chez grand-mère et tante Amélie se signait quand elle voyait passer un véhicule automobile.) Un autre jour il les emmena dans une boutique où l'on enregistrait la voix des gens : on les fit babiller dans le pavillon de l'appareil, et la minute d'après elles purent reconnaître leurs propres paroles, tout à fait distinctes malgré un léger nasillement. On leur montra ensuite le cylindre sur lequel ces paroles étaient maintenant gravées, un peu comme les mots sont imprimés sur les pages d'un livre. Rose examina le cylindre, l'approcha même de son oreille, puis demanda qu'on le fît repasser dans l'appareil. Madeleine voulut savoir si l'on pouvait entendre par ce moyen les voix « des personnes qui sont mortes », et comme on lui répondait que oui, elle éclata soudain en sanglots, considérant le phonographe d'un regard plein d'inquiétude : craignait-elle que le vilain chevrotement de la vieille de Nantes n'en sortît tout d'un coup, et n'emplît la boutique de ses solennelles et terribles remontrances, venues tout droit de l'au-delà ?

L'ingénieur aurait bien voulu emmener Frédéric aussi. Il leur aurait expliqué, aux uns et aux autres, qu'ils étaient frère et sœurs. Les gamines avaient plutôt envie de jouer à la poupée avec le sage petit ange. Elles l'aimaient bien. On pouvait le caresser et lui donner des baisers, l'asseoir, le faire marcher, le tourner dans un sens, dans l'autre : il prenait la position et pour ainsi dire la forme qu'on voulait. Le papa laissait faire les gamines : il se disait avec attendrissement qu'elles étaient de vraies petites mamans, déjà. Il ne se rendait pas compte que son rejeton n'avait pas besoin de mère supplémentaire. D'ailleurs le chérubin subissait toute cette affection avec une espèce de patience ennuyée. Il avait l'habitude d'être tripoté. On ne lui avait jamais laissé la moindre chance de se défendre.

L'Alsacienne avait de terribles colères quand elle venait à surprendre « les manèges » des petites effrontées. C'était comme si on lui avait enlevé la nourriture de la bouche : elle seule avait le droit de toucher à Frédéric. Le père avait d'abord essayé d'intercéder. Il aurait bien voulu n'avoir qu'une seule famille, où le présent et le passé se seraient réconciliés. Mais la nouvelle épouse ne voulait pas de cet amour par trop collectif pour son petit garçon, pour la chair de sa chair, pour le miracle né de ses entrailles : l'ingénieur n'avait qu'à sortir tout seul avec ses petites pestes, s'il les aimait tellement ! Il n'avait qu'à oublier son

152

malheureux fils ! Le pauvre enfant avait encore une maman, Dieu merci, et l'on s'arrangerait sans le père. L'avenir, d'ailleurs, s'organisait bel et bien sans lui dans la tête de la bonne femme. On le subissait encore, avec ses bouquins, ses cigares, ses rhumatismes, mais tout cela finirait bien par s'arranger. Le temps y pourvoirait : on n'avait déjà plus trop à le supporter au lit. C'était un signe qui ne trompait pas.

Elle n'avait pas qu'un peu changé, l'innocente gamine recommandée jadis par le Bon Pasteur ! Elle n'avait pas gardé longtemps sur les joues ces charmantes rougeurs enfantines qui avaient fait chavirer le cœur de M. l'ingénieur. Elle avait pris du poids et du muscle en descendant manger et coucher à l'étage bourgeois. La fatuité dominait en elle, massive : cette femme encore si jeune était une falaise de suffisance, que l'ingénieur quinquagénaire n'avait plus la force de franchir ni la patience de contourner. Elle n'en revenait pas de sa réussite, si facile en vérité. Dix ans après, elle se réveillait encore tout épatée. Mais le destin n'avait certainement fait que la mettre au rang qui lui revenait.

Elle avait horreur de son passé, bien sûr. Elle n'arrivait pas à oublier qu'elle avait jadis tordu la serpillière. Elle avait horreur aussi de l'ingénieur et de ses lourdes entreprises nocturnes, aussi bien dans le grand lit conjugal qu'autrefois, dans l'étroite mansarde au cinquième. Il lui avait bien fallu se faire engrosser d'abord. Mais depuis, il lui semblait qu'en toute justice elle ne devait plus rien à l'heureux père. Il encombrait toujours son lit, pourtant. Et de grosses mains s'égaraient encore sur elle, cherchant à se faufiler sous sa chemise : or si les offensives amoureuses de l'ingénieur se bornaient dorénavant à de

153

simples attouchements, ceux-ci devenaient d'autant plus odieux qu'ils étaient à chaque fois plus timides, et comme honteux.

Cet homme l'avait toujours dégoûtée. Sa présence à côté d'elle, sa sueur, ses ronflements, ses gestes obscènes étaient le prix qu'il fallait payer, bien sûr, mais pour combien de temps encore ? Elle avait le sentiment de n'être plus en dette, désormais. Elle avait assez fourni depuis dix ans. Le vieil homme prétendait exercer des droits qu'il n'avait plus : n'était-ce pas elle qui faisait marcher la maison, qui élevait le petit Frédéric ?

Il ne fait pas bon découvrir la vie depuis l'étage des domestiques : ce n'est pas seulement un patron qui vous besogne pour vos quarante sous par jour, mais le monde entier qui se vautre sur vous avec ses ordures, ses cris, ses bassesses. La création n'est qu'une immense cochonnerie écrasée sur votre figure. M. l'ingénieur sentait confusément le mépris de l'Alsacienne, sa future veuve, son purgatoire déjà en ce monde, et par instant, dans de cruels éclairs de lucidité, il arrivait à comprendre ce mépris : quelle image de lui avait-il laissé voir à cette femme ? Etait-ce le brillant constructeur de ponts, le généreux artisan du monde futur, ou seulement le maître grossier, le mâle furtif venant user d'elle, hâtivement et sans un mot ?

Il n'avait épousé en vérité que cette ignoble moitié de lui-même, et les mesquines ambitions de la bonne femme, son grossier désir, aujourd'hui, de revanche et de domination, lui renvoyaient comme dans un miroir l'image triviale de ses propres appétits : car M. l'ingénieur savait bien qu'il avait pris un étrange plaisir, autrefois, à trousser l' « innocente enfant », à s'avachir sans retenue ni scrupule dans le confort de son

154

ignorance présumée, à la surprendre par la violence à peine contenue de ses assauts, et finalement à redoubler sa propre jouissance de n'avoir pas à la partager, de s'y trouver comme seul et sans témoin.

10

Là-haut, dans leur étroite cabine sur la dernière plateforme de la tour, une poignée d'officiers s'efforçait de capter dans l'éther de lointains et mystérieux signaux où se déchiffrait déjà la fin prochaine du monde. Ils écoutaient en silence, le visage grave, ces messages de derrière la nuit, étranges voix des Destinées que le génie humain n'avait peut-être appris à dérober au ciel que pour y découvrir la décision de sa propre mort.

L'Alsacienne, elle, se fichait bien de l'archiduc et de la Serbie : elle avait sa propre guerre à mener, ses propres adversaires à vaincre. Le jour où l'empereur d'Autriche envoyait son ultimatum à Belgrade, elle écrivait aux sœurs du « Cœur très pur de Marie », à Tournon, pour y placer ses deux petites ennemies.

On n'en avait rien dit à M. l'ingénieur, bien sûr. Le vieil homme risquait de se faire tirer l'oreille et l'on n'avait plus le temps de discuter avec lui : on allait procéder au grand ménage d'été comme chaque année, et l'on commencerait par mettre en ordre le bureau de Monsieur, qui servait depuis trop longtemps de tanière aux petites chipies.

L'Alsacienne était inquiète depuis quelques

semaines. L'ingénieur n'emmenait plus son fils se promener à dos d'âne sur le Champ-de-Mars. Il avait fait visiter à Rose et à Madeleine les ateliers de Levallois, et il se targuait de les avoir présentées à M. Eiffel lui-même. Le grand homme leur avait donné des dragées et leur avait posé toutes sortes de questions. Il n'avait pas entendu les réponses car il était devenu un peu sourd, mais il les avait trouvées bien vives et bien mignonnes. Et comme le papa déclarait avec fierté qu'il ferait de la plus grande « un savant », M. Eiffel, après une seconde d'hésitation, avait estimé que « c'était bien naturel avec ces jolis yeux-là ».

M. l'ingénieur eut l'imprudence de raconter par le menu à son épouse la visite qu'on venait de faire et l'aimable accueil qu'on avait reçu. Il lui dit aussi son désir de faire apprendre les sciences à son aînée, car il ne voyait pas de raison pour qu'une enfant aussi intelligente n'obtînt pas les mêmes diplômes qu'un garçon.

L'Alsacienne n'était pas sourde, elle, et ne parla point des « jolis yeux » de Rose, mais elle eut tôt fait de déceler le danger dans la nouveauté même du langage : l'ingénieur avait toujours rêvé de donner le jour à un autre lui-même, et il venait de le découvrir dans la petite Rose ; elle portait une jupe et elle aimait sauter à la corde, bien sûr, mais ce n'étaient là que des imperfections bien vénielles en regard de ses qualités d'entendement, et surtout de l'admiration qu'elle montrait pour tout ce que faisait son père. Le pauvre petit Frédéric, si farouchement chéri par sa mère, étouffé de caresses, adoré jusqu'à l'ahurissement, voyait ainsi sa légitimité menacée : ce n'était plus lui, le garçon de la famille.

Vers le milieu du mois de juillet, l'Alsacienne s'avisa

qu'elle avait perdu la broche d'améthyste que M. l'ingénieur lui avait offerte trois semaines plus tôt. C'était un dimanche soir. Les petites rentraient de promenade avec leur père. Frédéric était resté à la maison pour tenir compagnie à sa maman.

Il avait regardé ses nouveaux livres pendant tout l'après-midi : l'ingénieur les lui avait donnés pour ses neuf ans, en même temps qu'il offrait la broche d'améthyste à l'Alsacienne. Il faisait toujours deux cadeaux pour l'anniversaire de son fils : on choisissait pour le petit de beaux livres illustrés qui serviraient à son éducation, mais il convenait aussi de faire un présent à « celle qui avait donné la vie » au bel enfant.

Or la précieuse broche venait d'être perdue ! Frédéric cherchait à quatre pattes sous le vaisselier. Sa maman regardait sous les coussins du canapé. La vieille Renée, mobilisée pour la circonstance, faisait semblant de chercher aussi dans les tiroirs, sous les napperons, mais elle se doutait déjà qu'elle n'allait rien trouver, et elle jetait sur Madame des regards de haine contenue.

Quand M. l'ingénieur apparut sur le seuil de la salle à manger, son épouse se jeta dans ses bras en poussant une plainte de détresse. Frédéric joignit de bon cœur ses sanglots à ceux de sa maman. Il sentait le drame tout proche, lui qui s'ennuyait tellement entre ses bottines trop serrées et ses lectures bien édifiantes, et il en était délicieusement bouleversé.

La bonne en profita pour quitter la pièce et remonter chez elle au cinquième. Elle en avait assez vu : elle saurait toujours trop tôt la fin de l'histoire. En passant dans le vestibule elle eut un regard de pitié furtive pour les deux fillettes qui finissaient de ranger leurs manteaux.

158

Une heure, deux heures plus tard, et encore bien après que le jour fut tombé, le bijou, comme l'avait présagé la vieille Renée, n'avait toujours pas été retrouvé. L'appartement venait d'être passé au peigne fin, sauf le bureau de Monsieur où l'Alsacienne ne mettait plus les pieds depuis que les petites y couchaient. On avait visité de fond en comble les penderies et la grande armoire de la chambre. On avait retroussé les poches des vêtements. On avait même regardé sous les tapis.

A la fin, la pauvre femme se laissa choir sur la méridienne, dans le salon, apparemment vaincue et considérant son mari d'un air de sincère découragement. Celui-ci suggéra qu'elle s'était peut-être fait voler sa broche l'autre soir, sur le Champ-de-Mars, pendant qu'on regardait le feu d'artifice du quatorze juillet : l'Alsacienne parut chercher dans sa mémoire, pendant une demi-minute. Finalement elle déclara qu'elle se souvenait d'avoir porté son collier de turquoises, ce soir-là, et qu'elle ne pouvait pas avoir mis sur elle de l'améthyste en même temps que des turquoises.

Il était dix heures passées quand on dîna. Tout le monde portait le deuil de la broche, l'Alsacienne, l'ingénieur, Frédéric, bien sûr, qui souffrait tout comme sa maman, et les deux gamines, qui avaient le pressentiment qu'elles devaient déjà commencer à ne plus respirer trop fort.

On se coucha dans les mêmes dispositions, sans même avoir touché au clafoutis de Renée. Rose et Madeleine filèrent dans le bureau après le baiser sur la joue de leur papa et la petite révérence à l'Alsacienne. Celle-ci se pencha vers son mari et lui murmura tandis qu'elles s'en allaient : « Tu ne trouves

159

pas qu'elles ont un drôle d'air ? ». L'ingénieur répondit sans malice qu'elles avaient l'air désolé, en effet. Et croyant bien faire, il ajouta qu'elles s'étaient donné beaucoup de mal, elles aussi, pour essayer de retrouver la broche. « Je n'en doute pas ! », persifla la bonne femme. Et elle posa la main sur l'avant-bras de son mari dans un geste d'une tendresse tout à fait inaccoutumée.

Le lendemain, curieusement, il ne fut plus question de rien : l'Alsacienne semblait avoir oublié l'affaire du bijou perdu, et l'ingénieur se rendit comme de coutume à son laboratoire, trop heureux de croire que l'incident était clos. Renée fit son travail de la matinée en surveillant la patronne du coin de l'œil. Celle-ci demeura presque tout le temps dans la salle à manger, où elle se contenta de rédiger une lettre, installée sur un coin de la table. Cela lui prit un bon moment, car elle avait l'écriture malaisée. Ayant cacheté l'enveloppe, elle appela Madeleine et lui donna cinq sous pour qu'elle achetât le timbre et jetât la lettre dans la boîte. La vieille Renée se tenait dans le vestibule. Elle vit passer la petite, son enveloppe à la main. Elle n'osa pas l'arrêter pour regarder l'adresse, car Madame aurait pu la surprendre. Mais elle devinait que la missive ne contenait rien de bon pour les gamines : la patronne n'écrivait pas tous les jours de ces épîtres laborieuses. Le balai lui aurait moins coûté à tenir que la plume.

Madeleine, elle, avait regardé le nom du destinataire sur l'enveloppe. Elle avait bien vu que le courrier était adressé à ce couvent de Tournon dont on avait déjà parlé devant elle. La triste échéance se rapprochait donc, mais que pouvait-elle faire contre cela ? Jeter la lettre dans le caniveau ? Cela n'aurait pas

160

servi à grand-chose. Son bout d'existence passée lui avait assez donné à comprendre que les grandes personnes tiennent dans leur main la vie et le destin des enfants : la main pouvait s'ouvrir et laisser choir ce qui s'y trouvait, ou bien se serrer par inadvertance et l'écraser. Mais Madeleine était encore loin de savoir le pire, et ne devinait pas quel rapport pouvait exister entre cette enveloppe, qu'elle venait de glisser à contrecœur dans la boîte, et la disparition de la broche d'améthyste.

Il y eut un drôle d'après-midi, ensuite : Madame s'en alla courir les magasins comme d'habitude. Mais elle emmena son chérubin au lieu de le laisser à ses sages rêveries et à ses livres. Peut-être avait-elle peur de se le faire voler aussi. Renée resta dans sa cuisine et pela machinalement une quantité formidable de pommes de terre. Puis elle se demanda ce qu'elle allait en faire. Madeleine parla de la lettre à sa sœur, bien sûr, et les fillettes essayèrent d'imaginer à quoi pouvait ressembler la vie dans un couvent : est-ce qu'on y marchait vraiment pieds nus dans la neige ? est-ce qu'on y mangeait de la soupe d'orties comme elle l'avait lu quelque part ? L'ingénieur s'était retiré dans son bureau après le déjeuner, ainsi qu'il avait coutume de le faire. Il se fit servir le thé à l'heure habituelle, mais il ne demanda pas de cigare. Renée nota qu'il ne travaillait pas, mais qu'il avait lu toutes sortes de journaux : il y en avait deux sur son bureau, et deux autres mélangés sur le sol. Elle se mit en devoir de ramasser tout ce papier. M. l'ingénieur la regarda faire, mais sans paraître la voir. Comme elle se relevait, achevant de remettre en ordre les feuilles du *Petit Parisien* et du *Temps*, il remarqua simplement : « Nous aurons la guerre dans quelques jours... », un peu comme il aurait dit : « Nous allons avoir de la pluie ». Et Renée répondit avec la même sobriété : « C'était fatal, Monsieur ».

Elle posa les journaux soigneusement repliés sur un coin du bureau, mais au lieu de se retirer ensuite, elle demeura debout près du fauteuil de son patron, comme pour attendre ses ordres. L'ingénieur avait repris sa lecture et ne faisait plus attention à elle. Après une minute, pourtant, il releva les yeux, et lui demanda si elle avait de nouveau recherché la broche de Madame. « Non, Monsieur : cela n'aurait servi à rien », dit la vieille femme sur un ton d'ironie. « Sans doute, sans doute », admit l'ingénieur : n'avait-il vraiment pas senti l'insolence de la réplique, ou bien laissait-il entendre à la bonne qu'il ne la désapprouvait pas ?

Madame rentra vers sept heures. Tout en retirant les épingles qui tenaient son nouveau chapeau, elle se plaignit de la chaleur qu'il faisait dans le métro et dans les magasins. Elle dit qu'elle n'aimait pas l'été car les hommes se mettaient à sentir la sueur et l'alcool. Elle dit aussi que les dentelles étaient devenues hors de prix, et qu'on ne pourrait bientôt plus s'habiller que dans de la toile de bâche. M. l'ingénieur l'écoutait distraitement, assis dans son fauteuil, près de la cheminée. Il eut une mimique d'approbation à l'égard du nouveau chapeau, bien sûr. Puis il parla à son tour, annonçant que la mobilisation serait certainement décrétée dans les prochains jours. L'Alsacienne posa ses gants sur le guéridon d'ébène, se pencha vers son mari, lui fit un bref baiser sur le front, et dit en souriant : « Cela ne te concerne pas, mon ami. Tu es bien trop vieux. Dieu merci ! ».

Elle fut de très bonne humeur, ce soir-là. L'ingénieur affecta de croire que c'était à cause du nouveau chapeau. Elle complimenta Renée sur ses pommes soufflées. Elle adressa plusieurs fois la parole aux petites, ce qui était exceptionnel. Elle parla même de leur acheter deux robes qu'elle avait vues tantôt, si leur père n'en trouvait pas la dépense excessive.

Personne n'était dupe de cette aménité : on l'écoutait, puisque c'était elle qui parlait depuis une heure, décrivant les merveilles de la Samaritaine et du Printemps. Mais on évitait de se regarder, le père, les deux filles, et la bonne qui apportait et remportait les plats comme en catimini. On savait qu'on était sous l'autorité de l'Alsacienne, les uns et les autres, et on se demandait ce qu'elle avait décidé.

Rose renversa par malchance son verre d'eau sur la nappe. Pourtant la blonde ne dit rien. Le père fit un peu la grosse voix, pour la forme. Mais la fillette leva sur lui un regard empreint d'une telle tristesse, d'une telle déception, qu'il détourna les yeux en se raclant la gorge. Il savait que Rose l'admirait quand il lui expliquait le mouvement des astres ou une éclipse de soleil. Il savait qu'elle aurait voulu l'aimer et l'admirer encore quand il revenait sur terre, ou plutôt sur la planète bien triviale où régnait l'Alsacienne. Mais il doit être plus facile de percer les secrets de la matière que de vaincre la carapace d'un esprit obtus et mesquin.

La nuit fut très belle, il faisait chaud. Rose n'avait pas fermé les persiennes du bureau avant de se coucher. Par la fenêtre ouverte, elle regarda le ciel pendant un moment, essayant de reconnaître les constellations dont l'ingénieur lui avait appris les noms voici quelques jours : Pégase, le Cygne, Andromède... La fillette éprouva une espèce d'amour pour ces petits points lumineux, là-haut, si loin d'elle dans leur exil, mais qui l'avaient admise dans leur familiarité depuis que son père lui en avait dit les noms. Rose ne croyait pas que les lumières qui scintillaient dans la nuit fussent les esprits des morts ainsi que le prétendait la vieille Renée. C'étaient plutôt les âmes des vivants, qui semblaient grouiller, là-haut, en foule serrée. Mais ces âmes étaient en réalité si éloignées les unes des autres que chacune ne pouvait apercevoir ses pareilles que comme un point minuscule, un tremblotement infime et perdu dans le silence.

11

Le moment de la catastrophe que tout le monde attendait depuis vingt-quatre heures avait été fixé au lendemain par l'Alsacienne : dans tous les drames il faut un personnage pour assumer le rôle du Destin. Beaucoup de gens, ainsi, ne sont venus au monde que pour être un jour la malchance des autres.

Un peu après neuf heures, le matin, la blonde décida qu'on allait profiter du beau temps pour « aérer les lits » de la maison. On commença par la chambre de Monsieur et Madame : le lit fut dégarni, les couvertures secouées, puis étendues au soleil sur la balustrade du petit balcon. Enfin l'on retourna les matelas, et l'on quitta la pièce en laissant la porte-fenêtre grande ouverte. La vieille Renée dit à Madame qu'elle n'avait pas besoin d'être aidée pour les deux autres lits, qui étaient plus petits, mais l'Alsacienne estima que le travail se ferait plus vite à deux, et l'on passa dans la chambre de Frédéric.

Monsieur avait annoncé qu'il reviendrait à dix heures, accompagné d'un jeune ingénieur du laboratoire, et qu'il aurait besoin de son bureau pour y travailler : Renée disait qu'il valait mieux s'occuper d'abord du lit des petites, pour libérer au plus vite le bureau de Monsieur. Madame décida le contraire, ce qui lui arrivait assez souvent.

Frédéric lisait *la Petite Fadette* dans le salon, Rose et Madeleine épluchaient des haricots dans la cuisine. L'Alsacienne, comme autrefois la grand-mère, trouvait toujours à les occuper.

La broche d'améthyste fut retrouvée sous le matelas des petites au moment précis où Monsieur arrivait avec son jeune collaborateur : il put ainsi assister à la découverte.

La minute d'après, lorsque Renée apparut aux deux gamines sur le seuil de la cuisine, elle avait le visage si bouleversé qu'elle n'eut même pas besoin de s'expliquer. Rose et Madeleine laissèrent leurs haricots et la suivirent sans rien dire. Mais leur fallait-il vraiment vivre, à toutes les trois, cette histoire absurde dont elles connaissaient les unes et les autres la fin inévitable ?

M. l'ingénieur se tenait à côté du lit des petites, debout, un peu raide, les bras croisés devant lui, silencieux, le visage fermé. Il n'avait pas grand-chose à dire, en fait, mais quelqu'un d'autre lui avait écrit ses répliques.

Le collaborateur de Monsieur prit congé discrètement. Il était venu pour parler d'un nouveau profil d'hélice, pas pour résoudre cette sinistre affaire de vol. Il eut pitié de cette famille, en quittant l'appartement : pitié de l'ingénieur, ce brave homme qui avait donné le jour à deux petites voleuses, pitié aussi de la pauvre femme qui partageait son existence, et désormais sa déception. Mais du même coup il se mit à trouver sa propre vie bien plus belle, avec la modeste, tendre, silencieuse et jolie héritière qu'il avait épousée l'année précédente et qui venait de lui donner une

166

belle petite fille de sept livres : son bébé à lui n'avait rien volé à personne, bien sûr, et elle serait l'honneur et la fierté de ses parents. Ainsi, pendant que se nouait le destin douloureux et dérisoire des gamines du premier, le nouvel assistant de M. l'ingénieur se dirigeait d'un cœur léger vers son laboratoire, où l'attendait à coup sûr un avenir heureux et brillant. Il ne savait pas qu'il devait son allégresse aux deux petites voleuses et d'ailleurs il s'était dépêché de n'y plus penser : il avait pitié d'elles aussi, bien sûr, mais que pouvait-il faire ? Il n'était pas comptable de leur forfait, Dieu merci !

Là-haut, par contre, dans l'appartement du premier, M. l'ingénieur en était pleinement responsable à ce qu'affirmaient les clameurs de l'Alsacienne : comment avait-il pu montrer tant d'indulgence aux deux petites vipères, qui ne faisaient depuis des mois que paresser et méditer Dieu seul sait quels méfaits ?

L'ingénieur promit d'une voix mal assurée qu'il les punirait, mais la bonne femme n'était pas disposée à se contenter de si peu, et personne n'avait le moindre doute sur ses intentions, comme nul n'était vraiment dupe de son odieuse machination. La vieille Renée attendait que Monsieur démasquât l'Alsacienne, ou qu'il protégeât au moins ses filles : c'était la marâtre qui avait glissé la broche sous leur matelas. C'était elle, la scélérate, qui n'avait pas honte de s'attaquer à des gamines parce qu'elle avait peur d'elles et de l'affection que leur père leur montrait.

Mais l'ingénieur faisait bel et bien semblant de croire à ce vol, balbutiant que la chose n'était peut-être pas si grave, après tout, et que les enfants ont parfois des lubies, qu'ils ne mesurent pas toujours la portée de leurs actes. Il marchait de long en large dans la pièce, sans regarder personne, comme s'il n'avait parlé que pour lui-même. Madeleine était en larmes dans les bras de Rose, qui essayait d'expliquer que ni elle-même ni sa sœur n'avaient rien volé, et qu'elles ne s'étaient même jamais intéressées à cette broche, mais l'ingénieur n'écoutait ni les sanglots de l'une, ni les raisons de l'autre. Il leur demandait de se taire. On aurait dit qu'il les suppliait : il avait pitié d'elles, mais sans doute avait-il encore plus pitié de lui-même — il s'abandonnait en douce au vertige de sa propre lâcheté. Il pensait vraiment que le destin l'avait plongé dans un dilemme insoluble : il interrogeait sa conscience, et sa conscience lui prescrivait de ne pas faire le mal, bien sûr, mais elle ne lui montrait pas comment s'y prendre.

Et l'Alsacienne était en train de triompher : il n'y avait personne face à elle. Même les petites avaient renoncé à se défendre, voyant que leur père souffrait de son côté, très loin d'elles, déjà, et ne les écoutait plus. Alors la blonde se mit à exiger qu'on se débarrassât tout de suite des deux voleuses, qui ne cherchaient qu'à nuire et qui auraient tôt fait de dépraver son petit garçon si l'on n'y prenait garde.

L'innocent Frédéric était accouru du salon aux premières clameurs de sa maman. Il se tenait maintenant à quelque distance des autres, derrière le bureau de son papa, qui serait un jour son propre bureau, et il observait la scène. Il avait pitié de ses sœurs, lui aussi. Il savait depuis longtemps qu'on finirait par les chasser, car sa maman lui avait très bien fait comprendre qu'il n'y avait de place que pour lui dans ce foyer. Il devinait que son existence même procédait du malheur des deux fillettes, et qu'on leur faisait une terrible injustice, mais il était tout de même bien content d'exister et de voir que sa maman aurait pu tuer les grandes sœurs de ses propres mains par amour pour lui. Alors il considérait cette petite tragédie avec un sentiment de secrète jubilation, que lui apportait la conscience d'être une créature d'une valeur inestimable. Il regardait ses sœurs se débattre contre le mensonge de sa maman un peu comme il aurait assisté au naufrage d'un navire sur les récifs, tranquillement assis sur la falaise, et jouissant du sublime sentiment de pitié que lui inspiraient les malheureux navigateurs.

Ce fut alors que Renée intervint : elle n'en pouvait plus. Elle étouffait de rage, et elle insulta soudain Madame, l'accusant d'avoir elle-même dissimulé la broche sous le matelas et la traitant de sorcière et de roulure. Puis elle se tourna vers Monsieur avant qu'on eût pu la faire taire, et elle lui dit que si elle n'avait pas d'éducation ni beaucoup d'entendement, elle savait du moins distinguer le bien et le mal, et qu'elle ne comprenait pas qu'un monsieur comme lui, qui avait du sens moral et de l'intelligence, à ce qu'on disait, pût laisser commettre une aussi grande injustice !

Elle se tut aussi brusquement qu'elle s'était mise à vociférer. L'éclat n'avait duré qu'un instant, mais tout le monde en restait comme pétrifié : Madame avait reculé de trois pas et s'était réfugiée dans l'encoignure, derrière le lit. Monsieur avait avancé d'un pas, au contraire, levant la main dans un geste fort menaçant, mais à présent il considérait avec perplexité cette main brandie dont il ne savait plus quoi faire. Les deux petites regardaient la bonne avec plus d'effroi, en vérité, que de reconnaissance. On aurait presque dit qu'elles lui en voulaient d'avoir rompu le pacte tacite du mensonge et de la lâcheté qui tendait à leur perte. Mais elles ne croyaient pas que la bonne vieille eût sérieusement songé à retourner le cours de cette affaire. Il n'y avait eu là qu'une irruption sans but de l'honnêteté ou de la conscience. La Bretonne avait eu pitié des deux petites, comme les autres, et elle avait soudain explosé pour se délivrer de son propre remords. Elle ne voulait plus rester dans cette maison. Elle préférait être chassée en même temps que les gamines. Elle n'avait pas cherché à vaincre l'injustice. Elle s'était seulement mise du côté des fillettes, ou plutôt elle était restée à la place qui avait toujours été la sienne, celle des victimes.

Après quelques secondes M. l'ingénieur retrouva ses esprits ; grâce à Renée, on était du moins sorti de la glu de l'hypocrisie : la malheureuse venait bien d'insulter ses patrons. Et comme Monsieur n'avait pas eu le cran de remontrer à Madame sa fourberie, ni le cœur d'accuser les petites d'un méfait qu'elles n'avaient pas commis, il allait du moins pouvoir reprocher quelque chose de bien réel à quelqu'un, et soulager un peu sa conscience, lui aussi : Renée eut ainsi à essuyer le gros de la tempête.

Le verdict contre les fillettes était tombé depuis le premier instant du drame, mais la sentence n'avait toujours pas été prononcée, et l'Alsacienne n'allait sûrement pas se juger satisfaite. M. l'ingénieur s'en tira ainsi par une mercuriale sévère et bien sincère à l'adresse de la bonne, dont personne, au fond, ne se souciait outre mesure : on lui accorda ses huit jours et même un peu plus, car d'une certaine manière elle avait rendu service à tout le monde, mais elle dut faire ses bagages le soir même car on pouvait en tout cas se débarrasser de ce remords-ci.

12

La blonde avait sa victoire. L'autre guerre ne l'intéressait pas.

On avait pourtant sonné le tocsin à Notre-Dame, et depuis quatre jours une foule fiévreuse emplissait le boulevard, sous les balcons de l'appartement. Une compagnie de territoriaux avait défilé au son de *Sambre et Meuse* avant de prendre position au pied de la tour pour y dresser une ceinture de palissades. Jusque tard dans la nuit, depuis ce samedi, sur le boulevard comme dans les rues avoisinantes, des inconnus s'embrassaient et formaient des groupes où l'on entonnait *la Marseillaise* et *le Chant du départ*.

Comme ils étaient joyeux, ceux qui allaient mourir ! Qu'ils étaient généreux et fraternels ! Ils aimaient leur pays comme des enfants aiment leur mère. Ils étaient un peu soûls aussi, et leurs « hourras » faisaient beaucoup de bruit. Alors les autres enfants de la patrie, ceux qui avaient la vie devant eux, fermaient leurs fenêtres pour pouvoir dormir. La blonde avait même fermé les persiennes en plein jour, craignant que ces ivrognes n'allassent lancer leurs bouteilles et briser ses vitres.

Le mardi matin, M. l'ingénieur se rendit à la gare avec les petites voleuses. Il fallait qu'ils fussent au plus vite au « Cœur très Pur » de Tournon, où d'admi-

rables femmes allaient s'occuper des gredines. L'ingénieur avait bien un peu protesté qu'on n'était pas sûrs
de trouver un train pour Lyon et Tain-l'Hermitage en
ces premiers jours de mobilisation, et qu'il aurait été
plus sage de différer un peu le voyage, mais l'Alsacienne ne voulait pas attendre une heure de plus. Ses
petites ennemies pouvaient aller au diable, et leur
père avec, s'il n'était pas assez malin pour prendre le
train de Tournon, en tout cas elles ne souilleraient
plus son appartement de leur présence.

La gare de Lyon ressemblait à une fourmilière
qu'un coup de pelle eût éventrée : c'était une déban-
dade de gens se hâtant dans un grouillement où l'œil
le plus exercé aurait été bien incapable de déceler la
moindre organisation. Et pourtant chacun de ces
insectes avait un but, chacun de ces soldats avait déjà
sa feuille de route pour la frontière, ou pour plus loin
peut-être, à Berlin ou aux enfers, selon ce que décide-
raient les Destinées. Tous ces hommes étaient déjà
seuls, dans leurs uniformes rouge et bleu, leur fusil à
l'épaule, leur barda sur le dos, leur avenir quelque
part sur le bord de la Meuse ou dans les Vosges : un
avenir qui pour certains n'était que de peu de jours.
Quelque chose en eux semblait le deviner déjà, et
malgré les hourras, les chants, les airs martiaux, et la
bouteille de rhum dans le havresac, le regard fixait
déjà la mort qu'on allait bientôt fréquenter de si près,
et le vertige de l'alcool, des chansons, de l'héroïsme,
n'effaçait pas toujours la marque sur les visages de
cette vision terrible du vide.

L'ingénieur s'arrêta au milieu du grand hall d'accès
aux quais, comme étourdi par le roulis de la foule qui
allait, venait et bouillonnait en un puissant mascaret.
Madeleine serrait très fort la main de son père. Elle

avait peur. Lui aussi avait peur. Il se sentait vieux et faible comme l'autre jour, dans son bureau, devant ce matelas que l'Alsacienne n'avait évidemment retourné qu'à son intention. Il se sentait trop faible pour prendre garde aux deux fillettes : la foule allait les emporter sous ses yeux, et il ne saurait rien faire une fois encore.

Il se voyait jeté dans ce hall de gare comme ces hommes en uniforme, emporté à leur instar par une force irrésistible et absurde, à laquelle aucune liberté, aucune conscience n'avait su résister. Mais ces gens arrivaient de leurs provinces pour aller défendre la patrie au prix de leur sang, tandis que lui, l'artisan fourbu d'un avenir meilleur pour tous les hommes, venait seulement chercher un train pour Tournon afin d'y conduire ses petites filles sur ordre de sa femme. Sa présence dans cette gare ne formait ainsi que la caricature, que l'imitation honteuse de la grande scène qui se jouait autour de lui, drame également absurde, également dérisoire, mais où l'héroïsme et la générosité avaient leur part. Ces hommes obéissaient à leur pays. Lui, n'obéissait qu'à une mégère. Ils se soûlaient de vin et de rhum pour se donner le courage de partir là-bas. Lui, n'était ivre que de sa propre lâcheté, et l'ivresse le faisait avancer comme les autres.

Il venait de s'arrêter, pourtant. Depuis une seconde il avait envie de retourner sur ses pas, de rentrer chez lui, de refuser ce qui était injuste. Et les soldats aussi, autour de lui, se disaient sans doute qu'ils auraient dû retourner sur leurs pas, rentrer chez eux, et refuser cette mort qu'on leur promettait et qui était injuste.

Mais ils n'en firent rien, ni les uns ni les autres. Les mobilisés préféraient à la fin s'enivrer de clameurs guerrières et d'héroïsme. L'ingénieur se soûlait en silence de sa propre indignité, et tout le monde, ainsi, se laissait happer par le même vertige, chacun se résignait à la nécessité de sa propre disparition : l'individu était mort, déjà. Il n'y avait plus que des soldats, et les soldats chantaient et criaient « hourra », comme si tous ces hommes n'avaient attendu que d'être délivrés de leur conscience. Et l'ingénieur ressentait la même joie secrète et morbide, au fond de sa honte. Il se laissait aller aussi à l'étrange pesanteur qui précipitait cette foule vers son destin.

Le voyage dura deux jours entiers : le train pour Lyon et Valence fut arrêté à de nombreuses reprises en rase campagne, on voyait alors passer les convois qui montaient vers Paris. Le pays tout entier semblait aspiré vers le Nord par un gigantesque siphon. Et tout le monde continuait de chanter et de vociférer sa joie, ou pareillement son appréhension, dans les wagons bourrés de soldats et dans le train qui s'en allait vers le Sud. Ceux qui partaient mourir et ceux qui continueraient à vivre communiaient dans la même fête. On était heureux d'obéir. On était heureux de ne plus s'appartenir.

Le train resta immobilisé deux heures à Dijon, et pendant plus d'une heure, ensuite, en gare de Chalon. La joie y semblait encore plus intense et plus féroce qu'à Paris : les régiments se formaient sur les quais. Les mobilisés étaient un peu engoncés dans leurs capotes neuves. On avait du mal à se mettre en rang. On souffrait déjà des pieds dans les godillots trop raides. Mais on avait hâte de partir. Le monde était grand, et la mort était belle sans doute. Des roulantes distribuaient du vin chaud et de la soupe. A Dijon, une fanfare jouait interminablement *Sambre et Meuse*. Des

174

enfants couraient le long des colonnes en formation et agitaient des petits drapeaux de papier. Des jeunes filles en costume alsacien offraient des bleuets et des coquelicots aux soldats. La vie était rouge comme le sang et bleue comme le ciel. La vie était aux couleurs de la patrie, et la patrie resplendissait comme un champ de blé au soleil. Ainsi tous ces hommes, dans les wagons et sur les quais, s'en allaient mourir pour l'amour de leur pays et dans l'illusion de leur fraternité, comme leurs ancêtres s'en étaient allés, jadis, pour l'amour de Dieu et pour l'honneur de la Sainte Croix. Et depuis des siècles c'était toujours la même fête où la vie se sacrifiait sans regret, où la conscience aspirait à l'unité parfaite du néant, où la peur et la joie se confondaient dans le même vertige.

L'ingénieur ne partageait pas cette allégresse. La tête lui tournait, à lui aussi, mais il voyait bien qu'on était tous en train de perdre son âme. Il n'avait pas vécu, il n'avait pas travaillé pour cela, pour ce monde devenu fou, ni pour l'infamie qu'on lui faisait commettre en l'obligeant à conduire ses filles dans leur espèce de prison, là-bas, si loin de l'amour qu'il commençait d'éprouver pour elles.

Ils étaient seuls dans leur compartiment, lui et les deux petites. Leur train était presque vide. On en avait détaché plusieurs wagons à Dijon pour les faire remonter, pleins de soldats, vers Paris. Madeleine n'avait plus peur, maintenant. Les cris et les vivats des autres passagers, dans les compartiments voisins, ne la faisaient plus sursauter. Ce torrent de fête l'avait emportée, elle aussi. Elle avait rejoint sa sœur près de la vitre baissée, et les deux gamines, muettes et raidies sur la pointe des pieds par l'attention, arrondissaient des yeux fascinés sur les vagues et le déferlement de

175

l'étrange tempête en rouge et bleu qui grondait autour d'elles.

Elles avaient oublié pour un moment la marâtre, et aussi le vieil homme qui se tenait assis sur un coin de la banquette et qui pendant quelques mois avait failli être leur père. Il ne regardait pas par la vitre, lui. Il ne voulait pas davantage regarder ses filles. En quelques jours le monde, pour lui, s'était détaché de son axe.

Il avait cru au progrès. Il avait cru à la conscience. Il avait jadis baisé les mains du grand Louis Pasteur. Il avait bien imaginé que des cuirassés volants iraient un jour bombarder la Prusse, mais il n'avait pas pensé que la guerre serait une telle fête, une telle allégresse, un tel désir d'anéantissement. Il n'avait pas soup-çonné qu'il s'abîmerait à son tour dans l'oubli de la conscience et la trahison de soi. Mais le pire, en cet instant, était qu'il réalisait que depuis longtemps sans doute il n'existait plus par lui-même : ce qu'il faisait contre ses filles, il y avait consenti le jour où il avait chassé sa première femme, déjà, ou peut-être bien avant. Il avait obéi comme un somnambule aux conventions, lui, le libre penseur, et à une colère qui n'était même pas la sienne : c'était le regard glacé de sa mère qui avait emporté la décision, et les sarcasmes imbéciles de la grosse Amélie, et la crainte de la rumeur dans l'immeuble. Il avait donc chassé l'épouse adultère, et pas une seconde il n'avait pensé qu'on pût agir autrement. Il y réfléchissait maintenant, après dix ans, et il mesurait soudain que sa vie s'était faite sans lui. C'était comme s'il s'était réveillé dans ce compartiment, après dix ans de sommeil, découvrant par la vitre des milliers de dormeurs comme lui, en uniforme rouge et bleu, marchant vers la mort au plus profond de leur sommeil. Ces malheureux se réveilleraient peut-être à leur tour, songeait-il, mais trop tard aussi, et pour se voir crever.

La nuit tomba une heure après qu'on eut passé Chalon. On se partagea les restes du panier du déjeuner, et l'on s'étendit sur les banquettes, le monsieur d'un côté, les petites filles sur l'autre banquette, serrées l'une contre l'autre. Le compartiment était devenu très silencieux. Il n'y avait plus personne dans le wagon, ou bien les autres voyageurs s'étaient déjà endormis, fatigués par cette journée de liesse et d'exaltation. Le train s'arrêta plusieurs fois dans la nuit, sans doute en rase campagne car on n'entendait rien pendant un moment : mais après quelques minutes l'autre convoi passait dans un brusque fracas de métal et de clameurs humaines, et le sang de l'ingénieur se glaçait car c'était le bruit de la guerre déjà, c'était bien le bruit et la voix de la mort. Il dut s'endormir un peu avant l'aube. Il lui avait semblé que les contours du compartiment commençaient à se dessiner autour de lui, et il s'était senti réconforté d'échapper à l'obscurité. Pourtant la nuit était revenue ensuite. Il avait eu l'impression de sombrer dans un vide nauséeux. Aucun soleil ne s'était levé.

Il faisait tout à fait jour quand il rouvrit les yeux. Les petites le fixaient avec stupéfaction : elles venaient de se réveiller, elles aussi, car elles l'avaient entendu éclater de rire. Mais non, répondit l'ingénieur, il n'avait pas pu rire car il ne se souvenait de rien. Il avait dû dormir profondément, au contraire. Mais il éprouva un curieux chatouillement, une sensation de froid sur les joues. Alors il passa le dos de la main contre ses pommettes : il l'en retira mouillée de larmes.

Il se redressa comme d'un bond sur la banquette,

essayant de déchiffrer le regard des deux fillettes qui prétendaient l'avoir entendu rire. Et il leur demanda : « J'ai ri ? vous êtes sûres que j'ai ri ? »

Oui ! il avait ri ! il avait seulement ri ! c'était donc cela : il avait ri aux larmes ! il s'était bien amusé ! il ne savait pas de quoi mais les petites ne lui mentaient pas, non ! C'étaient des voleuses à ce qu'on disait, mais pas des menteuses ! Et lui, il n'avait fait que rire.

A présent il rajustait le col de sa chemise, il défroissait son gilet, car les fillettes continuaient de le regarder avec curiosité, et il se devait, devant elles, de se composer une allure respectable : l'allure d'un homme qui rit dans son sommeil, pas celle d'un homme qui aurait pu sangloter.

Il se demandait de quoi il avait pu tant s'amuser, tout à l'heure, mais cela ne lui revenait toujours pas. C'était sans importance, au fond, car il était sûr à présent qu'il avait vraiment ri.

M. l'ingénieur ne regrettait rien, et le train filait dans la campagne paisible.

CHAPITRE TROISIÈME

1

La grande règle, au Cœur très Pur, était la règle du silence : au réfectoire, dans les escaliers, dans les dortoirs et même à la promenade, on observait le Silence ordinaire, que les fillettes pouvaient rompre, en cas d'urgence, pour s'adresser à la maîtresse. Le Grand Silence, au contraire, ne souffrait pas d'exception. Il était prescrit pendant les exercices de piété, bien sûr, mais il servait aussi de punition : une élève paresseuse, ou récalcitrante, ou trop espiègle, pouvait se voir infliger jusqu'à huit jours de Grand Silence. Aucune autre pensionnaire ne devait alors lui adresser la parole, ou quelque signe que ce fût, à moins d'encourir immédiatement la même peine. Les châtiments corporels ne se pratiquaient pas au Cœur très Pur : ils n'étaient nullement nécessaires.

On se levait à six heures. On avait dix minutes pour secouer le sommeil et se démêler les cheveux. Puis on enfilait la robe de laine bleu marine, les bas, les bottines, et l'on se rendait à la chapelle, toutes classes confondues, pour entendre la messe.

Mère Marie-Josèphe disait que l'enfance, en général, n'est portée qu'au mal, et que le raisonnement lui est difficile. Elle disait aussi que la femme, dans le siècle, a pour mission d'être l'ange du foyer, dévouée au bien de tous les membres de la famille, et que pour remplir ce rôle plein d'abnégation, il lui faut plus de piété que de science.

Les pensionnaires étaient un peu plus d'une centaine. Les plus petites apprenaient à lire. Les grandes apprenaient à se défier du démon qui était en elles. Rose, qui avait douze ans, et qui regardait la maîtresse droit dans les yeux, fut placée d'emblée parmi les grandes. On sentait qu'elle allait donner du fil à retordre. On la fit goûter au Grand Silence, pendant une semaine.

La division des petites, où se trouvait Madeleine, n'avait aucun contact avec celle des grandes en dehors de la messe ou de la promenade en rang, de sorte que Rose et Madeleine cessèrent à peu près de se voir. Les religieuses avaient bien compris que les deux gamines leur opposeraient d'autant moins de résistance qu'elles demeureraient séparées, et ainsi l'on veilla très exactement à ce qu'elles n'approchassent point l'une de l'autre.

Les « Cœur très Pur » occupaient des bâtiments de construction récente encadrant une assez vaste cour plantée de platanes. Depuis quelques années, conformément à la loi, un mur divisait cette cour en deux, et isolait le couvent de la maison d'éducation. Les sœurs enseignantes avaient pris l'habit séculier, mais un escabeau, apparemment abandonné près du mur, permettait aux fillettes de voir ce qui se passait du côté du couvent. Les plus hardies trouvaient un second escabeau contre l'autre face du mur, et s'aventuraient dans la petite cour des nonnes. Aucune élève ne fut jamais punie pour ce péché de curiosité, et nombreuses étaient les petites aventurières à franchir chaque jour la prétendue frontière imposée par la loi républicaine. Mais la loi, justement, n'était pas ici la règle, et l'on s'amusait bien, à neuf ans, à douze ans, et encore à seize, en jouant les contrebandières pour la plus grande gloire du Seigneur : elles savaient bien ce qu'elles faisaient, les religieuses du Cœur très Pur. Elles ne laissaient rien au hasard : elles avaient caché Dieu derrière un mur, comme la République le leur avait ordonné, mais du même coup elles avaient trouvé le moyen d'en faire un objet de convoitise. Les fillettes, à l'heure de la récréation, se bousculaient en silence au pied de l'escabeau. Il fallait attendre son tour pour monter. On jetait un coup d'œil du côté de la sous-maîtresse qui faisait semblant de rien, et l'on passait de l'autre côté. Chaque jour, ainsi, les sœurs du Cœur très Pur de Marie organisaient en douce le franchissement du mur scélérat : l'âme des gamines s'élevait par là même de deux bons mètres, et s'il y avait parfois des chevilles foulées à la descente (car à cet âge on est plein de fougue et d'impatience), tout le monde semblait trouver son compte, les enfants comme les religieuses, à ces bizarres exercices de dévotion.

Madeleine ne tarda pas à franchir le mur, elle aussi. Rose ne savait quoi faire pour prévenir la petite contre cette fourbe gymnastique, dont elle devinait assez le sens. Mais elle n'avait aucun moyen de communiquer avec elle. Pendant les récréations, bien sûr, la règle du silence était levée. On pouvait courir un peu, se lancer la balle, et même parler entre soi, mais les petites jouaient à un bout de la cour, et les grandes à l'autre bout. Il leur était défendu de se mélanger. Entre Rose et Madeleine il y avait le regard d'épervier de la sous-maîtresse : celle-là même qui faisait semblant de ne pas voir l'escabeau contre le mur.

La couleur blanche régnait du côté du couvent, comme un redoublement de silence : blancs, le cloître, les voiles, les guimpes. On n'était pas très loin du Paradis. Le sourire des saintes femmes avait quelque chose d'éternel, déjà. Elles étaient une douzaine, pas plus, à se promener dans le cloître. Mais est-ce qu'elles marchaient, ou bien glissaient-elles, séraphiques, à quelques centimètres du sol ?

Les écolières, juchées sur leur escabeau, écarquillaient les yeux face à tout ce blanc. La candeur et la pureté les gagnaient à leur tour, et quand elles descendaient dans la cour du couvent elles se sentaient devenir des anges.

Les religieuses n'avaient pas le droit de parler. La règle était encore plus stricte de ce côté du mur. Alors les petites s'agglutinaient bien sagement autour de la mère Saint-Philippe Néri, sur le même banc de pierre. Les autres religieuses s'approchaient, et l'on se contemplait mutuellement, l'on se ravissait en silence du parfum et du halo de sa propre innocence.

Rose ne voulut jamais aller chez les nonnes. Elle ne voulut pas voir la « sainte » (à ce que disaient les autres filles) en oraison sur son banc de pierre. Elle ne croyait pas à la sainteté. Elle ne croyait pas à la bonté des gens, ni dans les couvents ni ailleurs. Elle aurait voulu protéger Madeleine, qui ne saurait sans doute pas vivre si loin d'elle, à quelques pas seulement de distance, mais comme en exil derrière la barrière infranchissable de la discipline. Elle haïssait les maîtresses comme les religieuses. Cette haine était son silence à elle : son silence ordinaire, qu'elle n'avait désormais plus de mal à observer. Elle apprit que les petites — que Madeleine sans doute — appelaient entre elles la supérieure « maman », et elle en conçut un véritable désespoir, soupçonnant que sa sœur, sa seule famille, commençait à s'éloigner d'elle.

Une lecture spirituelle précédait la classe du matin et l'étude du soir, pendant une demi-heure. Il y fut beaucoup question, en cette première année de guerre, de sainte Geneviève et de Jeanne la Lorraine. Mais d'autres héroïnes furent bientôt admises dans le florilège des jeunes filles du Cœur très Pur, comme cette infirmière anglaise « lâchement assassinée » par l'Allemand, et pour laquelle on apprit cet hymne :

> « Triste est la chose de perdre la vie,
> Mais de flamme et de fleurs soudain s'entrouvre
> Un beau parterre et le Ciel se découvre,
> Heureuse chose, tu nous rends la vie.
>   Vers miss Cavell,
>   Va vite aux cieux,
>   Aube nouvelle,
>   Porter nos vœux,
> Les lâches qui tuent nos femmes,
> Seront punis, par nous et Dieu. »

Chaque soir, après le goûter, les filles étaient conduites à la chapelle pour y réciter en commun la prière et le chapelet. Ensuite, et jusqu'à l'heure du dîner, elles retournaient dans la salle d'étude où elles pouvaient lire, broder, dessiner, écrire à leur famille : les enveloppes étaient remises encore ouvertes à la sous-maîtresse, qui les cachetait après en avoir examiné le contenu.

Jusqu'au milieu du premier hiver, Rose reçut chaque mois une demi-page de M. l'ingénieur, d'une écriture petite, pressée, mal formée. La fillette mettait une heure à déchiffrer cette difficile et précieuse algèbre. Il y était question de la guerre, et du canon de 420 qu'on entendait parfois tonner au loin, mais l'important, ajoutait M. l'ingénieur, était que ses deux petites se montrassent obéissantes, et studieuses, et demeurassent en bonne santé. On se reverrait tous à l'été. La paix serait sans doute revenue, et l'on irait visiter les champs de bataille où la jeunesse française, jour après jour, disparaissait en se couvrant de gloire.

Au mois de décembre, dans une lettre plus longue que les autres, M. l'ingénieur se laissa aller à écrire qu'il préparait une invention susceptible de « changer radicalement le cours du conflit ». Cette drôle de confidence ne s'assortissait d'aucun commentaire, de sorte que la petite, qui ne doutait pas de la véracité de la révélation, se plut à imaginer de formidables engins crachant le fer et le feu sur les cités ennemies. Il ne lui paraissait pas contradictoire que son père, qui venait de l'abandonner, pût tenir aussi la foudre dans sa main, pareil à Dieu châtiant Sodome. C'était donc lui, le barbon minable, le mari sans gloire d'une mégère, qui brandirait bientôt pour la patrie en danger le glaive de la victoire : on ne le connaissait pas encore ! on n'avait pas encore compris le vrai sens de ses actes, et surtout de ses silences ! Et Rose s'endormait sous le drap glacé de sa solitude en serrant contre sa chemise la merveilleuse missive. Elle savait que tout s'expliquerait un jour. Elle attendait. Elle continuait de faire confiance à Celui qu'on avait si facilement jeté sur un quai de gare avec ses deux pestes et sa honte.

Elle répondait avec ferveur à ses lettres. Elle formait patiemment les pleins et les déliés, comme un moine d'autrefois exaltant la gloire de Dieu par l'humble perfection de sa calligraphie.

Son père saurait-il recueillir tout l'amour qu'elle y déposait ? C'était un homme très occupé. Elle lui pardonnait d'avance de ne peut-être pas déchiffrer clairement ce qui s'offrait d'elle-même dans ces messages maladroits et enfantins. Elle écrivait comme l'aurait fait un naufragé sur son île déserte : sans espoir, au juste, d'être jamais lue. Alors elle disait que sa santé, comme celle de Madeleine, était bonne, que la nourriture était bonne, que les maîtresses étaient bonnes, que la règle et la discipline, sans doute, étaient bonnes...

2

Nous nous souvenons d'une demeure aux proportions majestueuses, d'un palais sans doute, avec ses salles nombreuses, ses murs d'une élévation vertigineuse, ses portes percées pour le passage de géants : mais ce n'était que notre maison natale. Ce parc aux dimensions d'une province, de même, avec ses sombres forêts où nous pensions nous perdre n'aura été que le jardin public, ombragé de modestes bosquets, où l'on nous menait jouer alors.

Quant aux personnes que nous avons approchées dans ces années légendaires, étranges colosses dont le poids faisait grincer le parquet et peut-être trembler la terre, elles garderont dans nos souvenirs leur stature formidable : ogres ou bonnes fées, ces créatures ne se réduiront jamais aux mesures de la simple humanité.

Je ne possède pas de photographie de tante Amélie. M. l'ingénieur, mon grand-père, avait sans doute estimé que son image ne méritait pas d'être conservée. A-t-elle été vraiment aussi laide, et surtout aussi grosse que Rose et Madeleine se la rappelaient ? Etait-elle vraiment cette vilaine planète détachée du ciel par le poids de sa graisse et de sa bêtise ? L'Alsacienne, à son tour, s'est-elle mise à grossir autrement que dans l'imagination des deux petites et par leur frayeur ? N'était-elle que stupide et méchante ?

Elle devait craindre les gamines autant que ces dernières la redoutaient, et cela suffit à expliquer sa haine : sa vie passée ne lui avait donné à connaître que la crasse de ses semblables, et les puanteurs familières de leur égoïsme. Où donc aurait-elle trouvé l'idée d'une conduite généreuse ?

L'obésité de l'Alsacienne comme celle d'Amélie tiennent peut-être à ce que l'une et l'autre auront pesé si lourd sur la jeunesse de ma mère et de ma tante : les figures qui peuplent nos souvenirs d'enfance, tous ces géants qui nous furent propices ou néfastes, sont en vérité des allégories plutôt que des êtres de chair, et ces allégories organisent dans notre esprit l'éternel conflit entre le bien et le mal. Ce sont les allures et les expressions que nous nous remémorons quand nous croyons nous rappeler les visages. Notre mémoire est ainsi peuplée de regards, de sourires, de gestes signifiant l'amour, la colère ou la tendresse, et les souvenirs que nous conservons des êtres ne sont dès lors que des sentiments rendus visibles. Amélie et l'Alsacienne, de même, ne furent sans doute si énormes que d'avoir voulu écraser les deux petites, et la graisse, chez ces femmes, n'aura été au juste que de la détestation incarnée.

C'est ainsi que ma mère et ma tante se les rappelaient, et c'est ainsi que je les vois à mon tour après bientôt un siècle, immuables désormais, fixées pour toujours dans notre légende familiale. Or cette légende est d'une vérité plus profonde que la réalité même des faits, puisque ce ne sont jamais les êtres que nous rencontrons, mais leurs images, et que les événements les plus importants de notre vie sont les illusions, les plaisirs, souvent aussi les haines et les frayeurs, que ces rencontres ont fait naître en nous.

L'Alsacienne détestait M. l'ingénieur chaque jour un peu plus. Il n'était plus dans le lit quand elle s'éveillait. Il s'en allait tôt le matin. Mais elle croyait sentir encore son poids, à côté d'elle. Cette brute avait le sommeil lourd : il en avait creusé le matelas. Un matin, sans doute, il ne se réveillerait pas : il aurait dormi trop profondément. Alors il n'y aurait plus qu'à l'enlever du lit, une bonne fois. Mais il n'en finissait pas de descendre ainsi dans sa tombe, nuit après nuit. La vie de l'Alsacienne était un calvaire.

Elle se nourrissait énormément, pour tenir le coup. Elle gavait aussi son petit Frédéric, qui en était devenu obèse. Tous les deux, ils essayaient de manger l'avoir de M. l'ingénieur.

Elle aurait voulu le ruiner mais elle n'aimait pas dépenser. Elle était plus rapace, encore, qu'elle ne haïssait son mari. Du matin au soir, alors, elle bouffait. Elle n'avait trouvé que ce moyen d'assouvir en même temps ses deux passions : sa haine et son avarice. Elle en faisait profiter le petit, bien sûr : ce qu'elle lui donnait à ingurgiter, c'était une provision sur l'héritage qu'il toucherait un jour. Elle était malheureuse, mais du moins elle adorait goulûment son fils, cette chair de sa chair, cette annexe de son ventre qu'elle tâchait de faire proliférer par tous les moyens : plus il serait gras, et plus elle en aurait. Plus elle existerait, alors ! Sa vie avec le petit Frédéric n'était qu'une longue et sombre ripaille vengeresse.

Elle ne trompait pas son mari, elle ! D'ailleurs son imagination ne se portait pas jusque-là ! Pas si bête !

On ne la ferait pas déguerpir comme l'autre! Elle tenait à son appartement, à ses meubles, et aux assiettes qui étaient dans le vaisselier (elle en savait exactement le nombre). Le vieux roi n'était pas mort, mais elle exerçait la régence. Elle l'avait secrètement déchu de ses titres et privilèges : d'ailleurs on le voyait de moins en moins chez lui. C'était une manière d'abdication, déjà : il s'en allait avant huit heures, le matin, pour son nouveau laboratoire d'Auteuil, et il ne rentrait qu'en fin de journée.

Il n'avait jamais beaucoup parlé. Il ne parlait plus du tout. On s'entendait manger. Cela devait lui couper l'appétit, car il entamait à peine son dîner, et il se levait de table après le fromage, sans rien dire, laissant les deux autres, sa grosse femme et sa grosse progéniture, finir tranquillement les plats. Il ne pouvait plus toucher à cette nourriture-là. Il se rendait compte que ce n'était pas la sienne, et il sentait son fils le surveiller du regard, si par extraordinaire il venait à se resservir.

Il s'en allait à côté, dans le salon. Il refermait sur lui la double porte vitrée. Il s'asseyait dans son fauteuil, à droite de la cheminée, et pendant une heure ou deux il fixait l'âtre vide. On n'allumait pas le feu, puisqu'on avait le chauffage central : l'Alsacienne n'aurait jamais laissé flamber des bûches pour rien.

Elle se trouvait encore à l'âge où d'autres cherchent un mari ou un galant, mais elle était déjà revenue de toutes ces cochonneries. Les hommes la dégoûtaient. Son propre sexe la dégoûtait aussi. Il n'existait pas de réparation aux saletés qu'on lui avait fait subir.

Elle se savait laide, aujourd'hui, mais c'était bien ainsi : ni son mari ni personne n'auraient eu l'idée de

191

la toucher, et ç'allait être son tour d'écraser le matelas sous elle, en vraie propriétaire des lieux.

M. l'ingénieur tâchait de ne pas trop penser qu'il vivait à côté de sa propre mort, dans la même maison, dans le même lit qu'elle. Mais il lui semblait bien qu'elle le guettait, qu'elle attendait la défaillance, le malaise, pour fondre sur lui et l'achever. Frédéric aussi, le cher petit Frédéric, le surveillait d'un drôle de regard. C'était un gros enfant pâle dont les yeux méchants faisaient penser à deux couteaux plantés dans une motte de beurre.

Le vieil homme songeait malgré lui à son passé, aux erreurs, aux injustices, même, qu'il avait commises, et il ne pouvait s'empêcher de s'attendrir sur son propre destin : il avait pitié de la jeune femme qu'il avait si honteusement chassée, il avait pitié des deux petites qui s'obstinaient à vivre alors que nulle part en ce monde il n'y avait de place pour elles. Mais il avait surtout pitié de l'homme qu'il était devenu et que nul n'aimait. Alors il s'accablait pendant un long moment. Il se dénudait entièrement sous le regard aigu de sa propre lucidité. Il se démasquait, avec toutes ses faiblesses, et il avait infiniment pitié de lui-même. Il fermait les yeux et il inspirait profondément, à plusieurs reprises, pour ne pas éclater en sanglots.

Dans ces moments de tristesse, des images de l'épouse d'autrefois, de la belle infidèle, venaient l'assaillir, fugitives mais d'une douloureuse précision. Il la revoyait en Indochine, voilà quinze ans : qu'elle était belle, dans sa robe blanche, sous son ombrelle blanche ! Pourquoi se la rappelait-il aujourd'hui dans ces atours de pureté ?

Il avait brûlé tous les portraits qu'il avait pris d'elle, bien sûr ! Il avait d'abord essayé d'effacer de sa vie jusqu'à la moindre trace de l'épouse coupable. Mais les souvenirs lui revenaient malgré qu'il en eût, comme des photos légèrement pâlies par le temps. Et toujours elle lui apparaissait en blanc, le fixant de son regard doux et fiévreux : maintenant il voyait de l'amour dans ce regard. Il y décelait aussi une certaine anxiété, faite de révérence et de timidité. Alors il portait la main à ses yeux et il se frottait comme machinalement les paupières : il ne serait pas dit qu'il aurait pleuré. Il adorait en secret et avec désespoir le visage de la belle disparue. Il l'aimait pour la première fois. Tout devenait clair, à présent : elle l'avait aimé, sans doute, et il n'avait pas su le voir. Il n'avait su que l'intimider, que faire mourir dans sa gorge les paroles de tendresse qu'elle aurait peut-être osé lui dire, s'il ne l'avait pas considérée de son regard si sévère. Pourquoi avait-il eu peur de cela ? Pourquoi avait-il eu si peur de cette femme ?

Il se demandait ce qu'elle était devenue. Sa terrible maladie l'avait beaucoup diminuée. Les médecins n'avaient-ils pas pronostiqué qu'elle ne se remettrait jamais tout à fait ? Elle avait dû mourir : autrement elle aurait réclamé ses enfants.

« Il vaut mieux qu'elle soit morte... cela vaut bien mieux pour elle », répétait en lui-même le vieil homme, avec une douloureuse délectation. Il ne voulait pas songer qu'elle pouvait vivre encore, et qu'elle ne tentait rien pour revoir ses petites filles : elle n'aurait pas été capable d'une telle cruauté vis-à-vis d'elle-même alors que lui, le mari bafoué, se sentait tout disposé, après dix ans, à l'entendre se justifier, et sans doute à lui pardonner : il lui aurait rendu les petites. Il les aurait aidées à vivre, toutes les trois. Il serait allé les voir dans le modeste mais confortable

193

appartement qu'il leur aurait offert. Il aurait été pour elles comme un ami.

Il voulait penser qu'elle était morte. Il ne supportait pas l'idée qu'elle pût vivre encore sans rien lui demander. Il l'avait chassée, certes ! Il lui avait enlevé ses enfants ! Mais son rôle, à elle, n'eût-il pas été de le supplier tendrement de revenir sur cette affreuse décision ? Il ne pouvait concevoir qu'elle fût simplement partie, qu'elle eût tout bonnement disparu comme on lui avait ordonné de le faire. Ç'aurait été le trahir une seconde fois ! Il avait commis une injustice, certes, mais maintenant il était prêt à la réparer. Il aurait suffi qu'elle le lui demandât.

Presque tout le personnel de la soufflerie d'Auteuil était parti au mois d'août pour la frontière du Nord-est. M. l'ingénieur, trop âgé pour aller vaincre les Prussiens, était resté pour ainsi dire seul, à contempler inutilement, dans la chambre d'expériences, des maquettes de ponts métalliques qui ne seraient sans doute pas construits avant bien longtemps. Vers le mois de novembre, comme la guerre s'enlisait pour de bon dans les tranchées, ceux qui n'étaient pas morts sur la Marne ou dans les bois de l'Argonne revinrent travailler au laboratoire : des modèles réduits d'avions et de dirigeables remplacèrent les pacifiques viaducs en dentelle de fer, devant le ventilateur. On n'allait plus résister au vent seulement, mais à l'ennemi. Chacun enfila sans cérémonie sa blouse blanche sur la vareuse d'uniforme, et l'on se mit au travail pour la défense nationale.

C'était avec une vraie jubilation que M. l'ingénieur voyait revenir ses collègues : il reprenait vie en même temps que le laboratoire. Il n'était pas si vieux que cela puisqu'il allait participer à l'effort de guerre, lui aussi, et ainsi son existence n'aurait pas été tout à fait inutile.

L'équipe ordinaire fut augmentée d'une demi-douzaine de spécialistes en aéronautique : c'étaient de très jeunes gens pour la plupart, presque des enfants, mais ils avaient déjà volé sur Blériot ou sur Caudron, et leur expérience servirait à la conception des nouveaux appareils.

M. l'ingénieur allait donc s'occuper de machines volantes ! Son vieux rêve prenait enfin corps. Certes, les avions qui servaient dans ce conflit n'étaient point encore des engins cuirassés. La légèreté, la maniabilité constituaient les premières qualités de ces appareils, qu'on n'employait encore qu'à l'observation du front, ou à de courtes reconnaissances derrière les lignes ennemies. Mais déjà les jeunes aviateurs songeaient à en faire des engins de combat : en quelques mois de guerre, les pilotes français et allemands avaient appris à se connaître. Ils étaient encore bien peu nombreux à bourdonner dans l'azur, au-dessus des deux formidables armées que leur propre poids avait ensevelies dans la glèbe. Ils semblaient être les derniers hommes libres, dans cette guerre de machines et d'esclaves. Ils formaient ensemble une espèce d'aristocratie, la même, certainement, de part et d'autre du front. Ils se saluaient d'un geste de la main quand ils venaient à se rencontrer dans ce ciel qui leur appartenait en indivis : ils faisaient partie du même club.

Et ce fut au nom de cette étrange fraternité, de cette conscience d'une commune noblesse, sans doute, que l'un d'eux, un jour, sortit son pistolet d'ordonnance, et tira sur l'avion de son adversaire. La guerre était trop belle, à cette hauteur, pour qu'on ne la fît point : elle ressemblait trop à un duel, à un tournoi entre les anges. Comment ne pas tirer sur un ennemi si semblable à soi, sur un partenaire, presque, pour lequel on nourrissait autant d'estime que pour soi-même ? Ceux d'en bas se haïssaient, se craignaient, et tuaient pour survivre. Ceux d'en haut se connaissaient, se respectaient, et se tiraient dessus pour montrer toute la considération qu'ils se portaient. La mort, là-haut, était plus belle et plus noble qu'en bas parce qu'elle était plus absurde encore. Bientôt l'on emporta un fusil, ou même une mitrailleuse, avec laquelle on tâcherait d'atteindre l'adversaire sans pulvériser sa propre voilure.

Le lieutenant Henri Meyer était l'un de ces jeunes trompe-la-mort : il sortait de Polytechnique, il avait vingt-deux ans, et en trois mois de guerre il avait abattu un « Taube » et endommagé un Zeppelin. Il n'avait consenti à quitter pour un temps le théâtre des opérations qu'afin de mettre au point un procédé dont il avait eu la première idée, précisément, au cours de ses combats aériens : il s'agissait d'asservir à la rotation du moteur le tir d'une mitrailleuse qu'on aurait montée sur le capot de l'avion, de telle sorte que les balles pussent passer dans le champ de rotation de l'hélice sans en déchiqueter les pales.

Le jeune homme s'ouvrit de son projet à M. l'ingénieur, qui fut immédiatement enthousiasmé. Il concevait assez, lui, le républicain pacifiste, que la réalisation d'un tel mécanisme ferait des avions une arme terriblement meurtrière : mais n'avait-il pas rêvé autrefois de lancer sur Berlin (ou ailleurs, le cas échéant) des armadas de cuirassés volants ? L'envie d'inventer, chez lui, l'emportait généralement sur tout autre considération. Il allait se mettre tout de suite au travail avec le lieutenant Meyer. Il allait connaître une nouvelle jeunesse. Et puisqu'il n'avait pas réussi jadis à faire voler son Sidéroptère, puisqu'on n'avait pas cru alors, au ministère de la Guerre, en l'avenir des aéroplanes métalliques, il prendrait sa revanche en hachant menu ces approximatifs assemblages de toile et de balsa qui volaient pour l'heure, mais qui ne demandaient qu'à s'enflammer comme des allumettes.

3

Les maîtresses et les religieuses du Cœur très Pur ne tarissaient pas d'éloges sur leur nouvelle petite. Cette fillette menue, timide et silencieuse, dont le regard fiévreux semblait implorer la bienveillance, fit en quelques semaines, sans le vouloir, la conquête de ces saintes femmes qui n'avaient pourtant pas coutume de désarmer si aisément face à l'enfance.

On s'émerveillait de son adresse à broder, de sa dextérité à coudre un ourlet. On lui confia même de petits travaux de ravaudage puisqu'elle semblait y prendre du plaisir. Elle n'utilisait pas le dé qu'on lui prêtait.

Mère Marie-Josèphe avait dû prendre l'habit séculier voilà dix ans. On l'appelait désormais « Mademoiselle », comme les autres maîtresses des « Cœur très Pur ». C'était une très grande femme d'une cinquantaine d'années, au visage masculin, qui faisait un peu peur à Madeleine comme aux autres filles. Elle s'occupait de la division des petites. Elle leur enseignait à lire, à compter, à coudre, à marcher en rang, à faire la révérence, à se méfier les unes des autres, à craindre Dieu, à craindre surtout le monde qui grouillait autour des « Cœur très Pur », et la vie qui grouillait en elle.

Elle s'enticha de Madeleine, au point de signaler bientôt à l'attention de M. l'aumônier ce caractère docile, humble et débordant de tendresse, dans lequel on n'aurait sans doute aucun mal à faire naître une vocation pour le voile.

La fillette, qui n'avait jusqu'alors pas plus entendu parler de Jésus que de Mahomet ou de Confucius, écoutait avec ferveur l'histoire de notre Sauveur, à la grande satisfaction de Mademoiselle. Madeleine ignorait absolument le doute. Elle buvait les paroles de Mademoiselle sans jamais demander d'explication ni soulever la moindre objection. Son besoin de croire était inextinguible. Elle aurait écouté pendant des heures le récit de la vie et de la passion du Christ. Elle se pénétrait de la sainte parole de Dieu, elle s'en imprégnait à la manière dont le sable absorbe l'eau : rien n'aurait pu venir à bout de sa soif de douceur et d'amour. Rien, sans doute, n'aurait pu combler le vide ni apaiser l'angoisse qui étaient en elle depuis qu'on l'avait séparée de sa sœur. Et parce qu'elle savait qu'il n'y avait rien d'autre à tenter, elle attendait l'apaisement de celles-là mêmes qui l'avaient plongée dans le désarroi, de ces admirables éducatrices qui professaient qu'on ne peut modeler l'âme d'un enfant que si on l'a au préalable brisée.

Alors Madeleine voulait bien que l'on modelât son âme. Elle s'abandonnait. Seule, livrée à elle-même, elle ne savait plus lutter. Elle voulait bien recoudre les ourlets pour toute la communauté. Sa sœur n'était plus là pour la guider comme elle l'avait toujours fait, et Madeleine ne pouvait vivre qu'en suivant un exemple, qu'en se conformant à ce qu'on lui demandait.

Elle ne manquait ni de courage ni d'intelligence. Elle était simplement obéissante : son enfance n'avait été jusque-là qu'un chemin dans l'obscurité, où elle avait marché en tenant la main de Rose.

Mademoiselle évoquait souvent le martyre des premières chrétiennes pour l'édification de ses chères petites. En fait, elle n'avait pas sa pareille pour décrire les horreurs qui peuvent naître de l'âme humaine. Elle savait composer d'extraordinaires mélanges de fer, de feu et de sang : on aurait dit un chef cuisinier dévoilant le secret de ses sauces. Les gamines en avaient des frissons mais elles n'en perdaient pas une goutte. Il leur venait la même passion pour les tortures et les souffrances qu'à la ci-devant religieuse. Celle-ci leur assurait que des anges venaient recueillir l'âme des malheureuses expirant dans l'arène, pour l'emporter dans les cieux, et les gamines ébahies se sentaient pousser des ailes diaphanes, elles se mettaient à voleter autour des dépouilles sanglantes des martyres, qu'elles butinaient avec gourmandise, veillant à ne rien laisser perdre de l'âme qui s'échappait de toutes parts de ces pauvres corps mutilés.

Madeleine écoutait comme ses camarades, bouche bée, mais on sentait qu'elle voyait mieux que les autres, encore plus crûment, ce que la maîtresse s'employait avec une sourde véhémence à leur représenter. D'ailleurs c'était à elle que Mademoiselle semblait tout spécialement s'adresser, la fixant d'un regard qui se faisait doux, presque voluptueux, ou bien terrible, selon les moments de son récit.

Elle se mit bientôt à faire des cauchemars, presque chaque nuit. Plusieurs fois elle réveilla les autres filles par ses cris. Elle réclamait sa sœur car il y avait un lion sous le lit de la sous-maîtresse et des oiseaux noirs volaient autour d'elle dès qu'on baissait la lumière. On lui remontrait qu'elle-même et sa sœur devaient dormir chacune de son côté, n'étant pas dans la même division. Alors Madeleine sanglotait de plus belle. Les autres filles l'observaient avec curiosité, comme un hanneton qu'elles auraient retourné par jeu sur le dos. La sous-maîtresse obligeait Madeleine à regarder elle-même sous le lit, pour constater qu'il ne s'y trouvait pas le moindre lion. Mais la petite ne voulait pas s'approcher. Elle tremblait et claquait des dents. Elle suppliait qu'on la laissât dormir à côté de Rose.

Les maîtresses, désormais, veillèrent encore plus strictement à ce que les deux gamines ne se rencontrassent point. Elles avaient bien compris que la grande, qui avait l'esprit pervers et un grand ascendant sur sa sœur, lui avait mis dans la tête ces idées saugrenues, par pure malignité : les saintes femmes ne se faisaient aucune illusion sur la nature humaine.

Comme ces crises ne s'espaçaient point, s'aggravant même au fil des semaines, on jugea prudent de montrer la pauvre enfant à un médecin. Celui-ci ausculta Madeleine sous la surveillance de Mademoiselle. Il lui trouva la langue chargée, et il expliqua ses cauchemars par des difficultés de digestion. Il ordonna une diète de quelques jours, des lavements, et un bain chaud chaque soir, avant le coucher. Madeleine fut donc soumise à un jeûne sévère, dont elle sortit en montrant un visage hâve et un regard d'illuminée qui enchanta tout le monde. Mademoiselle lui administra elle-même les lavements prescrits. Quant au bain, il n'en fut point question, l'établissement ne possédant pas de baignoire ni le moindre baquet qui pût remplir cet office. Les dames du Cœur très Pur considéraient que ces pratiques modernes ne servaient qu'à salir l'âme sous prétexte de laver le corps : l'hygiène corporelle était républicaine et franc-maçonne.

Madeleine devint encore plus fluette qu'auparavant, mais les cauchemars s'espacèrent peu à peu : les bêtes sauvages qui hantaient son sommeil étaient parties chercher leur pitance ailleurs.

La petite se montra plus sage et plus docile que jamais. Elle fut plus silencieuse aussi, elle qui n'avait guère été bavarde jusqu'alors. Mais en se taisant elle ne faisait au juste qu'observer la règle de l'institution. Elle devint très populaire chez les maîtresses et chez les sœurs, de part et d'autre du mur qu'elle avait de plus en plus de mal à escalader : on se disait que la pauvre petite ne vivrait pas bien longtemps. On la regardait avec attendrissement s'étioler et s'éteindre peu à peu. Elle devenait chaque jour plus jolie tandis qu'elle approchait de sa fin. Ses beaux yeux noirs s'étaient encore agrandis : c'était la nuit qui vous enveloppait quand elle posait sur vous ce regard doux et grave qui semblait vous fouiller. Une belle nuit sans lune mais scintillant d'étoiles.

Mademoiselle la citait en exemple à ses camarades pour sa bonne conduite, et elle ajoutait mystérieusement qu'elle la sentait « toute proche de Notre Seigneur Jésus-Christ ». Les gamines comprirent bientôt le pieux sous-entendu. Elles considérèrent désormais Madeleine avec une sympathie mêlée d'énormément de curiosité. On prit garde à ne jamais la bousculer. On lui offrit des sucreries et de ces jolies images pieuses que les maîtresses distribuaient pour les bonnes notes. Chacune voulut devenir l'amie de la petite incurable. Ainsi, chacune pourrait se souvenir d'elle, plus tard, et l'on se délectait par avance des nobles sentiments de tristesse et de pitié qu'on éprouverait alors. On faisait même semblant d'envier la pauvre malade : Mademoiselle ne disait-elle pas que c'était un privilège que d'être rappelée à Dieu dans l'enfance, alors que l'âme n'est point encore trop souillée de péchés ?

Madeleine ne tarda pas à deviner la signification sinistre de toute cette sollicitude. Elle n'en conçut aucun désespoir. Elle ne s'inquiétait guère de la mort. Elle ne demandait que de la tendresse, et elle s'imaginait en recevoir beaucoup. Elle n'était plus si seule, maintenant. Elle était heureuse.

4

Dès le mois de février, M. l'ingénieur et le lieutenant Meyer firent procéder sur l'aérodrome d'Issy-les-Moulineaux aux premiers essais de leur invention. Plusieurs officiers d'état-major assistaient à l'expérimentation : on avait solidement arrimé au sol un moteur Gnome avec son hélice, derrière laquelle était montée une 8 mm Hotchkiss. On mit en route le moteur. M. l'ingénieur laissa au lieutenant Meyer l'honneur de tirer la première rafale. L'hélice vola aussitôt en éclats, blessant à la jambe l'un des officiers d'état-major : il fallut admettre que le mécanisme avait besoin d'un réglage supplémentaire. M. l'ingénieur et le lieutenant retournèrent au laboratoire sans prendre le temps de déjeuner et se remirent au travail.

Les deux hommes avaient appris à s'apprécier en quelques semaines, et ils s'entendaient admirablement malgré la différence d'âge et de tempérament. M. l'ingénieur se trouvait au laboratoire dès sept heures trente le matin. Il venait en omnibus, ou parfois à bicyclette, en manteau court et en chapeau melon. Il oubliait régulièrement d'ôter les pinces qui lui tenaient le pantalon aux chevilles, et il pouvait passer la matinée sans s'inquiéter du drôle de cliquetis qu'il faisait en marchant. Le lieutenant Meyer arrivait une heure plus tard, en taxi. Il n'avait jamais aimé se lever tôt, même pour faire la guerre. Il accrochait posément son manteau et son képi à la patère, derrière la porte. Il n'était pas pressé. Il n'omettait jamais de ranger ses gants dans la poche droite du manteau. Il allumait une cigarette avant de se résoudre à gagner la grande table à dessin où son vieux collègue travaillait depuis une heure déjà.

— Auriez-vous par hasard besoin d'un café très fort ? demandait ce dernier avec une sollicitude ironique.

Le lieutenant se donnait l'air de réfléchir, et finissait toujours par accepter. Alors on appelait Maurice, ci-devant liftier au Ritz, qui avait perdu un œil sur la Marne et qui faisait maintenant le ménage au laboratoire. Après dix minutes, Maurice apportait une énorme cafetière fumante et deux bols. Il posait le plateau sur un tabouret, près de la table à dessin, et il prenait congé par cette inéluctable plaisanterie :

— Bien sûr, mon Lieutenant, on n'a pas tout le confort des tranchées, par ici !

Henri Meyer passait pour un snob, et ne faisait rien, bien au contraire, pour corriger cette réputation. Il arborait sur sa vareuse la croix de guerre décernée pour ses deux victoires en combat aérien, mais il assurait l'avoir gagnée au bridge sur le commandant de son escadrille.

Quand on n'avait pas le temps de déjeuner dans l'un des bistrots voisins du laboratoire, il refusait les sandwiches du diligent Maurice et se faisait livrer un repas froid et du champagne par un traiteur du Palais-Royal où il avait ses habitudes : « Cette guerre, c'est la civilisation qui la gagnera contre ceux qui mangent

205

du chou et boivent de la bière », proférait-il en offrant à son vieux collègue une coupe de brut.

Le lieutenant s'était gagné de solides inimitiés à la soufflerie pour ce qu'on appelait son « arrogance » ou sa « futilité », et M. l'ingénieur avait considéré d'abord avec une certaine circonspection ce jeune homme qui faisait bien des manières avec l'existence. Mais le godelureau s'y connaissait passablement en mécanique, il était intelligent et drôle, et il gagna bientôt l'estime du monsieur qui avait épousé sa bonne : le lieutenant Meyer était d'un caractère, en dépit des apparences, à vouloir toujours forcer l'attention, et finalement l'estime, des gens autour de lui, celle du général d'armée ou celle, indifféremment, de ce bon Maurice dont il humait le café avec une circonspection calculée, tenant le bol du bout des doigts, avant de s'exclamer avec emphase : « le Grand Turc lui-même n'en a jamais bu d'aussi bon ! »

Son élégance était d'une précision juste un peu trop géométrique, et sa désinvolture avait un quelque chose de pointilleux. Mais M. l'ingénieur n'y voyait que du feu, lui dont le père avait encore eu voilà peu le privilège de retourner à la charrue notre sol national, et dont l'épouse alsacienne, devenue depuis quelques mois comme doublement française, comptait les morceaux de sucre avant de rendre le plateau du café à la bonne.

Une bizarre amitié se noua bientôt entre l'ancien dreyfusard, admirateur de Renan et de Zola, et le jeune lieutenant qui combattait là-haut, dans les nuages, pour faire triompher la patrie de Satie et de Debussy menacée d'être asservie par les lourdes hordes wagnériennes. Le lieutenant représentait aux yeux de M. l'ingénieur tout ce qu'il n'avait jamais eu le loisir de connaître et d'apprécier, dans sa vie de labeur parmi les poutrelles. Henri Meyer était le fils qu'il n'aurait plus le temps d'avoir, désormais, mais dont il eût aimé reconnaître fièrement la supériorité, née de lui-même et de ses sacrifices. Réciproquement, le jeune homme enviait à l'ingénieur son allure carrée, ses mains un peu trop grosses de paysan, son parler sans fioriture, cette simple façon qu'il avait d'être là, sous ses yeux, comme une vieille pierre, lui semblait-il, de ce pays. Alors il exposait à son ami qu'il se battait pour la prose de Stendhal, pour les arcs en plein cintre de Vézelay, pour les *Nymphéas* de Monet. Quand on apprit que l'Italie allait entrer en guerre au côté des alliés, il voulut bien mourir aussi, une balle dans le cœur et le front dans l'azur, pour Venise et pour le dôme de Saint-Marc. M. l'ingénieur n'était jamais allé à Venise, n'ayant pas eu à construire de pont métallique sur le Grand Canal, mais il comprenait les sentiments de son jeune compagnon de guerre. Il appréciait sa générosité, la noblesse de ses motifs. Alors il redoublait d'ardeur au travail, car il entendait prendre une part prépondérante à leur invention commune, qui allait sauver les sculptures de Vézelay et qui conserverait à la France et à la civilisation les cinq cent mille bouteilles de champagne entreposées dans les caves de Reims. Cet homme de cinquante ans était capable de plus d'enthousiasme encore que son jeune compagnon. Mais justement, le Dr Faust aurait-il cédé avec cette mortelle facilité à la passion amoureuse s'il n'avait été un vieillard ? Et M. l'ingénieur, qui haïssait tant la guerre, voulait bien désormais vendre son âme au diable s'il pouvait par ce moyen contribuer à la victoire.

Les deux savants avaient pris l'habitude de dîner

ensemble à Auteuil ou derrière le Trocadéro, et ils restaient à bavarder jusque tard dans la nuit. La famille du lieutenant Meyer habitait Bordeaux. C'est là, également, que l'attendait sa fiancée, dont M. l'ingénieur put apprécier l'agréable visage sur une photographie rehaussée de couleurs au crayon. Quant au mari de l'Alsacienne, il n'avait au juste de famille nulle part, et comme le lieutenant le priait un soir de bien vouloir transmettre ses respects à « Madame son épouse », qu'il n'avait pas l'avantage de connaître, celui-ci confia qu'il ne s'entendait plus avec sa femme, et que s'il ne l'avait pas encore quittée, c'était uniquement pour veiller à l'éducation de leur fils, Frédéric : il espérait que le lieutenant voudrait bien l'excuser de ne pas l'inviter chez lui.

Il n'alla pas jusqu'à révéler, bien sûr, que « Madame son épouse » était son ancienne bonne.

Vers le milieu de l'hiver la grosse blonde fit enlever définitivement le couvert de M. l'ingénieur de la table du dîner. Elle cessa aussi de l'importuner par ses questions, ses plaintes, ses soupçons : plusieurs soirs de suite elle s'était rendue à Auteuil, et elle avait suivi son mari comme il sortait du laboratoire. Elle avait aperçu le jeune lieutenant. Elle avait vu les deux hommes marcher côte à côte en bavardant avec animation : ils passaient par la rue de Passy, et leur promenade les menait dans l'un ou l'autre des cafés qui se trouvaient derrière les tours du Trocadéro. Ainsi M. l'ingénieur n'avait pas de maîtresse. L'Alsacienne se demanda pendant quelques jours ce qu'il pouvait manigancer avec ce jeune homme en uniforme, puis elle cessa d'y penser : son mari pouvait passer des nuits entières avec des soldats si cela lui

chantait, il ne risquait pas d'en rapporter un quatrième enfant, et cela seul importait. Elle fit poser une
paire de draps pliés sur le divan du bureau, et elle
boucla désormais la porte de sa chambre : si le vieil
homme était encore assez vert pour courir les rues
jusqu'à minuit passé, il pouvait tout aussi bien faire
son lit lui-même.

Le lieutenant Meyer était presque aussi discret sur
sa propre famille que M. l'ingénieur : il était fils
unique. Ses parents importaient des bois précieux.
Son père était né à Koenigsberg. Sa mère était de
Cologne. Le jeune homme révéla encore, quoique avec
réticence, que ses parents étaient restés « très reli-
gieux ». Il ne voulut jamais rien dire de plus. Son ami
supposait seulement qu'ils étaient très riches, à voir la
grande allure de leur descendance.

— A quelque trente ans près, faisait-il plaisamment, vous étiez Allemand, et nous aurions dû mettre
au point notre mitrailleuse chacun de notre côté.

Le lieutenant affectait de sourire, mais il se rendait
bien compte qu'il n'était Français que de fraîche date,
et que tout son patriotisme, tout l'héroïsme du monde,
même, ne le laveraient jamais tout à fait de cette tache
originelle : n'avait-il pas des cousins dans les armées
du Kaiser, et d'autres encore dans celle du tsar ?

— Je pourrais aussi bien être Turc, ou Américain,
avouait-il parfois avec amertume.

— Eh bien, soyez plutôt Américain, s'esclaffait
l'ingénieur, car l'avenir du monde est sur le nouveau
continent.

— Je suis Français, murmurait alors le jeune
homme avec une sombre conviction.

— Je le suis aussi, repartait l'autre. Et je n'en suis
pas meilleur pour autant !

Le lieutenant Meyer appréciait l'ingénieur pour ce qu'il appelait sa « largeur d'esprit », ou son « libéralisme ». « Je suis un vieux garibaldien », reconnaissait avec fierté le père de Rose et de Madeleine. Et après quelques verres de petit blanc il ajoutait que si les Prussiens avaient à nouveau assiégé Paris, en septembre, il aurait laissé tomber l'équerre et le compas pour prendre un fusil, et il serait parti conquérir lui-même le bonnet à poils du Kronprinz. Le lieutenant applaudissait de bon cœur à ces rodomontades, lui qui avait bravé le feu des tranchées ennemies dans un engin qui tenait du cerf-volant et de la cage à oiseaux. Il ne se jugeait pas héroïque. Il savait que les galons d'un lieutenant Meyer ou d'un capitaine Dreyfus ne seraient jamais bien solidement cousus à leur uniforme, et, curieusement, il en concevait plus d'embarras que de ressentiment.

L'ingénieur et le jeune homme passaient ensemble toutes leurs journées et la moitié de leurs nuits. Ils partageaient leurs repas. M. l'ingénieur serait bien entendu le témoin du lieutenant, au lendemain de la victoire, quand il épouserait enfin celle dont il gardait pieusement la photo sur le cœur, (de sorte, avait-elle souhaité dans l'élan de sa passion, qu'elle mourût avec lui — au moins en effigie — si les balles prussiennes venaient à le transpercer). Mais il manquait encore quelque chose à la tendresse généreuse et virile qui s'était développée entre les deux amis, et M. l'ingénieur, confusément, se demandait comment remercier le jeune aviateur d'être pour ainsi dire le fils qu'il aurait voulu avoir. Il pensa faire remettre un bijou, un colifichet, à la lointaine fiancée, mais il craignait de commettre une faute de goût, que le lieutenant n'aurait pas manqué de remarquer. Il songea ensuite à donner au couple un lévrier, car le jeune homme lui avait un jour confié son goût pour cette race élégante, mais il se rendit bien compte que son ami n'était pas d'un caractère à s'encombrer d'un chien, sauf à l'accrocher au-dessus d'une cheminée, avec la signature de Gainsborough, (ou de Reynolds : il n'était pas sûr d'avoir bien compris lequel des deux peintres, dont il entendait parler pour la première fois, avait réellement la faveur du lieutenant).

Et puis une nuit, alors que les deux amis avaient bu un peu plus que de coutume pour fêter le premier jour de l'offensive en Champagne, M. l'ingénieur, dans une illumination, conçut enfin quelle unique chose un homme peut décemment offrir à un autre homme. Il se souvint d'une certaine maison de la rue Blanche, où il ne fréquentait point mais dont il avait entendu dire le plus grand bien. Il y emmena en grand mystère le jeune aviateur. Celui-ci n'était pas moins éméché que son ami, et il se laissa faire sans protester autrement que pour la forme. Il oublia donc pour un moment la belle fiancée qui ne quittait pas son cœur, ou plutôt la poche de sa vareuse, abandonnée pour lors sans trop de scrupule, avec la chemise et le pantalon, sur le dossier d'un fauteuil de velours rouge vif.

M. l'ingénieur n'était plus très porté sur les femmes. Il ne voulut toutefois point faire l'affront à son ami de le laisser monter au premier sans lui. Il poussa la délicatesse, ou peut-être la curiosité, ou tout simplement sa passion pour le jeune lieutenant, jusqu'à choisir la « juive du harem », en pantalon bouffant et en babouches, dont l'embonpoint ne lui rappelait que trop sa seconde épouse, mais qui était brune, du moins, à l'instar de sa première femme.

En avril, l'invention de M. l'ingénieur et du lieutenant fut expérimentée avec succès, et présentée à l'autorité militaire. Une première escadrille en fut équipée. Le jeune homme demanda dès la semaine suivante à rejoindre son unité. M. l'ingénieur essaya bien de lui remontrer qu'il se rendrait plus utile au pays en continuant de travailler au laboratoire, mais le lieutenant lui répliqua que son devoir de soldat était de se battre aux côtés de ses camarades. Le vieux monsieur en conçut une sourde jalousie à l'encontre desdits camarades, mais surtout de terribles angoisses : l'offensive en Champagne n'avait pas donné de résultat, et la guerre devenait chaque jour plus meurtrière. Le courageux aviateur quitta Paris à la fin du mois d'avril, alors que les arbres étaient en fleur sur les Champs-Elysées. L'ingénieur l'accompagna jusqu'à la gare. Il essaya de faire bonne figure. On plaisanta même sur les demoiselles de la rue Blanche, qu'on était allés revoir quelquefois, mais le vieil homme ne put chasser de son esprit le sombre pressentiment qui l'empêchait de dormir depuis plusieurs nuits : il avait trouvé un fils, au soir de sa vie, et à présent ce fils s'en allait. Le reverrait-il jamais ?

Il le revit dès le mois suivant, car ce fut lui qui se chargea de le ramener à Bordeaux dans son cercueil recouvert du drapeau tricolore. Le père, la mère, la fiancée du héros attendaient M. l'ingénieur sur le quai de la gare. On se donna l'accolade en silence, tandis que les employés du chemin de fer déposaient le cercueil sur une charrette à bras. On se rendit ensuite chez les Meyer, près du Grand Théâtre. La fiancée voulut accompagner la dépouille du lieutenant dans le fourgon mortuaire. Les parents du défunt prirent un taxi avec l'ingénieur. Mme Meyer était une petite femme ronde. Elle sanglota pendant tout le trajet.

L'ingénieur ne put voir son visage, qu'un voile noir dissimulait entièrement. M. Meyer était un homme d'une soixantaine d'années. Il était plutôt grand, très maigre, et il avait un cou d'une longueur extraordinaire, dont la peau était fripée comme celle des dindons. Il ravalait ses larmes avec dignité, et prenait M. l'ingénieur à témoin de son chagrin, avec un accent qui, joint au désespoir mal rentré, évoquait un formidable rhume :

— Notre fils est mort pour la « Fronce », répétait-il. C'étaye un bon fils, mais maintenont il n'est plis là.

— C'était un héros, faisait la mère, entre deux sanglots.

— C'étaye un héron, reprenait M. Meyer, avant de se moucher violemment comme pour faire sortir tout le chagrin qui était dans son nez.

On arriva chez ces braves gens, le fourgon devant, le taxi derrière. La concierge sortit sur le pas de la porte pour voir entrer le cercueil. Elle se signa. Des passants se découvrirent et se signèrent également. M. Meyer se tenait debout, au milieu du trottoir, le chapeau sur la tête, l'air égaré. Mme Meyer vacilla. M. l'ingénieur lui prit le bras, pour la soutenir. La concierge apporta une chaise sur le trottoir. La pauvre femme resta une minute sur la chaise. Puis elle se releva, toujours soutenue par M. l'ingénieur, pour suivre son grand garçon dans l'escalier.

Le monsieur de Paris remit aux malheureux parents les papiers et la montre de leur fils. Le verre en était brisé. Les aiguilles marquaient sept heures.

— Il est mort au lever du soleil, remarqua l'ingénieur, tristement.

— Lui qui avait tant de mal à se lever pour aller à l'école, fit la maman avec un sourire, presque.

Elle fixa la porte d'entrée de l'appartement comme si son enfant avait pu y apparaître, avec son cartable et dans sa blouse d'écolier. Mais la porte resta tragiquement close. A travers la cloison l'on entendait les employés des pompes funèbres ouvrir le cercueil pour déposer le lieutenant sur son lit. M. Meyer approcha une chaise juste avant que sa femme ne tombât de nouveau en faiblesse. M. l'ingénieur remit à la fiancée la photo, à présent maculée de sang, qu'elle avait donnée naguère au lieutenant. Il fallut approcher un second siège.

A présent les deux messieurs se tenaient debout, face à face, les bras ballants, veillant chacun sur la chaise qui se trouvait près de lui : il n'y avait plus grand-chose d'autre à faire, désormais.

L'enterrement aurait lieu le lendemain. Les Meyer proposèrent à M. l'ingénieur de dormir chez eux, mais il préféra coucher à l'hôtel. Il avait sa propre tristesse, qui était immense mais qu'il ne savait pas mieux exprimer que ses autres sentiments. Alors il n'avait pas envie de côtoyer celle des autres. Il n'avait pas envie de la partager. C'eût été comme se trahir soi-même. Il préférait rester seul, face à son propre silence. Il aurait voulu comprendre la raison de ce qui venait de se passer, mais il n'apercevait qu'un mur, devant lui. Il avait aimé Henri Meyer. Il l'avait aimé tendrement, comme un fils. Mais il n'avait su que l'emmener au bordel. Pourquoi la vie se moque-t-elle ainsi de nos sentiments les plus précieux ? Pourquoi rend-elle trouble ce qui était pur ? Pourquoi l'ingénieur n'avait-il pu dire au lieutenant qu'il l'aimait ? Le vieil homme verrouilla sur lui la porte de sa chambre, au quatrième étage de l'hôtel, puis il se

214

laissa choir dans le petit fauteuil garni de velours cramoisi, au pied du lit, tout pareil à ceux de la maison de la rue Blanche. « Cela n'a pas de sens », murmura-t-il pour lui-même, à plusieurs reprises. « Non, cela n'a pas de sens. » Puis il se leva, il alla ouvrir la fenêtre, et il resta un moment accoudé à la balustrade qui branlait, à demi descellée. Il y avait une hauteur de quatre étages jusqu'à l'asphalte luisant sous le réverbère. Il aurait suffi qu'il s'appuyât un peu plus lourdement sur la rambarde. Il n'aurait sans doute pas souffert : quatre étages, cela suffisait largement.

Et personne ne l'aurait regretté ! Non, personne ! il en était sûr, maintenant. Il avait perdu son seul ami, et comme son seul bien.

Il se redressa soudain et s'écarta de la fenêtre, pris de vertige. Personne ne le regretterait : alors il allait mourir vraiment, totalement ! Il ne resterait absolument rien de lui ! Cette idée l'emplit d'une horreur sans nom : il aurait dû disparaître à la place du lieutenant Meyer. Il aurait volontiers donné sa vie pour lui, mais maintenant il ne pouvait plus mourir, car sa mort n'aurait pas eu davantage de sens que toute son existence. Et pendant une heure il demeura ainsi, face à la fenêtre ouverte, sans pouvoir avancer ni reculer, sans pouvoir se décider pour la vie ou pour la mort, mais en proie, simplement, à son propre néant.

Le lieutenant fut inhumé en fin d'après-midi. M. l'ingénieur entendit ensuite le kaddish, à la synagogue. Et il pria, son chapeau sur la tête, lui qui ne croyait ni en Dieu ni au diable. Il pria et il espéra de toutes ses forces qu'il se trompait et que le ciel n'était pas vide.

Il pouvait encore prendre le dernier train pour Paris, après l'office. Il ne voulait pas dormir une seconde fois dans cette chambre d'hôtel, quatre étages au-dessus du trottoir, mais surtout si près de la nuit et de son terrible silence. Alors on se quitta devant la lourde porte de bois de la synagogue, maintenant refermée sur son secret. Et l'on s'embrassa longuement, le père, la mère, la fiancée, l'ami, perdus chacun dans sa propre solitude.

Les Meyer n'étaient nullement cette famille de riches financiers qu'avait tâché d'annoncer l'élégance affectée du lieutenant. C'étaient de petites gens, tout comme M. l'ingénieur. Et leur douleur en paraissait d'autant plus accablante, et disproportionnée. Ils n'en achèveraient jamais le tour. Ils ne la connaîtraient jamais tout entière. Ils auraient beau faire, ils n'en comprendraient qu'une infime partie. Leur propre souffrance leur serait à jamais inaccessible, tout comme leur enfant désormais, et ils en concevraient du remords. Car c'est cela, le deuil. C'est aussi de savoir qu'on ne souffrira jamais assez, qu'on ne sera jamais en règle avec son malheur.

On s'étreignit une dernière fois, sur le bord du trottoir. M. l'ingénieur s'approcha de la fiancée, et l'embrassa.

— Pauvre Inès, dit alors Mme Meyer. Il n'y aura plus un seul homme si cette guerre continue. Avec qui se mariera-t-elle ?

— C'èye notre fille, fit alors M. Meyer. Çaye sera toujours notre fille, même si un jour elle s'en va au loin comme notre Honrye.

5

Madeleine passa l'hiver, puis le printemps. Elle ne mourut pas davantage à l'été. Au faîte des hauts murs fermant la cour du pensionnat, des herbes folles et de minuscules fleurs blanches ou mauves tremblotaient sous la brise parmi les moellons. Tout cela s'accrochait vaillamment à la vie, la fillette, les herbes, les vilaines petites fleurs mauves.

D'ailleurs Madeleine avait cessé d'intéresser ses camarades : on n'allait pas veiller la pauvre gisante dans la chapelle, à la lumière féerique des cierges. Il n'y aurait pas de messe, pas d'enterrement. On n'avait plus qu'à ravaler ses larmes. Les enfants pardonnent mal à qui ne tient pas ses promesses, et Madeleine fut tout simplement oubliée. Le bon Dieu lui-même n'avait-il pas donné l'exemple en laissant sur terre la petite élue ? Lui non plus ne tient pas toujours ses promesses.

Madeleine put aller de nouveau à la promenade, le jeudi, avec les autres : on marchait en rang par deux par les ruelles étroites, jusqu'au château, puis on s'en allait vers les coteaux. Ou bien on longeait le Rhône en regardant passer les remorqueurs à aubes qui remontaient le cours impétueux du fleuve, tirant chacun jusqu'à trois péniches lourdement chargées, et dont les cheminées vomissaient une fumée bouillonnante et volcanique. On regardait aussi les soldats qui prenaient l'air sur la berge, par petits groupes de deux ou trois. Les uns clopinaient entre des béquilles, d'autres n'avaient plus de bras, d'autres n'avaient plus de visage. Les petites « Cœur très Pur » lorgnaient tout ça : elles n'en perdaient pas une miette, malgré la vigilance de la sous-maîtresse qui n'admettait pas qu'on laissât cette cour des miracles s'étaler sur la rive du Rhône, où l'on savait pourtant que les enfants venaient se promener. Et puis c'étaient des hommes, même s'il leur manquait une jambe, le bras, ou quelque autre membre. Et on les laissait à ne rien faire. Ils erraient toute la journée dans les ruelles de la ville ou sur les quais. Quelques-uns s'étaient mis à mendier. D'autres se soûlaient. Ils dévisageaient les passants avec insolence. Ils crachaient par terre. Et plusieurs, à ce qu'on disait, importunaient les dames en leur tenant des propos malhonnêtes.

On faisait pourtant ce qu'on pouvait pour eux. On leur offrait de vieux vêtements. On contribuait à les habiller de neuf quand ils étaient assez bien rafistolés pour repartir au front : chaque samedi, les petites « Cœur très Pur » leur tricotaient des chaussettes. On cousait aussi les galons sur les cols et les manches, on faisait des pattes d'épaule, on diminuait les képis ou bien l'on taillait des chemises en bonne flanelle de coton.

Une demi-douzaine de territoriaux et de réservistes, chaque mois, étaient ainsi vêtus par les soins des Dames du Cœur très Pur et de leurs élèves. Ils n'étaient point fournis de pantalons, toutefois, et ils pouvaient s'en aller à la bataille le cul à l'air car il n'aurait pas été convenable que d'innocentes mains eussent à façonner des braguettes, même pour des héros.

De la porte de l'école aux coteaux qui dominent la ville, et sur le chemin du retour encore, les filles devaient marcher en silence et veiller à toujours bien former les rangs. Il fallait regarder droit devant soi, ou par terre, si l'on venait à croiser des passants. Les petites allaient devant, les grandes restaient derrière. Rose et Madeleine se trouvaient ainsi séparées l'une de l'autre par plus de soixante fillettes, toutes vêtues de la même robe bleu marine et chaussées des mêmes bottines : ces anges faisaient trembler la passerelle suspendue quand ils franchissaient le Rhône, martelant tous ensemble les planches qui garnissaient le tablier.

Les vacances arrivèrent. On vit les mamans se presser dans la cour et s'émerveiller de la bonne santé de leur progéniture, qui avait encore bien poussé depuis trois mois. On vit les maîtresses se féliciter des progrès accomplis une fois de plus par leurs chères petites. On vit sourire Mademoiselle.

Personne ne vint chercher Rose et Madeleine. Dans une lettre arrivée quelques jours plus tôt, M. l'ingénieur s'excusait de ne pouvoir se rendre à Tournon, étant cloué au lit par une violente crise de lumbago. Il priait Madame la Directrice de bien vouloir garder les deux petites au Cœur très Pur, en attendant qu'il allât mieux ou qu'il trouvât un moyen de les faire ramener chez lui.

Par chance, la femme de M. Maraval, le pharmacien, avait à visiter de la famille à Paris et voulut bien se charger des fillettes.

Le train était presque entièrement occupé par des permissionnaires qui retournaient au front. Nul ne songeait plus à chanter la *Marseillaise*, en ce mois de juillet mil neuf cent quinze, même ceux qui s'étaient soûlés pour se donner le courage de repartir au casse-pipe.

Mme Maraval trouva un compartiment où n'avaient pris place que deux réservistes de Montpellier. Elle eut un mot acerbe, à mi-voix mais de manière à se faire entendre, sur les simples soldats qui voyageaient en seconde et posaient leurs pieds sur les banquettes. Les deux poilus étaient bien polis, pourtant : ils se levèrent, s'excusèrent, aidèrent la dame à poser sa valise et celle des demoiselles dans le porte-bagages, puis ils se renfoncèrent dans un coin du compartiment où ils poursuivirent leur conversation en sourdine.

Rose et Madeleine s'assirent côte à côte, face à Mme Maraval. Elles ne s'étaient pas parlé depuis près d'un an. Elles continuèrent à se taire, fixant avec obstination le défilement hypnotique des fils du télégraphe, derrière la vitre, et s'ignorant l'une l'autre. La femme du pharmacien les observait avec étonnement. Elle avait escompté des effusions, des manifestations de joie : il n'y eut devant elle que le Grand Silence du Cœur très Pur. Elle se pencha vers Madeleine, qui avait de si beaux yeux et qu'on avait pensé perdre l'hiver passé, et elle lui demanda si elle était heureuse de se trouver en vacances et de revoir bientôt sa famille. La fillette la dévisagea d'un air d'extrême attention, comme si elle n'avait pas su déchiffrer les paroles qu'elle venait d'entendre, puis, dans un drôle de chuintement, elle murmura « si, si », du bout des lèvres, vivement. Rose n'avait même pas tourné la tête. Les fils du télégraphe l'absorbaient entièrement.

Peut-être cherchait-elle à savoir s'ils allaient interrompre leurs bizarres évolutions, de haut en bas, puis, brusquement, de bas en haut, dans l'encadrement de la vitre. Mme Maraval cessa de s'intéresser aux gamines et déplia le journal qu'elle avait acheté sur le quai.

A Lyon, les deux sœurs n'avaient toujours pas desserré les dents, ne s'étaient pas souri une seule fois, ne s'étaient même pas regardées. La femme du pharmacien leur donna du pain de châtaigne et du fromage. Elles mangèrent en silence. A l'autre bout du compartiment l'un des soldats s'était endormi. L'autre avait bourré sa pipe mais il ne put l'allumer, Mme Maraval lui ayant défendu sèchement d' « empuantir le compartiment » : l'épouse du pharmacien de Tournon était une brave femme, mais ces gamines qui ne savaient dire ni oui ni zut l'avaient mise de mauvaise humeur.

Les petites trouvèrent leur père au lit, comme sa lettre l'avait annoncé. Il avait beaucoup maigri. Ses joues s'étaient creusées. Ses yeux étaient cernés de bistre et de la sueur perlait à son front. Il avait l'air de souffrir le martyre. Il ne put même pas tourner la tête pour regarder ses filles. Les entendant arriver, il leur adressa un faible sourire, via le plafond que son mal le contraignait à fixer avec une bien volontaire apparence d'obstination.

L'Alsacienne lui avait abandonné le grand lit, dans la chambre, plus confortable que le divan du bureau. Du coup, elle avait quitté l'appartement. Elle était allée « prendre les eaux », avec le petit Frédéric, quelque part dans les Pyrénées. L'ingénieur ne se rappelait plus le nom de l'endroit, et d'ailleurs il ne se

221

souciait guère que sa femme fût ici ou là : il avait bien trop mal pour s'inquiéter de quoi que ce fût.

Louise, la nouvelle bonne, s'occupait de lui. C'était une grande femme sans âge, au chignon grisonnant, bâtie en hercule, et qui aurait dû s'épiler le menton. Elle avait fait découper par un menuisier une grande planche de sapin, qu'elle avait intercalée entre le matelas et le sommier, et depuis, Monsieur allait un peu mieux.

Mais il était encore très amoindri par la douleur abominable qui lui déchirait le dos au moindre mouvement. Il se négligeait. Il ne se lavait plus. Depuis quinze jours il ne s'était pas taillé la barbe, qui par surcroît était devenue grise en quelques mois. Il avait toujours ce regard jupitérien qui inspirait une sorte de crainte révérencieuse, mais ledit regard n'impressionnait plus pour lors que les mouches au plafond. Le roi des dieux avait dégringolé de l'Olympe, et il se retrouvait sur le dos comme un gros insecte.

Les petites passèrent un quart d'heure auprès de lui. Rose demeura debout, au pied du lit, les mains posées sur la barre horizontale du montant de cuivre, considérant avec incrédulité le dieu terrassé. Elle resta silencieuse. Le vieil homme dit dans un murmure qu'il était malade, vraiment malade, qu'il regrettait de n'avoir pu ramener lui-même ses deux chères petites, et qu'il leur demandait de bien vouloir lui pardonner...

Louise, qui venait d'entrer dans la pièce pour déposer le pistolet sous le drap, dit de son ton de voix brutal que ça se voyait bien que Monsieur était malade, et que les demoiselles n'avaient rien à lui pardonner, mais qu'elles devaient plutôt prendre garde à ne pas le fatiguer. Elle ressortit en laissant la porte entrouverte, pour entendre Monsieur s'il venait à l'appeler. Madeleine fit lentement le tour du lit, sur la pointe des pieds, fixant le vieil homme avec une sorte d'horreur. Peut-être se rappelait-elle la grand-mère de Nantes, étendue de la même manière sur son lit de mort et défiant l'enfer du regard.

Les deux sœurs ne s'étaient pas parlé depuis qu'elles étaient entrées dans cette chambre, ni depuis le matin, ni depuis une année presque entière. Elles considéraient chacune de son côté le malade, la catastrophe : les deux petites nomades venaient de traverser d'immenses déserts, et elles ne trouvaient au bout de leur longue errance que cette carcasse gisant auprès du puits asséché.

Après un moment, la bonne rentra dans la chambre, et les emmena dans la cuisine, où elle les fit dîner avec elle sur la petite table garnie d'une toile cirée. Le repas se passa dans le silence : Louise non plus n'était pas bavarde. Elle avait compris que de grandes misères s'attachaient à la vie de cette famille. Mais elle ne voulait pas en savoir davantage.

On se leva de table un peu après neuf heures, et l'on prépara le divan dans le bureau de Monsieur. Louise disposa les draps de manière à faire dormir les gamines tête-bêche. « Vous avez plus de place comme ça », fit-elle. Elle alla chercher un oreiller supplémentaire dans la chambre de M. Frédéric, elle recommanda aux deux fillettes de ne pas bouger, au matin, avant qu'elle ne leur en eût donné l'autorisation, et elle quitta la pièce en emportant la lampe qui se trouvait à côté du lit improvisé.

Louise n'avait sûrement pas de méchanceté. Elle n'avait pas de tendresse non plus. Elle se doutait

223

qu'elle aurait à nettoyer la crasse de ses semblables jusqu'à son dernier jour, et elle prenait son mal en patience. Elle ne s'apitoyait pas sur son destin : le sort des autres l'intéressait encore moins. Chaque matin, elle emportait la boîte à ordures de la cuisine, et elle la vidait dans la poubelle, sous le porche ou sur le trottoir. Un peu plus tard, les boueux venaient enlever cela : pourquoi se seraient-ils souciés, les uns et les autres, de deviner si les gens de l'immeuble avaient aimé leurs repas de la veille ?

Rose et Madeleine restèrent un bon moment immobiles, dans le noir, chacune à son extrémité du long divan. Elles retenaient leur souffle. Elles écoutaient à travers le plancher et les cloisons les drôles de bruits de l'immeuble en train de s'endormir : on aurait dit les borborygmes d'une digestion énorme et laborieuse. Puis, du bout du pied, Madeleine effleura la jambe de Rose, qui étouffa un petit rire et se mit à chatouiller de la même manière les mollets de sa sœur. La minute d'après les deux fillettes se trouvaient côte à côte : elles bavardèrent jusqu'à l'aube. Vers huit heures, Louise les trouva nez contre nez, écrasant le même oreiller d'un sommeil de plomb. Elle les considéra un moment, haussa d'abord les épaules, puis se prit à sourire, et elle retourna dans sa cuisine sans les avoir réveillées.

6

Dans les jours qui suivirent, Monsieur alla un peu mieux. Il put se lever, marcher tout doucement d'une pièce à l'autre, et même s'asseoir dans son fauteuil, à droite de la cheminée. Il ne devait ni tourner la tête, ni se pencher de quelque manière que ce fût, ou bien une terrible douleur le pétrifiait sur place, comme un mort que la vision de l'enfer aurait soudain dressé hors du cercueil. Alors il ne s'aventurait hors de sa chambre qu'à pas minuscules, la nuque raide, les bras légèrement écartés du corps, la main droite s'égarant un instant dans le vide avant de trouver le bouton de la porte. On aurait dit un aveugle, comme ces gazés en capote bleue que l'on commençait à voir dans les rues de Paris, les yeux recouverts de gros pansements, errant d'un bord à l'autre du trottoir et sondant maladroitement de leur badine blanche l'abîme qui s'ouvrait désormais devant eux.

Rose aidait le malade à s'installer dans le fauteuil. Elle lui apportait ses lunettes, son livre, ses journaux. Elle lui calait un coussin derrière le dos et un autre, plus petit, sous la nuque. Elle restait près de lui, indiscrète et naïve Antigone, tant que Louise ne venait pas la chasser. M. l'ingénieur laissait faire sa fille. Il laissait faire aussi la bonne. Il les remerciait l'une et l'autre. On n'arrivait pas à savoir s'il souhaitait qu'on l'assistât ou s'il préférait se débrouiller seul. Madeleine demeurait à quelques pas de distance. Elle suivait sa sœur du regard. Elle avait de la curiosité, aussi, pour le gros jouet mécanique qui avançait à petits pas raides et mal assurés, dans le glissement précautionneux de ses pantoufles de feutre sur le parquet ciré. Elle voulait bien l'aimer, même, ce curieux spectre égaré en plein jour, puisque sa sœur passait son temps avec lui. Mais l'important pour Madeleine n'était que de rester auprès de Rose : c'était à cette dernière, à la grande sœur, à décider pour l'autre si le reste du monde serait un bon ou un mauvais rêve, ce jour-là, le lendemain, et tous les autres jours.

Louise disait que des fillettes de leur âge ne doivent pas passer leur temps auprès d'un malade. Elle les envoyait faire des commissions. Elle prétendit même les emmener quelquefois en promenade : Monsieur donnait quelques sous pour les petits pains et l'omnibus. Rose prenait son mal en patience. Elle comptait machinalement les étages des immeubles. Elle s'exerçait à marcher sur le bord extrême du trottoir, les bras écartés en balancier. Madeleine faisait la même chose, derrière elle, et posait toujours la première le pied dans le caniveau. On allait tambour battant. Louise avançait sans se forcer au pas d'un grenadier, et Rose s'imaginait qu'on serait rentrées d'autant plus tôt qu'on marchait plus vite. Mais quand les gamines avaient pris du retard, sautillant d'un pavé sur l'autre ou s'arrêtant devant la vitrine d'un marchand, il leur fallait courir à toutes jambes pour rattraper la bonne, qui se trouvait déjà loin devant, soutenant son train d'enfer sans jamais se retourner.

Rose avait hâte de rentrer et de s'asseoir devant la cheminée, au pied du fauteuil où son père passait désormais ses jours, statufié par la douleur qu'il avait au dos : il souffrait avec majesté, mesurant ses mouvements comme l'eût fait un empereur d'Orient ; son étui à lunettes glissait constamment de la couverture posée sur ses genoux, mais il n'esquissait même plus le geste de le ramasser. Quelqu'un d'autre le ferait pour lui, sa petite fille ou l'un de ses innombrables esclaves, il ne s'en souciait guère. Il ne lui restait qu'à fermer les yeux et à somnoler dans un superbe dédain de toutes choses, de ces lunettes justement, de ce journal, ou de ce livre qui n'étaient bons qu'à tomber par terre, à sombrer dans un monde ennuyeux et trivial dont il achevait maintenant de se détacher.

Il s'endormait ainsi dans son fauteuil, sans même s'en rendre compte : l'assoupissement n'interrompait sans doute pas le fil de ses pensées, qui ne devaient désormais que peu de chose aux réalités environnantes.

Il parlait quelquefois. Il se rappelait les ponts qu'il avait construits. Avant lui les rivières étaient infranchissables, et des gouffres effrayants s'ouvraient soudain devant la marche hasardeuse des voyageurs. Partout la nature opposait au progrès de l'humanité de formidables cordillières ou des abîmes vertigineux. Mais il avait arrangé tout cela. Il s'était rendu maître des éléments. Il avait achevé ce que Dieu s'était contenté d'esquisser. Il était allé jusqu'en Afrique, et même au Tonkin, et il y avait réparé les oublis du Créateur.

Les petites filles, bouche bée, l'écoutaient ainsi

raconter le premier jour du monde. Celui qui se tenait devant elles, cette divinité que le lumbago figeait dans une immobilité sublime et hiératique, avait contribué à façonner cette terre où elles étaient nées un jour. Il l'avait pétrie de ses mains. Et il en avait soustrait un peu de limon pour les modeler à leur tour. Elles étaient nées de lui, et nul doute qu'il ne les aimât tendrement, même si c'était de très loin, de très haut, de ce belvédère inaccessible où il s'était retiré pour contempler sa création. Il s'assoupissait parfois au milieu de son soliloque. Sa bouche s'entrouvrait, et il ronflait un peu, mais toujours assis comme un souverain, le dos toujours droit, soutenu par les oreillers et les coussins. Il n'avait pas l'air de dormir, en fait. Il devait plutôt rêver comme le font les dieux. Et de ce rêve naissaient sans doute d'autres mondes, en d'autres lieux de l'immense univers.

Il aimait surtout parler du Tonkin et du chemin de fer qu'il y avait construit, jusqu'aux confins de la Chine. Ni Rose ni Madeleine n'étaient encore nées, alors : cela se passait en des temps très anciens, que seul leur père avait connus. La glaise dont notre monde est fait n'avait pas encore séché. Des forêts d'arbres géants mêlés de lianes monstrueuses plongeaient leurs racines dans les marécages où notre globe achevait de se former. Des sangsues, des moustiques par millions, des araignées venimeuses s'insinuaient sous les vêtements de l'explorateur et se gavaient de son sang, lui communiquant presque aussitôt des fièvres pernicieuses, et parfois mortelles.

M. l'ingénieur suspendait alors son récit. Il oubliait un moment les deux fillettes médusées. Son regard fixait un objet insaisissable, infiniment loin de cette heure paisible dans le grand fauteuil du salon. Peut-être cherchait-il à retrouver, dans la boue du maré-cage, l'empreinte du géant qu'il croyait avoir été.

Après une minute ou deux il reprenait son histoire, celle de la création du monde, que Rose et Madeleine ne se lassaient pas d'entendre, ou tout simplement celle de la colonie : entre deux campagnes dans la grande forêt humide et sombre, M. l'ingénieur retour-nait à Hanoï et tâchait de se remettre de la fatigue, des brusques accès de fièvre, et surtout de l'angoisse insidieuse qu'apportait un séjour prolongé dans cette nuit végétale.

L'hôtel du Commerce, où il habitait alors, était le plus bel immeuble de la ville, avec ses balcons, ses galeries intérieures, sa grande arcade. Les Anglais eux-mêmes n'avaient rien construit de plus magnifi-que dans leur colonie des Indes. L'immense salle à manger, avec ses stucs et ses bois précieux, déployait un luxe comparable à celui des grands paquebots. Deux rangées de ventilateurs, sur toute la longueur du haut plafond, brassaient lentement l'air, telles les hélices d'une merveilleuse machine volante, et l'on pensait être emporté parmi les dieux tandis que les serviteurs annamites, avec leurs gestes d'une infinie prévenance, vous priaient dans un chuchotement de goûter au nectar d'un vieux vin de Madère.

A la nuit tombée, quand un peu de fraîcheur montait enfin du fleuve Rouge, on allait se promener sur la digue, par le Jardin botanique, le Grand Bouddha, et le Mamelon des singes. Les dames de la colonie, qui avaient passé la journée derrière des stores de bambous, sous la brise tiède du panka doucement agité par une petite servante, se mon-traient maintenant, rivalisant d'élégance dans leurs calèches et leurs victorias :

229

« On ne connaît son bonheur qu'après qu'il est passé », faisait sentencieusement le vieil homme. Et il souriait aux fillettes, mais sans les regarder vraiment : il y avait dans ses yeux une petite lueur d'ironie, mêlée d'indulgence, qui ne devait s'adresser au juste qu'à lui-même.

Voilà deux mois qu'il souffrait du lumbago. Cela l'avait pris dans le train qui le ramenait de Bordeaux, après l'enterrement du lieutenant Meyer. Alors il s'était mis au lit, et depuis lors il songeait à son passé, il s'y enfonçait comme dans un oreiller, il se laissait aller à la nostalgie. Puisque la mort du jeune aviateur lui causait une souffrance toujours aussi vive, à l'instar de sa colonne vertébrale, il préférait songer à ses autres disparus : « la mémoire n'est qu'un vaste cimetière », proférait-il, avec une espèce de délectation.

Les deux gamines écoutaient, recueillies, les paroles de sagesse de Celui qui avait vu naître le monde : il leur racontait la visite du tsar à Paris, ou les exploits de la bande à Bonnot. Mais finalement il revenait à lui-même, presque toujours. Il avait vu tant d'événements, en un demi-siècle. Il pouvait mourir, maintenant : il avait fait le tour des choses.

Et puis un jour il parla de la jeune femme qui raccommodait les chemises avec sa maman, là-haut, dans l'un des petits appartements du quatrième. Il se rappelait qu'elle avait le regard très doux et comme effarouché. « Elle avait peur de tout », disait-il dans un sourire, omettant de songer qu'elle n'avait peut-être eu peur que de lui.

« Elle avait les mains très fines, se rappelait-il encore, des mains de couturière, sans doute. » Et il ajoutait : « Elle avait beaucoup de goût. Elle aimait composer les bouquets ». Pendant une minute, alors, il se taisait et sa mémoire s'emplissait de roses et de lilas. Mais ces tendres fleurs se flétrissaient bientôt : il était passé, le temps des gerbes de glaïeuls sur la cheminée, le temps des calmes rêveries, le soir, devant l'âtre. Et les longs silences d'alors, par le charme de la nostalgie, devenaient la marque d'une douce complicité. « Elle ne parlait pas beaucoup, reconnaissait le vieil homme avec une certaine tristesse... mais elle n'avait peut-être pas besoin de paroles pour s'exprimer. »

Il désigna un jour un endroit, parmi les rayonnages de son bureau, et il demanda aux filles d'en rapporter les deux gros volumes qui s'y trouvaient : c'étaient les albums de maroquin à fermoir d'argent où la jeune femme avait collé jadis les photos de bébé Rose, puis, moins nombreux, des portraits de Madeleine.

Le vieil homme installa l'album sur ses genoux, et ouvrit le plus gros : il expliqua aux petites que le bébé qu'on y voyait sur un coussin, dans l'herbe, derrière les barreaux de cuivre de son lit, et même sur le pot, n'était autre que Rose, à sa naissance, à six mois, puis le jour de son premier anniversaire, puis le lendemain encore, car il avait fait beau malgré la saison, et l'on était allé se promener à Marly...

Rose regardait tous ces clichés avec une immense stupéfaction : elle n'avait encore jamais vu d'image d'elle-même, et voici qu'on lui en montrait des dizaines, soigneusement rangées dans un précieux album de cuir. Ainsi donc elle avait vécu dans ces temps fabuleux dont son père lui parlait. Et il avait voulu conserver son image, la fixer pour toujours. Il l'avait admise dans l'éternité de sa Création. Il l'avait aimée dès le premier jour.

— Pourquoi écarquilles-tu ainsi les yeux ? s'esclaffa-t-il, tu te trouves donc si vilaine ?

Elle ne se trouvait pas laide : elle ne se reconnaissait pas, ni sur les photos ni au-dedans d'elle-même. Elle ne reconnaissait pas davantage le salon. Depuis un instant, tout ce qu'elle voyait lui semblait neuf, étrange, enluminé soudain de couleurs presque trop vives et chatoyantes. Elle se pencha vers l'album pour mieux regarder, et elle eut un petit rire, de gêne et de vanité, que son père prit pour de la coquetterie :

« Tout compte fait, mademoiselle ne se déplaît pas », dit-il dans un sourire.

Il fit approcher Madeleine, et il ouvrit le second album pour lui laisser voir les portraits qu'il avait pris d'elle aussi : il ne voulait pas se montrer injuste envers celle qui n'était peut-être que la fille de l'artiste peintre. Mais il n'y avait, sur deux pages, qu'une demi-douzaine de photos du bébé aux grands yeux noirs. Madeleine se pencha vers l'album, elle aussi. Elle considéra en silence ce nouveau-né qu'elle ne connaissait pas et dont le regard l'intimidait.

« C'est toi... c'est tout simplement toi », fit le père, comme pour encourager la fillette à ne pas se montrer si réservée avec le nourrisson.

Mais Madeleine avait un peu peur, encore. Elle ne croyait pas tout à fait qu'elle figurât réellement sur la photographie. Elle n'avait aucun souvenir qui correspondît à cela, et elle n'aimait pas penser qu'elle avait pu vivre en un temps qui ne se trouvait nulle part dans sa mémoire.

Le père tourna la page cartonnée. Madeleine en fut soulagée. Il n'y avait plus rien ensuite. Les emplacements pour les clichés étaient tous vides. Le vieux monsieur continua pourtant de parcourir l'album, lentement, comme s'il avait pu voir, lui, les fantômes qui s'y trouvaient, et peut-être l'âme en peine de la jeune épouse, errant parmi les feuillets vides.

Or soudain, comme il allait refermer le gros in-folio, une photographie s'échappa d'entre les pages et alla choir aux pieds des fillettes. Rose se pencha pour la ramasser et la tendit à son père. Les yeux du vieil homme s'arrêtèrent un instant sur le cliché, puis s'embuèrent de larmes.

« C'est votre mère », fit-il dans un souffle. Et il détourna le visage, fixant la cheminée avec une étrange attention.

Elle était là, devant Rose et Madeleine, en robe blanche, assise dans un grand fauteuil de rotin. Une enfant annamite se trouvait près d'elle, tenant une ombrelle pour la protéger du soleil. Madeleine demanda étourdiment si la « petite Chinoise » était sa fille.

« Mais non ! fit le vieux monsieur dans un léger rire. C'est toi, sa fille, c'est toi, et c'est Rose. Rien que vous. Puis il ajouta dans un murmure : laissez-moi, maintenant ! rangez ces albums et laissez-moi ! mon dos me fait mal. »

Rose et Madeleine ravalèrent leurs questions et quittèrent le salon sur la pointe des pieds pour ne pas troubler le sommeil auquel leur père semblait s'être soudain abandonné : il se tenait dans son fauteuil, le buste toujours droit, mais les yeux clos, la tête inclinée de côté. Et sa figure, que le regard n'animait plus, que le sommeil n'apaisait pas davantage, leur apparut pour la première fois avec toutes ses rides, avec sa barbe hirsute, avec sa pâleur, avec cette maigreur nouvelle qui faisait ressortir les pommettes. Les deux fillettes sentirent qu'il serait inutile d'interroger leur père. Il ne leur dirait rien. Il était en proie, tout entier, à son passé, à cette lèpre intime qui lui creusait les traits du visage, et cela, il ne pouvait le partager avec personne.

Vers le milieu du mois d'août, il put commencer à sortir pour de courtes promenades. Son dos le faisait moins souffrir mais ses jambes avaient fondu et ne le portaient plus qu'à peine. Il s'acheta une canne et il s'obligea, deux fois par jour, à traverser le Champ-de-Mars dans sa largeur. Cela lui prenait une demi-heure, presque. Il ne savait pas se servir de sa canne. Ses jambes tremblaient et se dérobaient sous lui. Il bouillait d'impatience. Rose et Madeleine l'accompagnaient. Elles avaient du mal à mesurer leurs pas à la progression lente et hasardeuse de leur père. Elles auraient voulu lui cacher qu'elles pouvaient aller bien plus vite, mais elles s'oubliaient souvent à gambader loin devant le vieux monsieur. Elles devaient l'attendre, ensuite, et le malheureux vociférait : « Allez courir ! allez donc ! il en suffit bien d'un qui traîne la patte ! »

Plus d'une fois, au cours de ces promenades, elles tâchèrent de le faire parler de la dame en robe blanche de l'album de photos. Il leur paraissait plus facile de le questionner là, parmi les passants indifférents, que dans l'appartement où régnait, même en son absence, le relent hostile de l'Alsacienne. Mais le vieil homme ne voulut plus rien leur dire de leur mère : il hésitait, s'arrêtant sur place, en appui précaire sur sa canne, et il semblait fouiller très loin dans sa mémoire comme pour remettre un visage sur un nom qu'on lui aurait indiqué. Mais non ! Décidément, il n'avait aucune idée de ce qu'elle était devenue. Il n'arrivait pas à se le rappeler. Il ne pouvait pas faire cet effort. Il ne pouvait pas rester longtemps ainsi, debout, immobile. Cela l'épuisait et lui donnait des sueurs. Alors il sortait son mouchoir, pour s'essuyer le front et la nuque tout en grommelant : « Elle est partie, c'est tout ! Voilà dix ans qu'elle est partie. N'y pensez plus ! Elle est peut-être morte à l'heure qu'il est. En tout cas elle ne reviendra plus. »

Au mois de septembre, Louise perdit le plus jeune de ses frères au front et partit pour quelques jours dans sa famille, en Normandie. Rose et Madeleine s'occupèrent de la maison. Elles visitèrent aussi la chambre du petit Frédéric, dont la bonne leur avait jusqu'alors interdit l'entrée. Elles fouillèrent un tantinet dans ses affaires. Elles regardèrent ses jouets. Elles découvrirent des paquets de bonbons, des chocolats poussiéreux, du pain rassis, des biscuits à demi grignotés, et même un fromage racorni, dissimulés dans l'armoire, sous le linge ou derrière les vêtements. Elles n'eurent pas envie de toucher aux bonbons ni aux autres provisions secrètes du petit frère. Elles remirent en place le triste magot et refermèrent la porte de l'armoire avec le sentiment de s'être égarées un moment parmi les ossements d'une catacombe.

Louise revint au milieu du mois. Elle rapportait deux douzaines d'œufs tout frais et une photo en médaillon de son jeune frère mort, qu'elle demanda la permission d'accrocher au-dessus de l'évier. Elle fit ensuite une omelette pour Monsieur et ses demoiselles.

Deux jours plus tard arriva la lettre où l'Alsacienne annonçait son retour. Le petit Frédéric avait encore pris deux centimètres et quatre kilos. Son papa ne manquerait pas d'être fier de ces nouveaux progrès.

C'était le moment de disparaître, pour les deux petites pestes. Elles l'avaient compris en voyant leur père ouvrir l'enveloppe et parcourir brièvement la lettre d'un regard soucieux, un peu comme il l'aurait fait d'une facture.

L'Alsacienne serait là dans quelques jours. L'ordre des choses revenait avec elle. Il ne s'en va jamais bien loin : le frère de Louise attendait désormais le Jugement dernier. Les œufs qu'on n'avait pas encore mangés se trouvaient dans le garde-manger, attendant la prochaine omelette. Les deux gamines, de leur côté, attendaient qu'on les renvoyât chez les « Cœur très Pur » : Louise fut chargée de les emmener car Monsieur ne se sentait pas encore assez vaillant pour un si long voyage. Il les accompagna tout de même en taxi jusqu'à la gare. On s'embrassa sur le quai. On ne fit point de commentaire car il n'y avait rien à dire. Madeleine, toutefois, ne put retenir un sanglot. Elle aimait bien le vieux monsieur et son appartement. Elle aimait bien Louise, aussi, car Louise lui parlait quelquefois. Elle ne les reverrait pas avant de nombreux mois, et soudain le cœur lui manquait.

Son père se pencha vers elle, avec précaution car son dos lui faisait encore mal, et il l'embrassa doucement sur le front en lui chuchotant comme un secret : « Vous avez la vie, vous... vous avez la vie toutes les deux. »

7

Les « Cœur très Pur de Marie » étaient en fête
depuis quelques jours. De braves gens de la ville
avaient naguère ouvert une souscription pour offrir à
leur couvent une statue de la Sainte Vierge, et cette
œuvre d'art, de grandeur naturelle, très bien sculptée,
agréablement coloriée et d'une belle figure, venait de
leur être remise par Mgr l'évêque de Viviers.

La statue avait été placée dans la chapelle du
couvent. Elle était posée sur un large socle habillé
d'une draperie de soie blanche décorée d'une grande
frange d'argent. Quatre groupes de lys artificiels
étaient placés aux quatre coins du socle, environnant
la Sainte Vierge qu'une grande quantité de flam-
beaux, de chandeliers, de réverbères brillants et placés avec goût illuminaient sans discontinuer depuis la
consécration de la sainte image.

Les gamines de l'école, bien sûr, se pressaient pour
venir contempler cette espèce de miracle. Il y eut
quelques bousculades sur les escabeaux toujours dres-
sés, providentiels, de part et d'autre du mur scélérat.
Une petite se tordit la cheville et ne put marcher de
toute une semaine. On crut d'abord à une fracture et
l'on pensa faire venir un médecin. Mais l'enfant sut si

bien dominer sa douleur, par les effets d'une piété vraiment admirable, qu'on n'eut pas à déranger le docteur. La petite blessée eut même le courage de taire à sa famille l'accident dont elle venait d'être victime, inspirée par la très Sainte Vierge elle-même qui lui avait conseillé, par le truchement de Mademoiselle, de ne pas alarmer ses parents et de ne pas mettre ainsi les « Cœur très Pur » dans l'embarras : la présence tout à fait fortuite (ou surnaturelle, peut-être) de l'escabeau dans la cour constituait en effet un secret qui ne devait point sortir de l'établissement.

Pour Rose et Madeleine, comme pour les autres, la vie reprit, toute semblable à ce qu'on avait connu les années précédentes. Et si chaque année en ce lieu durait un siècle, on y apprenait aussi que les siècles ne sont rien au regard de l'éternité.

M. Guyonnet, malgré son grand âge et la lourde charge de sa paroisse, venait régulièrement confesser les demoiselles. On lui racontait avec ferveur les péchés dont on croyait s'être rendu coupables. On ne détestait pas lui avouer les pensées impures dont on était assaillies, car on n'avait pour ainsi dire pas d'autre distraction.

Pour une année encore, Madeleine se trouvait dans la section des petites : elle ne pouvait toujours pas communiquer avec sa sœur. Elle ne tomba plus malade, toutefois. Elle n'eut plus de cauchemar. Elle alla visiter les dames du couvent, de l'autre côté du mur, et elle admira la belle statue qui se trouvait dans la chapelle. Elle n'y retourna plus ensuite. Elle demeura douce et avenante, mais comme en s'éloignant infiniment des autres. Mademoiselle n'était pas dupe de cet air de docilité : « Vous êtes encore ailleurs ! », s'exclamait-elle devant l'aimable sourire

238

d'indifférence de la fillette. Madeleine était ailleurs en effet. On n'aurait su dire où elle était partie, laissant ce sourire en son absence comme un boutiquier accroche une pancarte à sa porte pour notifier la fermeture annuelle du magasin.

Elle comptait les jours, simplement : l'hiver de son âme allait durer encore jusqu'en juillet. Un paysage de neige s'étendait devant elle à perte de vue. Elle savait qu'elle n'en sortirait pas plus vite en se hâtant.

Rose avait pareillement appris la patience. Elle ne se rebellait plus. Elle savait se rendre absente, elle aussi, derrière un air de parfaite obéissance. Elle avait fait sa communion solennelle l'année précédente : elle voulut bien confesser tous les mois ses péchés à M. Guyonnet, comme c'était la règle chez les « Cœur très Pur ». Elle comprit bientôt quelles fautes elle devait raconter pour avoir la paix. D'ailleurs M. Guyonnet était un brave homme et donnait toujours son absolution puisqu'on était venu le voir pour se repentir. Après quoi la pécheresse recevait du bon père un petit billet bleu à remettre à Mademoiselle : c'était le ticket pour les promenades du jeudi. Il suffisait de se confesser une fois, et l'on pouvait prendre l'air pendant tout un mois. Le marché n'était pas malhonnête puisque la confession s'expédiait ordinairement en quelques minutes.

L'automne passa. On se levait à six heures, promptement et avec modestie, en s'occupant de quelque pieuse pensée. A six heures et quart on se rendait en silence au réfectoire, et l'on prenait son repas en écoutant un chapitre de *La Vie des saints*, d'après les petits Bollandistes, ou de l'*Histoire de l'Eglise* de l'abbé Darras. Avant de quitter le réfectoire on se levait pour chanter en chœur cet hymne que mère

Saint-Philippe Néri avait composé pour la consécration de la statue de la Vierge :

Prenez vos lyres d'or, commencez vos concerts.
Anges saints, célébrez la gloire de Marie.
Pour prix de ses vertus, le Dieu de l'univers
D'un diadème au front l'a voulue ennoblie.
Tendre Mère, du haut des cieux,
Sur vos enfants, jetez les yeux.
(Refrain : bis)

Ainsi commençait la journée avec ses chapelets, ses
actions de grâces, et cet ennui comme une montagne
qu'il fallait pourtant bien faire passer dans le sablier.
Mais Rose, décidément, avait appris la patience. Elle
attendait l'heure du dîner. Elle attendait le lendemain. Elle attendait le jeudi et la promenade au bord
du Rhône, interminable elle aussi. Mais l'ennui en ces
lieux était le seul remède à l'ennui, et les petites ne se
lassaient pas de voir passer les bateaux qui allaient
ailleurs.

L'année mil neuf cent quinze s'acheva aussi sur le
front, ayant fini de s'écouler par la grande bonde de la
mort et de la peur. Un demi-million de pauvres types
étaient encore passés dans ce sablier-ci. Dans les
tranchées, les survivants fêtèrent quand même la
venue du Sauveur. On entonna *O Tannenbaum, Stille
Nacht, Il est né, le divin enfant*, et l'on s'écouta chanter
d'une tranchée à l'autre. Les Français lancèrent de
l'eau-de-vie et des cigarettes chez les boches, qui
ripostèrent par des saucisses et des bouteilles de
schnaps. Les plus soûls sortirent des tranchées, et
quelques-uns cisaillèrent les barbelés pour aller trin-

quer avec ceux d'en face : ici et là, de l'Alsace à la mer du Nord, Dieu voulut bien descendre un moment sur terre, et répandre parmi les hommes l'ivresse au lieu de la mort.

Rose avait noué une espèce d'amitié avec la fille unique de Mme Maraval, la pharmacienne. C'était une grande bringue de quatorze ans, maigre, tout en jambes, au visage ingrat sous des cheveux roux et frisés. Elle s'appelait Yolande. Elle commençait à lorgner les soldats quand on traversait la ville pour aller à la promenade. Elle racontait que son père avait une maîtresse à Valence. Elle semblait détenir toutes sortes de secrets qui excitaient énormément la curiosité des autres filles. Si le diable en personne avait pu s'introduire au pensionnat en dépit de la vigilance de Mademoiselle, nul doute que les élèves n'eussent trouvé moyen de le cacher dans les combles, et il n'en serait pas ressorti de sitôt, sauf à y laisser quelques poils de sa barbe.

Yolande n'avait sans doute pas grand-chose à cacher, mais elle savait se donner un air de mystère qui l'avait rendue très populaire parmi ses camarades. On l'avait élue « préfète de la confrérie de l'amabilité », que Mademoiselle avait instituée voilà quelques années dans le but d'égayer et de sanctifier les récréations : en dépit des « tempêtes du dedans », professait la sainte femme, chacune devait garder une physionomie toujours égale et ne jamais offenser le Seigneur par l'exhibition d'un sentiment d'inimitié, de colère ou de jalousie. « Faute avouée, dit l'adage, est à demi pardonnée. » Mais faute dissimulée, selon la sagesse de Mademoiselle, était encore plus sûrement absoute. La grande Maraval s'entendait admirablement à cet exercice. Elle n'avait pas sa pareille pour bousculer et pincer ses camarades avec des paroles de douceur et de parfaite amitié. Loin d'en concevoir méfiance et ressentiment, les gamines admiraient au contraire son art de feindre : Yolande était de la pâte dont on fait les vrais meneurs d'hommes.

Rose était encore moins dupe que les autres des dangereux sourires de la grande rousse. Elle n'avait pas davantage de goût pour ses fourberies, même si elle avait appris à taire ses sentiments, elle aussi, et à noyer peu à peu ses colères dans l'eau dormante du Grand Silence. Mais Yolande, mieux que toute autre, avait pris la mesure du monde où Rose avait à vivre maintenant, et celle-ci ne pouvait s'empêcher de lui envier son intelligence et son cynisme.

A la Noël, Rose et Madeleine passèrent quelques jours chez M. et Mme Maraval. Elles décorèrent le sapin avec Yolande. M. Maraval leur enseigna que les jolies boules de verre et les petits bougeoirs qu'on accrochait aux branches étaient fabriqués dans les prisons : on n'en trouvait plus guère aujourd'hui, car les détenus travaillaient désormais à fournir les armées.

— Ces gens-là ne vont donc pas à la guerre ? s'étonna Rose.

— On ne donne pas un fusil à un criminel, fit avec conviction M. Maraval.

C'était un quinquagénaire avantageux et florissant. Il aimait tripoter la grosse chaîne de montre en or qui lui barrait le ventre. Il aimait parler aux enfants. C'était un très bon père même s'il avait une maîtresse à Valence.

242

— Tout le monde voudra aller en prison, reprit Rose, si les criminels ne font pas la guerre.

— Tu as raison, fit sans rire M. Maraval, la prison est devenue bien trop douce si l'on y meurt moins qu'ailleurs.

Mme Maraval aimait bien Rose et Madeleine, malgré le désagréable souvenir que lui avait laissé le voyage pour Paris avec les deux « petites muettes ». Elle leur donna des vêtements que Yolande ne pouvait plus porter. Elle leur fit des brioches et des cakes. Elle les emmena au cinéma.

Le samedi, la brave femme se rendait aussi à l'hôpital et distribuait des friandises à nos braves petits poilus. Yolande aurait bien aimé l'accompagner. Elle aurait voulu voir tous ces hommes dans leur lit, même s'il y manquait parfois un ou deux morceaux. Voilà ce que ses parents auraient bien dû lui offrir, après les robes, les poupées et le piano qui avait coûté deux mille francs. Mais elle n'avait pas l'âge.

Elle avait pourtant l'âge de parler des frasques de son père, qu'elle évoquait avec une expression de gourmandise. Elle aurait bien voulu le suivre à Valence et connaître la prétendue tante qu'il y visitait presque chaque semaine : elle était sûrement bien plus jeune et plus belle que sa mère. Elle ne devait pas avoir de varices. Elle ne devait pas avoir à se mettre au lit quatre jours chaque mois.

Rose et Madeleine écoutaient Yolande avec stupéfaction : se pouvait-il qu'on respectât si peu ses parents ? Rose, surtout, était fascinée. Elle ne songeait pas une seconde à juger sa camarade, dont les propos lui semblaient dénoter plutôt une très enviable liberté d'esprit.

On en vint à parler aussi des parents des petites

243

invitées. Yolande se faisait une idée très flatteuse des habitants de Paris, où elle n'était jamais allée, mais où elle comptait se marier et vivre, peut-être au pied de la tour Eiffel.

Rose dit que son père, précisément, avait construit la tour Eiffel, et Yolande écarquilla aussitôt des yeux où l'admiration le disputait à l'incrédulité.

Madeleine, cependant, considérait avec perplexité la camarade de sa sœur qui ne voulait pas admettre que le grand machin tout en fer au milieu de Paris appartenait à leur père.

— Mais s'il avait vraiment construit la tour, objecta Yolande après une minute, elle devrait porter son nom, et pas celui d'Eiffel.

Et elle rappela que la grande passerelle qui franchissait le Rhône s'appelait le pont Seguin, du nom de son créateur.

L'argument ne manquait pas de poids, et Rose dut reconnaître que son père n'était peut-être pas le seul, ni même le principal constructeur de l'édifice le plus élevé du monde. Mais elle fit valoir que M. Eiffel, justement, avait offert sous leurs propres yeux un cigare à leur père, un jour, et leur avait donné à chacune des dragées.

Yolande accueillit l'argument avec un sourire de légère condescendance et, la polémique étant close, elle s'enquit de la maman de sa camarade. Madeleine, qui n'avait rien dit jusque-là, répondit vivement qu'elle était très belle, qu'elle portait une robe blanche pleine de dentelles, et qu'elle avait une petite servante chinoise pour lui tenir son ombrelle. Rose détourna soudain les yeux, et parut très inquiète de ce qui se passait derrière les rideaux. Elle devint toute cramoisie quand Yolande, moqueuse, demanda :

244

— Est-ce qu'elle se fait toujours accompagner d'une servante avec une ombrelle?

Madeleine hésita, puis admit qu'elle l'ignorait, car elle n'avait vu sa maman que sur une photo que leur père leur avait montrée voilà quelques mois seulement.

— Alors, vous ne connaissez pas votre mère, conclut avec une froide simplicité la grande rousse. Puis: vos parents ont donc divorcé?

Elle affecta d'hésiter sur ce dernier mot comme s'il s'était agi d'une formule secrètement inconvenante. Ses yeux pétillaient de curiosité.

Rose resta silencieuse pendant un moment, s'avisant soudain qu'elle ne savait rien de sa mère, qu'elle ne se souvenait pas de l'avoir jamais vue, et qu'ainsi elle n'avait pas de passé, qu'elle ignorait même d'où elle venait.

Elle et sa sœur avaient toujours vécu chez les autres, chez la grand-mère de Nantes, chez leur père lui-même qui les faisait dormir dans son bureau, et maintenant chez les Maraval, qui les avaient accueillies pour quelques jours. Yolande avait sa chambre, ses livres, ses poupées, son piano. Elle allait librement d'une pièce à l'autre. Elle était chez elle. Alors elle pouvait dire que sa mère passait ses après-midi à flâner en ville, que le reste du temps elle avait la migraine, ou que son père avait une maîtresse à Valence: elle était fille unique. Elle pouvait juger ses parents et se moquer d'eux car ils lui appartenaient comme le reste de la maison. Ils n'étaient là que pour lui offrir ses robes, ses poupées, son piano. Et Rose n'avait rien à opposer à cela, rien qui fût comparable, ni jolies robes, ni maison.

— Tu ne sais pas si tes parents ont divorcé? Ton

père ne t'a vraiment rien dit? questionna de nouveau la grande rousse, cette fois sur un ton d'impatience.

— Ils ont divorcé, admit Rose. Et mon père s'est remarié.

— Et ta mère? Elle ne veut donc pas vous voir?

Il fallut bien l'avouer aussi. Et Rose sentit ses jambes se dérober sous elle. Le plancher vacillait. Elle aurait voulu retourner tout de suite à la pension. Là-bas, du moins, elle n'était pas si différente des autres, pas si démunie. Mais Yolande continuait à la harceler de ses questions, ouvrant de plus en plus l'abîme sous ses pieds : oui, sa mère ne cherchait pas à les voir, ni elle ni Madeleine! Oui, leur belle-mère alsacienne les détestait, et leur père manquait de temps pour s'occuper d'elles car c'était un savant qui faisait des inventions. Quelles inventions? Elle ne le savait pas au juste. Elle était sans doute trop jeune pour le savoir.

Madeleine éclata en sanglots. Elle ne disait plus rien depuis un moment, mais elle se rendait compte, elle aussi, qu'elle était démasquée : elle et sa sœur n'avaient pas de mère et pas de maison. Ici ou là, on les accueillait sur un lit de fortune car elles n'avaient leur place nulle part.

La petite n'y avait jusqu'alors jamais réfléchi. Elle avait plus ou moins réussi à vivre en oubliant qu'elle dérangeait. Elle ne faisait plus de mauvais rêves, dans le dortoir du pensionnat. Il n'y avait plus de lion sous son lit. Mais soudain elle se sentait accablée, submergée par le sentiment de sa culpabilité. Elle n'avait pas de piano, pas de jolie robe, pas même de petite chaîne d'or à son cou, aucune marque, aucune empreinte de ceux qui l'auraient un jour désirée, et qui l'auraient confiée ensuite avec un peu d'amour aux hasards du monde. Il n'y avait rien dans sa vie, rien parmi ses souvenirs, qui pût vouloir dire « bonne chance ».

On priait le matin, au réfectoire. On priait entre les classes. On priait au moment de se coucher. Depuis le mois de février on priait même pendant la récréation, et Mademoiselle faisait agenouiller les petites à même le ciment de la cour pour qu'elles implorassent encore le bon Dieu.

Mais il n'y aurait jamais assez de prières pour tous ceux qui mouraient en tâchant d'éteindre les flammes de l'enfer : toutes les vingt secondes un soldat français tombait là-bas, à l'autre bout du pays, à Verdun. Mademoiselle avait montré l'endroit sur la carte, et elle avait fait écrire dans les cahiers, jour après jour, d'étranges noms aux sonorités nocturnes : le bois des Corbeaux, la cote 304, Douaumont, la butte de Mort-Homme...

Plusieurs fois, cet hiver-là, la mort vint visiter les « Cœur très Pur » : Mademoiselle conduisait elle-même la malheureuse enfant au parloir. Elle lui expliquait en chemin que sa maman était venue, vêtue de noir, pour lui annoncer une bien triste nouvelle. La petite ne comprenait pas encore. Elle ne comprenait jamais tout de suite. Elle ne réalisait pas qu'elle avait prié cette semaine-là pour son propre père. Alors on ne se moquait plus des lubies de Mademoiselle, de ses saintes inspirations, de ses débordements saugrenus de piété. On se tenait à carreau. On tâchait de se faire oublier. On ne savait pas, non ! On ne croyait pas avoir commis des péchés si graves, et pourtant Mademoiselle entrait dans la classe au milieu de la leçon. On se levait toutes, les bras croisés devant soi, on retenait sa respiration pendant que Mademoiselle et la maîtresse se parlaient à voix basse. On attendait de savoir qui aurait à quitter la classe cette fois-ci.

Madeleine et Rose, bien sûr, ne furent jamais appelées au parloir. Il n'y avait aucune raison pour qu'elles le fussent un jour. Leur père était trop vieux pour mourir à la guerre, et nulle dame en noir, surtout, ne serait venue les chercher pour partager avec elles ne fût-ce que du malheur. Alors elles enviaient au plus secret d'elles-mêmes, d'une honteuse et trouble jalousie, toutes celles qui risquaient un jour ou l'autre d'être emmenées au parloir. Peut-être enviaient-elles également celles qui avaient dû s'y rendre.

Un peu avant l'été, près de trois cent mille soldats français et presque autant d'Allemands étaient tombés entre les bois d'Haumont et le fort de Moulinville. Le paysage lui-même avait pris l'aspect et comme la couleur du néant : trente millions d'obus, pendant quatre mois, y avaient mélangé intimement la terre aux corps déchiquetés, aux arbres réduits à de la sciure : Mademoiselle ne craignait-elle pas que le Seigneur, au jour de la Résurrection, n'eût à juger que de la boue, des échardes et de la grenaille ? Où se trouvait le bien, où se trouvait le mal parmi ces débris informes et ces bribes sanglantes ? Où se trouvaient ceux qui avaient un jour regardé le monde et peut-être interrogé le ciel ?

Les jours de sortie, Rose et Madeleine allaient maintenant chez les Maraval : ces braves gens avaient de l'amitié pour les deux fillettes, car c'était pour ainsi dire des orphelines, bien touchantes et toujours sages. Yolande avait déjà un couple de canaris dans sa chambre : on lui permit d'y mettre aussi Rose et Madeleine, sur un matelas posé à même le sol. Les trois gamines passaient les dimanches à pépier gentiment. C'était un vrai bonheur que de les entendre.

Mme Maraval ne manquait jamais de louer devant sa fille la bonne tenue des petites invitées. Elle les citait en exemple, Madeleine pour sa douceur, Rose pour la franchise de son caractère. Ces compliments leur valaient de douloureux pinçons par lesquels la grande rousse rappelait que c'était elle la fille de la maison, la propriétaire des canaris et de tous autres animaux qu'on voulait bien y nourrir. Rose et Madeleine se laissaient faire sans trop de criailleries car elles appréciaient la mangeoire des Maraval. Elles aimaient bien Yolande aussi, malgré ses coups en douce, car elle leur parlait souvent de leur maman : on aurait dit qu'elle l'avait connue, presque, et qu'elle savait le secret de sa disparition.

Elle savait aussi les choses de la vie, et elle émit l'opinion que la mère des petites s'était tout bonnement enfuie de chez elle avec un homme. Mais Madeleine fut si bouleversée par cette nouvelle, et versa des larmes si touchantes qu'il fallut trouver une autre explication. On convint alors que c'était l'Alsacienne qui avait versé jadis un philtre dans le vin ou le café de M. l'ingénieur, et qui s'était rendue maîtresse par ce moyen de la volonté du pauvre homme afin qu'il chassât de son lit et de la maison son épouse bien-aimée. Tout le monde fut satisfait de ce conte, où l'on voyait toute la noirceur de la marâtre, et si Madeleine versa de nouveaux pleurs, ce ne furent cette fois que des larmes de pitié, qui est une bien agréable émotion.

Au fil des dimanches, ainsi, le joli personnage à l'ombrelle blanche prenait des contours de plus en plus précis dans l'esprit des fillettes. L'image entrevue voilà quelques mois sur le papier jauni d'une photographie commençait à s'animer. Presque chaque soir, la dame à l'ombrelle quittait son grand fauteuil de rotin et s'éloignait par l'allée qu'on apercevait derrière. Elle venait retrouver Madeleine dans le dortoir du pensionnat : elle se penchait sur le lit de sa petite fille et lui caressait tendrement la joue pour la réveiller. Il n'y avait plus de lion ni aucune bête féroce dans les coins sombres de la grande salle. Il n'y avait que cette jeune femme qui venait embrasser son enfant et qui était si douce que la fillette se sentait près de défaillir de reconnaissance. La statue de la Sainte Vierge, dans la chapelle du couvent, n'était pas plus belle que cette divine apparition.

Quant à Rose, elle s'était promis de la retrouver bientôt, quand elle aurait quinze ans et qu'elle serait grande, ou même aux prochaines vacances. Elle interrogerait habilement son père, qui devait en savoir plus long qu'il ne voulait bien le dire, ou bien elle questionnerait la concierge, car elle se rappelait que celle-ci connaissait une dame qui avait connu sa mère.

Rose se plantait devant la grande armoire de la chambre de Yolande, et elle se considérait longuement dans le miroir qui en garnissait la porte. Elle avait les yeux clairs, le regard intense et sévère, déjà, de son père. Elle se demandait si elle saurait retrouver la dame à l'ombrelle, et la délivrer de l'obscure malédiction qui l'avait enlevée au monde. Elle se fixait elle-même dans le miroir jusqu'à ne plus se reconnaître. Elle se donnait l'expression tour à tour du courage et de la résolution, ou au contraire de la tendresse, de l'ingénuité, de la modestie. Elle se disait à la fin qu'elle serait bientôt capable de grandes choses. Elle se trouvait un visage intéressant, avec son regard si expressif et divers, avec son nez droit, ses lèvres bien formées, ses joues qui n'étaient déjà plus trop rondes, et la somptueuse crinière mordorée qui lui tombait jusqu'à la taille : c'était un visage d'héroïne, certainement. Elle retrouverait sa mère et elle chasserait l'Alsacienne. Elle ne serait pas éternellement une enfant, et un jour elle ferait valoir sa volonté.

9

Elles en parlaient pendant les récréations, à l'écart de leurs camarades. La sous-maîtresse les apostrophait : « Yolande ! Rose ! avec les autres ! ». Sa voix claquait dans la cour, et les deux gamines sursautaient, mais le moment d'après elles trouvaient moyen de s'isoler à nouveau, et elles continuaient à dresser leurs plans.

On en parlait plus facilement le dimanche, bien sûr, quand on se trouvait toutes les trois dans la chambre de Yolande. On coinçait une chaise contre la porte, car il n'y avait pas de verrou, et l'on passait l'après-midi à conspirer. Quand on en venait aux détails les plus secrets du grand projet, Madeleine faisait le guet, l'oreille collée contre le battant, pendant que les deux autres, sur le lit, peaufinaient leur complot. On se taisait soudain si la petite entendait marcher dans le corridor : on retenait son souffle. On se méfiait de tout le monde, surtout de la bonne. La vie était devenue bien passionnante.

L'argent, on le trouverait dans la caisse de la pharmacie : on n'aurait pas besoin de grand-chose, car le travail ne manquait pas à Paris, et les deux grandes seraient en âge de se faire embaucher.

Yolande avait décidé de vendre des œillets dans les restaurants élégants, pour les boutonnières des messieurs en habit. Le mari qu'elle se choisirait serait plutôt grand, et porterait la moustache. Rose voulait être secrétaire, pour avoir une machine à écrire. Madeleine préparerait les repas pour les deux grandes, et elle leur coudrait de jolies robes. Le dimanche, on irait toutes les trois à la recherche de la dame à l'ombrelle.

Alors Madeleine voulait qu'on s'en allât tout de suite, et Rose devait lui expliquer qu'il fallait attendre, peut-être un an, peut-être davantage, car l'entreprise comportait de nombreux dangers, et l'on n'était peut-être pas assez grandes, encore, pour les affronter.

Madeleine n'entendait pas rêver seulement : chaque nuit, la dame en robe blanche venait la voir, mais ce n'était plus assez. Elle souffrait trop de ne pouvoir aimer qu'une ombre. Elle n'osait plus s'endormir, et elle aurait veillé jour et nuit si elle en avait eu la force, car les visites de la dame en blanc lui apportaient désormais trop de remords. Elle se trouvait ingrate de n'avoir encore rien fait pour répondre à son amour. Fallait-il attendre, vraiment? Ne valait-il pas mieux fracturer tout de suite le tiroir où M. Maraval rangeait la recette de la boutique?

M. l'ingénieur mit fin à ce dilemme. C'était, bien sûr, sans le vouloir. On lui offrait de partir pour l'Algérie, afin d'y monter une poudrerie. Il avait aussitôt accepté : il n'avait sans doute pas songé à ses filles, à leur déception, au sentiment de trahison qu'elles en éprouveraient. Ses pensées, alors, ne s'étaient portées que vers sa femme, trop heureux qu'il était de pouvoir lui échapper pendant quelque temps.

Sa lettre arriva vers la fin du mois de juin. Elle était datée de Sidi-Bel-Abbès, déjà. Une jolie carte postale se trouvait dans la même enveloppe, représentant un « guerrier berbère » sur son petit cheval tout blanc.

M. Maraval enseigna aux filles que Sidi-Bel-Abbès était la ville où la Légion étrangère avait ses quartiers. Madeleine demanda ce qu'était cette Légion étrangère, et si son père, pour s'être installé à Sidi-Bel-Abbès, était devenu lui-même légionnaire. Cette naïve réflexion fit bien rire M. et Mme Maraval. Le pharmacien expliqua que M. l'ingénieur n'était allé en Algérie que pour y exercer son métier en construisant une nouvelle poudrerie, et que les légionnaires étaient des gens qui souhaitaient quitter leur pays et leur famille, soit parce qu'ils s'étaient mal conduits, soit pour oublier quelque chagrin, soit encore, ajouta-t-il dans un nouveau rire, pour se soustraire aux scènes incessantes que leur faisait subir leur épouse.

Mme Maraval pinça les lèvres en levant les yeux au plafond. Yolande s'esclaffa, songeant sans doute que son père avait trouvé sa propre Légion à Valence. Madeleine et Rose, quant à elles, ne comprirent que trop bien le sous-entendu du pharmacien, et le rapportèrent à leur propre père, qui venait de mettre la Méditerranée, dans sa plus grande largeur, entre l'Alsacienne et lui-même.

La décision fut prise dans les jours qui suivirent : on n'attendrait ni d'être grandes, ni l'année prochaine, ni même la fin des classes. On allait partir tout de suite. Rose bouillonnait d'impatience et de colère. M. l'ingénieur les avait trahies une nouvelle fois, elle et Madeleine. Ce dieu-ci n'était que mensonge et lâcheté. Il n'y avait donc plus de loi sur la terre. On irait à

255

Paris. On retrouverait celle qui avait été abandonnée, elle aussi. On s'offrirait à elle. On ne serait pour elle que l'ultime cadeau du malheur, sans doute, mais quelle importance ? Madeleine sentait maintenant qu'elle était née du mauvais côté du monde et qu'il n'y avait pas de remède à cela. On allait prendre le train comme on se jette dans un précipice, car on ne peut pas différer toujours de suivre son destin.

Rose, ainsi, avait d'ores et déjà retrouvé sa mère. Elle savait tout ce qu'il y avait à savoir sur la dame au regard doux et triste. Elle avait choisi, croyait-elle, de vivre sous ce regard et sous la demi-lumière fragile dont il couvrirait son existence, désormais.

Yolande, bien sûr, ne voulut point s'associer à l'aventure : elle n'avait aucune raison d'en faire partie. Elle avait son piano et ses canaris. Elle se trouverait bien vite d'autres camarades. Le grand jeu était terminé, pour elle. Ne s'était-elle pas procuré déjà bien assez de frissons ?

On n'eut pas besoin de fracturer le tiroir de M. Maraval. Yolande avait cinquante francs d'économies, qu'elle donna bien volontiers à Rose pour l'achat des deux billets de troisième classe et pour les autres frais du voyage. La catastrophe qu'elle se promettait de déclencher ainsi méritait largement ce sacrifice.

Le premier dimanche du mois de juillet, donc, Madeleine et Rose prirent en grand secret le train de jour pour Lyon et Paris. Yolande avait juré de ne rien révéler avant le soir, leur laissant ainsi le temps d'arriver.

Les deux fillettes montèrent dans leur comparti-ment sans hésiter ni trembler, n'ayant pour bagage, au juste, que la vie devant elles : cela leur semblait suffisant.

CHAPITRE QUATRIÈME

1

« Où vais-je vous mettre ? Où vais-je bien pouvoir vous installer ? », murmurait-elle en déplaçant machinalement les coupons de tissu sur la table. On aurait dit qu'elle voulait se convaincre en dépit d'elle-même qu'il n'y avait pas de place, pas le moindre endroit de libre, pas le plus petit interstice entre la grosse machine à coudre, le fauteuil, l'armoire de pitchpin, les trois ou quatre chaises dépareillées, la table de bois peint.

Elle avait à peine regardé ses filles. Elle n'avait laissé paraître aucune émotion, ni même beaucoup de surprise. Elle s'était seulement inquiétée d'un emplacement où leur dresser un lit. Un amoncellement de robes, de manteaux à demi bâtis, de coupons empilés les uns sur les autres glissa doucement du bord de la table et s'effondra sur le plancher. Elle retourna du pied l'un des manteaux, avec une expression de dégoût, comme s'il s'était agi d'une bête crevée, et elle répéta, fixant le sol devant elle : « Qu'est-ce que je vais faire de vous ? Je n'ai nulle part où vous mettre, vous voyez bien... nulle part ! »

Mme Marthe offrit de lui prêter un lit. On pourrait

l'installer dans la petite pièce d'à côté : il y avait de la place à côté du divan qui s'y trouvait déjà.

— C'est ma chambre ! protesta sèchement la couturière.

— Tu peux bien la partager avec tes filles, fit Mme Marthe avec douceur.

Il n'y avait pas de reproche dans sa voix : seulement de la tristesse. Elle ne reconnaissait pas son amie d'autrefois dans cette grande femme encore belle mais au regard perdu, aux cheveux tout gris, qui ne semblait pas se souvenir de ses fillettes.

— J'ai besoin de dormir seule, reprit la couturière, comme pour elle-même : le moindre bruit me réveille...

— Tu ne les entendras pas, je t'assure. Tu t'habitueras très vite.

— Peut-être... oui, peut-être.

Elle s'était mise à ramasser les manteaux et les coupons, sur le plancher, et maintenant elle se demandait où les poser. Elle ne pouvait pas penser en même temps à ce que lui disait Mme Marthe. Alors elle lui répondait au hasard. Elle n'écoutait pas. Elle ne savait pas où ranger les manteaux, les robes, les pièces de tissu. Il y en avait partout. On les lui apportait de l'atelier le lundi, par ballots d'une trentaine. On venait les reprendre à la fin de la semaine. Le dimanche elle pouvait respirer un peu. Elle s'occupait de ses clientes particulières : ce travail-ci lui plaisait mieux. Elle faisait aussi le ménage. Elle essayait de ranger ce qui traînait encore. Mais le lundi, de nouveau, les manteaux arrivaient. Des dizaines, des centaines de manches à coudre, de revers à ourler. Et tout cela s'amoncelait de nouveau, faisait une espèce de montagne molle qui manquait l'ensevelir. Alors elle respirait mal, comme autrefois sa mère. Ce n'était pas de l'asthme, non, mais l'air lui manquait. Et par la fenêtre elle n'apercevait qu'un mur, à moins de trois mètres, de l'autre côté d'une minuscule cour : il lui restait sa chambre, une pièce étroite qu'éclairait à peine sa lucarne, mais où ne se trouvaient que le divan et une petite table de nuit. Rien d'autre n'y devait pénétrer : c'était son ultime refuge.

— Elles ne te gêneront pas, reprit Mme Marthe. Et la petite est très adroite de ses mains. Elle pourra t'aider.

La couturière hocha la tête, mais sans doute n'écoutait-elle toujours pas. Elle finit par reposer les manteaux et les coupons de tissu sur la table, car il n'y avait pas d'autre endroit, tout compte fait. Rose et Madeleine se tenaient debout, le dos au mur, près de la porte. Elles n'en avaient pas bougé depuis qu'elles se trouvaient dans cet appartement. Elle regardaient seulement, avec stupeur. Elles ne reconnaissaient pas la dame en robe blanche de la photographie : il n'y avait rien de blanc, dans cet appartement, mais seulement du gris : les murs, le plancher, et aussi ce qui tenait lieu de ciel, par la fenêtre. Même les tissus éparpillés dans toute la pièce avaient l'air du même gris.

— Tu n'as pas beaucoup de place, c'est vrai, admit Mme Marthe.

Et elle prit deux robes qui se trouvaient sur le dossier d'une chaise, comme pour les ranger.

— N'y touche pas ! s'écria la couturière, ou je ne retrouverai plus rien !

Elle s'était approchée de son ancienne amie, l'air presque menaçant. Alors Mme Marthe avait reposé les robes sur la chaise. Rose et Madeleine fixaient leur mère, médusées. Elles n'osaient toujours pas bouger de leur bout de mur, près de la porte. Elles espéraient que Mme Marthe allait les remmener. Peut-être voudrait-elle bien les garder ensuite chez elle.

La couturière s'assit lourdement dans le gros fauteuil, sans prendre la peine d'écarter les vêtements qui s'y trouvaient. Elle s'efforça de sourire à son amie :

— Je n'ai plus l'habitude de parler aux gens, s'excusa-t-elle. Autrefois je bavardais toute seule, je me tenais de grandes conversations. Maintenant je ne trouve plus rien à me dire.

Elle eut un petit rire de gêne. Mme Marthe s'approcha d'elle et lui posa la main sur l'épaule, dans un geste d'amitié. Elle ouvrit la bouche pour parler, puis se ravisa : elle non plus ne trouvait plus rien à dire à cette femme, qui semblait devenue étrangère aux uns et aux autres, vraiment.

— Nous reviendrons demain, fit l'ancienne concierge après une minute.

Elle enleva la main de l'épaule inerte de son amie, et elle alla rejoindre les petites près de la porte. La couturière ne la suivit même pas du regard : elle examinait maintenant le col d'une robe, d'où dépassait un bout de fil. Après quelques secondes elle prit le fil entre ses dents et le rompit.

— Nous reviendrons toutes les trois demain, répéta Mme Marthe. Nous apporterons le lit, et nous t'emmènerons au restaurant.

— Si vous voulez, oui ! si vous voulez ! fit la couturière avec un enjouement forcé.

Comme Mme Marthe ouvrait la porte pour s'en aller avec les deux petites, elle ajouta, se levant soudain :

— Je peux bien vous accompagner jusqu'au tramway...

262

D'un geste des deux mains le long du corps, elle désigna sa vilaine robe de chambre, que fermait une ceinture désassortie, et elle ajouta dans un léger rire :

— Je vais me faire belle comme vous.

Elle disparut dans sa chambre, refermant la porte sur elle. Rose et Madeleine, alors, se détachèrent tout doucement du mur et s'aventurèrent parmi les piles de vêtements en désordre. Elles se faufilaient entre les meubles sans toucher à rien, mais examinant et flairant tout ce qui se trouvait autour d'elles. Mme Marthe les regardait faire sans rien dire, songeant peut-être qu'elles finiraient par s'habituer à ces lieux, et à cette drôle de femme qu'était devenue leur mère.

Puis, à son tour, elle se mit à examiner la pièce. Le plancher était propre. Il n'y avait pas de poussière. C'était le désordre qui donnait cette impression désagréable de laisser-aller, ou peut-être le parfum aigre de l'apprêt sur les tissus neufs, s'ajoutant à l'odeur de renfermé qui régnait également, discrète mais obsédante.

Cette odeur ressemblait à la femme que Marthe et les deux petites venaient de voir. Elle était grise aussi. Alors la concierge eut une petite bouffée de remords, songeant que pendant plus de dix ans elle n'avait guère cherché à revoir son ancienne amie. Elle avait pensé à elle, plus d'une fois. Elle avait frémi en imaginant son désespoir et sa solitude. Dans les premiers temps elle en avait parlé avec les autres concierges du boulevard. Elle en parlait aussi avec sa cousine, le dimanche, à Chatou. Toutes ces braves femmes convenaient qu'on ne pouvait rien faire pour la pauvre disparue et que son sort était bien triste : c'était comme si elles l'avaient vue se noyer sous leurs yeux, et ni les unes ni les autres ne savaient nager, bien sûr.

Ma mère citait souvent cette histoire en exemple : elle avait bien aimé Mme Marthe, elle ne la jugeait pas, elle ne jugeait personne dans cette affaire, mais elle professait que l'amitié est une illusion, et que la plupart des gens retournent bien vite à leurs affaires s'ils voient le sort s'acharner sur leur voisin : le malheur des autres commence par émouvoir, puis il fait peur, et il finit presque toujours par lasser.

Rose s'était toujours montrée pessimiste, me confiait ma tante : lorsqu'elles allaient voir jouer un drame, au théâtre ou au cinéma, la jeune fille n'avait d'indulgence que pour l'assassin du film et trouvait que les seuls coupables étaient les spectateurs, dans la salle, qui n'avaient rien fait pour la victime. Elle sortait du Gaumont Palace ou de l'Ambigu en grommelant qu'on est toujours seul dans la vie et en jetant l'anathème sur tous ces gens qui avaient payé leur place pour se repaître du malheur des autres. Si Madeleine venait à lui reprocher alors son « intransigeance », elle se mettait aussitôt en colère, et après des années elle lui criait encore de retourner chez les sœurs du Cœur très Pur, si cela lui chantait, mais que quant à elle, on ne la ferait jamais croire à la bonté des humains.

Il y avait des hortensias, des géraniums et des rosiers dans le jardin de Mme Marthe. Sa cousine avait arrosé tout cela pendant l'après-midi, et les roses exhalaient leur parfum dans la tiédeur du soleil déclinant. La concierge dit aux gamines de rester dehors et de profiter du bon air. Elle leur donna des haricots à écosser, puis elle alla s'enfermer dans le salon avec sa cousine, pour lui raconter ce qui s'était passé chez la pauvre femme qu'on venait de visiter.

On n'avait rien dit sur le chemin du retour, ni les petites ni la concierge. Une fois seules, Rose et Madeleine ne parlèrent pas davantage. Chacune préférait sans doute garder pour elle sa déception, espérant que l'autre n'avait pas éprouvé la même tristesse, ni senti cette odeur de misère et de désespoir. Maintenant elles baignaient dans un troublant parfum de rose qui semblait venir de la terre elle-même, la vie pouvait être cela aussi : cette senteur obscurément émouvante, ou bien le bourdonnement fiévreux des abeilles fouillant parmi les pétales des fleurs, ou encore cette légère brise qui vous effleurait les jambes en vous faisant peut-être bien frissonner de plaisir.

Les deux gamines écossèrent sagement les haricots, assises sur le rebord de pierre de la jardinière aux géraniums, face à la maison. Un minuscule lézard gris se faufila entre les pieds de Madeleine avant de disparaître par un interstice du muret. Mme Marthe gardait une queue de lézard dans son porte-monnaie. Elle conservait aussi un trèfle à quatre feuilles, dans une petite enveloppe. Elle assurait que tout cela porte bonheur : elle savait ce qui porte bonheur et toutes sortes d'autres choses, élémentaires et mystérieuses. Sa magie devait être la bonne, puisque le destin lui avait offert cette jolie maison pour ses vieux jours.

La soirée fut très douce, et comme nimbée de nostalgie, déjà : peut-être était-ce la dernière fois avant longtemps qu'on dînait ensemble, les petites, Mme Marthe, et sa cousine. Celle-ci était une grosse vieille au chignon tout blanc, aux bras potelés, à la voix grasseyante. Elle avait des gestes ronds aussi, à force de tourner les sauces, sans doute, ou de battre les œufs en neige.

On ne parla toujours pas de ce qu'on avait vu chez la couturière, mais il fut question du lit qu'on allait faire transporter là-bas, aux Batignolles.

— Vous viendrez bientôt cueillir les cerises, fit avec gentillesse la cousine : vous allez habiter à deux pas de la gare.

— On se verra souvent, renchérit Mme Marthe. Je viendrai aider Georgette, cela me distraira.

— Georgette ? demanda vivement Madeleine.

— Tu ne sais donc pas le nom de ta maman ? s'étonna la cousine.

Elles s'étaient bien démenées, elle et Mme Marthe, depuis que les deux petites avaient tiré la sonnette du jardin, voilà quinze jours : on était allées tout de suite avertir l'Alsacienne que les fillettes étaient retrouvées, et qu'on s'occuperait d'elles en attendant que leur papa prît une décision. La grosse blonde venait de recevoir le télégramme affolé du pensionnat. Elle l'avait lu sans grande émotion : elle ne se faisait pas d'illusion, se doutant bien que les deux pestes n'avaient pas disparu pour longtemps. Et puis c'était l'affaire des dames du Cœur Très Pur, qui n'avaient qu'à mieux surveiller leurs élèves. L'ancienne bonne de M. l'ingénieur était surprise de l'imprévoyance de ces prétendues éducatrices : on ne pouvait faire confiance à personne si de saintes et sévères religieuses n'étaient pas capables de garder des petites captives de treize ans. Mais elle fut bien rassérénée quand elle sut que Mme Marthe et sa cousine (qu'elle n'avait pas l'avantage de connaître) voulaient bien se charger des gamines. Bien entendu elle allait prévenir

266

sans tarder M. l'ingénieur. Elle lui expliquerait le désir tout à fait naturel des petites chipies de connaître leur mère et de vivre avec elle. Elle aiderait à mettre la main sur ladite mère, s'il le fallait. Elle n'avait pas de plus cher désir que de voir ces enfants rejoindre enfin leur « vraie famille ».

Le plus difficile restait à faire, toutefois, et les chances de retrouver bientôt la maman de Rose et de Madeleine semblaient minces, même si l'Alsacienne en personne voulait bien aider à l'enquête. On n'était même pas sûres que la pauvre femme fût encore de ce monde. Dans un étrange accès de charité la grosse blonde assura qu'elle ne lui avait jamais voulu de mal, et qu'elle ne lui souhaitait pour lors que le bonheur de revoir sous peu ses filles, devenues du même coup de « chères petites ». Elle ne mentait pas tout à fait en s'exprimant ainsi. Certes, elle n'avait pas éprouvé que de la sympathie pour la première épouse de l'ingénieur : peut-on vraiment pardonner à ceux que l'on a dépouillés ? Mais tout cela était si vieux, désormais. L'Alsacienne avait même du mal à se rappeler le visage de cette femme, qui resterait seulement trop grande, bien plus grande qu'elle, et la dominerait à jamais dans sa mémoire, l'humiliant de son regard doux et triste. Tout cela, décidément, appartenait au passé, et il n'y fallait point revenir. Or l'on pouvait y expédier aussi les deux gamines puisqu'elles en avaient envie et que la sagesse, pour elles, était sans doute de disparaître à leur tour, d'aller docilement au diable comme leur mère, et de ne surtout plus faire parler d'elles.

Mme Marthe se rappelait le nom du médecin qui avait accouché la jeune femme et qui était venu la soigner, plus tard, lors de sa terrible maladie : nul doute qu'il ne pût fournir de précieuses indications, même s'il n'avait pas conservé la clientèle de sa patiente.

Le Dr Renard, malheureusement, était mort en mil neuf cent treize, et le Dr Raymond, qui lui avait succédé, venait de disparaître en Artois. Moyennant quelques francs, toutefois, la bonne du Dr Raymond voulut bien trahir le secret professionnel du défunt, qui désormais ne s'en porterait pas plus mal, et elle retrouva dans le fichier du praticien le nom de la jeune dame dont il était question. On vit qu'elle avait fait plusieurs maladies et qu'elle avait été admise par deux fois à la Salpêtrière : « dans la salle des pauvres », précisa la bonne. Ainsi l'on retrouvait la pauvre femme du premier, l'épouse de M. l'ingénieur, la mère des deux petites malheureuses. On était même nanti d'une adresse, dans le quartier des Batignolles. On allait la voir enfin. On allait lui rendre ses filles. Mais en approchant du but, Mme Marthe et sa cousine commençaient à soupçonner l'insondable malheur de la belle et touchante disparue. La concierge et son acolyte sentaient qu'elles s'étaient aventurées à l'aveuglette dans un gouffre dont elles n'étaient pas près de toucher le fond.

2

La couturière finit par s'habituer à ses filles. Le lit de fer de Mme Marthe prenait bien un peu de place dans la chambre, à côté du divan, et il fallait le contourner en se glissant de côté pour entrer dans la pièce ou pour en sortir, mais après tout l'on n'était pas bien grosses, et l'on apprit bientôt à ne plus se cogner contre les montants.

Les premiers jours, bien sûr, les petites avaient eu peur de cette femme qui ne disait rien. Elles avaient regretté Mme Marthe et sa cousine, qui avaient un si joli jardin et qui les faisaient babiller toute la journée. Ces trois semaines avaient été comme un beau voyage : elles ne regrettaient pas d'avoir pris le train. Et puis elles s'habituèrent, à leur tour. Elles se firent à l'ombre qui régnait dans le petit appartement, et au visage nocturne, lui aussi, aux manières de somnambule, plus ou moins, de la couturière. Il ne fallait pas faire de bruit, ni de gestes brusques, et l'on portait toutes les trois des pantoufles, même au milieu de la journée, car la femme aux cheveux gris sursautait au moindre craquement du plancher. Elle n'aimait pas non plus que les petites s'approchassent d'elle. Elle ne supportait pas d'être touchée, ou seulement effleurée.

Elle se raidissait au moindre contact. On sentait qu'elle s'en voulait de l'espèce d'horreur que lui inspiraient le corps humain, les lèvres, les doigts, y compris chez ses propres filles, mais c'était plus fort qu'elle : il ne fallait pas essayer de l'embrasser. Elle faisait des détours, elle avait de brusques reculs quand Rose ou Madeleine faisaient mine de l'aborder. Alors on se parlait de loin, et rarement : la vie la plus quotidienne, ainsi, devenait une espèce de cérémonie, avec des rites étranges, des précautions inouïes, des protocoles mystérieux et compliqués : une sorte de messe silencieuse où ne se célébrait selon toute vraisemblance que le vide. On finit tout de même par ne plus baisser les yeux quand elle vous regardait, et l'on n'eut plus trop à se forcer, à la longue, pour l'appeler « maman ».

De sa lointaine Algérie, M. l'ingénieur écrivit à plusieurs reprises : il se réjouissait de savoir son ancienne épouse en bonne santé. Il se réjouissait de savoir les chères fillettes auprès d'elle. Il débordait de tendresse pour tout ce petit monde. Il parlait du soleil radieux qui venait éclairer le soir de sa vie, de l'oubli des erreurs passées, de l'amour profond qui subsistait envers et contre tout, de la nécessaire générosité, des bûches qui flambaient encore dans l'âtre, et toutes sortes d'autres fariboles. C'était lui, maintenant, le plus seul de tous, et il avait peur : il se serait contenté même d'une toute petite place dans ce bonheur qui se faisait sans lui. Il n'avait su retenir personne. La vie lui avait filé entre les doigts. Il en concevait de terribles regrets.

La couturière ne parut pas saisir que ces longues missives, ces remords, cette brûlante bienveillance ne s'adressaient qu'à elle en vérité. Elle fit à chaque fois répondre par Rose, et ne se montra nullement curieuse de ce que la petite avait alors écrit. L'inspiration de M. l'ingénieur s'en ressentit. Ses lettres se firent bientôt moins fréquentes, et d'un lyrisme moins touchant.

Et puis vers la fin de l'automne, un appartement de trois pièces se trouva libre dans l'immeuble, et l'on put s'installer à peu près au large. Maman n'écouterait plus, la nuit, ses filles respirer. Elle n'aurait plus à surveiller cela, se demandant si c'était du dégoût qu'elle éprouvait alors, ou la crainte, au contraire, de ne soudain plus entendre ce souffle qui faisait comme une lueur précaire dans l'ombre.

On revit le grand Polonais qui avait apporté naguère le lit de Mme Marthe, et qui vint aider au déménagement : il mesurait bien deux mètres et semblait taillé pour abattre un mur d'un coup d'épaule. Les braves gens de Chatou, où il avait sa cabane, le chargeaient pour quelques francs de toutes sortes de tâches qui auraient rebuté un percheron. Il était libre de ses journées, car il ne travaillait que la nuit, au Concert Mayol où son premier métier de serrurier lui avait valu un emploi de machiniste. Il avait été boxeur pendant quelque temps, puis mineur dans le Nord, d'où l'invasion allemande l'avait chassé. Il pouvait avoir quarante-cinq ans, mais on n'aurait su dire en fait, car les coups qu'il avait reçus en boxant jadis lui avaient érodé le visage comme les intempéries font à ces figures de pierre qu'on voit au portail des églises, de sorte que son âge se mesurait en siècles plutôt qu'en années. On n'aurait pas davantage su décider s'il était extrêmement laid ou s'il n'avait pas au contraire cette sorte de noblesse que les labeurs et les souffrances finissent quelquefois par donner à une physionomie. Il parlait très mal le français, il le mâchonnait pour ainsi dire, réduisant les mots en bouillie avant de les laisser sortir de sa bouche. Il s'en excusait en expliquant qu'il était né à « Loutch », et que sur les rings ensuite, ou dans la mine, et maintenant dans les cintres du Concert Mayol, il n'avait pas souvent trouvé matière à conversation.

On passa la journée avec lui dans l'escalier de l'immeuble. Mme Marthe était venue aussi. Elle aida la couturière à faire les paquets. Les petites aidèrent aussi. Mais elles regardaient surtout le Polonais qui venait de caler la grande armoire sur son dos et qui, ainsi chargé, gravissait les étages d'un pas lent et majestueux. Ce géant, tel Atlas, aurait pu porter le monde sur ses épaules. Il l'eût fait pour vingt sous peut-être, sans précipitation et comme sans effort, veillant seulement à ne pas heurter cette grosse boule contre les murs dans les tournants de l'escalier.

On déjeuna chez le marchand de vin qui se trouvait deux immeubles plus haut dans la rue. Mme Marthe voulut régaler la tablée, mais la couturière ne trouva pas convenable d'accepter, car si elle-même et les petites mangeaient comme des moineaux, le brave hercule qu'on avait embauché, par contre, avait un appétit à la mesure des armoires qu'il pouvait transporter.

Il s'appelait Wojciech Kowalsky. Il semblait animé d'un immense désir de plaire, de rendre service, d'aimer son prochain, et il réagissait avec la patience d'un gros et placide animal de trait aux questions et aux agaceries dont l'obsédaient les gamines, qui n'avaient encore point vu de Polonais ni le moindre étranger de cette taille. La couturière dit qu'elles ennuyaient certainement « M. Votchek », mais celui-ci l'arrêta d'un sourire : il avait l'habitude, ça se voyait, de passer plus ou moins pour un phénomène de foire.

On se quitta sur le coup de cinq heures, fatigués les uns et les autres mais contents, même la couturière qui s'était prise à rire deux ou trois fois aux facéties dont le Polonais amusait les petites : son travail terminé, ne les avait-il pas promenées dans le nouvel appartement, puis dans les escaliers, assises chacune sur l'un de ses avant-bras ? Mais l'énorme M. Votchek n'avait pas été créé par la nature seulement pour jouer avec les petits enfants. Il pouvait aussi montrer qu'il connaissait les bonnes manières, et au moment de quitter la couturière, il s'inclina pour porter à ses lèvres, respectueusement mais un peu fort tout de même, la main qu'elle lui tendait. Elle eut un mouvement de recul ; elle avait été surprise par le contact des lèvres du boxeur. Elle n'attendait pas ce geste de sa part : on aurait confié un piano à cet homme pour le porter au quatrième, peut-être, mais pas pour jouer une barcarolle. Puis elle se reprit : elle avait de la sympathie pour ce brave M. Votchek. Elle s'en voulait d'avoir cédé, une fois de plus, à sa première impulsion de dégoût. Elle lui sourit. L'hercule, alors, se mit à rougir et sous les arcades sourcilières couturées, ses yeux parurent chavirer.

Puis il refusa les dix francs qu'on lui tendait et qui étaient le prix convenu pour sa peine.

La couturière et Mme Marthe elle-même eurent beau insister, protester, gronder, le bonhomme n'en voulut point démordre : son honneur était en jeu. Il était déjà trop heureux d'avoir pu rendre service à la « belle dame ». Il avait connu le bonheur pendant toute une journée. Il ne désirait rien de plus. Mais si on le lui permettait il reviendrait bientôt, car il souhaitait offrir aux petites filles quelque jouet ou autre babiole qu'il leur fabriquerait de ses propres mains.

Mme Marthe et la couturière se considérèrent l'une l'autre sans plus rien dire : il y avait un sourire d'ironie, mais aussi d'attendrissement, dans les yeux de l'ancienne concierge. Il y avait un peu d'appréhension, peut-être, dans le regard de la « belle dame », car il était clair qu'elle venait de se faire un amoureux.

La maman et les deux petites passèrent encore une heure à ranger tout ce qui venait d'être déposé un peu au hasard dans le nouveau logis. La couturière dit à plusieurs reprises, avec une espèce de délectation, qu'elle avait ignoré jusque-là « posséder tant de choses ». Elle était bien contente de la découverte qu'elle faisait de ces richesses insoupçonnées : elle trouva la robe blanche qu'elle avait portée jadis en Indochine. Elle trouva aussi l'ombrelle. Elle déplia la robe, la tenant à bout de bras devant elle. Madeleine, immobile à quelques pas d'elle, regardait, elle aussi. Elle poussa un petit « oh ! » de surprise. La couturière se retourna et lui sourit :

— C'était une belle robe, fit-elle simplement.

On appela Rose, pour qu'elle vînt admirer elle aussi les broderies et les dentelles dont sa maman avait été parée voilà quinze ans. Les petites insistèrent pour qu'elle passât la belle robe. Elle se fit un peu prier, bien sûr : n'était-on pas fatiguées, décoiffées, et couvertes de poussière toutes les trois ? Et puis le jour finissait de tomber : on n'allait rien voir. Mais Rose alluma la grosse ampoule qui pendait au plafond, et la couturière finit par mettre sa jolie robe d'autrefois pour faire plaisir à ses filles. On ouvrit même l'ombrelle, et l'on se promena en cortège dans le grand appartement, la maman devant, les petites derrière. On allait avoir de la place, enfin, et de la lumière par les grandes fenêtres sur la rue. Après quelques minutes, la couturière se laissa choir sur le divan de sa chambre. Rose et Madeleine s'assirent près d'elle, chacune d'un côté. La dame en robe blanche, alors, déploya les bras, parut hésiter un moment, comme étonnée de son geste, puis les referma autour des épaules des petites, qu'elle serra très fort contre elle : on venait de se retrouver, toutes les trois.

On dormit jusqu'au milieu de la matinée. Madeleine se leva la première et alla chercher le lait sur le palier. Un gros sac de jute, presque aussi haut qu'elle, s'effondra à ses pieds comme elle ouvrait la porte. C'étaient des pommes de terre. Il y en avait une récolte entière.

Il fallut se mettre à trois pour tirer cela jusque dans la cuisine. On poussa le sac contre le mur, près du fourneau : le garde-manger n'aurait pas été assez grand, et les pommes de terre auraient risqué d'y geler bientôt.

Les petites demandèrent de quel ciel avait pu dégringoler dans la nuit cette lourde manne.

— Nous avons un bienfaiteur, fit en souriant la couturière, ce doit être ce M. Votchek.

3

Madeleine apprenait la broderie et la passementerie dans une école professionnelle de la ville de Paris. Rose s'initiait à la comptabilité dans une autre école : elle ne voulait pas travailler de ses mains. Elle ne voulait surtout pas devenir couturière. Elle aimait bien sa mère maintenant qu'elle la connaissait un peu, mais elle ne souhaitait lui ressembler en aucune manière. La pauvre femme avait beau faire, se composer un sourire, un air d'insouciance, se forcer à bavarder, s'obliger même à rire aux histoires que les gamines lui rapportaient de l'école, il ne ressortait de tous ces efforts qu'une impression pénible de contrainte, et finalement de tristesse. Elle était toujours aussi jalouse de sa solitude, et elle aimait se retirer dans sa chambre où elle passait bien souvent ses soirées, abandonnant à ses filles le reste de l'appartement.

Elle lisait toujours autant. Elle dévorait chaque semaine plusieurs romans qu'elle empruntait à la bibliothèque municipale. Elle ne parlait jamais de ses lectures : l'accès à ce monde-ci était fermé à tous, comme la porte de sa chambre. Nul ne s'était inquiété d'elle pendant douze ans, et maintenant elle n'avait plus besoin de quiconque. Elle aimait ses deux filles, bien sûr. Elle souhaitait sûrement leur donner du bonheur, mais elle ne savait pas où le prendre. Parfois elle se reprochait d'être devenue égoïste et froide. Mais parfois aussi, elle se disait qu'elle n'avait rien à donner à personne, et qu'on aurait dû la laisser en paix. Alors elle devenait irritable : il fallait marcher sur la pointe des pieds, quand elle s'arrêtait de travailler à sa machine, et qu'elle se mettait à arpenter la pièce, écartant d'un geste sec de l'avant-bras les coupons qui traînaient sur la table, poussant du pied une chute de tissu, déplaçant brusquement des chaises, puis venant se planter devant la fenêtre et fixant d'un regard douloureux l'immeuble d'en face.

Le dernier dimanche avant Noël on fêta les quatorze ans de Rose, chez Mme Marthe. Il avait neigé mais le soleil, ensuite, brilla toute la journée. Le petit jardin de Chatou en avait pris un aspect féerique et l'intérieur de la maison aux étroites fenêtres baignait dans une lumière de vieil argent.

La cousine de Mme Marthe avait préparé le gigot. Madeleine offrit à sa sœur un mouchoir brodé de quatre roses, chacune d'une couleur différente. On but du vin doux et du mousseux.

M. Votchek arriva pour le dessert. Il offrit à Rose un joli boulier qu'il avait fabriqué lui-même, puis il s'assit au bout de la table, un peu à l'écart des autres, comme s'il avait senti qu'il était trop grand et trop gros pour prendre place à côté de ces dames. On lui offrit un verre de mousseux, qu'il porta délicatement à ses lèvres, sans le briser. On le remercia aussi pour le quintal de charbon qu'il avait déposé l'autre matin sur le palier de la couturière.

On alla se promener ensuite sur la berge de la Seine. M. Votchek porta Madeleine sur son dos et trotta de bonne grâce, hennissant et piaffant sous les rires de la petite. Mme Marthe dit à la maman qu'elle trouvait « cette enfant un peu grande », désormais, pour ces jeux, puis, se penchant pour se faire mieux entendre, elle lui demanda à mi-voix si Rose avait déjà eu ses « manifestations ». La femme aux cheveux gris répondit qu'elle n'en savait rien et qu'elle n'y avait seulement jamais pensé.

A quatre heures, M. Votchek dut quitter ces dames pour prendre le train de Paris. Il était content d'avoir fait le cheval pour la petite. Il était « très honoré » d'avoir revu sa maman. A ce mot, celle-ci recula d'un pas pour échapper au baise-main. M. Votchek ne put que s'incliner cérémonieusement. On le remercia de nouveau pour le charbon, pour le bois, pour les patates, et on lui demanda en souriant de mettre fin à sa cour bien respectueuse et bien touchante, car on n'aurait bientôt plus de place pour entreposer ses offrandes. Mais le Polonais, qui venait de se faire une alliée de Madeleine, ne se tenait pas pour battu : il savait maintenant qu'il aurait bien plus de succès en déposant devant la porte de la couturière des chocolats ou des bonbons.

Il remonta vers la route, par laquelle il s'éloigna nonchalamment en direction de la gare. Il n'alla point sur le trottoir mais s'engagea sur la chaussée, jugeant peut-être que sa place était parmi les autres véhicules à chevaux et les automobiles.

Mme Marthe et sa cousine taquinèrent un peu la couturière sur son amoureux. Il avait la grâce d'un ours, certes, mais il était d'une gentillesse vraiment désarmante : c'était deux cents livres d'os, de muscles et de bonté. Mme Marthe était d'avis qu'il ne fallait pas le rebuter avec trop de dureté, mais qu'autant valait accepter son amitié comme elle était, et manger en toute simplicité ses pommes de terre. La couturière lui répondit qu'elle ne pouvait accepter tout cela sans être malhonnête puisque ses propres sentiments ne sauraient jamais répondre à ceux du brave homme. A quoi la concierge répondit finement : « Sait-on jamais ? » et les trois dames partirent d'un même éclat de rire.

Madeleine écoutait cela sans rien dire, bien sûr, mais elle aurait voulu revoir plus souvent sa grosse monture : elle aimait caracoler sur ses épaules en s'accrochant des deux mains à ses oreilles décolées. Elle sentait cette force, cette gentillesse, elle aussi, et elle en concevait une espèce de passion pour le géant. Elle aurait voulu l'avoir dans sa maison et pouvoir à tout moment grimper sur ses genoux et se blottir contre lui, contre cet homme dont on ne comprenait pas vraiment les paroles, mais qui était solide comme une montagne et bon comme un père.

Rose se mit à grandir d'un coup dans les mois qui suivirent, et elle se vit bientôt affublée d'une opulente poitrine. Ses robes devinrent trop petites et surtout trop étroites. On commença par diminuer les ourlets et relâcher les coutures, mais la gamine continuait à proliférer inexorablement, et il fallut bien que sa maman lui façonnât des vêtements à sa taille. La brave femme n'aimait point la nouveauté. Elle eut un peu de mal, d'abord, à s'habituer à cette jeune fille aux formes généreuses et aux joues rondes qui habitait maintenant l'appartement. Rose, pourtant, se gardait de trop afficher toute cette féminité qui lui tombait soudain dessus. Elle faisait le dos rond, elle tâchait de se creuser la poitrine, de rentrer un peu cette gorge toute neuve qui semblait prête à faire sauter le boutonnage de sa robe ou de son corsage. Au mois de juin elle s'habillait comme en hiver : elle ne se trouvait jamais assez vêtue. Les hommes commençaient à la regarder, croyait-elle, pour se moquer de cette indiscrète floraison. Elle ne pouvait plus courir dans la rue, ni sauter à la corde, ni jouer à la marelle sur le trottoir avec Madeleine. Cette dernière, qui était restée petite, et comme intacte, la taquinait sur ses « gros lolos ». C'était sans méchanceté, bien sûr, mais Rose en ressentait de l'humiliation, sans s'aviser que sa sœur était alors un peu jalouse d'elle.

Il n'y avait pas de salle de bains dans l'appartement, et l'on devait se laver à l'évier : Rose y passait de longs moments, le matin, bloquant la porte à l'aide d'une chaise, car elle craignait de sentir mauvais, et elle se frottait le torse et les aisselles jusqu'à s'en meurtrir la peau.

Presque tous les dimanches on allait à Chatou. On rapportait des roses du jardin, ou des salades, ou des œufs qu'on allait acheter chez la voisine de Mme Marthe. Les dames parlaient de la pluie qu'on avait eue au mois de mars, ou de la guerre qui n'en finissait pas. On vit moins souvent l'hercule polonais : M. Votchek venait d'être embauché aux Folies-Bergère où l'on préparait la nouvelle revue de la célèbre Mistinguett. Et comme il ne pouvait plus rencontrer sa bien-aimée comme il l'aurait voulu, il se mit à lui écrire. Presque chaque matin, la couturière trouvait une lettre sous son paillasson : le Polonais l'avait déposée à l'aube, avant de reprendre son train à la gare Saint-Lazare. Ces laborieuses et brûlantes épîtres, tracées au crayon sur du papier d'écolier, faisaient le principal amusement du dimanche, à Chatou. S'il est vrai que la passion peut donner du génie, M. Votchek en avait à coup sûr, qui inventait au fur et à mesure de ses besoins une langue inouïe pour dire son amour. Il avait ses mots et sa grammaire à lui. Les règles, d'ailleurs, n'en étaient point trop strictement fixées, et ce qu'on venait de déchiffrer après bien des difficultés et des hésitations ne donnait nullement la clé de la phrase qui allait suivre. Mais c'était devenu un jeu très excitant pour la couturière et ses amies de Chatou que de décrypter les missives du Polonais.

Les deux cerisiers du jardin donnèrent de belles fleurs, mais peu de fruits. Le printemps avait été trop pluvieux, et les roses furent tardives et rares aussi. On aurait peut-être davantage de soleil l'année prochaine. On aurait peut-être aussi la victoire et la paix. En attendant, la belle saison était revenue sur un nouveau demi-million de morts. On n'y pensait pas trop, le dimanche, dans la petite maison de Chatou, car on avait depuis bien longtemps l'habitude de vivre entre femmes. On ne s'inquiétait pas trop de ne voir dans les rues que de rares permissionnaires en capote bleue parmi la foule bigarrée des Indiens, des Highlanders ou des tirailleurs sénégalais. Pourtant, la couturière songeait quelquefois au peintre qu'elle avait si brièvement connu, jadis, et elle se demandait où il se trouvait maintenant : quelque part sur le front, ou bien sous une croix de bois blanche, déjà ? Le cœur de la pauvre femme se serrait alors, et elle manquait défaillir. Elle ne disait rien à Mme Marthe ni à quiconque. Elle n'avait jamais plus évoqué avec son amie le souvenir de son amant d'une heure. C'était en ne parlant plus jamais de lui qu'elle lui resterait le mieux fidèle, pensait-elle. Mme Marthe devait l'avoir compris, aussi, et ne faisait jamais allusion au jeune homme, qui n'avait peut-être existé que dans les rêveries des deux amies, comme échappé d'entre les pages d'un de ces romans à l'eau de rose qu'elles se prêtaient mutuellement. Mais au plus profond du silence où elle s'enfermait parfois, ce devait être à lui que songeait la couturière. Elle ne souhaitait pas vraiment savoir ce qu'il était devenu. Elle voulait penser qu'il était heureux. Elle voulait bien admettre, même, qu'il pouvait avoir rencontré une autre femme, et qu'il lui donnait jour après jour la tendresse qu'il n'avait pu lui prêter, à elle, que pendant une heure. Elle n'était pas jalouse, la couturière. Elle s'était totalement livrée au peintre, sans rien espérer en retour. Elle ne lui avait offert son corps qu'à la hâte et comme malgré elle, mais c'était sa vie tout entière qu'elle lui avait abandonnée ainsi, avec son avenir, avec le bonheur qui lui était peut-être échu et qu'elle aurait voulu céder sans réserve au jeune homme afin qu'il en profitât plutôt qu'elle.

Au milieu de l'été, les avions allemands commencèrent à bombarder Paris, la nuit : on entendait d'abord la sirène de la tour Eiffel. Puis les pinceaux des projecteurs se mettaient à balayer le ciel, et les canons du Trocadéro et du mont Valérien commençaient à tonner, épinglant d'éphémères étoiles à la voûte céleste. Quelques minutes plus tard, les avions de la défense aérienne s'élevaient dans le lointain, au-dessus du Bourget, et leurs lumières formaient encore de nouvelles constellations.

La couturière et ses filles se mettaient toutes les

trois à la fenêtre pour admirer cette féérie tandis que les autres locataires dévalaient l'escalier de l'immeuble en savates et en robe de chambre pour se réfugier dans la cave. Une nuit, une bombe éventra un immeuble de la rue d'Athènes, à quelque deux cents mètres de l'appartement. Une vitre se brisa dans la chambre de la couturière. On eut un peu peur sur le moment, mais on ne renonça point à contempler l'espèce de fin du monde qui se jouait là-haut. La mort n'avait rien de redoutable, du moment qu'elle pouvait être si belle.

4

Ce fut M. Votchek qui vint le lendemain pour poser
une vitre neuve dans la chambre de la bien-aimée. Il
ne demanda rien, bien sûr, pour ce menu travail. Il ne
voulut même pas se faire payer le prix du verre,
expliquant qu'il s'était fourni gratis aux Folies-Bergère, en fouillant un peu dans le magasin aux décors.

Comme la couturière faisait mine de se demander si
le procédé n'était pas un tantinet malhonnête, le
Polonais assura que tout le monde, au théâtre, se
servait sans scrupule et qu'il valait mieux agir ainsi
que de laisser tout bonnement pourrir les décors des
anciennes revues, ou les matériaux qui restaient en
surplus et dont on n'aurait su quoi faire de toute
façon. Il y avait du bois, du plâtre, de la peinture, des
parpaings : de quoi construire une maison de la cave
aux combles. Pour preuve de ce qu'il avançait, le
Polonais voulait bien refaire les peintures dans l'appartement de la dame et de ses demoiselles.

Le papier qui couvrait les murs, il fallait bien
l'admettre, datait de l'autre siècle : les fleurs qui en
formaient le motif étaient du même gris triste et sale
dans les trois pièces. Tout de même, on protesta qu'on
avait accepté déjà trop de bienfaits de ce brave

M. Votchek, et qu'on n'osait pas abuser davantage de ses bontés. Mais Madeleine voulait déjà du rose dans sa chambre, et sa sœur se demandait si l'on ne pourrait pas installer une douche dans la cuisine. Le dimanche suivant, la maman et ses deux jeunes filles partirent pour Chatou : on serait un peu serrées pendant quelques jours dans la petite maison de Mme Marthe, mais le soupirant avait promis que tout serait terminé avant la fin du mois.

On n'eut pas lieu de regretter cette escapade, car le temps fut superbe pendant toute la semaine. On alla plusieurs fois faire du bateau sur la Seine : les petites se mettaient chacune à un aviron, les dames s'installaient à l'arrière, et l'on souquait de bon cœur dans de grands départs imaginaires.

Le soir on dînait dans le jardin, pour profiter de la fraîcheur, et l'on bavardait jusque vers le milieu de la nuit. La cousine de Mme Marthe s'endormait parfois sur sa chaise. Les deux autres dames se regardaient alors en souriant : elles se sentaient plus jeunes qu'elle, surtout la concierge, qui venait pourtant de raconter aux gamines comment elle avait mangé de l'éléphant du jardin des Plantes, jadis, pendant le siège de Paris.

On montait se coucher un peu après minuit. Rose et Madeleine passaient encore une heure à chuchoter dans leur lit de fortune, où elles n'avaient pas la place de se retourner et d'où la grande, vers l'aube, finissait presque toujours par faire dégringoler la petite. Madeleine disait que leur mère épouserait un jour M. Votchek. Elle souhaitait en secret que cela se fît, car elle n'avait jamais trouvé de compagnon de jeux si gros et en même temps si docile. Mais Rose lui remontrait que le Polonais n'était qu'un ouvrier, qui vivait dans une cabane et qui parlait à peine le français : il ne pouvait pas faire un mari convenable pour la dame à l'ombrelle. La gentillesse ou le dévouement n'étaient pas des qualités suffisantes pour l'adolescente : un homme devait avant tout avoir une « position ». Un fonctionnaire, ou un pharmacien comme M. Maraval, auraient trouvé grâce à ses yeux comme futur beau-père, mais pas ce M. Votchek, qui ne savait offrir à sa bien-aimée que des patates et qui n'était bon, finalement, qu'à repeindre l'appartement.

Rose n'aimait pas les rondeurs qui avaient transformé sa silhouette en quelques mois. Elle n'aimait pas non plus ce regard étrange, pesant et furtif à la fois, par lequel les hommes, dans la rue, semblaient vouloir l'arrêter. Elle se sentait mise à nu avec ses « gros lolos », et sourdement humiliée. Certaines de ses camarades, à l'école, parlaient entre elles, déjà, de leurs « amoureux » et des assiduités parfois fort précises par où se manifestait leur passion. Elles en riaient entre elles et n'en paraissaient nullement offensées. Rose, par contre, se disait qu'elle en aurait éprouvé de la colère et du dégoût. Elle se jurait de ne jamais céder aux avances d'un homme (qui ne consistaient à ce qu'elle croyait savoir qu'en gestes bizarres et vulgaires) à moins que cet homme ne fût tout à fait digne d'elle et ne l'eût au préalable épousée. A ce prix seulement, elle se résignerait peut-être à devenir une femme, et elle abandonnerait bon gré mal gré ses « gros lolos » à l'incompréhensible convoitise de son mari.

M. Votchek arriva un beau matin chez Mme Marthe, jubilant et tout couvert de peinture : il avait mis à profit la soirée de relâche des Folies-Bergère pour travailler toute la nuit, et à l'aube il avait rangé ses pinceaux et replié ses bâches dans un appartement tout neuf, que la belle dame et ses jeunes filles n'allaient pas reconnaître. Il en était encore essoufflé : il ne s'était pas arrêté un seul instant depuis vingt-quatre heures, il avait même couru depuis la gare pour annoncer cette nouvelle victoire de Marathon.

On invita le brave géant à se reposer un moment. On ajouta sur la table un bol de café. La couturière alla vite enfiler une robe et refaire son chignon. La naïve passion du bonhomme l'aurait presque rendue coquette, et la flattait à tout le moins. Il se tenait sagement assis sur le bord de sa chaise paillée. Ses avant-bras dépassaient un peu des manches trop courtes de sa veste. Il regardait la belle dame, béat, ivre de fatigue et d'amour.

Rose le considérait à la dérobée avec un drôle de sentiment, de méfiance et de commisération tout ensemble. Elle avait refermé sur sa gorge l'encolure de sa robe de chambre, et la maintenait machinalement. Madeleine trépignait d'excitation et demanda trois fois de suite si sa chambre était bien de la couleur qu'elle avait demandée. M. Votchek assura que les deux demoiselles seraient contentes de la teinte qu'il avait choisie.

La chambre des demoiselles était bien rose, plus rose, même, que la petite n'aurait su l'espérer. M. Votchek avait étalé les couleurs telles qu'il les avait trouvées dans leurs bidons, avec enthousiasme, et l'appartement de la couturière semblait décoré pour la nouvelle revue des Folies-Bergère.

Mme Marthe et sa cousine s'étaient déplacées pour admirer le travail du Polonais. Ayant fait deux fois le tour des lieux, la couturière, atterrée, les consulta du

287

regard : peut-être voyait-elle les choses d'un autre œil ? Peut-être ces couleurs vives n'étaient-elles pas de si mauvais goût, après tout ?

— Bien sûr, c'est sans doute un peu... cela fait un peu... balbutia Mme Marthe, très embarrassée.

— Cela fait un peu « maison close », acquiesça la couturière d'une voix sombre.

Par chance, elle avait demandé que sa propre chambre fût peinte en blanc, et M. Votchek s'était contenté de souligner de mauve les plinthes et l'encadrement de la porte. Mais le salon était d'un bleu auprès duquel l'azur le plus éclatant ne faisait qu'une espèce d'ombre, et dans la cuisine, lieu du crime, hélas, qu'on avait laissée à la discrétion du brave homme, rutilait un abominable vernis rouge sang-de-bœuf : M. Votchek crut bon de préciser qu'il avait choisi cette couleur parce qu'il avait entendu dire qu'elle ouvre l'appétit.

Il n'avait pas encore trouvé de bac à douche ou de baignoire pour Mlle Rose, et il s'en montra sincèrement désolé. Il avait toutefois remplacé le robinet de l'évier par une espèce de fontaine à sujet mythologique, dispensant l'eau fort incommodément par la gueule de trois dauphins de métal doré. Il expliqua non sans fierté que cet objet baroque et rutilant avait servi, lors de la dernière revue des Folies-Bergère, dans le tableau intitulé « le bain de Cléopâtre ». La couturière se laissa choir sur une chaise, au milieu de sa cuisine, et ne dit rien. Ses yeux se fixèrent machinalement sur le fourneau où M. Votchek, se surpassant, avait peint en trompe-l'œil de belles flammes rouges et jaunes. Alors elle fit un ultime effort pour tourner légèrement la tête, et elle regarda par la fenêtre.

Madeleine, seule, débordait de joie : elle avait le

288

même goût exactement que le Polonais, cet autre enfant. Elle allait vivre dans une féerie. Elle courait d'une pièce à l'autre et s'exclamait d'admiration, inlassable.

Rose, par contre, faisait la tête. Elle n'aimait pas son « bain de Cléopâtre », et elle trouvait que M. Votchek était par lui-même une énorme faute de goût dans l'existence de la dame à l'ombrelle : pourquoi celle-ci ne lui disait-elle pas ce que tout le monde pensait de son barbouillage ? Pourquoi ne le chassait-elle pas ? Pourquoi cette indulgence absurde ? La jeune fille, alors, se mit à soupçonner sa mère. Elle ne concevait pas qu'une pauvre femme, simplement, pût avoir pitié d'un pauvre homme et se refuser à le blesser en se moquant de son œuvre, de cette expression maladroite de sa passion. Elle ne concevait pas que la couturière pût comprendre et respecter cette passion sans la partager le moins du monde. Alors elle imaginait de troubles intentions, de honteux désirs. Il n'y avait pas d'autre explication, sans doute, à la complaisance de sa mère. Et cette pensée l'humiliait, l'emplissait d'une sourde colère. Elle fixait malgré elle les grosses mains du Polonais, elle regardait avec horreur ce front bas, ces cheveux roux et hirsutes, ces petits yeux gris, ce nez aplati jadis par les coups, ce sourire niais, enfin, par où cherchait à s'exprimer tout l'amour du monde mais dans lequel elle ne voyait qu'une insulte infligée à sa mère. Alors elle s'approcha de Mme Marthe, car il lui fallait faire partager à quelqu'un son indignation, et elle lui murmura, d'une voix que la fureur faisait trembler :

— Si jamais cet homme vient vivre ici, c'est moi qui m'en irai !

— Mais il n'en est pas question, je crois, dit la

concierge sur un ton de surprise. Puis, se reprenant, elle considéra la jeune fille d'un air de réprobation, et elle ajouta : ne juge pas ta mère. Elle n'a pas eu beaucoup de bonheur en partage.

— Le bonheur ! Ah ! le bonheur ! s'esclaffa Rose. Et elle tourna le dos à Mme Marthe.

La couturière n'avait pas eu beaucoup de chance dans la vie. En était-elle pourtant réduite à la mendicité ? Devrait-elle par cela même accepter les avances de ce Polonais ? La jeune fille traversa vivement le salon, bousculant presque sa mère, et alla se réfugier dans sa chambre, claquant la porte derrière elle. Elle ne s'y trouva point seule, pourtant : sur les murs triomphait le goût déplorable de M. Votchek. Il n'y avait rien à faire, elle était environnée de cette couleur de moquerie, et, comme venait de le suggérer Mme Marthe, de pauvreté, de trivialité, de renoncement. La couturière était une indigente, en effet. Le bonheur n'était pas son lot, et elle devait se contenter de peu, de ce M. Votchek, par exemple, du moment qu'il voulait bien l'aimer.

Le lendemain arriva une lettre de M. l'ingénieur. Rose ne la fit point lire à sa mère, puisque celle-ci ne se donnait pas la peine de répondre à son ancien mari. L'ingénieur se plaignait de la chaleur accablante de l'été algérien, de la paresse des ouvriers indigènes, des retards accumulés dans les travaux : l'usine ne fonctionnait encore qu'au tiers de la capacité prévue, et le coton importé désormais d'Amérique était de moins bonne qualité que le coton égyptien.

Rose répondit par une lettre pleine de tendresse, telle qu'une épouse, en de semblables circonstances, aurait pu en écrire à son mari : elle encouragea le brave homme à prendre patience. Elle affirmait que ses pensées ne le quittaient pas. Elle évoquait avec lyrisme le bonheur de se retrouver bientôt.

Elle se relut à plusieurs reprises, puis, satisfaite de son style, elle ferma l'enveloppe et alla porter avec une sorte de hâte vengeresse sa lettre à la poste : elle aurait sa vie à elle, désormais. Elle aurait ses propres secrets, même si ce ne devait être qu'avec son père.

5

Au début de l'hiver, l'usine ne marchait toujours pas comme M. l'ingénieur l'aurait voulu. Il pensait même que la guerre aurait pris fin avant qu'il eût enseigné à travailler à ces « fainéants d'Oranais ». Puis, tout soudain, il annonça sa prochaine réapparition parmi les siens.

Rose estima qu'elle devait avertir sa maman de ce retour imminent du Messie sur la terre, et de l'impatience qu'il exprimait de serrer sur son cœur ses chères petites, ainsi que leur maman. Mais cette dernière fit seulement, sur un ton de colère :

— Ah, ça ! Jamais de la vie !

Rose montra sa désapprobation d'un haussement d'épaules : ainsi, sa mère préférait les assiduités ouvrières de M. Votchek aux respectables marques d'affection du père de ses enfants. La jeune fille jugea qu'il n'y avait pas lieu d'insister et qu'il valait mieux abandonner la couturière aux galanteries laborieuses du Polonais.

Madeleine, par contre, voulut plaider la cause du vieil homme et se risqua, dans un souffle, à demander à sa mère de ne pas se montrer « cruelle » avec lui.

— Moi ? cruelle ? s'exclama la couturière. Mais vous ne savez pas ! mais vous ne savez rien !

Elle s'était soudain levée de sa chaise, blanche de colère, et d'un coup sec, elle avait arraché le coupon de tissu qui se trouvait sur la machine. Maintenant elle se tenait debout, tremblante, le regard dur, fixant droit devant elle le beau mur tout bleu de M. Votchek.

On ne savait pas, non. On ne savait rien, car jamais la couturière ne parlait de M. l'ingénieur. Jamais elle n'avait dit ce qui s'était passé entre elle et lui.

Une seule fois, comme Madeleine, frémissante d'espoir, suggérait que M. l'ingénieur, peut-être, aimait encore la dame à l'ombrelle, celle-ci avait répliqué d'une voix sèche :

— Moi, je ne l'aime pas. Je ne l'ai jamais aimé.

Alors on n'en avait plus parlé.

Une semaine avant Noël, l'ingénieur télégraphia de l'hôtel, près de la gare de Lyon, où il s'était installé en arrivant à Paris. Il priait ses chères petites et leur maman de venir l'y visiter le jour même.

Rose avait mis la jolie robe de velours frappé gris-bleu que sa mère lui avait offerte pour son anniversaire, quelques jours plus tôt. Elle avait relevé ses cheveux en chignon, pour faire plus « femme ». Madeleine portait une jupe de flanelle, et un corsage qu'elle avait agrémenté elle-même de broderies de couleur, dans le style oriental. Ainsi parées, les deux filles de l'ingénieur se présentèrent à la réception de l'hôtel. Elles étaient heureuses de revoir leur père, bien sûr, et contentes de n'avoir pas à se rendre chez l'Alsacienne. Mais elles se demandaient pourquoi l'ingénieur n'était pas rentré chez lui. Elles pressentaient quelque grande révolution dans sa vie : il n'y avait pas lieu de trop s'en réjouir, toutefois, car la couturière n'avait pas consenti à les accompagner, déclarant avec force qu'elle ne voulait jamais revoir « cet homme », fût-ce une minute !

On les pria d'attendre dans le salon, où un portier en livrée rouge les accompagna. Madeleine était très impressionnée par les lustres et les miroirs qui scintillaient autour d'elle. Rose imagina que le portier lui avait fait un clin d'œil, et elle sentit avec déplaisir le sang lui venir aux joues.

Le papa des deux jeunes filles apparut presque aussitôt, les bras écartés, un large sourire aux lèvres, comme porté sur un nuage de tendresse et de bonté. Mais les bras retombèrent, le sourire s'effaça, et M. l'ingénieur dégringola lourdement sur terre quand il vit que ses filles étaient venues seules.

On s'embrassa quand même : on ne s'était pas vus depuis deux ans, et voilà que les chères petites étaient presque devenues des femmes ! M. l'ingénieur avait maigri, à cause du climat de l'Algérie, et sa barbe était à présent toute blanche :

— On change, oui ! Tout passe : c'est la vie, fit-il d'un air pénétré au moment de s'asseoir. Mais ce qui avait passé, surtout, c'était la femme aux beaux yeux noirs, irrémédiablement : il avait mis quinze ans à s'en aviser. Aujourd'hui, enfin, il se rendait compte qu'il ne la reverrait plus jamais : il l'avait chassée, mais c'était elle qui n'avait jamais voulu de lui. C'était elle qui ne pardonnait pas.

Il n'osa s'enquérir de la raison de son absence. Ne la savait-il pas déjà ? Alors il demanda comment elle se portait. Il avait envie qu'on lui parlât d'elle, au moins : ces deux petites, devant lui, c'était un peu son parfum. Il prit soudain les mains de Rose dans les siennes, et il les porta maladroitement à ses lèvres, les gardant ensuite et les couvrant de baisers brûlants. Les deux jeunes filles le considérèrent avec stupéfaction. Rose sentait bien que ce geste ne s'adressait pas à elle, et elle se demandait comment reprendre ses mains, comment se soustraire à cette lourde émotion qui s'effondrait sur elle : elle avait honte pour son père.

Le vieux monsieur finit par la libérer. Il regarda ses propres mains, ensuite, comme étonné qu'elle fussent vides. Ses yeux étaient pleins de larmes. Madeleine eut envie de se jeter à ses pieds et de lui embrasser les genoux : elle se rappelait les prières qu'on lui avait enseignées naguère, et elle se promit de prier pour son père qui était si malheureux, même si elle aimait aussi M. Votchek.

— Vous êtes des femmes, maintenant, murmura-t-il d'un ton pensif.

Regrettait-il de s'être ainsi livré devant Rose et Madeleine, « qui étaient des femmes » déjà, ou bien avouait-il au contraire le trouble auquel il venait de céder, cette brève et délicieuse confusion à laquelle il s'était laissé aller devant sa fille, qui avait bien voulu lui abandonner ses mains et devenir pour un instant la jeune femme à l'ombrelle, dans le clair-obscur de la nostalgie ?

Il parut réfléchir un moment, et il dit d'une voix sombre, et comme en hésitant encore :

— Je vais rentrer chez moi, maintenant.

Mais où avait-il espéré se rendre, se demanda soudain Rose ? C'était donc cela, la raison de cet étrange séjour à l'hôtel : il avait attendu qu'on lui murmurât tendrement où aller !

Alors il sortit de sa poche un petit paquet entouré

d'une faveur. Ses mains tremblaient. Il essaya en vain de dénouer le ruban et se résolut à la fin à le rompre. Il déchira fébrilement le papier. On aurait dit qu'il voulait abîmer ce présent qu'il avait apporté, le détruire, l'annuler. Il ouvrit l'écrin, révélant un joli bracelet d'or guilloché, formé de plusieurs anneaux entrelacés. Il prit alors l'une des boucles, l'ouvrit d'un coup sec, et la détacha du reste du bracelet, avant de s'attaquer de la même manière à un second, puis à un troisième anneau. Les petites suivaient d'un regard stupéfait et douloureux ce travail dont elles comprenaient parfaitement le sens. Ayant achevé le partage, l'ingénieur tendit à chacune sa moitié de bracelet.

— Tenez ! fit-il. C'était pour vous ! Pour vous deux !

Sur le chemin du retour les deux jeunes filles n'échangèrent pas une parole. Chacune portait au poignet son morceau d'un cadeau qui n'était destiné ni à l'une ni à l'autre. Elles avaient reçu aussi deux petites chaînes d'or avec un porte-bonheur en forme de main curieusement stylisée.

On avait bavardé pendant une heure avec le vieux monsieur. On avait même parlé de l'Alsacienne, qui n'était malheureusement pas d'un caractère bien commode. On s'était promis de se revoir le plus vite possible, ce qui était sans doute une manière de dire qu'on n'allait plus se retrouver de sitôt, désormais. Puis on s'était embrassés longuement, un peu comme on se souhaite « bonne chance », et l'on s'était séparés.

Madeleine s'abandonnait maintenant à la tristesse. Elle ne pouvait chasser de son esprit toute cette souffrance qu'elle venait de voir. Elle aurait voulu faire quelque chose pour le vieil homme qui n'était pas aimé. Elle ne pouvait concevoir que les êtres aient à se chercher ainsi les uns les autres comme des aveugles, leur vie durant, et ne sachent que se heurter et se blesser au lieu de s'étreindre.

Rose était triste aussi, mais surtout déçue, et elle en voulait à Madeleine de se laisser aller à la pitié. Elle se rendait bien compte que les gens ne gâchent en général leur vie que par lâcheté. Or elle ne croyait pas que cette lâcheté fût en elle aussi et qu'elle contribuât à notre humanité, même si elle la voyait maintenant partout : sur son père, bien sûr ! sur sa mère qui se laissait courtiser par ce M. Votchek ! Et sur Madeleine aussi qui retenait à grand-peine des larmes bien inutiles.

Elle saurait échapper à cette faiblesse dégradante, elle ! Jamais on ne la prendrait au mensonge des grandes souffrances et des grands sentiments. L'amour n'était qu'un ignoble abandon de soi : elle ne tomberait pas dans ce piège. L'orgueil serait sa loi.

Elle passa devant un aveugle qui mendiait sur le quai du métro. Il était vêtu d'un lourd manteau, qui n'avait plus de couleur, et qui avait peut-être été une capote d'uniforme. Il tendit sa sébille au passage des deux jeunes filles. Madeleine hésita, songeant qu'elle avait quelques sous dans sa poche. Rose la poussa en avant avec rudesse. Elle ne voulait rien donner au mendiant. Il pouvait bien rester seul au monde, lui aussi. Elle n'avait que du mépris pour tous ces aveugles qui allaient et venaient sur le quai, autour d'elle.

M. Votchek avait passé l'après-midi chez la couturière. Rose le salua d'un hochement de tête, sans s'approcher, et se retira aussitôt dans sa chambre.

Elle passa devant sa mère sans la regarder. Elle n'avait rien à lui dire, décidément. L'apparente indifférence de la couturière ne la révoltait pas moins que les épanchements de l'ingénieur. Madeleine la rejoignit dans la chambre : elle ne voulait pas laisser voir son désarroi au Polonais. Elle craignait aussi que sa mère ne lui fît des questions sur le bracelet qu'elle portait au poignet. Elle aurait éprouvé trop de honte à devoir s'expliquer devant un étranger. Elle n'avait pas l'orgueil farouche de sa sœur, mais une espèce de pudeur lui venait maintenant, qui lui enjoignait de cacher certains endroits de son âme à la manière dont elle avait appris à se couvrir le corps, par respect pour les autres, par respect aussi pour notre Créateur, qui n'a sûrement pas voulu nous faire tels que nous sommes.

M. Votchek avait deviné l'embarras des deux demoiselles, même s'il n'en savait pas la raison, et il prit presque aussitôt congé de la couturière. Cette brute-là n'était pas tout à fait sans finesse. Il était prêt à disparaître de la vie de sa bien-aimée si jamais il pensait lui occasionner le moindre désagrément. Le brave géant possédait toutes les qualités que Rose s'était mise à détester : il avait naturellement pitié de ses semblables. Il était prêt à se sacrifier pour eux aussi simplement qu'il aurait pu aider une vieille, dans la rue, à porter son sac à provisions.

Ses manières quelque peu cérémonieuses, sa retenue, sa crainte aurait-on dit de briser quelque chose avec ses trop grosses mains, donnaient à ce phénomène de foire une allure de courtoisie vraiment touchante, et comique. Mais la couturière ne se serait pas pardonné de sourire aux grâces bizarres de cet ours funambule. Elle l'aimait déjà, d'une certaine manière. Elle attendait sa visite avec plaisir, même s'il ne venait nullement à l'esprit qu'elle pût jamais se lier davantage à cette montagne de bonté.

Il arrivait toujours pour réparer ou bricoler quelque chose. C'était la seule conversation amoureuse pour laquelle il ne fût point trop timide : il frappait doucement à la porte, sa boîte à outils à l'épaule. Il s'inclinait respectueusement devant la couturière : il ne lui touchait plus la main, puisqu'elle n'aimait pas cela. Puis il se dirigeait tout droit vers la cuisine, où il déposait ses tuyaux et son chalumeau. Il avait entre-pris d'installer le chauffage central. Ce fut un travail long et compliqué, car tous les éléments qu'il avait pu se procurer ici et là étaient dépareillés. Quand il en aurait terminé avec le chauffage, il aménagerait la grande penderie du couloir en salle de douches. Ainsi la couturière aurait le confort le plus moderne.

Celle-ci quittait sa machine à coudre, de temps à autre, pour venir le voir travailler. Elle le trouvait à quatre pattes sous l'évier, ou bien sur le dos, aux prises avec un lourd radiateur de fonte, ou bien achevant une soudure derrière le nouveau calorifère à gaz. Quand il la voyait arriver il fermait le bec du chalumeau et il se relevait, comme pris en faute. La couturière lui disait de ne pas se déranger pour elle, et qu'elle n'était venue que pour admirer son travail. Alors il lui souriait avec gratitude. Elle souriait à son tour, et elle s'en allait, car elle savait qu'il n'aurait jamais touché devant elle à ses pinces, à ses clés, à ses marteaux. Ils avaient déjà leurs habitudes de couple, elle à sa machine, dans le salon, lui à ses tuyaux de cuivre, dans la cuisine.

La couturière était devenue moins froide avec ses

filles. Elle se prenait parfois à rire. Elle ne se retirait plus si tôt, le soir, dans sa chambre, pour lire ou pour songer à la tristesse de l'existence. Elle bavardait plus volontiers avec Mme Marthe désormais, et celle-ci lui disait que c'était important, pour une femme, que de trouver quelqu'un qui la respectât.

6

La nuit d'avant la Saint-Sylvestre, les Allemands bombardèrent à nouveau Paris. Le ciel était limpide et de leur balcon sous les toits, les jeunes filles et leur maman purent regarder à loisir la manœuvre des projecteurs qui flairaient la nuit de leurs étranges museaux de lumière, meute silencieuse traquant là-haut la mort furtive. On entendait de temps à autre une explosion lointaine : un éclair découpait les toits en ombre chinoise contre le ciel qui prenait pendant un instant la teinte de l'acier. Une bombe venait de tomber, à cinq cents mètres, à moins de mille mètres : les petites comptaient les secondes qui s'écoulaient entre la lueur de l'explosion et la détonation qui s'ensuivait, plus ou moins assourdie par la distance. Ce n'était pas plus effrayant que l'orage et c'était bien plus beau, surtout cette lente chorégraphie que les projecteurs faisaient dans le ciel, accrochant parfois un minuscule point noir, là-haut, et ne le lâchant plus ensuite, l'enveloppant d'une gerbe lumineuse et fatale, jetée à la fin de l'acte par les canons du Trocadéro ou du mont Valérien.

La ville était si étendue et les avions si petits dans le ciel : la mort n'est jamais à notre mesure. La couturière ne craignait rien pour elle. Pendant quinze ans elle avait espéré s'en aller une nuit, dans son sommeil, pour ne plus jamais avoir à se souvenir d'elle-même au réveil, mais pendant quinze ans elle avait été abandonnée de la mort aussi. Et maintenant elle avait ses petites, à nouveau. Elle devait leur façonner des robes, et veiller à ce que le garde-manger fût garni. Elle les aimait, bien sûr, mais à sa manière : elle n'arrivait pas toujours à se sentir responsable d'elles. Si les deux adolescentes étaient bien nées de sa chair, ç'avait été dans un passé si lointain que l'idée de sa propre maternité lui semblait une fiction incompréhensible, comme l'Immaculée Conception de la Vierge.

Dans la rue, les rares passants surpris par la clameur des sirènes s'étaient réfugiés pour la plupart sous les porches des immeubles, ou bien avaient gagné en courant la bouche de métro la plus proche. Mais quelques-uns étaient demeurés au milieu de la chaussée, le nez en l'air, incapables de s'arracher à la féerie qui se donnait dans le ciel. Et l'idée du danger que l'on courait peut-être ne faisait qu'accroître la fascination exercée par la splendeur mystérieuse du spectacle.

On assurait que la guerre serait terminée au printemps, car les boches n'avaient plus rien à manger. D'autres disaient qu'elle durerait encore trente-cinq ans, et que de nouvelles batailles se préparaient, auprès desquelles Verdun n'aurait été qu'une bousculade d'enfants. Les hommes qu'on voyait dans la rue étaient pour la plupart des permissionnaires. Il y en avait de toutes les couleurs, de peau comme d'uniforme. Ces beaux militaires venaient faire leurs trois petits tours sur les boulevards, avant de repartir au casse-pipe. Il y avait les Tommies, les Indiens barbus à turban, et depuis peu les Américains, dont beaucoup n'avaient jamais encore été au feu et qui se croyaient venus faire du tourisme peut-être, aimables, rieurs et curieux de tout, leur « Vest Pocket » Kodak en bandoulière. Rentrant de l'école chacune par son chemin, les deux petites aimaient flâner parmi cette espèce de liesse : Paris avait un air de fête. La Grande Exposition s'y donnait à nouveau, et le monde, cette fois, y était représenté en grandeur naturelle. La guerre qui se jouait à cent kilomètres de là n'apparaissait plus que comme un lointain prétexte : nous avions invité chez nous la planète, et cela nous ferait de beaux souvenirs dans quelques années, si nous vivions jusque-là.

M. Votchek disait à Madeleine que de grands bouleversements se préparaient dans son pays natal. Ses yeux brillaient quand il parlait de la Pologne libre qui allait bientôt retrouver sa place parmi les nations.

Madeleine lui demandait alors s'il ne regrettait pas d'avoir quitté son pays où il y avait de si belles forêts et des lacs si transparents. Une hésitation passait dans son regard, mais il répondait que « sa patrie était la France, maintenant ». Bientôt, il aurait assez d'économies pour construire une vraie maison sur le petit terrain où se trouvait sa cabane, à Chatou. Il en poserait chaque brique lui-même. Il ne voulait de personne pour l'aider. Cette maison serait vraiment la sienne. Il y connaîtrait jusqu'à l'emplacement du moindre clou, invisible sous le plancher. Il y aurait une cheminée où il ferait flamber des bûches, l'hiver. Il regarderait la neige tomber doucement sur les bouleaux qu'il avait plantés voilà quelques années dans le jardinet. Il construirait aussi un grand rayonnage pour y ranger des romans. « Des livres ? » s'étonnait Madeleine. Oui, des romans, des histoires d'amour, expliquait M. Votchek : mais ce ne serait pas pour lui, car il savait à peine lire. Il n'avait pas besoin de savoir lire. Toute sa science, à lui, serait dans les murs et dans le sol de cette maison, parmi les briques, le bois, la pierre ; et les romans seraient sur le rayonnage pour contenir tout l'amour dont il ne savait pas trouver les mots.

« Et la Pologne ? » demandait alors Madeleine, encore émue par les descriptions que M. Votchek lui avait faites de son pays natal. Oui, la Pologne ! Mais ce n'avait été pour lui, dès l'enfance, qu'une contrée lointaine et comme imaginaire, une nostalgie déjà, un regret, alors même qu'il ne l'avait pas encore quittée. C'était cette Pologne-là, sans doute, qui avait fait de M. Votchek un amoureux si discret et si respectueux : il y avait appris l'adoration, qui ne s'adresse au juste qu'à ce qui est absent.

A la fin du mois de mars les gros canons de marine allemands, installés sur des rails, commencèrent à tirer sur la capitale. La mort, qui entendait gagner seule cette dernière bataille, n'avait plus rien de féerique, désormais. Invisible et silencieuse jusqu'au dernier instant, elle éclatait soudain, venue on ne savait d'où, pulvérisant un immeuble, massacrant des familles au milieu de leur sommeil. Paris allait finir comme Pompéi.

Mme Marthe offrit à la couturière de venir s'installer avec ses petites à Chatou. Un million d'habitants n'avait-il pas déjà fui la capitale qui menaçait de s'embraser ? Ne parlait-on pas d'évacuer les écoliers ?

On alla donc voir fleurir les rosiers de la concierge. On s'en fut de nouveau canoter sur la Seine. C'était M. Votchek qui ramait. Il ne se rendait à Paris que le soir, où la Grande Revue des Folies-Bergère continuait malgré tout de faire salle comble.

On mangea les salades du jardin. Puis vint le temps de cueillir les cerises, et la cousine de Mme Marthe confectionna des tartes pendant plusieurs jours.

Madeleine était devenue grande à son tour, mais elle resta beaucoup plus menue que sa sœur. Mme Marthe la complimentait sur sa taille fine, sur la blancheur de sa gorge et de ses épaules, sur le joli dessin de ses lèvres, sur la grâce de ses gestes : il lui semblait retrouver dans les grands yeux noirs de la jeune fille la fièvre d'un regard qui l'avait bien émue, jadis. Elle n'en dit rien à son amie, toutefois : la couturière avait certainement oublié le jeune peintre du quatrième. Elle n'en parlait jamais, et Mme Marthe, bien sûr, n'aurait pas pris le risque de rouvrir une blessure qui avait été si longue à guérir.

L'été passa ainsi. On ne rentra pas à Paris. La capitale semblait moins menacée, mais les rosiers de Chatou donnaient de si belles fleurs, et la cousine de Mme Marthe était si gentille ! M. Votchek venait presque tous les jours. Il faisait pousser toutes sortes de légumes autour de sa cabane, et l'on eut des carottes, des haricots, des petits pois. Il parlait à la couturière et à ses demoiselles du pavillon qu'il construirait un jour, peut-être dès l'an prochain. Il en avait dessiné les plans lui-même voilà déjà longtemps, mais presque chaque semaine, désormais, il les reprenait pour agrandir et embellir sa future maison. Il craignait qu'il n'y eût plus assez de place : il faudrait au moins trois chambres, mais cela, il n'osait le dire. A peine osait-il en rêver, et cette pensée le faisait même rougir.

7

Onze heures étaient passées de quelques minutes quand le bourdon de Notre-Dame emplit de sa lourde vibration le ciel de la capitale. Les passants s'arrêtèrent sur place dans les rues, levant la tête, le souffle suspendu, interrogeant les nuages comme ils avaient appris à le faire depuis que les avions et les Zeppelins y dévidaient les fils du destin. Pendant quelques secondes encore, le bourdon continua de retentir seul, lentement, comme une énorme horloge sonnant les millénaires. Puis, rayonnant soudain sous le ciel opaque, le carillon de Saint-Eustache se mit en branle à son tour, pour jeter ses notes de bronze, plus claires, dans un ample mouvement de balancier d'un bord à l'autre du firmament. Ce furent ensuite la Sainte-Chapelle, Notre-Dame-de-Lorette, et bientôt la Trinité, et plus loin le Sacré-Cœur : tous les clochers de Paris entremêlaient maintenant leurs sonneries en un fracas à faire éclater la voûte céleste. Et soudain, comprenant que l'apocalypse espérée depuis si longtemps était arrivée, et que cette fin du monde qui roulait dans le ciel était la victoire, la paix, tous ceux qui s'étaient immobilisés l'instant d'avant sur le trottoir, et qui n'osaient croire encore à ce qu'ils entendaient, sortirent enfin de leur stupeur, de cette angoisse qui les avait pétrifiés depuis quatre ans, et se jetèrent dans les bras les uns des autres.

Dans l'atelier où travaillait Madeleine, toutes les filles s'étaient levées ensemble à l'étrange sommation du bourdon de Notre-Dame. On en avait rêvé pendant quatre ans, mais personne ne savait, personne n'avait imaginé à quoi ressemblerait l'instant de la victoire. Or c'était cela : ce plancher qui vibrait, cette vitre qui tremblait, cette brusque faiblesse qui vous prenait au creux de l'estomac et vous faisait vaciller sur vos jambes.

M. Rivière, le coupeur, quitta sa table pour aller à la fenêtre. Il tourna la poignée de l'espagnolette, mais sans tirer tout de suite le châssis. Ce petit homme rondouillard qui régnait avec une majesté tranquille sur les vingt-quatre filles de l'atelier n'allait tout de même pas laisser n'importe quel vacarme mettre à mal son autorité. Il appuya le front contre la vitre et tâcha de distinguer ce qui se passait en bas, dans la rue : des gens couraient au milieu de la chaussée. Des gamins avaient déjà renversé l'étalage de la fleuriste, sur le trottoir d'en face, distribuant les chrysanthèmes aux passants ou les semant sur le trottoir. Le cheval d'un marchand de légumes venait de s'emballer et déboula au galop toute la longueur de la rue, tirant sa voiture bâchée qui cahotait sur les pavés inégaux et répandait un sillage de pommes de terre. Les gens en liesse s'écartèrent à son passage et poussèrent des vivats comme s'il se fût agi d'une attraction foraine. M. Rivière hocha la tête, désapprobateur, puis consentit à tirer le battant de la fenêtre, ouvrant enfin les vannes à la fête qui déferla dans l'atelier.

Alors les filles quittèrent leurs machines et s'embrassèrent les unes les autres en sanglotant de joie, même celles qui portaient un brassard noir. Puis on ouvrit toutes les fenêtres, et l'on s'agglutina contre les balustrades pour répondre à ceux d'en bas. Il n'y avait pas de mal à se héler ainsi d'un côté à l'autre de la rue. On était tous de la même nation, de la même terre, de la même famille. L'une des filles trouva trois coupons de gabardine, bleu outremer, coquille d'œuf, bordeaux, et les cousut ensemble pour en faire un drapeau qui fut accroché à la rambarde de la plus grande fenêtre.

Puis la petite Henriette, une arpète qu'on avait engagée en même temps que Madeleine, quitta brusquement la fenêtre, et traversa l'atelier en courant pour gagner l'escalier. Les autres filles la suivirent aussitôt, et l'on se retrouva dans la rue. De tous les porches d'immeubles s'échappait maintenant une foule ininterrompue. On s'embrassait sur les trottoirs. On se hissait par grappes d'une demi-douzaine sur le marchepied des voitures immobilisées, et l'on se congratulait d'un véhicule à l'autre. Après quelques minutes, cette cohue se dirigea vers le boulevard des Capucines, sans que personne l'eût décidé, comme en suivant la pente. Et l'on continuait de rire et de se féliciter les uns les autres. Les garçons abordaient sans façon les filles, profitant de la bousculade pour les peloter bien fraternellement, et les filles se laissaient faire en gloussant : la mort et la destruction venaient de se retirer très loin à l'horizon, et l'envie vous prenait soudain d'étreindre votre prochain.

M. Rivière avait quitté l'atelier, lui aussi. Il s'était laissé emporter par cette liesse dont la crue roulait, impétueuse, entre les façades pavoisées. Mais il n'avait pas oublié de mettre son manteau et son chapeau. Il n'embrassa personne. Il n'aimait pas la foule. Il était descendu surtout pour surveiller ses ouvrières : on ne pouvait tout de même pas les laisser filer comme ça. Il n'aurait pas davantage su les retenir. Alors il les avait suivies. Et maintenant il ne les voyait plus. Il n'avait plus qu'à rentrer à l'atelier. Mais le courant l'emporta comme tout le monde vers le boulevard des Capucines.

La circulation était interrompue, là aussi, par l'immense flot de gloire. Les cafés du boulevard régalaient la foule gratis, et l'on voyait les garçons faire passer les bouteilles de blanc jusqu'au milieu de la chaussée. Trois permissionnaires canadiens furent hissés en triomphe sur le toit d'un autobus, où ils reçurent une formidable ovation. Deux Indiens en turban les rejoignirent bientôt sur ce piédestal improvisé. Ils essuyèrent à leur tour la tempête des applaudissements. On finit par trouver aussi une paire de Français, déjà fins soûls, et que le déferlement des acclamations aurait vite balayés du toit de l'autobus si les Indiens, en bons camarades, ne les avaient maintenus en équilibre.

Henriette et Madeleine se tenaient par la main pour ne pas risquer d'être séparées. Les autres filles de l'atelier avaient depuis longtemps disparu, emportées par le courant. Les deux gamines avaient un peu peur. Leurs pieds, par moments, ne touchaient plus le sol. Elles s'appelaient l'une l'autre, comme deux nageurs s'encourageant dans la tempête. Elles ne savaient plus où elles se trouvaient. Le monde qu'elles avaient quitté voilà seulement une demi-heure leur semblait infiniment loin, comme révolu à jamais : quand la houle s'apaiserait, quand les deux petites naufragées reprendraient pied tout à l'heure, ce serait sur une terre nouvelle, sur un continent tout juste émergé que

310

l'océan de la foule en liesse allait faire apparaître en se retirant. Henriette et Madeleine se retrouvèrent pendant un moment face à un énergumène à barbiche, besicles et redingote, juché en équilibre périlleux sur un échafaudage de tables, qui haranguait la cohue et tâchait de s'expliquer avec le vacarme. On n'entendait pas un mot de ce qu'il disait, mais on l'acclamait à tout hasard, et sans doute pensait-il que les vagues et les tourbillons, à ses pieds, obéissaient comme un animal bien dressé aux amples moulinets de ses deux bras.

Au bout d'une heure, le maelström s'apaisa peu à peu. Il fallait bien regagner à la fin les bureaux, les ateliers, les boutiques. On avait bu à la régalade pour fêter le premier jour du monde nouveau, mais les machines n'y tourneraient toujours pas toutes seules, et après deux heures seulement on se rendait compte que l'avenir où l'on venait d'entrer en triomphe n'était déjà plus très neuf.

Henriette et Madeleine retournèrent doucement vers l'atelier. Elles avaient l'une et l'autre la vie devant elles, puisque les bombes allemandes n'allaient plus tomber sur Paris. Mais la vie, ç'allait être des kilomètres d'ourlets à coudre, des millions de boutonnières à façonner, et les gamines n'étaient pas bien pressées de rentrer.

Le boulevard des Capucines était jonché de débris, lunettes brisées, chapeaux cabossés, chaussures, gants, papiers de toutes sortes, comme après une émeute. Les garçons des bistrots avoisinants tâchaient de récupérer leurs chaises et leurs tables qui s'étaient égarées au beau milieu de la chaussée. Un marchand de vins et spiritueux balayait le verre brisé de sa

311

vitrine. Il ne lui restait plus grand-chose à vendre :
ç'aurait été sa contribution à l'effort de guerre.

Au moment où Henriette et Madeleine allaient
traverser le boulevard un jeune soldat qui marchait
sur l'autre trottoir, seul, déjà dégrisé, déjà dépouillé
de sa brève auréole de gloire, les aperçut et leur
adressa un signe du bras. Les deux filles lui répondi-
rent avec empressement, comme pour l'empêcher de
s'en aller, pour le retenir de disparaître, lui aussi, avec
les dernières clameurs de la fête. On aurait bien aimé,
tout le monde, avoir un peu plus de victoire, de rires,
de fraternité après ces quatre années de guerre, mais
on n'avait pas su comment s'y prendre, et très vite on
était rentrés chez soi, les uns et les autres, en se disant
qu'on était un grand peuple, et qu'on n'était pas
déçus.

Le garçon, lui, savait comment s'y prendre. Il en
voulait encore, de la victoire, même s'il n'était qu'un
appelé de dix-neuf ans et qu'il n'avait pas encore eu le
temps de faire la guerre.

Il s'approcha des gamines, les fixant dans les yeux
avec effronterie, puis, sans un mot, il saisit Madeleine
par la nuque, et lui écrasa les lèvres dans un baiser
fougueux.

Il s'éclipsa aussi vite qu'il était apparu, s'évaporant
dans la foule qui encombrait encore les trottoirs. Peut-
être avait-il eu peur de son propre geste. Les deux
filles restèrent quelques secondes interdites. Madeleine se palpait les lèvres du bout des doigts, avec
curiosité. Sa camarade la dévisageait sans rien trouver à dire. Elle aurait bien voulu savoir quel effet ça
faisait, un baiser, mais comment parler d'une chose
aussi intime ?

Madeleine continua son chemin d'un pas plus vif,

emportée par la grâce de l'espèce de baptême qu'elle venait de recevoir. Il lui semblait que la fête immense qui venait de se dérouler autour d'elle avait été celle de son premier baiser. Henriette trottinait à côté d'elle, un peu jalouse, et n'osait toujours pas demander à sa copine ce qu'elle avait ressenti pendant qu'on l'embrassait.

Rose avait entendu, elle aussi, les cloches de Notre-Dame, à quelques rues de là. Elle avait ouvert la fenêtre de son bureau. Elle avait regardé les gens courir et se congratuler dans la rue. Dans le bureau d'à côté, M. Tchaloyan et M. Zana, ses patrons, semblaient n'avoir rien remarqué. Ils continuaient à parler de leur affaire, à voix basse, avec cet air de conspirateurs qu'ils devaient conserver plus ou moins jusque dans leur sommeil. M. Zana était tout petit et basané. Rose avait eu un peu peur, dans les premiers temps, de sa grosse moustache noire et de ses yeux qui vous surveillaient constamment du fond de leurs orbites profondes. Mais M. Zana était très gentil avec la nouvelle comptable. Jamais un mot plus haut que l'autre, et avec ça, une politesse exquise, donnant du « Mademoiselle Rose » à la gamine et lui ouvrant les portes comme à une dame. M. Tchaloyan était très grand et très maigre. Il avait les cheveux tout blancs, le teint bistre, et des rides profondes au front. Il s'habillait avec recherche et portait une épingle de cravate ornée d'un véritable diamant. Il était très aimable, lui aussi, presque cérémonieux, même, avec la nouvelle employée. Il parlait avec le même accent que son associé, roulant les « r », et amenuisant délicatement les syllabes au sortir de ses lèvres. « Ce sont des Levantins, des métèques », s'était écriée

313

Mme Marthe, quand Rose lui avait parlé pour la première fois de ce M. Zana et de ce M. Tchaloyan qui voulaient bien la prendre à l'essai au « Comptoir Colonial d'Importation ». Mais si les métèques en général n'étaient pas des gens fréquentables, ces deux-ci, par exception, semblaient tout à fait honnêtes et avaient offert à la jeune fille un salaire d'embauche proprement inespéré.

Ils lui permirent aussi de disposer de sa journée, en ce matin du onze novembre mil neuf cent dix-huit, quand les cloches se mirent à sonner, et que trois millions de Parisiens descendirent en une minute dans la rue pour fêter la victoire.

8

Le Comptoir Colonial d'Importation avait son siège boulevard de Sébastopol : on entrait dans l'immeuble, d'aspect plutôt sévère, par une lourde porte de ferronnerie et de verre. On se trouvait alors dans un grand hall dallé de faux marbre, par lequel on accédait aux deux ascenseurs hydrauliques. Un liftier commandait la manœuvre. Il était vêtu d'un uniforme bleu nuit, à la manière d'un officier de marine. C'était le seul préposé pour les deux ascenseurs, de sorte que l'un des appareils se trouvait toujours « en dérangement » : le liftier condamnait par une pancarte idoine la cabine de droite ou celle de gauche, selon l'humeur du jour.

Le Comptoir Colonial n'occupait pas tout l'immeuble, quoiqu'en semblât dire la somptueuse plaque de cuivre annonçant dès le hall, comme une sonnerie de clairon : « Comptoir Colonial d'Importation : Tchaloyan, Zana, et Cie ». Cette vaste entreprise, dont la raison sociale laissait présager des filiales et des ramifications sur les cinq continents, ne disposait pour lors que de deux bureaux sur cour, au cinquième étage. Les directeurs occupaient la plus vaste de ces pièces. Rose travaillait dans l'autre. Il n'y avait pas d'autre employé.

La jeune fille arrivait vers neuf heures, le matin. Sa tâche, alors, consistait à vérifier que les cendriers des patrons étaient bien propres. Ces derniers ne faisaient leur apparition que bien plus tard dans la matinée. Ils confiaient parfois à la nouvelle comptable quelque menu travail d'écriture, mais le plus souvent ils s'enfermaient dans leur bureau sans lui avoir prescrit la moindre besogne, et ils passaient le reste de la journée à discuter entre eux ou à téléphoner. Vers une heure, ils se faisaient apporter leur repas de la brasserie récemment ouverte à l'angle de la rue Réaumur, et un peu plus tard Rose était chargée de remporter le plateau. Elle ne voyait guère ses patrons qu'à cette occasion. Encore ne les apercevait-elle que confusément, dans l'épaisse fumée que leurs cigares répandaient sans discontinuer dans la pièce. Le reste du temps, elle entendait leur conversation à travers la cloison, sans pouvoir toutefois en distinguer les paroles.

Son bureau était confortable et parfaitement aménagé. La petite comptable trônait dans un superbe fauteuil recouvert de moleskine, si vaste et si profond qu'elle aurait pu se croire l'associée plutôt que l'employée de MM. Tchaloyan et Zana. Le bureau proprement dit, un très gros meuble façon acajou garni d'une demi-douzaine de tiroirs, encombrait une bonne moitié de la pièce du côté de la fenêtre. Une armoire à classement toute neuve occupait la cloison opposée. Les tiroirs et les rayonnages en étaient à peu près vides. Une grande carte de l'Afrique décorait le mur libre, face à la porte. M. Zana, enfin, venait de faire l'acquisition d'une Remington toute neuve qu'on installa sur le bureau de la comptable. Rose put ainsi s'exercer à la dactylographie. Elle y devint assez vite habile, mais MM. Tchaloyan et Zana, qui préféraient sans doute régler leurs affaires au téléphone, ne lui donnaient pour ainsi dire jamais de courrier à taper.

Mme Marthe trouvait que ce n'était pas « catholique », ces deux messieurs d'un certain âge qui payaient ainsi une jeune fille à ne rien faire. Croyant la rassurer, Rose célébrait quelque nouvel exemple de la bienveillance extraordinaire de ses patrons. Alors la concierge repartait que la gentillesse des hommes n'est qu'un piège, et conseillait à « sa pauvre Rose » de se mettre sans tarder en quête d'un emploi « plus honnête ».

Comme la jeune fille ne semblait pas disposée à quitter pour si peu son beau bureau et sa belle Remington, la brave femme s'adressait en désespoir de cause à la couturière afin qu'elle usât de son autorité maternelle, et elle reprenait, s'adressant à la jeune fille, mais sans quitter son amie des yeux, pour être bien certaine que cette dernière serait témoin de la réponse :

— Est-ce qu'ils sont mariés, au moins ? Est-ce qu'ils portent une alliance ?

Rose admettait que ces messieurs portaient l'un et l'autre une grosse chevalière d'or, mais point d'alliance.

— Ah, tu vois ! triomphait Mme Marthe. Ça s'appelle Tchaloyan ! Ça s'appelle Zana ! et ça n'est même pas marié !

La couturière se donnait l'air de réfléchir pour faire plaisir à sa vieille camarade. Mais elle ne trouvait rien à redire à tout cela. Rose avait trouvé un emploi. On la payait bien. Que fallait-il de plus ? Mme Marthe reprenait pourtant ses questions :

— Et qu'est-ce qu'ils importent ? Tu peux le dire ?

Rose avait vu passer quelques factures, bien sûr. Des bananes, de l'huile d'arachide, des agrumes, du poivre vert, rien qui ne pût figurer sur une honnête table bourgeoise. Mais la concierge ne désarmait pas :

— Est-ce qu'ils ne te tiennent pas des propos inconvenants ? N'ont-ils jamais tenté de geste trop familier ?

Mais non ! MM. Tchaloyan et Zana ne s'occupaient pas de leur employée. Ils ne la voyaient que quelques minutes par jour. De temps à autre ils lui faisaient porter un paquet, toujours à la même adresse, chez un antiquaire du Faubourg-Saint-Honoré.

Mme Marthe s'interrogeait alors sur le contenu des paquets : n'était-ce pas de la cocaïne ? des bijoux volés ? Pourquoi la petite n'essayait-elle pas d'ouvrir l'un de ces mystérieux colis ? Mais ils ne contenaient probablement que des papiers d'affaires, répliquait Rose : quand elle les palpait, cela rendait un bruit de froissement caractéristique.

— Justement, repartait la concierge ! Ils seraient bien intéressants à lire, ces soi-disant papiers d'affaires qu'on fait porter par la soi-disant comptable chez un soi-disant antiquaire ! Si MM. Tchaloyan et Zana n'étaient pas des trafiquants ou des escrocs, elle ne les relaxait pas pour autant, et les renvoyait devant les tribunaux militaires, qui les feraient dûment fusiller pour espionnage dans les fossés du fort de Vincennes.

M. Votchek invita la couturière à venir voir un soir la nouvelle revue des Folies-Bergère. La belle dame refusa : une personne comme il faut n'allait pas voir les danseuses nues. En fait, la couturière ne sortait de chez elle que pour se rendre à Chatou le dimanche, quand ce n'était pas à Mme Marthe de venir aux Batignolles.

Rose avait pris un abonnement à la Comédie-Française. Elle y allait presque chaque semaine. Elle visitait aussi les musées. Elle était inscrite à la bibliothèque de son quartier, et elle s'obligeait à lire deux volumes chaque semaine : elle préférait les ouvrages historiques. Au printemps, elle irait visiter les châteaux de la Loire. Elle emmènerait peut-être sa sœur, car elle avait un peu peur de faire le voyage toute seule.

Cette fringale de culture fut son premier acte d'indépendance. Elle n'allait pas acheter des romans « à quatre sous », comme sa mère et maintenant Madeleine. Elle voulait devenir savante, pour mieux comprendre ce qui lui était arrivé, et elle finirait par savoir de quoi le monde est fait.

Elle ne voyait plus son père. Ils s'écrivaient de temps en temps, comme s'ils s'étaient trouvés à mille lieues l'un de l'autre. Les lettres de la jeune fille étaient pleines de tendresse et de respect : elle demandait à M. l'ingénieur de lui parler de son travail, des nouveaux édifices qu'il s'apprêtait à faire surgir de terre, mais elle préférait ne plus rencontrer le vieil homme désemparé qui lui avait embrassé les mains en larmoyant.

Elle haïssait ses anciennes maîtresses du Cœur très Pur, qui ne lui avaient enseigné que sottises et mensonges. Elle n'acheta pas le moindre colifichet avec le salaire que lui donnait M. Zana, préférant s'habiller avec l'austérité d'une salutiste. Les garçons de son âge

319

ne l'intéressaient pas. Les hommes lui faisaient peur. Les gens qu'elle voyait autour d'elle, Mme Marthe, M. Votchek, sa propre mère, lui paraissaient croupir dans un terrible avilissement. Elle rêvait pour elle-même d'une existence plus noble, et elle demandait aux livres d'histoire, aux traités de sciences naturelles et à l'encyclopédie Larousse de lui montrer le chemin.

Elle passait ses journées toute seule dans son bureau de chez Tchaloyan et Zana. Puisqu'on ne lui donnait pour ainsi dire pas de travail, elle y poursuivait ses lectures. Elle lisait encore dans le métro, sur le chemin du retour. Elle devint très solitaire. Sa sœur elle-même n'avait plus le droit de l'approcher quand elle étudiait les planches de son encyclopédie.

Elle sortirait bien un jour de son ignorance. Elle saurait autant de choses que son père l'ingénieur, et alors peut-être elle pourrait enfin l'oublier. Elle en serait délivrée. Elle n'aurait plus le remords, enfin, de tout l'amour qu'elle n'avait pas reçu.

9

Mme Marthe répétait sans cesse que la vie a ses bons et ses mauvais côtés. Elle disait aussi que quand on a touché le fond on ne peut plus que remonter à la surface, et que la chance revient du même coup. La sagesse profonde de la concierge était d'avoir su se faire sur ses vieux jours une vie aussi impersonnelle que possible. Rien ne pouvait lui arriver qui ne fût arrivé à d'autres déjà, à n'importe qui, à tout le monde au fond, et alors ce ne pouvait être bien grave. Mme Marthe avait réponse à tout, et ses réponses possédaient un tour si général et si simple qu'elles ne pouvaient être que rassurantes. Bien sûr, elle aimait les animaux depuis qu'elle avait appris à connaître les hommes, mais après tout, la méchanceté des gens montrait seulement le malheur du pauvre monde : or la guerre elle-même n'avait-elle pas pris fin ?

M. Votchek approuvait gravement de la tête. Il ne savait exprimer ces choses, lui, car les mots lui manquaient, mais il avait connu des coups durs, aussi, et il était remonté à la surface comme le disait si bien Mme Marthe. Toutes les vies avaient leur lot de soucis, mais trouvaient un jour ou l'autre leur moment de bonheur. Il fallait savoir patienter. Lui, le Polonais, n'avait jamais rien fait d'autre. Maintenant encore il continuait d'attendre une lueur de tendresse dans les yeux de la bien-aimée, peut-être une parole, un jour, qui ne fût pas de simple amitié. La couturière, de même, voulait bien admettre qu'elle était heureuse depuis qu'elle avait retrouvé ses filles. Elle avait traversé des moments difficiles, mais à présent ce n'était plus que de mauvais souvenirs : Mme Marthe lui expliquait que la page était définitivement tournée.

C'était par de telles formules que la couturière s'accrochait maintenant à la vie : elle s'était mise à croire bon gré mal gré que « le plus dur était passé », et que « le bonheur se conquiert jour après jour ». Mme Marthe n'était jamais à court de maximes, et sa pauvre amie finissait, malgré son caractère fantasque, par en reconnaître la profonde vérité. Or ces formules n'étaient point tout à fait creuses. Elles contenaient la clé d'une existence parfaitement dénuée d'émotion comme de sens, où la couturière se voyait enfin dispensée de songer à elle-même. Elle arrivait à une espèce de bonheur, comme le voulait la concierge : elle réussissait à exister sans être soi.

Dans les premiers temps elle avait continué à vivre dans le désordre indescriptible des vêtements à coudre, qu'elle éparpillait comme à plaisir autour d'elle. Les objets lui glissaient d'entre les doigts. Les verres se brisaient à ses pieds. Le balai se trouvait toujours dans le salon, à portée de la main. Elle ramassait les débris : lentement, péniblement, car le moindre geste qui ne fût pas strictement machinal lui était un véritable supplice. Elle ne supportait que de coudre à sa machine parce que cela lui « vidait la tête ». Mais elle avait de brusques irritations, des gestes absurdes de colère, contre une bobine qui ne se dévidait pas assez vite, contre un manteau qui avait glissé de la pile et qui traînait sur le plancher : elle attrapait le vêtement qui s'opposait à elle, et de toutes ses forces elle le jetait à travers la pièce. Son regard flamboyait de haine, alors. Elle aurait anéanti le monde si elle en avait eu le pouvoir.

Elle allait toujours mal le matin. Le soleil qui filtrait à travers les persiennes lui blessait les yeux. Elle défendait qu'on ouvrît tout de suite les volets. Il fallait aussi parler à voix basse : les bruits lui faisaient mal. Elle disait invariablement « j'ai trop dormi », et elle se palpait le front, les tempes, pour en retirer les toiles d'araignée qui avaient envahi son visage pendant les siècles qu'avait duré son sommeil. Elle revenait de loin, et elle aurait préféré ne pas revenir, car lorsqu'elle s'était enfin endormie, à l'aube, ç'avait été en fait pour ne plus se réveiller : le monde aurait bien pu continuer d'aller sans elle puisqu'elle avait réussi, après des heures d'insomnie, à se désintéresser de tout cela.

Elle se plaignait d'avoir « le cœur au bord des lèvres ». Le sol, sous ses pieds, menaçait alors de s'ouvrir comme une trappe. Elle avait vu des docteurs, autrefois, pour qu'ils la guérissent de ses vertiges du matin. Ils n'avaient rien su faire, bien sûr, car elle n'était pas malade : elle passait simplement ses nuits dans l'autre monde, parmi les morts.

Elle enfilait sa robe de chambre avec d'infinies difficultés. Elle avait oublié encore une fois les gestes. Elle gagnait sa machine à coudre d'une démarche de somnambule. Elle se mettait à travailler. C'était son salut. La mobilité lui revenait peu à peu. Après une heure elle se relevait pour aller ouvrir les persiennes.

323

Parfois elle oubliait. Sa tâche l'absorbait complètement. Elle pouvait coudre dans le noir.

Vers midi elle allait bien. Elle s'était résignée à la vie, « qui a ses bons et ses mauvais côtés ». Elle devenait « comme n'importe qui ». Elle n'était plus personne, en fait, et elle ne souffrait plus. Elle pouvait aller faire sa toilette et s'habiller, se rendre « présentable ».

Elle rangeait dans le salon. Elle retapait son lit. Elle faisait les poussières : les petites trouveraient « une maison agréable et chaleureuse » quand elles rentreraient. Elle les aimait bien dès qu'elle n'avait plus ses angoisses. Elle craignait de ne pas s'occuper d'elles comme il l'aurait fallu. Peut-être ne leur donnait-elle pas assez à manger. Elle avait peur que Rose ou Madeleine ne tombât malade, sans qu'elle-même, leur propre mère, s'en aperçût. Elle leur faisait des tabliers avec les coupons qui ne servaient pas. Les deux jeunes filles étaient trop grandes, bien sûr, pour porter encore des tabliers, mais on ne pouvait rien tirer d'autre de ces bouts de tissu.

La couturière déjeunait seule sur la table de la cuisine. Elle avait un « appétit d'oiseau », mais elle avait pris l'habitude de boire du vin à chaque repas. Elle aimait bien se sentir « un petit peu pompette », ensuite.

Elle lavait toujours son assiette et son couvert avant de quitter la cuisine. Elle était devenue méticuleuse depuis qu'elle ne vivait plus seule. Elle effaçait les traces qu'elle pouvait laisser. Elle aurait aimé croire elle-même, peut-être, qu'elle n'avait pas été là.

Elle se remettait au travail. Elle cousait jusqu'au retour des filles. Si l'ouvrage venait par accident à lui manquer, elle restait quand même à sa machine, les bras ballants, fixant le vide, devant elle, avec une expression de détresse : on aurait dit que sa propre présence lui faisait horreur.

Quand elle avait un peu trop bu, le dimanche, elle pouvait s'animer, se mettre à parler et plaisanter. Elle devenait moqueuse. Ce pauvre M. Votchek faisait ordinairement les frais de cette bonne humeur : n'allait-il pas se dénicher quelque jolie maîtresse parmi les danseuses des Folies-Bergère ? Un homme qui mesurait comme lui ses deux mètres devait bien éveiller certaines curiosités. Le grand Polonais rougissait et bafouillait d'ardentes dénégations. Comment la belle dame pouvait-elle croire ? Comment pouvait-elle lui prêter de telles pensées ? Mais la belle dame profitait de ce désarroi pour évoquer lesdites pensées, avec une crudité, parfois, où le simple désir de se divertir aux dépens de l'amoureux bien honnête et bien transi laissait transparaître une espèce de jalousie peut-être, en même temps qu'une haine véritable pour les hommes en général, et pour leurs dégoûtants appétits.

A la fin, Mme Marthe demandait à mi-voix à son amie de modérer son langage devant les petites.

— Mais qu'ai-je dit de si extraordinaire ? s'exclamait la couturière. Tout le monde sait que les hommes ne vivent que pour ça ! Ils ne songent qu'à faire leur petite histoire, et pour le reste ils se moquent bien de nous. Autant que mes filles le sachent, oui !

M. Votchek se croyait toujours en cause alors que la belle dame l'avait oublié depuis un bon moment. Il protestait encore de son innocence. Il prenait à témoin Mme Marthe et sa cousine. Rose le considérait avec une froide expression de mépris. Le spectacle de sa bonne foi candide et navrée ne l'irritait pas moins que les accès de drôlerie douloureuse de sa mère. Elle les trouvait lâches et méprisables, ces deux adultes qui avaient raté leur vie et qui s'accrochaient l'un à l'autre dans leur naufrage comme pour être plus sûrement engloutis.

Mme Marthe s'arrangeait pour avoir le dernier mot, bien sûr. Elle se sentait responsable des jeunes filles, quand leur mère s'abandonnait ainsi à ses humeurs maladives. Alors elle expliquait que la vie n'était pas si tragique. Il fallait seulement apprendre la patience.

M. Votchek souriait comme un enfant en écoutant parler ainsi son avocate, qui plaidait pour lui, pour sa bien-aimée, et pour tous ceux qui à leur instar n'étaient plus personne.

10

Mme Marthe se faisait très vite une opinion sur les gens. Elle n'avait pas besoin de les connaître pour cela : quand on s'appelait Zana ou Tchaloyan, on ne pouvait être tout à fait honnête. Elle avait prévenu sa petite Rose. Elle l'avait mise en garde : on finirait par savoir à quelle sorte de fripouillerie se livraient ces deux-là, et ils se retrouveraient un jour les menottes aux poignets.

La concierge ne se trompait pas : MM. Tchaloyan et Zana n'échappèrent sans doute que de justesse au sort qu'avait imaginé pour eux la devineresse de Chatou.

Il fallait reconnaître que les deux compères n'avaient pas l'air bien honorable quand Rose les découvrit, ce matin-là, occupés à nettoyer en toute hâte leur bureau de son contenu. M. Tchaloyan avait ouvert le coffre et, de ses longues mains osseuses, en faisait surgir d'épaisses liasses de billets tout neufs ainsi que de mystérieux petits paquets, semblables à ceux que Rose avait eu à porter chez l'antiquaire du faubourg Saint-Honoré. Agenouillé sur le plancher, M. Zana jetait les paquets dans le feu ronflant de la salamandre, et tisonnait avec ardeur pour activer l'holocauste. Ils ne s'avisèrent pas tout de suite de la présence de la jeune fille qui les observait, ébahie, pétrifiée dans l'encadrement de la porte, et qui laissa échapper un cri de surprise douloureuse quand M. Zana se mit à fourrer aussi les liasses de billets dans la gueule de la salamandre.

— Ça brûle mieux comme ça, observa-t-il.

Son visage, illuminé par les flammes, semblait agité par intermittence de rictus étranges, et proprement diaboliques.

Rose le vit ouvrir l'un des paquets encore éparpillés autour de lui, et en sortir de nouvelles liasses de billets pour les jeter à leur tour dans le feu. Elle en eut le souffle coupé : elle ne pouvait encore admettre tout à fait que ses patrons, qui étaient si gentils et si bien élevés, fussent des faux-monnayeurs. Mais ce qui la choquait le plus, ce qui la laissait sans voix et comme anéantie, l'horreur en somme, c'était de voir tous ces billets, même faux, se tordre et disparaître parmi les flammes, dans un crépitement terrible et pour ainsi dire douloureux : en cette minute redoutable, MM. Tchaloyan et Zana lui parurent moins criminels d'avoir fabriqué de la fausse monnaie que de la faire brûler ensuite.

Ayant fini de vider le coffre, M. Tchaloyan alla s'asseoir à son bureau, se laissant tomber lourdement dans le fauteuil : il devait bien être un peu déprimé aussi. Il n'alla point aider son compère, qui continuait de tisonner et qui pestait après les dernières liasses, trop lentes à se consumer.

Quelques secondes passèrent ainsi. Rose se demandait si elle devait s'enfuir, alerter la police, ou dire au contraire quelques mots d'apaisement à ses deux patrons qui avaient l'air tellement embêté. M. Tchaloyan aperçut enfin la jeune fille en train de les observer, lui et son complice. Il ne parut point trop s'inquiéter de sa présence : sans doute avait-il déjà son visa pour l'Amérique du Sud, ou pour plus loin encore. Il sourit, l'air désolé :

— Nous n'allons pas pouvoir vous garder à notre service, dit-il de manière bien superflue.

— Nous n'aurons plus de quoi vous payer, ricana M. Zana, qui venait de refermer d'un coup de tisonnier la porte de la salamandre.

Rose choisit d'entrer, tout compte fait, plutôt que de s'enfuir. Elle aimait bien ses patrons. Elle se sentait un peu complice, aussi. N'avait-elle pas transporté toute cette fausse monnaie par petits paquets ? On avait dû la choisir pour cette besogne parce qu'elle était encore une enfant, presque, et que nul n'aurait songé à la soupçonner. Elle eut envie de montrer qu'elle n'était pas aussi naïve qu'elle en avait l'air. Mais elle sut dire seulement, d'une voix mal posée :

— Oh ! je savais bien que vous étiez louches, tous les deux !

MM. Tchaloyan et Zana partirent d'un même éclat de rire, associés dans cette soudaine bonne humeur comme dans leurs autres trafics :

— Louches, peut-être, mais pas malhonnêtes, dit M. Zana, qui ajouta, toujours en riant : nous vous devons un préavis, Mademoiselle Rose.

A ces mots, M. Tchaloyan ouvrit son veston, sortit son portefeuille en le tenant entre le pouce et l'index, puis l'éleva au-dessus du bureau, et le lâcha d'un geste qui semblait exprimer le plus profond dégoût, comme s'il s'était agi d'un mouchoir souillé, ou peut-être d'une souris crevée.

— Nous allons bien trouver quelque chose ! dit

M. Zana, qui lâcha son tisonnier et quitta la salamandre pour faire le tour de la pièce, inspectant les meubles, les murs...

Il s'arrêta devant un petit tableau représentant un coucher de soleil sur un paysage de prés et de bocages.

— On pourrait lui donner notre Corot, suggéra-t-il, mais comme en s'interrogeant lui-même : n'était-ce pas tout de même trop beau, trop coûteux ?

— Tu sais bien que c'est un faux, fit l'autre dans un ricanement.

Zana haussa les épaules, et approcha le nez du tableau, qu'il examina pendant quelques secondes avant de conclure :

— C'est juste ! Nos billets étaient mieux faits.

Il reprit ses investigations, hésita devant une autre toile qui ne devait pas valoir plus cher que l'autre, puis il avisa deux statuettes de métal colorié qui ornaient la console, près de la porte d'entrée : c'étaient deux avocats au visage très expressif, presque grimaçants dans le feu de la plaidoirie, et dont la toque noire était évidée pour servir de bougeoir. Il en saisit un dans chaque main, et d'un geste presque brutal, comme s'il avait voulu s'en débarrasser dans la seconde même, il les tendit à la jeune fille interdite :

— Prenez ! fit-il en souriant. Ils sont presque authentiques, ceux-là : ils ont été faits d'après des dessins de Daumier !

— C'est un artiste du siècle dernier, expliqua Tchaloyan qui semblait maintenant assoupi dans son fauteuil, les paupières closes, et qui parlait comme de très loin, de cette Amérique du Sud, peut-être, qu'il

330

méditait sûrement de conquérir par quelque nouvelle caramdouille. Puis il précisa : voilà longtemps qu'il est mort, mais il nous a tiré le portrait, à vous comme à moi.

11

Les deux avocats-bougeoirs vinrent orner la cheminée dans le salon de la couturière. Tout le monde s'extasia, même Mme Marthe, qui grommelait bien un peu que ces statuettes devaient avoir été volées d'une façon ou d'une autre, mais qui les trouvait « frappantes de vérité » : on aurait dit que les deux avocats allaient s'animer, en effet, et Rose croyait les entendre s'invectiver l'un l'autre avec l'accent de MM. Tchaloyan et Zana.

Ces deux-là ne firent plus jamais parler d'eux, et l'on ne chercha pas à savoir s'ils étaient allés poursuivre leur carrière au Pérou, à Cayenne, ou en enfer.

Après quelques semaines, Rose, sa maman et Mme Marthe furent enfin convaincues que la police n'allait pas perquisitionner dans l'appartement des Batignolles. On commença même à plaisanter sur les deux rastaquouères : la petite, sous le coup de l'émotion, en avait si bien parlé, avec tant de force, que chacune, même la cousine de la concierge, croyait maintenant les avoir bien connus.

On examina les billets que la jeune fille avait reçus dernièrement de ces messieurs : on n'y décela rien de suspect. Mme Marthe fut pourtant d'avis d'envoyer

Madeleine les refiler à l'épicière de la rue d'Athènes, chez qui l'on n'allait pas d'habitude mais qui souffrait de la cataracte, et qui grâce à Dieu n'y voyait à peu près rien.

Rose gardait de la sympathie pour ses anciens patrons. Elle les désapprouvait, certes, elle savait bien qu'ils avaient commis un grave délit, mais ils s'étaient montrés fort honnêtes avec elle : ils lui avaient toujours parlé avec la plus grande douceur, la remerciant de tout ce qu'elle venait à faire à leur service comme s'ils ne l'avaient pas payée justement pour cela.

Elle en vint à se demander ce qu'elle-même aurait fait si l'occasion lui avait été offerte, par exemple, d'écouler impunément quelques-uns des faux billets de MM. Tchaloyan et Zana. Ou de dérober sans risque une grosse somme d'argent. Ou de s'approprier tranquillement le bien d'autrui par quelque moyen illicite. Et plus elle y réfléchissait, moins la réponse lui semblait simple : elle aurait bien opté pour l'honnêteté, certes, mais la plupart des gens n'étaient-ils pas des fripons ? Et la vertu n'a pas de sens lorsqu'on est seul à la pratiquer.

La belle saison arriva. L'été de la paix fut moins ensoleillé que les autres : le bon Dieu n'avait pas entendu parler de l'armistice, selon Mme Marthe, et la grippe espagnole emporta sans tapage quelque cent cinquante mille Français de plus, qui se croyaient pourtant bien tranquilles depuis que les boches avaient repassé la frontière.

On fit pourtant une grande fête, le quatorze juillet, pour célébrer la victoire : on avait dressé devant l'Arc de Triomphe un grand cénotaphe sur lequel trônait une dame de la taille d'un clocher d'église, figurant la patrie. Au matin les maréchaux de France, le chef de l'Etat et les présidents des Assemblées vinrent s'incliner devant la géante de carton-pâte, puis le défilé commença.

Le maréchal Joffre et le maréchal Foch ouvraient la marche, chacun sur son cheval, son bâton sous le bras. Le maréchal Joffre avait beaucoup de mal à tenir sa jument que les applaudissements et les vivats rendaient nerveuse ; un officier s'approcha en toute hâte pour prendre l'animal par la bride, le retenant avec douceur et s'employant à le calmer : il n'aurait pas été convenable que le vainqueur de la Marne se fît désarçonner ainsi, devant l'Arc de Triomphe.

La foule fit une longue ovation aux grands blessés et mutilés qui suivaient immédiatement les maréchaux. Les moins invalides actionnaient eux-mêmes leur fauteuil roulant ou bien avançaient avec courage et dignité sur leurs béquilles. D'autres grands blessés, malheureusement plus infirmes encore, se faisaient pousser par des infirmières de la Croix-Rouge ou bien par quelque parent, père, mère, ou frère, profondément recueilli et fier de participer par ce moyen au grand défilé de la victoire. Il y en avait des centaines et des milliers, de ces héros assis ou gisant sur leurs engins de fortune dont l'aspect évoquait tantôt une brouette, tantôt une voiture d'enfant, tantôt la charrette d'une marchande des quatre-saisons. Et ces braves souriaient à la foule qui les regardait et les acclamait. Ceux qui étaient étendus tâchaient de se hausser sur un coude pour entrevoir ce qui se passait autour d'eux, mais certains ne pouvaient même tourner la tête, contraints qu'ils étaient de fixer le ciel pour toujours, adressant par nécessité leur sourire et leur reconnaissance à Celui qui était là-haut, peut-être, et qui leur avait accordé de ne pas mourir tout à fait, leur offrant la gloire et le souvenir pour prix de leur sacrifice.

Après ces terribles et glorieux culs-de-jatte, ces fiers paralytiques, ces aveugles admirables, apparurent en ordre impeccable et sous les ovations renouvelées de la foule les détachements des vingt et un corps d'armée qui avaient défendu notre sol national.

Les pavés des Champs-Elysées résonnaient sous le pas cadencé de la troupe victorieuse et les sabots des chevaux jetaient des étincelles. Le vent gonflait par intermittence les drapeaux des régiments.

Le défilé des armées alliées suivit la parade des troupes françaises : cavaliers, artilleurs, marins, fantassins. Voilà huit mois que les canons et les mitrailleuses s'étaient tus. La guerre paraissait lointaine, déjà, et comme écartée à jamais. Il ne restait que la victoire, ce fleuve puissant et tranquille dont rien, aucune force au monde, aucun maléfice n'aurait pu désormais arrêter le cours. Et sur les trottoirs, agglutinée derrière le cordon des fantassins qui assuraient le service d'ordre, la foule rugissait sa joie : la guerre avait été bonne, les millions de morts n'étaient pas tombés pour rien, et les enfants grimpaient maintenant sur les canons ennemis entassés en deux formidables hérissons au rond-point des Champs-Elysées.

Mme Marthe, M. Votchek et les petites étaient venus voir le défilé. On avait même emmené la couturière : elle s'était fait un peu tirer par la main, bien sûr, car elle avait peur de « toutes ces manifestations ». On arriva vers dix heures, et l'on fut aussitôt happé par la foule qui se pressait sur les trottoirs. M. Votchek lui-même avait du mal à garder l'équilibre. Il avait peur que sa bien-aimée ne se laissât emporter. Il n'aurait pas osé la retenir par le bras. Il savait bien qu'elle n'aurait pas aimé cela. Alors il ne la quittait pas des yeux. Il surveillait aussi les petites : il n'aurait pas fait bon les perdre dans cette foule. Mais avec ses deux mètres de taille, heureusement, le Polonais dominait la cohue de la tête et des épaules : la nature l'avait muni d'un périscope.

On n'allait pas apercevoir grand-chose du défilé. La couturière dit à plusieurs reprises qu'elle se sentait mal, mais on ne put rien faire pour elle car on était prisonniers de la foule, les uns et les autres. M. Votchek décrivit ce qu'il voyait, pendant une heure. Les spahis, les tirailleurs sénégalais, les artilleurs, et un peu plus tard des Américains, puis les Highlanders, puis les Italiens avec leur chapeau à plume, qui couraient sur place comme pour se réchauffer, puis de nouveau des Français, des marins cette fois, et des aviateurs, et les marsouins, et les zouaves...

Vers midi l'on put enfin se détacher de l'agglutination et quitter les Champs-Elysées par une rue latérale. Mme Marthe dit qu'elle avait des bleus sur tout le corps, mais que cette matinée lui ferait un beau souvenir. Elle recommanda aux petites de bien se rappeler tout ce qu'elles venaient de voir, pour le raconter plus tard à leurs enfants.

On n'avait rien vu, justement. On avait seulement eu trop chaud et l'on s'était fait écraser les pieds. Madeleine trouvait tout de même que ç'avait été bien sublime, le défilé, les drapeaux, les hourras. Elle se rappellerait ce que M. Votchek venait de décrire, et qu'elle croirait un jour avoir aperçu de ses propres yeux, car elle aimait croire de toute façon. Elle se rappellerait les vivats, les clairons, et surtout le cognement mat et profond des timbales : jusqu'à son dernier jour elle entendrait battre encore le cœur du colosse qui avait parcouru ce matin-là les Champs-Elysées. Elle se rappellerait son haleine lourde, l'odeur forte de sa sueur, et elle en ressentirait malgré elle la nostalgie.

Quelques jours plus tard, armé d'une pioche et d'une pelle, M. Votchek commença à creuser les fondations de sa maison. Il se mit à la besogne au lever du soleil, seul ainsi qu'il se l'était promis. Pendant toute la journée, les passants virent le Polonais ahaner au milieu de son champ d'herbes folles. Il ne s'arrêtait, de temps à autre, que pour boire de l'eau à la cruche. Au milieu de la matinée, déjà, il disparaissait à peu près dans l'excavation qu'il avait faite et qui était de la dimension d'une tombe. En fin d'après-midi, la fosse représentait un cube d'environ deux mètres de côté. Il remit alors sa chemise, sa veste, et il alla prendre son train, car son service aux Folies-Bergère commençait chaque soir à sept heures.

Le lendemain, la fosse de M. Votchek s'agrandit encore, et les travaux se poursuivirent ainsi pendant une semaine. Puis il y eut un orage très violent, pendant toute une nuit : le malheureux géant passa la matinée du lendemain à invectiver le bon Dieu qui abandonnait une fois de plus la Pologne, et il s'épuisa pendant tout l'après-midi à pomper à la main l'eau boueuse qui avait envahi sa future cave.

A présent les passants s'arrêtaient volontiers pour regarder l'énergumène en train de fouiller le sol de Chatou avec l'ardeur d'un chercheur d'or. M. Votchek avait amoncelé les cailloux et la terre à une vingtaine de mètres de la fosse, du côté opposé à la rue, pour en faire une colline artificielle qui, couverte de végétation, serait sûrement du plus bel effet : plus il creusait, le Polonais, plus sa maison s'élevait dans sa tête. Il en multipliait les étages. Il y accrochait des tours et des clochetons. Il l'ornait d'un escalier monumental menant au perron.

Vers le milieu du mois d'août, enfin, il emprunta une charrette à bras et apporta des moellons qu'il était allé prendre lui-même dans la carrière à quelques kilomètres de là. Il apporta le sable par le même procédé, puis les sacs de ciment, et bientôt quatre murs à la fois commencèrent à surgir comme d'eux-mêmes de la fosse, environnant le drôle de fakir qui se contorsionnait sur son échafaudage de fortune.

M. Votchek n'avait plus le loisir d'aller aux Batignolles. Il passait tout de même le meilleur de son temps avec sa bien-aimée. C'était pour elle qu'il avait creusé, qu'il avait porté les sacs de ciment sur son dos, qu'il pelletait, qu'il bétonnait, qu'il scellait, qu'il jointoyait.

Mme Marthe s'inquiéta des progrès de cette passion qu'on voyait croître jour après jour dans le jardin du Polonais. Elle n'avait encore jamais vu cette sorte d'amour, capable de remuer pour de bon les montagnes, et elle savait que la couturière ne mettrait jamais les pieds dans le paradis de banlieue de son prétendant. Alors elle prit sur elle d'avertir ce pauvre M. Votchek : leur amie n'était pas une femme tout à fait comme les autres. Elle n'était pas positivement folle, ça, non, mais elle avait les nerfs malades et son caractère était imprévisible. M. Votchek aurait dû poursuivre ses visites simplement, et continuer de l'aimer comme il l'avait toujours fait, c'est-à-dire de loin.

Le Polonais écouta patiemment les raisons de la

338

concierge. Il hocha la tête, à plusieurs reprises, comme s'il avait vraiment saisi ce qu'on tâchait de lui suggérer : la couturière ne franchirait jamais le seuil de la future maison. Pire encore ! Elle ne voudrait sans doute plus revoir un homme qui aurait espéré la faire vivre avec lui, dans la même maison et peut-être, la nuit, dans le même lit.

M. Votchek approuvait de la tête et souriait, mais il n'avait rien compris. Il ne voulait pas comprendre : il avait sa conviction à lui, comme il arrive si souvent à ceux qui ne parviennent pas à s'exprimer. Il ne savait que construire cette maison, dans un monde où la couturière l'aimait sans avoir besoin de le montrer en aucune façon, et rien n'aurait pu l'en faire démordre.

Alors il expliqua patiemment à la concierge que sa bien-aimée oublierait ses chagrins d'autrefois quand elle habiterait avec lui leur belle demeure, et qu'elle y deviendrait une autre femme. Il lui laisserait coudre les rideaux, peut-être, mais pour le reste elle ne devrait plus travailler car c'était une reine, et il se tiendrait à ses côtés pour que le monde obéît respectueusement à ses moindres désirs.

12

On vivait mieux, à présent : c'était presque l'aisance. On s'offrait parfois des douceurs. Après le dîner, la maman s'accordait un doigt de Bénédictine ou d'une autre liqueur, qu'elle savourait lentement, en fermant les yeux. On se faisait des cadeaux pour les anniversaires. Maintenant que les deux petites gagnaient leur vie, les jupes à façonner et les manteaux à monter ne s'amoncelaient plus dans l'appartement des Batignolles. La couturière choisissait son travail. Elle faisait des robes pour la clientèle du quartier. Elle imitait assez bien les modèles de Chanel ou de Madeleine Vionnet.

Rose avait retrouvé un emploi de comptable dans une maison qui fabriquait en toute légalité de vrais biscuits au beurre. Elle continuait de lire le Grand Larousse et passait presque tous ses dimanches dans les musées.

Madeleine ne savait pas encore qu'elle était devenue la plus jolie fille de son atelier. Elle venait d'avoir seize ans, elle était plutôt petite, comme fragile encore. Elle avait la taille souple et des hanches émouvantes, des jambes longues et fines, le visage d'un parfait ovale, la bouche petite et de grands yeux noirs, mais elle regrettait, avec tous ces attraits, de ne plus pouvoir sauter à la corde. Mme Marthe disait d'un air entendu que « la petite seconde » était « tout à fait du côté de sa mère » avec son « regard de braise », sa taille fine et ses « mains d'artiste ». La couturière affectait de ne pas saisir l'allusion et faisait seulement remarquer que cette enfant, Dieu merci, n'était pas aussi grande qu'elle.

Madeleine était d'une nature timide et pleine de douceur. Elle avait conservé cette gentillesse et cette docilité de caractère que les sœurs du Cœur très Pur avaient tant appréciées autrefois. Mme Marthe disait que c'était une « rêveuse ». La jeune fille avait souvent l'air absent, en effet. Elle s'évadait parfois pendant des heures entières dans ses songes. On pouvait bien l'en faire sortir : on n'aurait pu l'y rejoindre.

Elle aimait la couture. Elle aimait travailler de ses mains, comme sa mère et avant elle sa grand-mère. Elle n'imaginait pas d'autre vie pour elle. Il était naturel à ses yeux que Rose montrât de plus vastes ambitions car elle était la grande, et depuis toujours la plus forte des deux, celle qui avait pris les décisions et fomenté les révoltes : elle, Madeleine, n'avait eu qu'à la suivre. Elle lui avait toujours fait confiance. Et maintenant elle l'admirait de lire des ouvrages savants et d'aller dans les musées. Elle n'était pas jalouse. Elle savait depuis toujours que sa sœur irait plus loin qu'elle, et elle en était bien heureuse : elle tâcherait de l'aider si elle le pouvait.

La couturière s'habillait maintenant avec un certain soin. Elle se faisait de jolies robes. Elle ne passait plus la journée en peignoir. Elle aimait sortir de chez elle. Il y fallait une raison, bien sûr. Alors elle emportait le panier à provisions. Elle s'attardait un peu dans les boutiques. Elle bavardait une minute ou deux avec la caissière, avec la vendeuse. Elle flânait. Il lui arrivait même de déjeuner au restaurant, toute seule, pendant que les petites étaient à leur travail. Elle consultait la carte avec la plus grande attention. Elle retenait le maître d'hôtel pour qu'il la conseillât. Elle écoutait longuement le sommelier aussi : elle ne voulait boire que « du très bon vin ». Elle regardait les gens autour d'elle, ceux qui déjeunaient ou ceux qui la servaient. Elle les considérait tous avec une immense curiosité, comme une aveugle de naissance à qui l'on aurait soudain donné la vue. Elle pouvait sourire par inadvertance à quelqu'un dont elle avait simplement rencontré le regard. Alors elle rougissait, bien sûr, et elle se reprenait, car elle avait le sens des convenances.

Le soir, elle racontait aux petites qu'elle était sortie, et qu'elle avait « vu du monde ». Elle en parlait avec un sourire dans le regard, comme d'une espièglerie qu'elle aurait faite à ses filles, à Mme Marthe, à tous ceux qui s'inquiétaient d'elle et de sa mélancolie. Elle disait que le maître d'hôtel s'appelait « M. Virgile », et elle s'esclaffait : « M. Virgile ! vous vous rendez compte ? Comment peut-on s'appeler ainsi ? ». Elle continuait à rire toute seule, pendant une minute. Parfois elle avait relevé un autre détail cocasse, dans la physionomie ou dans la tenue de ce M. Virgile, ou d'un autre, et elle faisait part de cette nouvelle observation avec une étrange volubilité, comme si elle avait voulu se convaincre elle-même que la vie pouvait être drôle, du moins, et qu'il fallait s'amuser un bon coup, vite, avant qu'elle ne vous eût quitté.

Mais parfois ses humeurs sombres la reprenaient.

342

Elle devenait irritable. La lumière, à nouveau, lui faisait mal aux yeux. Elle fermait les persiennes et les petites la retrouvaient, le soir, recroquevillée dans un fauteuil, les yeux pleins de terreur, fixant le sol où grouillaient sans doute des myriades d'insectes répugnants.

Mme Marthe avait toutes sortes de tisanes et davantage encore de conseils pour guérir ces états bien pénibles, mais ni la camomille ni la persuasion n'en venaient à bout. Madeleine aidait sa mère à se lever, à gagner sa chambre, à se déshabiller. Elle la mettait au lit. Rose regardait faire sa sœur. Elle ne voulait pas approcher la malade. Elle en avait peur. Madeleine, pour la rassurer, lui disait que leur mère, quelquefois, n'était plus qu'une toute petite fille, et que personne n'y pouvait rien, que personne, surtout, n'avait rien à lui reprocher.

M. Votchek se présenta chez la bien-aimée par un beau dimanche du mois de mai. On ne l'avait pour ainsi dire pas vu de tout l'hiver. On lui fit bon accueil, bien sûr. Il offrit la boîte de chocolats à Madeleine et le bouquet de tulipes à sa maman. Il s'assit sur le bord d'une chaise, comme d'habitude. Il accepta le verre de porto qu'on lui tendit, « mais seulement pour accompagner la dame ». On lui demanda ce qu'il avait fait pendant l'hiver : où avait-il donc disparu ? Alors le Polonais parla de la maison qu'il avait presque fini de construire. La charpente était montée. Il ne restait qu'à poser les tuiles. Il dit aussi qu'il y avait trois grandes chambres, un salon avec une cheminée, puis soudain sa langue s'embarrassa, ses yeux s'embuèrent de larmes, il rougit violemment, et il se tut, le front plissé, l'air curieusement buté, comme un cheval qui regimbe devant l'obstacle.

On lui versa de nouveau à boire, on lui fit des encouragements, des questions : qu'avait-il donc de si grave à dire ? Mais rien ne put venir à bout de son mutisme. Il semblait à la torture : sa bouche s'ouvrait, des mots commençaient à se former, puis il bafouillait quelque chose dans un jargon incompréhensible, et il se taisait à nouveau. Après quelques minutes il se leva brusquement, bredouilla quelques mots d'excuse, et s'enfuit.

Ce fut Mme Marthe, l'après-midi même, qui vint délivrer le message de M. Votchek. Elle était bien embarrassée, elle aussi. Elle se rendait compte que si la couturière et le Polonais s'aimaient en effet, c'était à condition que celui-ci n'exprimât jamais ses sentiments, et que celle-là ne vînt jamais à les concevoir trop clairement. Or la concierge avait bel et bien été priée de porter à la sourde qu'on vénérait la demande en mariage de son adorateur muet, ainsi qu'une petite bague de grenat qu'il n'avait pas osé lui remettre ce matin.

— Me marier ! s'exclama tout aussitôt la couturière. Mais c'est idiot !

Elle se leva de sa chaise, fit quelques pas indécis dans le salon, comme si elle avait cherché une porte, une issue par où disparaître, puis elle revint s'asseoir face à Mme Marthe et au problème quelque peu ridicule qui venait de se poser à elle.

— Mais pourquoi veut-il donc vivre avec moi ? reprit-elle avec un étonnement sincère, je suis ennuyeuse et triste. Je ne suis plus jeune. J'ai les cheveux tout gris.

344

Mme Marthe tenta sans grande conviction de plaider la cause de M. Votchek : la belle indifférente ignorait-elle qu'on était épris d'elle depuis le premier jour, qu'on ne lui avait offert des quintaux de pommes de terre et qu'on n'avait repeint son salon en bleu outremer, et la chambre des petites en rose bonbon, que par amour pour elle ? Elle-même n'avait-elle pas souvent parlé de cette passion naïve et maladroite ? N'en avait-elle pas ri plus d'une fois ?

Mais la couturière ne se souvenait plus de rien. Elle ne voulait pas se rappeler. Elle n'avait rien deviné, non, elle avait toujours considéré M. Votchek comme un brave homme, et rien de plus.

Madeleine écoutait sa mère sans rien dire. Elle ne comprenait pas son étonnement. Elle ne comprenait pas la raison de cette panique soudaine dans son regard : la couturière n'aimait-elle pas aussi le Polonais à sa manière ? Pourquoi ne supportait-elle pas d'en être aimée ?

Rose écoutait également, mais elle ne montra pas trop de surprise, en revanche, aux dénégations de sa mère : M. Votchek n'était pas un homme pour la couturière, bien sûr ! sa demande en mariage était grotesque et insultante. Elle ne voulait pas de ce beau-père-là, qui allait si mal avec ses propres rêves de réussite.

Mme Marthe feignit à la fin d'admettre qu'on n'avait jamais soupçonné les vrais sentiments du Polonais : elle tâcherait de lui expliquer avec ménagement qu'on appréciait sa gentillesse, mais qu'on avait connu trop de déboires, jusque-là, pour entendre parler à nouveau d'amour et de mariage.

— Que cela soit clair ! fit alors la couturière avec

une étrange véhémence, je ne veux plus le voir ! je ne veux plus entendre parler de lui !

Elle se leva brusquement, mais sans s'écarter de sa chaise, et elle demeura un moment sur place, toute raide, fixant son amie avec irritation.

— Je suis libre, maintenant, fit-elle d'une voix d'abord hésitante. Puis elle répéta, cette fois avec conviction : je suis une femme libre !

Madeleine raccompagna la concierge jusqu'à la gare. Elles étaient tristes, la jeune et la vieille qui allaient bras dessus, bras dessous. Elles préféraient toutes les deux les romans qui se terminent par un mariage.

— Ta mère a pris l'habitude de vivre seule, fit Mme Marthe, elle ne pourrait supporter un homme à côté d'elle.

Madeleine acquiesça de la tête, pensive, puis, serrant soudain le bras de la concierge :

— Il faut venir la voir, dit-elle. Même si elle ne vous le demande pas.

Mme Marthe la rassura d'un sourire : elle continuerait de venir très souvent, bien sûr. Elle n'abandonnerait pas sa vieille amie.

On arriva sur le quai, où le train s'apprêtait à partir. Madeleine retint la concierge encore un instant, lui serrant le bras encore plus fort, comme pour l'empêcher de la quitter, de se perdre dans la foule.

— Je crois qu'elle attend qu'on soit grandes et qu'on s'en aille, fit-elle, un bref sanglot dans la voix.

Mme Marthe hocha la tête, sans savoir que répondre. Elle s'en rendait bien compte, elle aussi : la couturière n'était jamais sortie tout à fait de sa solitude. Elle faisait un effort pour vivre de la même vie que les autres, à côté d'eux, mais une partie d'elle-même avait le vertige et se refusait aux sourires, aux baisers, à tous les petits bonheurs qu'on essayait de partager avec elle. Alors ce fut au tour de la concierge de recommander :

— Occupez-vous bien d'elle, toi et ta sœur ! Ne la laissez pas seule !

Elle se dégagea de l'étreinte de Madeleine. Le train s'ébranlait. Elle monta sur le marchepied, puis se retournant vers la jeune fille qui la regardait s'en aller et qui semblait implorer un encouragement, un remède, elle dit à plusieurs reprises, haussant la voix tandis que le train s'éloignait dans les cognements et les grincements des voitures sur leurs essieux :

— Tout ira bien, va ! Tout ira très bien !

A quelque temps de là, M. l'ingénieur fit savoir qu'il s'apprêtait à partir pour l'Alsace où il comptait s'établir, dans la sérénité d'une « retraite bien méritée », pour se consacrer entièrement « à ses recherches et à la science ». La nouvelle fut annoncée par l'une de ces lettres qui franchissaient chaque mois deux arrondissements de Paris, mais toute la distance, surtout, qui séparait désormais le vieux monsieur de ses deux chères petites.

L'événement ne fit pas grand bruit dans l'appartement des Batignolles : voilà longtemps que M. l'ingénieur avait pris sa retraite, déjà, dans le cœur de Rose et de Madeleine. On lui souhaita tout le bonheur possible en Alsace, et d'y faire toutes sortes d'inventions utiles au genre humain.

Les deux jeunes filles éprouvaient dorénavant si peu d'intérêt pour le pauvre vieux, il leur restait même si peu d'amertume de ce qu'il leur avait fait subir, et dont elles avaient pourtant pris la mesure en grandis-

sant, qu'elles pensèrent dans leur lettre à envoyer
« toute leur affection à leur petit frère et à sa
maman ».

Cet été-là les gens de Chatou et des environs trouvèrent l'occasion d'une distrayante promenade à visiter
la drôle de maison qu'un drôle de type avait
construite durant l'hiver, sans autre outil pour ainsi
dire que ses propres mains, mais en omettant à la fin
d'y poser un toit.

Le Polonais avait disparu au mois de juin. D'aucuns
croyaient savoir qu'il était tout bonnement retourné
dans son pays. Mais on disait aussi qu'il était passé
sous les roues d'un autobus, à Paris, une nuit qu'il
était fin soûl.

Il ne resta de lui que cette curieuse maison sans toit,
que commencèrent très vite à ravager les pluies, les
gamins du voisinage, et bientôt les braves gens du
quartier venus se fournir à bon compte en bois de
chauffage : dès l'automne, les portes, les persiennes et
le bel escalier que M. Votchek avait posés pour sa
bien-aimée partirent en fumée par les cheminées de
Chatou.

Mme Marthe passait parfois devant l'étrange maison que n'habitait que le vent. Le Polonais en avait
agrémenté la façade de bas-reliefs de stuc à sujets
mythologiques, sans doute récupérés dans le magasin
des accessoires des Folies-Bergère. Les gens continuaient à venir regarder ça, le dimanche. Ils laissaient
les enfants escalader les bacchantes et les satyres
de plâtre, qui perdaient alors un petit nez mutin,
un sein délicatement galbé, une main friponne, sous
le soulier ferré de quelque innocent et stupide
bambin.

348

« Ainsi vont les choses », pensait bien sûr Mme Marthe, qui ne savait toujours pas s'empêcher de trouver une maxime pour chaque circonstance. Et elle passait son chemin.

CHAPITRE CINQUIÈME

1

Et puis un jour on fêta les dix-huit ans de Madeleine. « Ainsi va la vie », n'aurait pas manqué de songer Mme Marthe si elle avait encore été de ce monde. Mais elle avait disparu le printemps d'avant. Cela aussi, c'était la vie. Un cancer du foie l'avait emportée en quelques mois. Elle avait eu la figure toute jaune pendant les dernières semaines, elle s'était sentie très fatiguée, aussi, et elle avait bien vu qu'elle « ne possédait plus son teint de jeune fille ».

Elle était morte sans trop s'en rendre compte. Elle n'avait pas souffert. Dans les derniers jours elle dormait à peu près tout le temps, même quand on venait la visiter, et elle s'excusait en disant : « Je n'ai plus vingt ans, hélas ! »

Sa cousine se chargea des obsèques. On l'enterra à Pantin, près de son mari qui l'attendait là depuis près d'un demi-siècle : on n'a pas toujours les noces d'or qu'on aurait voulues. La couturière et ses filles commandèrent une couronne de roses, de tulipes et de glaïeuls, et firent écrire « A notre grande amie », en lettres d'or sur le ruban de soie mauve.

La maman garda le deuil pendant plusieurs mois. Madeleine cousut un brassard noir à la manche de son manteau. Rose eut bien du chagrin aussi, mais déclara que les sentiments ne s'affichent pas sur les vêtements.

Il y eut un grand vide désormais dans la vie de la couturière. On n'alla plus à Chatou, bien sûr : la cousine avait vendu le pavillon pour entrer en maison de retraite. Nul ne venait en visite aux Batignolles puisque Mme Marthe avait été la seule amie et comme la seule parente de la couturière et de ses petites.

On évitait de parler d'elle, surtout le dimanche aux heures où elle aurait dû se trouver là. Elle n'avait pas fait de testament. Jusqu'au dernier instant elle n'avait pas cru mourir : alors elle n'avait pas trouvé de remède contre cela.

La cousine donna quelques-unes de ses affaires, en souvenir, à la couturière et aux petites : une broche de saphir, un poudrier d'argent, un parapluie à jolie poignée d'ivoire, et puis quelques photos. Mais personne ne voulut porter la broche, et l'on ne se servit pas davantage du parapluie : ce n'étaient pas des objets dont on aurait pu faire usage pour soi. C'étaient comme les débris d'un miroir où l'image de la morte se serait conservée par l'effet de quelque prestige : le parapluie, la bague, le poudrier rappelaient une certaine promenade qu'on avait faite ensemble, ou tel éclat de rire, un jour d'anniversaire. Or c'était bien la voix de cette pauvre Marthe qu'on entendait soudain, distinctement mais de très loin, et l'on réalisait à cet instant qu'on ne pourrait jamais plus l'embrasser, ni la voir autrement qu'à travers le voile de crêpe noir du regret.

La couturière porta bien le deuil jusqu'à l'hiver, mais pour le reste on n'aurait pas su dire à quoi ressemblait son chagrin. Elle vivait sur un continent lointain où l'on parlait une langue étrange, où les expressions du visage, le maintien du corps, les mimiques traduisaient certainement d'autres émotions qu'ailleurs. Elle avait toujours ce caractère fantasque, qui la faisait passer en une seconde du fou rire à l'abattement le plus profond. Les petites s'y étaient habituées, un peu comme on arrive à ne plus entendre un zézaiement, à ne plus trop remarquer un strabisme. Leur mère était ainsi faite, et l'on n'y pouvait rien.

Ses cheveux étaient maintenant tout blancs. Elle les avait gardés longs et elle les coiffait toujours en chignon. Elle paraissait bien plus que son âge malgré la fraîcheur presque enfantine de son visage : ses gestes, sa physionomie exprimaient la lassitude. Si Rose ou Madeleine venaient à la questionner sur son passé, sur ses souvenirs de jeune fille, elle répondait invariablement : « C'est si vieux ! ». Puis elle faisait mine de chercher dans sa mémoire, tel un archéologue errant parmi les ruines des temps révolus, avant de s'excuser, minaudant un peu : « J'ai une pauvre tête, maintenant. Je suis incapable du plus petit effort. »

Elle devint très étourdie. Elle cherchait pendant un long moment son dé à coudre ou ses lunettes, qu'elle était sûre d'avoir posées près de la machine. Puis elle oubliait ce qu'elle cherchait. Elle s'asseyait alors, essayant de se rappeler, de réfléchir, mais elle sentait « sa tête s'en aller pour de bon ». Elle en concevait d'abord de terribles inquiétudes. Puis elle tâchait de se rassurer : elle était distraite, bien sûr, elle avait des absences, mais elle n'était pas folle. Elle n'aimait pourtant pas se laisser surprendre dans ces moments-

355

là. Elle se montrait honteuse, alors, comme un enfant qui se serait oublié dans son lit.

Mais presque aussi souvent, elle ne se rendait même pas compte de ses « absences », de ses oublis : elle descendait de chez elle avec son sac à provisions, son parapluie, son porte-monnaie. Elle rentrait une heure plus tard, les mains vides. C'était Madeleine, le soir, qui allait glaner d'une boutique à l'autre le parapluie oublié ici, le porte-monnaie abandonné là, le sac à provisions en souffrance chez un troisième commerçant.

Elle lisait toujours, le soir. Elle lisait deux fois de suite le même roman. Elle ne s'en avisait qu'au dernier chapitre, et elle affirmait en riant que les livres racontent toujours la même histoire.

Elle aimait bien sortir, maintenant. Rose l'emmena plusieurs fois, avec sa sœur, aux matinées de la Comédie-Française. Elle vit *L'Ecole des Femmes*, et elle en revint enchantée, disant : « J'étais comme cette enfant. J'étais tout à fait comme elle à cet âge : aussi stupide ! » Elle s'était retrouvée, elle qui ne se reconnaissait pas sur les photographies.

Madeleine regretta beaucoup Mme Marthe, même si elle ne versa pas de larmes à ses obsèques. Ne savait-elle pas d'expérience que les pleurs n'ont jamais changé les décrets du destin ? La concierge était devenue dans les derniers temps la confidente de la jeune fille, et comme sa seconde mère. Ce fut ainsi que Mme Marthe fit connaître à Madeleine le secret des brèves amours de la couturière avec le bel artiste du quatrième, et lui raconta le drame qui s'ensuivit. Cette révélation rendit la jeune fille d'humeur rêveuse, ce soir-là. Elle eut l'impression d'être née parmi les pages d'un roman, et elle se considéra longuement dans le miroir du cabinet de toilette, tâchant d'y découvrir peut-être les traits du jeune peintre au regard de feu.

Elle ne dit mot de tout ceci à sa sœur, à laquelle elle n'avait pourtant jamais rien caché : cette histoire, ce secret, pour la première fois, lui appartenait en propre, et un étrange sentiment de fierté la gagna peu à peu : elle n'était plus « la petite seconde », celle qu'on disait « la plus fragile », ou « la plus timide ». Elle était la seule de sa sorte, désormais. Il lui importait peu d'être « moins dégourdie » que Rose. Elle n'aurait plus à se mesurer à l'aune de sa sœur aînée, ni à lui emprunter de ses qualités ou de ses défauts, en « un peu plus » ou en « un peu moins », à la manière dont elle avait dû porter jadis les robes dans lesquelles « la grande » ne pouvait plus entrer.

Elle était née d'une histoire d'amour. Elle était « l'enfant du péché », selon l'expression de Mme Marthe. Mais l'ancienne élève du Cœur très Pur n'en conçut pas trop de remords. Elle sentait que le « péché » peut avoir une manière de beauté. Le bon Dieu devait bien quelquefois fermer les yeux en souriant. Elle admirait toujours sa sœur, qui était si intelligente et qui passait ses loisirs à se cultiver. Mais elle n'avait pas envie de lui ressembler. Elle était heureuse, plutôt, et comme soulagée, à la pensée qu'elle n'était pas la fille de l'ingénieur, cet homme au regard si sévère.

Elle était devenue la meilleure ouvrière de son atelier. M. Rivière lui confiait les montages les plus délicats. Deux fois par an, au moment des collections, elle recevait une prime, et M. Rivière, lui remettant son enveloppe, lui disait invariablement : « Ne vous mariez pas trop vite : les hommes n'en valent pas la peine et je ne voudrais pas perdre ma meilleure couseuse. »

Madeleine n'était pas près de le quitter, sans doute. Des hommes, il ne s'en trouvait guère à l'atelier. Un livreur — toujours le même — venait enlever chaque jour la marchandise prête. Pour le reste, M. Rivière régnait sans partage sur ses deux douzaines d'apprenties et d'ouvrières auxquelles il ne laissait point trop le temps de rêver parmi les biais, fronces, pinces, et autres diminutions.

Quand il faisait beau, les filles allaient manger leur sandwich et leur œuf dur dans le jardin des Tuileries. Elles réunissaient leurs chaises en cercle sur la terrasse du Jeu de Paume, disposant chacune son repas dans le creux d'un journal étalé sur les genoux. On passait là une heure, à bavarder et à rire en faisant mine de se restaurer. Ailleurs sur la terrasse, et tout le long de la rue de Rivoli, d'autres ateliers improvisaient de la même manière leurs propres cantines, et le jardin tout entier devenait pour ainsi dire le parc privé des filles de la Couture dans la tiédeur délicieuse de l'été. Des messieurs, jeunes ou moins jeunes, employés aux Magasins du Louvre ou sous-officiers d'administration échappés des bureaux du ministère de la Guerre, venaient flâner par là, avantageux et patauds comme ces pigeons attirés par les miettes échappées des jupes que l'on secouait à la fin du repas. Des regards s'échangeaient. Les messieurs s'approchaient. Les filles chuchotaient entre elles et pouffaient de rire. Les plus jolies ou les plus effrontées se voyaient régalées d'une œillade ou de quelque apostrophe galante en guise de dessert. Les messieurs s'arrêtaient un moment près des chaises. On ne les invitait pas à s'asseoir. On ne les chassait pas non plus. On prenait l'air de rien et on les laissait danser d'un pied sur l'autre et parler du beau temps qu'il ferait sûrement dimanche, au bois de Vincennes ou à Nogent. Et puis l'heure venait tout soudain de retourner à l'atelier. Le cercle des chaises se rompait en un instant dans un cliquetis de métal et de rires enfantins. Ces messieurs offraient leur carte à tout hasard : les filles glissaient cela dans leur corsage, et c'était comme une promesse déjà.

Madeleine se prêtait au jeu comme les autres. Elle eut d'innombrables soupirants, l'espace chacun d'une minute, car elle était bien jolie et la flamme de ses yeux semblait démentir la réserve de son maintien. Mais à dix-huit ans elle n'avait encore jamais enlacé un homme. Les braves employés du Louvre ou les fonctionnaires du ministère de la Guerre, avec leur allure de confection et leurs compliments ramassés dans les guinguettes, ne répondaient guère à l'idée qu'elle se faisait de l'amour. Ses conversations avec Mme Marthe, plus encore que ses lectures, l'avaient rendue romanesque à l'excès. Une chaleur étrange et délicieuse l'envahissait lorsqu'elle songeait à celui qui l'étreindrait pour la première fois, peut-être bien par une nuit d'orage. C'était par amour pour lui, même s'il n'avait pas encore de visage, qu'elle s'obligeait à la vertu la plus exacte. Elle entendait lui être fidèle dès aujourd'hui. Elle n'était pas impatiente de le connaître. Il la rendait heureuse, déjà. Il emplissait déjà son existence. Elle savait qu'elle le rencontrerait un jour, et sa vie présente lui était dédiée par avance.

Ma mère ne m'a jamais rien dit de ses amours de jeune fille. C'était l'une de ses seules pudeurs : elle se targuait volontiers de n'avoir « rien à cacher », mais elle n'aurait pas admis qu'on la crût sentimentale. D'ailleurs elle n'appréciait guère les effusions, et si par extraordinaire elle venait à parler d'amour, il ne pouvait s'agir que de la tendresse « si belle » qu'une mère porte à son fils, ou de l'adoration « si naturelle » que ce bon fils manifeste en retour à sa mère : dans ce cas seulement, il ne devait point y avoir de limite aux épanchements. Le petit et sa maman pouvaient se montrer l'un à l'autre toute leur félicité, et se dire combien ils étaient heureux de s'être rencontrés.

A cinquante ans passés, par contre, ma tante affectionnait toujours les grandes affaires de sentiment : elle a dû s'en inventer presque tous les jours, du temps de l'atelier de couture et des pique-niques dans le jardin des Tuileries. Bien plus tard, c'est encore elle qui m'a parlé de ce « M. Antoine », qui fut pendant quelques semaines le fiancé de Rose.

« C'était un garçon si bien, aimait-elle à rappeler, et tellement attentionné ! » Ma tante se laissait aller à la nostalgie pendant une minute : Antoine avait été le

360

soupirant de sa sœur mais elle devait l'avoir aimé un peu, elle aussi. Il travaillait dans la même entreprise que Rose. Sa bonne présentation et sa ponctualité lui avaient valu une rapide promotion, et à vingt-huit ans il venait d'être nommé sous-directeur des expéditions.

Il était très grand et très maigre. Comme il s'habillait dans la confection, par souci d'économie, ses costumes étaient taillés à la fois trop larges et trop courts pour lui. Mais ma tante se rappelait qu'il était tout de même « très gentil et très bien élevé » : il aurait mérité que Rose l'épousât.

Le visage du jeune homme n'était pas laid. Il y avait une certaine distinction, même, dans toute cette maigreur qui vous considérait de là-haut, sous l'orgueilleux fronton d'une calvitie commençante. Le nez était interminable aussi, très mince, et brillait légèrement. La bouche était bien formée, spirituelle mais le menton était trop pointu : tout cela se perchait au faîte d'un cou très long et très maigre, que la pomme d'Adam semblait prête à percer. Or M. Antoine avait un tic à la manière des chevaux, et l'on ne pouvait s'empêcher d'observer la drôle de boule qui allait et venait constamment sous la peau presque transparente de son cou. Ces mouvements incontrôlés de déglutition n'étaient pas la seule manifestation de nervosité chez ce jeune homme : on le voyait aussi croiser et décroiser sans cesse les mains, ou bien tordre et détordre un trombone, machinalement, ou bien se lisser les cheveux sur les tempes comme pour être sûr qu'aucune mèche ne dépassait.

Antoine Vimeux avait tout de suite remarqué Mlle Rose, qui travaillait au même étage que lui. L'air sérieux et appliqué de la comptable l'avait touché. Il ne voulut point l'aborder à la légère, toutefois. Il prit d'abord ses renseignements : on lui assura que c'était une personne très ponctuelle. On ne lui connaissait pas de petit ami. Elle ne fréquentait pas les autres employés : autant d'excellentes nouvelles pour M. Antoine! Il fut moins enchanté d'apprendre que la maman de la jeune fille était une femme divorcée. Alors il réfléchit pendant quelque temps, il pesa le pour et le contre, finalement il opta pour l'indulgence, et par un beau matin de mai il convia pour le dimanche suivant l'intéressante demoiselle à manger des gâteaux avec lui chez Penny.

Rose ne s'attendait nullement à cette invitation, bien sûr. Elle ne connaissait guère M. Antoine, qu'elle rencontrait comme tout le monde dans le couloir ou l'ascenseur, et qui l'observait à la dérobée, peut-être, mais sans lui avoir jamais adressé la parole ni le moindre sourire. Alors elle le regarda d'un peu plus près, tandis qu'il attendait sa réponse en se lissant les cheveux sur les tempes avec nervosité. Elle lui trouva l'air distingué, plutôt, malgré son veston aux manches trop courtes et cette façon qu'il avait de déglutir constamment. Elle lui permit de venir l'attendre à cinq heures, devant l'entrée du Louvre, s'il n'avait rien de mieux à faire ce dimanche-là.

— Le Louvre? répéta comme dans un rêve le sous-directeur des expéditions.

— J'y passerai l'après-midi, jusqu'à la fermeture, confirma la jeune fille.

— Pourrais-je dans ce cas vous y accompagner?

La demoiselle ne pouvait qu'apprécier l'appétit de culture qu'exprimait si spontanément l'ardent jeune homme. Et comme elle ne détestait pas non plus les gâteaux, surtout les babas au rhum, le dimanche avec M. Vimeux allait sûrement être bien agréable.

On se retrouva donc à l'heure convenue devant la Victoire de Samothrace. Mlle Rose avait son *Histoire de l'art* à la main. M. Antoine venait d'acheter le guide du musée : on allait pouvoir affronter les chefs-d'œuvre.

Ils déambulèrent côte à côte par les salles et les galeries jusqu'à l'heure de la fermeture. Que de trésors ils découvraient ensemble ! que de beauté ! M. Antoine consultait assidûment son guide pour en lire à la jeune fille les passages les plus intéressants. Rose répliquait par un paragraphe de son *Histoire de l'Art*. Puis on changeait de salle, et chacun se mettait en quête de la bonne page sur son livre.

Ils s'aperçurent bientôt qu'ils avaient les mêmes goûts : ils trouvaient l'un et l'autre la Joconde « mystérieuse et troublante ». Rubens était « puissamment charnel ». Delacroix faisait passer « un souffle épique » dans ses compositions. Plus tard Watteau dut se contenter d'être « charmant », et Fragonard fut qualifié de « mièvre et quelque peu maniéré » : on avait si mal aux pieds, l'un et l'autre, après ces trois heures à déambuler par les salles et les galeries, qu'on n'était plus du tout porté à l'indulgence.

Rose se coucha très tôt, ce soir-là. Elle se dit qu'elle était trop fatiguée pour lire. Mais elle ne trouva pas le sommeil pour autant. Elle pensa jusqu'à l'aube au jeune Vimeux : elle s'étonnait de ne pas pouvoir se rappeler ses traits. Mais bientôt elle s'avisa qu'elle ne l'avait pour ainsi dire pas regardé puisqu'ils avaient passé presque tout l'après-midi devant les toiles du Louvre. Tout de même, chez Penny ensuite, elle avait bien dû voir un peu son visage : ils étaient restés assis

l'un en face de l'autre pendant une heure ! Mais non !
Elle n'avait même pas noté de quelle couleur étaient
ses yeux. Elle avait seulement écouté. Ils s'étaient
étourdis de confidences, l'un et l'autre, devant le baba
au rhum et le chocolat chaud. Antoine, surtout, avait
parlé de lui, de ses goûts, de ses ambitions. En une
heure il s'était raconté. C'est qu'il parlait très vite,
comme d'autres écrivent serré. Il était pressé. D'un
bord à l'autre de la table il envoyait à la jeune fille des
télégrammes dans lesquels il mettait à chaque fois
toute son âme.

Rose, maintenant, se rappelait jusqu'au moindre
propos du jeune homme. Elle s'en remémorait par
prédilection certains endroits comme on se repasse un
disque favori : il avait fort bien parlé des peintres
flamands, et très bien aussi, l'instant d'après, de
Honfleur où ses parents tenaient un commerce de
chaussures. Puis il avait dit des choses très émouvantes sur la cathédrale de Chartres, où il s'était
rendu naguère en pèlerinage. Mais depuis quelque
temps il n'était plus sûr de croire. Il aimait moins l'art
gothique, aussi. En revanche il s'était abonné aux
concerts Pasdeloup. Il espérait y emmener la jeune
fille, un prochain dimanche. Mais avant on irait peut-
être à Versailles.

Tout cela bourdonnait un peu dans la tête de Rose.
La veille encore elle ne connaissait pour ainsi dire pas
ce jeune homme et voilà qu'il lui parlait tout à trac de
Mozart, des économies qu'il prélevait chaque mois sur
son salaire, de ses préoccupations religieuses, et de
l'automobile qu'il comptait acheter dans trois ans.

Elle se rappela soudain lui avoir dit qu'il aurait dû
porter la moustache, et alors son visage lui revint en
mémoire, surtout le nez, qui était très long et qui

brillait : ce nez lui faisait un peu peur. Elle se dit que les hommes ont souvent le nez très long et elle eut un frisson, qui était peut-être bien de répulsion. Oui : c'était cela ! les hommes avaient presque tous le nez très long et très fort, beaucoup plus fort que celui des femmes.

Elle s'endormit sur les entrefaites, et elle rêva du nez d'Antoine Vimeux. Au matin, heureusement, elle avait oublié son rêve et elle songea de nouveau à l'intéressant après-midi qu'elle avait passé avec le sous-directeur des expéditions. Cette pensée la mit de bonne humeur, et elle se dit qu'elle avait sans doute un penchant pour le jeune homme. Mais comment savoir, au juste ? Elle n'avait aucune expérience. Elle regretta pour une fois de n'avoir pour ainsi dire jamais lu de roman : elle se sentait ignorante et comme infirme. La plus sotte midinette en savait sans doute plus long qu'elle sur ce sujet.

Elle trouvait toutes sortes de qualités à M. Antoine, en tout cas, et elle avait hâte de visiter avec lui le palais de Versailles. Le soir même elle se rendit à la bibliothèque, où elle emprunta *L'Histoire du règne de Louis XIV* par Ernest Lavisse. Elle avait du mal, encore, à se rappeler le visage du jeune Vimeux. Pourtant elle se consacrait à lui, déjà, elle lui offrait un peu de son âme en feuilletant, songeuse, les pages de son gros volume d'histoire.

Rose n'était pas toujours aussi sentimentale. Elle voyait bien que sa mère n'était si seule et démunie, aujourd'hui, que pour s'être laissée un jour aller à la faiblesse et à la douceur de son caractère. La jeune fille opposait un regard de glace à ce malheur. Elle ne voulait pas s'en approcher. Elle en avait peur. Elle avait envie d'aimer un jour quelqu'un, peut-être bien le jeune Antoine, mais ce ne serait qu'en accord avec l'idée qu'elle se faisait d'elle-même, et pourquoi pas avec ses ambitions ?

Rose n'était pas calculatrice pour autant, car ses interrogations, ses arrière-pensées étaient d'une totale naïveté : Antoine Vimeux lui plaisait parce qu'il aimait visiter comme elle les musées, non parce qu'il avait une bonne situation. Elle pensait vouloir de toutes ses forces s'élever « au-dessus de sa condition », mais elle ne souhaitait au juste que réparer le malheur et l'humiliation de son enfance. Il n'y avait rien de mesquin dans ses désirs. Elle croyait ne se faire d'illusion ni sur la vie ni sur les gens. Elle méprisait volontiers ce qu'elle ne comprenait pas. Elle était égoïste, et parfois dure. Mais elle s'obligeait à cette espèce d'indifférence, bien plus qu'elle n'y était portée par sa nature, et à vingt ans elle affrontait son avenir avec une entière et touchante bonne foi.

Le dimanche suivant on alla comme convenu à Versailles. M. Antoine devait avoir étudié dans le même livre que Mlle Rose, et l'on s'exhiba mutuellement sa culture, un peu comme d'autres se seraient dévoilé l'un ses désirs, celle-là ses attraits.

Après la visite du palais on s'en fut vers les Trianons par le Grand Canal. Le soleil faisait des moirures fugitives sur l'eau calme. Le vent tiède agitait doucement les frondaisons des grands arbres, et les deux jeunes gens s'arrêtèrent un instant, debout côte à côte, pour écouter ce troublant soupir. Puis ils reprirent sagement leur chemin. M. Antoine aurait bien aimé tenir la main de Mlle Rose, mais il ne la connaissait pas encore assez pour se permettre une telle privauté. Il avait peur, surtout, d'être repoussé. La jeune fille regarda plusieurs fois son compagnon à la dérobée : elle voulait pouvoir se rappeler les traits de son visage, cette fois. Elle nota qu'un peu de moustache, un duvet plutôt, encore bien clairsemé, ombrait sa lèvre supérieure. Il lui sembla aussi que le jeune homme portait un costume neuf.

Le dimanche d'après on visita la Sainte-Chapelle et la Conciergerie. La moustache d'Antoine Vimeux avait bien poussé. Il regarda la jeune fille avec insistance, à plusieurs reprises. Son trouble se manifestait par d'incessantes déglutitions, mais il n'osa point encore se déclarer.

Rose passa la semaine à se demander si le sentiment qu'elle éprouvait pour le jeune homme n'était que de la sympathie, de l'estime, ou une tendre inclination, déjà. Elle lui trouvait toujours le nez trop long, et elle y pensait constamment. Elle regardait le nez des messieurs qu'elle croisait dans la rue, dans le métro, et elle tâchait de comparer tous ces appendices à celui qui s'érigeait sur le visage de M. Antoine.

Et puis le jeudi soir, brusquement, elle ouvrit son cœur à Madeleine. Elle lui parla donc du sous-directeur des expéditions, des promenades qu'elle faisait avec lui, des confidences qu'elle en avait reçues, du plaisir qu'elle avait à le voir, de l'émotion qu'elle éprouvait, à l'heure du rendez-vous, quand elle le voyait surgir, l'air si sérieux, de la bouche du métro, la chercher du regard ensuite, puis s'approcher d'elle posément, le visage immobile mais les yeux pleins de tendresse. Elle n'omit point de parler aussi de son nez, qui était trop long.

Madeleine, qui aimait tant les histoires d'amour, n'eut pas une seconde d'hésitation : Rose aimait le jeune homme, et le jeune homme aimait Rose.

L'enthousiasme de la petite couseuse se communiqua bien vite à son aînée, et les deux sœurs passèrent la nuit à imaginer toutes sortes d'avenirs radieux tant pour la cadette que pour la grande. L'aube trouva les deux jeunes filles endormies dans les bras l'une de l'autre, comme jadis chez leur père, inséparables à nouveau, unies dans le rêve comme dans le malheur.

3

M. Antoine fut invité à déjeuner chez la couturière le mois d'après. Il arborait pour cette occasion un costume d'alpaga dont les manches n'étaient pas trop courtes, et des chaussures neuves, à demi-guêtres, d'un modèle rare et très élégant, qu'il s'était fait expédier de Honfleur par ses parents.

Madeleine s'était levée à l'aube pour préparer le repas tandis que sa sœur faisait le ménage de fond en comble. On dissimula la machine à coudre dans une penderie.

Rose n'osait pas se l'avouer clairement, mais elle aurait aimé pouvoir dissimuler sa mère aussi : le caractère de la couturière s'était fait encore plus étrange et plus imprévisible depuis quelques mois. On pouvait craindre qu'elle n'adressât point la parole au jeune homme pendant toute la durée du repas, ou qu'elle ne l'entreprît au contraire avec trop de familiarité. Elle n'était pas maîtresse de ses humeurs.

Mais tout se passa très bien. M. Antoine se présenta sur le coup de midi, une gerbe de glaïeuls posée en travers de l'avant-bras. Ce fut Madeleine qui ouvrit. Elle voulut prendre les glaïeuls, mais le brave garçon prétendait ne les confier qu'à la maman. On le fit

369

entrer dans le salon, où la couturière se tenait sur sa chaise habituelle, un peu troublée peut-être de ne pas avoir sa machine à coudre devant elle, mais le visage serein, et bien jolie encore, à quarante-deux ans, dans la nouvelle robe qu'elle s'était faite sur un modèle de Schiaparelli. M. Vimeux voulut remettre d'abord la gerbe de glaïeuls, qu'il tenait toujours avec d'infinies précautions comme un énorme nouveau-né. La couturière se leva pour recevoir le somptueux présent. Rose observait la scène avec appréhension. Madeleine était bien plus détendue. Elle prit le bouquet des mains de sa mère, et alla le disposer dans un vase.

On servit ensuite le porto. Mine de rien, Rose se mit à surveiller le verre de sa maman : ce n'était pas le moment qu'elle se rendît « un petit peu pompette ».

Mais le repas fut charmant d'un bout à l'autre. La couturière s'excusa de ne pas l'avoir préparé elle-même, avouant qu'elle était devenue « très pares-seuse » maintenant qu'elle avait deux grandes filles pour s'occuper d'elle. Le jeune homme sourit, et caressa Rose d'un regard plein de tendresse. Mais il regardait aussi la maman, qui n'était point si vieille après tout, et celle-ci accapara la conversation pen-dant tout le déjeuner : elle ne se montra ni mélancoli-que ni trop gaie, mais naturelle, amusante même, et presque coquette avec ce jeune homme qui s'intéres-sait à sa fille aînée. Rose l'observait avec un mélange de surprise et d'irritation : la pauvre femme qu'on plaignait tant n'était donc pas si malade qu'elle voulait bien le faire croire ! Elle avait ses moments de bonheur, elle aussi ! Elle pouvait même plaisanter et minauder avec l'ami de sa fille. Elle oubliait bien facilement qu'elle était une grande neurasthénique ! A quoi jouait-elle donc lorsqu'elle parlait de sa « pauvre tête » ou qu'elle demeurait prostrée pendant des jours entiers ?

Ainsi dévorée par la suspicion, jalouse même de sa mère qui semblait tant plaire à M. Antoine, qui le faisait rire par ses plaisanteries, qui l'intéressait à son bavardage, Rose ne s'avisa point de la pâleur de la malade, ni du tremblement de ses mains, ni du mouvement involontaire qui faisait vibrer constamment l'une de ses paupières. Elle ne remarqua pas davantage que la couturière s'était fait répéter à plusieurs reprises le nom du jeune homme, et elle ne s'inquiéta point de cette étrange question, par trois fois réitérée :

— Etes-vous l'ami de Rose, monsieur, ou de Madeleine ?

A l'heure du café, M. Antoine évoqua longuement ses parents et leur boutique de Honfleur, car on était venu aussi pour parler de cela : on était fils unique, on avait de belles espérances, et un homme qui savait expédier des biscuits au beurre aux quatre coins du pays ne se débrouillerait sans doute pas mal non plus dans le commerce des chaussures. La couturière approuva de la tête, à plusieurs reprises. Elle semblait pénétrée des sages propos du garçon.

— Tout le monde a besoin de chaussures, observat-il avec bon sens en guise de conclusion.

— Même les morts dans leur cercueil en gardent une paire aux pieds, ajouta bizarrement la dame.

— Oui, les morts. Les morts aussi, reprit le jeune homme en faisant mine de rire.

Il déglutit à plusieurs reprises avant de délivrer le message qui devait clore en quelque sorte cette agréable réunion, après le bouquet de fleurs, l'apéritif, le rôti, le café : Rose et Madeleine retenaient leur souffle, se demandant si ç'allait être la demande en mariage, déjà.

On n'en était pas encore là. On n'en était pas très loin non plus : M. Antoine priait madame et ses deux filles de venir passer bientôt quelques jours à Honfleur, à l'invitation de M. et Mme Vimeux, ses parents.

La maman affecta d'hésiter, objectant qu'elle ne connaissait pas ces personnes et qu'elle avait quelque scrupule à venir les « envahir » ainsi avec ses deux filles. Mais le jeune homme balaya les arguments de la dame d'un ample geste de l'avant-bras, se plaisant à souligner que sa maison natale était « très spacieuse ». Alors la couturière se fit encore un peu prier, pour la forme, et l'on convint finalement que l'on se rendrait tous ensemble à Honfleur pour les fêtes du quatorze juillet, dans une dizaine de jours.

4

Mais tandis qu'approchait la date du joyeux départ Rose sentit monter en elle une inquiétude : Madeleine avait beau la rassurer, l'encourager à ce bonheur qui s'offrait avec tant d'évidence, elle n'était plus si sûre d'aimer vraiment M. Antoine. Ils appréciaient tous les deux la belle peinture, oui, mais ils n'allaient tout de même pas passer leur vie dans les musées ! Pour le reste elle ne savait à peu près rien de lui, et d'ailleurs elle n'avait pas vraiment la curiosité d'en apprendre davantage. Ce n'était pas de sa part de l'indifférence : Antoine n'avait simplement aucun mystère. On pouvait le cerner tout à fait sans avoir à bien le connaître. Sa timidité faisait apparaître tous ses états d'âme sur son visage : il rougissait, il déglutissait, et l'on devinait dans le même instant ses pensées les plus intimes, ou ce qui en tenait lieu, chez cet être incapable du moindre secret.

Certes, cette extraordinaire transparence ne déplaisait pas à Rose, car si la jeune fille ne demandait pas mieux que d'aimer l'homme qu'elle épouserait, elle ne voulait s'abandonner à la « passion », pour autant, que dans des limites raisonnables. Alors elle se disait qu'Antoine était plein de qualités, et elle énumérait longuement lesdites qualités, qui lui semblaient autant de bonnes raisons d'être éprise du sous-directeur des expéditions. Mais quand la jeune comptable avait fini son addition (ayant recommencé plusieurs fois le calcul pour être sûre de ne pas commettre d'erreur), le bilan ne faisait rien apparaître qui ressemblât de près ou de loin à un bénéfice, c'est-à-dire à de l'amour. Rose en venait alors à soupçonner que toutes les bonnes raisons qu'on peut avoir d'aimer un être, additionnées ensemble, ou même multipliées, ne feront jamais naître par elles-mêmes quelque chose comme une passion ou seulement une inclination. Alors elle chassait bien vite cette idée, qui n'était pas une idée raisonnable, et parce qu'elle craignait par-dessus tout de se laisser entraîner dans une aventure dont l'issue lui eût peut-être échappé. Elle se disait qu'Antoine lui faisait un peu peur, seulement, avec son nez si long et sa façon de déglutir par nervosité.

— Mais voyons ! tâchait de raisonner Madeleine, un nez, tout de même, ce n'est pas un trait de caractère !

C'en était un pour Rose, quand elle s'avisait qu'elle était promise à ce nez, à ce regard si sérieux, à ces mains moites qui tremblaient un peu. M. Antoine était un garçon honnête, mais n'allait-il pas se raidir bientôt dans l'honnêteté ? Il était très bien élevé, mais n'allait-il pas devenir un jour cérémonieux et quelque peu ridicule. Il était économe, avisé, ponctuel, et fort vertueux sans doute, mais toutes ces belles qualités, chez lui, avaient un quelque chose de guindé, de presque forcé, et la jeune fille, obscurément, craignait de les voir peu à peu s'altérer pour donner un tempérament pointilleux et mesquin.

— Tu seras une éternelle insatisfaite, présageait alors Madeleine d'un ton de reproche. Puis elle argumentait : il t'offrira une belle maison, une voiture, peut-être des domestiques, et il t'aime, que te faut-il de plus ?

La plus romanesque des deux n'était pas la plus désintéressée, du moins pour sa sœur, dont il était convenu depuis toujours qu'elle devait être « celle qui réussirait ».

Les craintes et les réticences de Rose se dissipèrent un peu : on verrait bien dans quelques jours. On verrait la boutique et la maison. Antoine Vimeux se trouverait parmi les siens et l'on ne manquerait pas à l'observer.

La maman, quant à elle, trouvait ce garçon très bien. Elle n'avait aucunement relevé chez lui ce côté « raide et guindé » dont parlait Rose. Mais la couturière, la jeune femme à l'ombrelle, pauvre fantôme égaré en plein jour, aurait-elle su déceler, jusque chez ses propres filles, le trait de caractère même le plus marqué ?

Elle se réjouissait du bonheur qui semblait maintenant promis à sa grande, et elle en étendait par provision les bienfaits à la cadette : « Vous voilà tirées d'affaire, disait-elle, et elle ajoutait à l'intention de Rose sur un ton pour ainsi dire d'espièglerie : si tu dois engager un jour une bonne, choisis-la bien vieille et bien laide ! »

Elle tint à confectionner pour ses petites deux jolies tenues de plage qu'elle avait vues dans un magazine de mode. Elle demandait presque chaque jour s'il ne convenait pas de retenir à l'avance les places dans le train : Rose lui répondait à chaque fois que M. Antoine se chargeait de ces détails mais la couturière ne paraissait pas tranquille pour autant, et elle recommandait à la jeune fille de s'assurer que « son fiancé » n'avait pas oublié les réservations.

— Nous n'allons pas au bout du monde, faisait alors Rose, touchée par cette sollicitude, mais avec un certain agacement tout de même.

— On dirait que c'est maman qui se marie, plaisantait alors Madeleine, et Rose sentait son irritation s'accroître en dépit d'elle-même.

Elle avait parfois l'impression d'être poussée dans toute cette histoire, tant par sa mère que par sa sœur, et elle ne comprenait que trop bien le motif de leur impatience : elles avaient envie de la caser, celle qui n'avait pas su garder son mari tout comme celle qui n'avait pas encore de prétendant. L'une et l'autre voulaient de toutes leurs forces que Rose, du moins, échappât à l'horreur d'une vie sans homme.

Tout fut prêt la veille et même l'avant-veille du grand jour, les deux jolies robes de plage, les chocolats qu'on avait achetés à la Marquise de Sévigné pour la maman de M. Antoine, la boîte de cigares pour son père, le panier tout neuf de la Samaritaine où l'on placerait au dernier moment les sandwiches pour le train.

Mais le dernier soir avant le départ, alors qu'on s'apprêtait à se mettre au lit, la valise déjà bouclée dans le vestibule, la couturière se trouva soudain mal : elle porta la main à sa tête, ses yeux se fermèrent, et elle tomba comme d'une masse sur le seuil de sa chambre, heureusement sans se blesser. Madeleine et Rose la relevèrent et l'aidèrent à s'étendre sur son lit : la malade reprenait peu à peu conscience. Elle considérait à présent ses filles d'un regard plein d'embarras et elle dit avec un drôle de sourire, qui chez une autre aurait pu passer pour malicieux :

— Vous voyez bien : on ne peut rien faire de cette pauvre femme. Il va vous falloir aller là-bas sans moi.

Les deux jeunes filles protestèrent avec force, bien sûr : elles ne partiraient pas du tout. Elles n'allaient pas laisser leur mère toute seule et sans soins. M. Antoine n'y trouverait rien à redire, bien sûr. On remettrait ce voyage à plus tard.

Mais la couturière ne voulut rien entendre : elle n'était pas malade. Elle n'avait pas besoin de soins. Elle se sentait seulement fatiguée. Elle n'avait pas envie de voir du monde, au fond. Il fallait tenir compte de son caractère. Elle n'aimait plus la société. Alors pourquoi s'encombrer d'elle ? Les petites se sentiraient tellement plus à l'aise, sans ce « boulet au pied ».

— Partez sans moi, demanda-t-elle à nouveau d'une voix presque suppliante : mon bonheur sera de penser à vous et de savoir que vous vous êtes amusées. Je n'ai besoin de rien d'autre.

Elle insista si bien, le ton de sa voix s'était fait si persuasif, elle semblait tant désirer de se trouver seule pendant ces quelques jours, peut-être pour se recueillir, pour jouir un peu du calme et du silence, que Rose et Madeleine finirent bon gré mal gré par se rendre à ses raisons : on la laisserait donc à la maison. On prendrait le train de huit heures avec M. Antoine, et l'on se baignerait en pensant bien à elle.

Ayant obtenu sa victoire, la couturière abaissa doucement les paupières et parut s'endormir. Son visage était paisible. Un sourire, même, flottait sur ses lèvres : le sourire d'un être qui aurait vécu pendant des siècles.

Comme les jeunes filles refermaient la porte derrière elles en prenant garde à ne pas faire de bruit, elle rouvrit un instant les yeux et murmura ces mots :

— Ne me réveillez pas, demain. Je veux dormir longtemps.

5

M. et Mme Vimeux attendaient les Parisiens à la
gare. Ils étaient venus en voiture à cheval et M. Vimeux portait une redingote d'un autre temps. Il était
grand et maigre comme son fils, mais ses petits yeux
bleus, très enfoncés dans les orbites, pétillaient de
malice. Il dansait d'un pied sur l'autre sur le quai.
Malgré ses cheveux tout blancs et les rides qui
creusaient son visage halé, il avait l'air d'un enfant
poussé trop vite. Mme Vimeux était une petite femme
fripée, brune, au teint bistre. Elle tenait son sac contre
son ventre comme si on avait voulu le lui voler. Elle
posa un regard aigu sur les deux jeunes filles qui
descendaient du train derrière Antoine : elle devait
chercher à deviner laquelle méditait de lui prendre
son grand fils.

Antoine fit les présentations. M. Vimeux secoua bien
cordialement la main et tout l'avant-bras des demoiselles. Son épouse laissa effleurer les doigts qui dépassaient de ses mitaines de résille noire. On déplora,
bien sûr, que la maman des demoiselles ne fût point
venue. Rose exposa qu'elle souffrait d'une légère
indisposition. Comme on faisait mine de s'inquiéter,
les jeunes filles expliquèrent que leur maman était

sujette à ces sortes de malaises depuis quelque temps, et qu'elle s'en remettait d'ordinaire après quelques jours. Mme Vimeux hocha la tête d'un air entendu, et fut d'avis que c'était le « retour d'âge », probablement.

Le déjeuner fut bien agréable. On avait dressé la table dans le jardin derrière la maison, à l'ombre d'un grand platane. M. Vimeux montra aux jeunes filles comment se servir du casse-noix pour briser les pinces du homard. Madeleine fut bientôt étourdie par le cidre qu'elle avait bu. Rose se montra plus sobre, et jusqu'au dessert elle demeura presque aussi tendue que son soupirant. Elle avait envie de plaire aux Vimeux ou plutôt elle craignait de leur déplaire. Elle n'avait pas l'habitude de la société.

On parla de nouveau de la maman de Rose et de Madeleine. On regretta de nouveau qu'elle n'eût pu faire le voyage. On évoqua aussi le papa des jeunes filles. Antoine fit ressortir qu'il était ingénieur. Cette qualité semblait avoir énormément de prix à ses yeux. Il rappela que ce monsieur avait travaillé jadis à la construction de la tour Eiffel. Mme Vimeux écouta son fils parler de l'éminent personnage. Elle hocha la tête à plusieurs reprises. Elle avait l'air d'acquiescer. Mais à la fin elle dit, détachant soigneusement chaque syllabe.

— C'est un bien grand malheur, pour une famille, que le divorce et tout ce qui s'ensuit.

Dans l'après-midi, M. Vimeux emmena les deux Parisiennes visiter le port avec ses curieuses maisons toutes recouvertes d'ardoises. Mais il avait surtout envie de leur montrer son bateau, un cotre de huit mètres qu'il avait acheté voilà deux ans et qu'il avait baptisé « Adelaïde », du nom de sa femme : « Ainsi je peux dire sans mentir que je reste auprès d'elle jusqu'en haute mer », expliqua-t-il avec un sourire espiègle. Il proposa une promenade le long de la côte pour le lendemain matin si ces demoiselles ne craignaient pas de se lever tôt. Celles-ci acceptèrent avec joie, et Madeleine dut secrètement se retenir pour ne pas battre des mains. L'eût-elle fait, au reste, qu'elle n'en eût gagné que mieux encore la sympathie du vieux bonhomme en train de l'observer d'un œil amusé.

Antoine considérait son père avec une expression d'indulgence un peu contrainte. M. Vimeux surprit son regard, et se pencha vers Rose pour lui chuchoter à l'oreille :

— Je ne suis qu'un vaurien, mais par chance Antoine tient surtout de sa mère. Puis il ajouta comme en se reprenant : il vous rendra heureuse, j'en suis sûr.

Le jeune homme s'approcha pour rompre cet aparté. M. Vimeux s'écarta de Rose et sourit à son fils avec une expression de tendresse peut-être moqueuse.

— Je parlais justement de toi, fit-il. Je disais tout le bien que je pense de mon grand garçon.

Le soleil commençait à décliner derrière les hautes maisons jointes cernant le bassin. M. Vimeux tira sa montre de son gilet et dit à Antoine :

— Ta mère nous a fait trop bien manger. Nous avons tout bonnement passé l'après-midi à table.

Madeleine se sentait les jambes lourdes, encore, de toute cette bonne chère et du cidre qu'elle avait bu. Elle regardait sur l'eau calme le reflet des barques et des chalutiers amarrés au quai. Elle se laissait engourdir et comme hypnotiser par cette vision paisible

381

qu'animait une pulsation lente et régulière. Elle était heureuse. Elle s'abandonnait à sa somnolence. Elle s'abandonnait à la vie. Elle n'en aurait plus jamais peur. Le ciel était d'un bleu si profond dans l'eau du bassin. Le monde était maintenant si beau. Et Rose allait se marier. Antoine était à sa dévotion. On pouvait donc les aimer, elle ou sa sœur ! C'en était bien fini de leur triste enfance !

Elle était un peu déçue, pourtant, que sa mère n'eût pas voulu venir. Son malaise n'avait été qu'un prétexte, bien sûr. La pauvre femme avait craint de gâcher par sa présence le plaisir de ses filles. Mais il faudrait lui dire qu'on avait regretté de ne pouvoir le partager avec elle, et surtout qu'on l'aimait, qu'on aurait toujours besoin d'elle.

— Allons, Madeleine, il est temps de rentrer, dit doucement M. Vimeux.

Il lui prit le bras et l'entraîna vers la rue qui montait derrière le port.

— Ces deux-là n'ont pas besoin de nous, fit-il en désignant du menton Antoine et Rose qui s'en allaient par une autre rue, la main dans la main.

Après le dîner, M. Vimeux et son fils invitèrent Madeleine à se joindre à leur partie de cartes dans le salon. La jeune fille ne comprit pas tout de suite ce qu'on attendait d'elle, et dit en souriant qu'elle préférait « rester avec les dames ». Elle s'avisa l'instant d'après, seulement, que Mme Vimeux voulait s'entretenir seule à seule avec Rose : la jeune fille se leva, rouge de confusion, et alla rejoindre les messieurs qui l'attendaient sur le seuil.

Maintenant elle avait peur que son embarras ne se laissât voir. Elle s'en voulait de n'avoir pas saisi tout de suite ce qu'on lui demandait. Elle se trouvait stupide, et craignait de passer pour une indiscrète. N'allait-on pas croire qu'elle était jalouse et qu'elle cherchait par malveillance à s'immiscer dans les relations de sa sœur avec sa future belle-famille ? Mais M. Vimeux observait la jeune fille en souriant. Il avait toujours son regard espiègle, et surtout plein de bonté. Madeleine posa le jeu de cartes sur la table et le coupa. Elle répondit au sourire du vieux monsieur, rougissant à nouveau, mais avec reconnaissance. Il avait bavardé avec elle, tout à l'heure, tandis qu'il la ramenait vers la maison. Il l'avait questionnée sur elle-même, sur son travail, moins par curiosité sans doute, que pour lui témoigner de l'intérêt. Elle avait l'impression que cet homme lisait dans ses pensées, mais avec infiniment d'indulgence. Antoine ramassa les cartes et commença à les distribuer. Il n'avait pas l'air espiègle, lui, ni même jeune. Mais il avait des raisons d'être anxieux : sa mère, à l'évidence, n'était pas une personne toujours bien commode. Comment allait-elle juger sa petite fiancée ?

Vers onze heures les jeunes filles se retrouvèrent dans leur chambre. Ç'avait été une belle et longue journée, mais elles ne regrettaient pas qu'elle fût terminée : on allait pouvoir se rappeler tout ce qu'on avait fait.

Rose se laissa enfin aller au bonheur, maintenant elle voulait bien que la vie fût un roman : Antoine lui avait tenu la main tandis qu'ils se promenaient par les petites rues de la ville ; ils avaient flâné ainsi, pendant une heure, les doigts tendrement enlacés, et ils étaient allés voir le soleil se coucher sur la mer. Là, soudain,

383

Antoine avait demandé à la jeune fille la permission de l'embrasser.

— Alors ? questionna la petite.

— Alors il m'a embrassée, annonça la grande avec orgueil. Et elle précisa : il m'a embrassée sur les lèvres.

Madeleine et Rose étaient assises face à face, chacune sur le bord de son lit. Entre les deux il y avait la mer, au lieu de la table de chevet, et le soleil couchant flamboyait dans les yeux des jeunes filles. Les murs de la petite chambre s'étaient effacés, avec leur papier à fleurs, la photo de famille accrochée en médaillon, et la brise du large gonflait le cœur des deux sœurs. Le bonheur de l'une appartenait aussi à l'autre. Le baiser d'Antoine voletait des lèvres de la grande à celles de la petite. Il n'y avait point de jalousie entre elles : Rose et Madeleine avaient toujours marché sur le même chemin, l'une attendant l'autre, celle-ci tâchant vaille que vaille de suivre celle-là.

— Que t'a dit la maman d'Antoine ? demanda la petite, qui retenait depuis un moment sa question, redoutant d'apprendre que cette dame, peut-être, ne voudrait pas de Rose pour belle-fille.

Celle-ci éclata de rire :

— Elle m'a recommandé de bien nourrir son fils. Elle le trouve maigre. Il lui faut beaucoup de viande, d'après elle, et des épinards, car les épinards contiennent du fer.

— Alors, elle n'est pas méchante, fit Madeleine.

— Non, elle n'est pas méchante. Elle nous aime bien.

6

La journée du lendemain fut encore très belle. M. Vimeux s'était levé avec le soleil pour préparer et briquer son « Adélaïde ». Les jeunes filles, avec son fils, le retrouvèrent au port peu après sept heures, et l'on s'en alla en remontant doucement le vent vers Trouville.

Mme Vimeux avait confié à Rose un panier contenant des croissants chauds et du café dans une bouteille Thermos. La jeune fille, qui la veille encore ne connaissait la mer que d'après des cartes postales, fut enchantée de pique-niquer ainsi sur l'eau, entre le port du Havre et la côte de Grâce. La vie s'ouvrait devant elle, sans limite, comme la mer immense que le soleil encore bas animait de mille scintillements. M. Vimeux lui fit remarquer, d'abord à peine visible dans la brume de chaleur et comme silhouettée au lavis, la masse d'un gros paquebot en train de doubler le phare du Havre, se détachant lentement de la côte, toute pâle à cette distance, puis dessinant avec netteté ses cheminées sur le bleu de l'horizon, un peu à la manière dont une image photographique apparaît dans le bain révélateur. Rose, puis Madeleine, la main en visière, observèrent pendant un long moment le navire qui virait doucement de bord pour s'éloigner ensuite, s'amenuisant jusqu'à n'être plus qu'un point entre le ciel et la mer, bientôt confondu avec les imperceptibles irrégularités interrompant çà et là, éphémères, illusoires sans doute, la ligne de l'horizon. M. Vimeux dit que ce paquebot était le *Rochambeau*, et qu'il partait pour New York où il accosterait dans moins d'une semaine. Rose ne répondit rien : elle avait la gorge serrée de bonheur. Elle se disait qu'un jour, peut-être, elle prendrait ce bateau avec son mari pour aller visiter l'Amérique. Quant à Madeleine, elle essuyait ses larmes du revers du pouce, expliquant qu'elle avait mal aux yeux d'avoir fixé trop longtemps l'horizon. Mais elle songeait sans doute à l'Amérique, elle aussi, d'où Rose lui enverrait un jour des cartes postales, et cette idée faisait naître en elle de secrets et délicieux sanglots.

On fut de retour en fin de matinée. On avait eu un petit peu mal au cœur, à cause du léger roulis qui balançait le bateau, mais cela passa dès qu'on eut retrouvé la terre ferme, et l'on déjeuna tous de bon appétit.

Mme Vimeux but un peu de cidre et quitta tout à fait son air de réserve. Elle parla des petits-enfants qu'elle aurait un jour et qu'elle accueillerait pour les vacances : ce devait être son Amérique à elle, et Rose semblait bien lui plaire. M. Vimeux, qui avait attendu son tour pour s'exprimer lui aussi, fit savoir qu'il espérait que son fils reprendrait bientôt la boutique et que lui-même pourrait alors se promener en mer aussi souvent qu'il le voudrait.

Entre les pommes soufflées et la tarte aux quetsches, Rose apprit ainsi qu'elle avait une famille. Elle croisa le regard de Madeleine, qui lui souriait et semblait la presser d'accepter tout cet amour, tout ce bonheur qui s'offraient si simplement. La grande, au moins, échapperait à la malédiction de leur enfance : elle allait avoir un mari, et le destin lui offrait par surcroît ce M. Vimeux et sa femme, qui seraient pour elle comme un père et une mère. Sans doute aurait-elle à vivre à Honfleur, mais la petite viendrait la voir très souvent. Ou bien elle s'installerait en Normandie, elle aussi. On ne se quitterait pas. On ne se quitterait jamais.

Au même instant, pourtant, le regard des deux sœurs s'assombrit : leurs pensées avaient suivi le même cours, et venaient maintenant heurter contre le même obstacle. Ce fut Rose qui parla, et seule Madeleine entendit vraiment toute la tristesse que conte-nait cette banale réflexion : « Quel dommage que maman n'ait pu venir ! » Les jeunes filles se regardè-rent à nouveau (mais en se cachant presque), et chacune reconnut sa propre inquiétude dans les yeux de l'autre : que feraient-elles de leur mère, la coutu-rière, maintenant qu'elles allaient être heureuses ?

Il y eut un orage, la nuit suivante, mais les nuages s'en allèrent avec le jour, et Rose, se réveillant la première, ouvrit ses persiennes sur un décor de jardi-nets, et plus loin de prairies, fraîchement repeints par les premiers rayons du soleil. La jeune fille réveilla sa sœur pour lui faire admirer ce paysage aux jolies couleurs de chromo. La maison était encore endormie. On entendait seulement les perruches de Mme Vimeux qui se chamaillaient dans leur volière et dont les cris stridents traversaient cloisons et plancher. Rose et Madeleine demeurèrent quelques minutes accoudées à la fenêtre, épaule contre épaule, respirant avec délices et comme buvant l'air si transparent : on aurait dit que le soleil se levait sur le premier jour du monde. Les deux sœurs s'abandonnèrent alors à l'illusion merveilleuse de leur propre innocence sur une terre elle-même innocente : le paysage sous leurs yeux, cette maison, le vieux M. Vimeux, et son épouse elle-même avec son air de sévérité, faisaient tous partie de ce monde sans péché qui s'ouvrait désormais à elles.

Il aurait fallu que cet instant durât toujours. Il est ainsi des moments de bonheur où l'on voudrait arrêter le soleil et les astres sur leur orbite, où l'on voudrait dire à Celui qui peut-être nous a créés que maintenant son œuvre est achevée, et qu'un seul grain de poussière venant à s'y adjoindre ne ferait que rompre cette prodigieuse harmonie.

Or ce grain de poussière, cet infime accident capable de détruire soudain le miraculeux univers qui s'était congloméré autour des deux jeunes filles, ce fut Madeleine qui l'ajouta par malheur à l'œuvre de Dieu en posant à son tour cette simple question : « Qu'allons-nous faire de maman ? »

Elle avait dit cela dans un murmure, qui n'était au juste que l'écho des paroles prononcées la veille par sa sœur. Mais sa tristesse était plus grande encore que celle de Rose, car elle commençait à concevoir qu'elle aurait à rester toujours avec la couturière, puisqu'on ne pouvait pas l'abandonner tout bonnement, tandis que son aînée quitterait seule le cloître banal de la malchance discrète, quotidienne et silencieuse.

M. Vimeux loua un taxi, et l'on s'en fut à Deauville pour la journée. Rose et Madeleine emportèrent leurs jolies tenues de plages, bien sûr, mais M. Vimeux estima qu'il leur fallait plutôt des « costumes de bain », à quoi ni la couturière ni les jeunes filles n'avaient songé. Le marchand de chaussures fit arrêter le taxi devant la boutique d'un de ses amis. Encouragées par le maître des lieux et sa vendeuse, les deux sœurs sacrifièrent au goût du jour et choisirent avec un léger et délicieux effroi parmi ces nouveaux maillots dénudant les bras et les jambes tout en moulant le reste du corps de façon peut-être qu'on se sentît plus dévêtu en les portant qu'à ne rien avoir sur le corps.

On loua une tente, sous laquelle Mme Vimeux s'installa pour tricoter à l'abri du soleil tandis que les jeunes gens s'en allaient barboter dans les vagues. M. Vimeux resta un moment près de sa femme, regardant avec envie toutes les petites embarcations qui croisaient à quelques encâblures de la plage. Puis il se leva, roulant les jambes de son pantalon jusqu'aux mollets, abaissa en visière le bord de son panama, et s'en alla patauger à son tour dans l'écume.

On ne rentra qu'au soir. Les yeux des jeunes filles pétillaient de bonheur et leur nez était tout rouge à cause du soleil. Dans le taxi elles croyaient entendre encore le bruit des vagues, la tête leur tournait un peu, et Rose trouva que la nuit tombait bien trop vite.

— C'est le grand air qui soûle, fit M. Vimeux dans un sourire.

C'était le grand air, en effet, qui se mettait soudain à souffler dans la vie de Rose et de Madeleine comme par une fenêtre qu'on y aurait ouverte pour la première fois. Elles n'avaient pas pensé à leur mère de tout l'après-midi. Sans doute n'auraient-elles demandé qu'à l'oublier pour un jour encore ou pour bien plus longtemps.

7

Il devait être dix heures quand elles sonnèrent à la porte : la couturière ne se couchait jamais avant minuit. Après une minute, comme on n'entendait rien, aucun bruit de pas dans l'appartement, Rose se résolut à ouvrir en utilisant son propre trousseau : elle n'était pas à proprement parler inquiète, mais sa main trembla imperceptiblement en introduisant la clé dans la serrure. L'idée que sa mère était peut-être malade, qu'elle ne pouvait se lever de son lit, n'avait pas eu le temps de se former tout à fait dans son esprit. Ce qu'elle éprouvait depuis quelques secondes, c'était un malaise indécis (une sorte d'aura nocturne), pareil au sentiment confus de menace et de catastrophe qui pèse parfois sur nos réveils, alors que les cauchemars qui ont grouillé dans notre sommeil se sont déjà dissipés, mais en laissant derrière eux leur indéfinissable relent d'angoisse.

La couturière n'était pas dans sa chambre. Le lit n'était pas défait. Rose et Madeleine retournèrent dans le salon et s'assirent côte à côte sur le bord du canapé, bizarrement, un peu comme si elles étaient venues en visite. Leur première inquiétude était passée : leur mère n'était pas malade, non. Elle était simplement sortie. Mais les jeunes filles considéraient maintenant la pièce avec incertitude : tous les objets se trouvaient à leur place, le buffet, la table, la grosse machine à coudre, et pourtant chacun d'eux avait un aspect vaguement inaccoutumé, un quelque chose d'étrange et de contraint, pour ainsi dire, évoquant la physionomie d'une personne surprise en faute, qui se compose à la hâte un air d'innocence et de détachement. Un léger parfum de cire fraîche flottait dans l'appartement, le parquet miroitait sous la lumière du plafonnier, et cette odeur, justement, ces miroitements, cet air de propreté contribuaient à l'atmosphère d'artifice et de mensonge. Ce fut Madeleine qui s'avisa la première, dans une brutale illumination, de ce que dissimulait sans doute cette espèce de maquillage :

— Maman est partie, s'écria-t-elle, se dressant soudain et se cachant le visage dans les mains, elle est partie pour toujours !

Les coupons de tissu qui encombraient d'habitude la pièce, le désordre des robes et des manteaux à demi montés, qui faisait un décor presque chaleureux à force d'être familier, avaient en effet disparu. Ce désordre avait été depuis dix ans comme la signature de la couturière, la seule marque tangible, au fond, de l'existence de cette somnambule errant sans fin dans un rêve qui ne devait pas ressembler au monde.

Rose s'était dressée à son tour. Les deux sœurs gagnèrent la chambre de leur mère et ouvrirent son armoire avec une précipitation anxieuse. Mais non ! Les robes de la dame à l'ombrelle se trouvaient sur leurs cintres. Il n'en manquait aucune. La couturière n'était pas partie puisqu'on ne s'en va pas sans ses vêtements !

Suivie de Madeleine, Rose alla prendre la valise

dans le vestibule pour la porter dans leur chambre : la maman avait posé un vase de cristal garni d'un gros bouquet de marguerites sur la table de nuit séparant les deux lits. Le parquet avait été briqué comme dans le reste de l'appartement. Il y avait maintenant un joli coussin de velours mordoré sur chacune des trois chaises paillées. Les livres de Rose et de Madeleine étaient rangés avec soin sur le plateau de la commode. La couturière avait séparé les ouvrages éducatifs, qu'affectionnait son aînée, des romans qu'elle-même et sa cadette lisaient d'ordinaire : la brave femme avait profité de ce qu'elle était seule pour mettre de l'ordre dans la maison. Elle avait saisi cette occasion, la première depuis six ans...

La lettre qu'elle avait laissée à ses filles se trouvait sous le lit de Madeleine. L'enveloppe avait dû tomber de la table de chevet à l'ouverture de la porte. Ce fut Rose qui la découvrit et qui en commença la lecture à mi-voix.

Elle s'interrompit après quelques lignes seulement, à l'endroit où la couturière indiquait quelles dispositions elle souhaitait que l'on prît pour ses obsèques.

Au petit matin, les jeunes filles la trouvèrent à la morgue de l'Hôtel-Dieu après avoir passé la nuit à errer de commissariat en commissariat. La malheureuse avait pensé à tout avant de partir pour l'autre monde : elle avait fait le ménage, elle avait mis de jolies fleurs dans la chambre de ses filles, elle avait laissé de l'argent pour les obsèques et la sépulture, elle avait pris soin, même, d'aller avaler ses quatre flacons de somnifère dans une chambre d'hôtel pour ne pas exposer ses petites au chagrin supplémentaire de la macabre découverte, mais elle avait oublié d'emporter une pièce d'identité. Il revint donc aux deux demoiselles d'expliquer à M. le commissaire et aux gens de l'hôpital que le corps leur appartenait, et qu'elles ne voulaient pas que leur mère s'en allât en morceaux sur la table de dissection.

L'enterrement eut lieu trois jours plus tard au cimetière de Pantin. Antoine Vimeux accompagna les pauvres jeunes filles. Ses parents firent confectionner une superbe couronne pour la dame qu'ils avaient failli connaître.

Il fut entendu que la couturière était morte du cœur : le malaise qu'elle avait eu voilà quelques jours donna tout le crédit nécessaire à cette fiction. Rose avait d'abord pensé dire la vérité à son fiancé, mais Madeleine l'en avait dissuadée : c'était une grande chance, déjà, qu'Antoine voulût bien épouser la fille d'une femme divorcée. Il ne fallait pas le troubler davantage avec cette histoire de suicide.

Le lendemain de l'enterrement Rose et Madeleine reprirent leur travail, l'une au bureau, l'autre à l'atelier. Elles avaient fait teindre en noir quelques-unes de leurs robes, peut-être bien celles qui leur plaisaient le moins. Elles avaient les yeux rouges car elles avaient pleuré, bien sûr. Elles avaient pitié de celle qui avait vécu si loin d'elles, si loin de tout, au fond, et qui s'en était allée seulement plus loin. Sans doute n'était-ce pas elle que les petites regrettaient le plus, mais la mystérieuse dame à l'ombrelle, qui avait été leur mère, et qu'elles n'avaient jamais connue.

Il aurait fallu que Mme Marthe fût là pour aider à enterrer la pauvre femme. Elle aurait su dire les paroles rituelles propres à faire admettre la disparue dans la paisible société des défunts. Elle connaissait les formules banales et sacramentelles par lesquelles la mort de l'individu se perd finalement dans l'indifférence du grand destin collectif. Sans l'apaisement de ces paroles, la disparition d'un être laisse aux vivants le chagrin de n'avoir rien su faire pour le retenir ou pour l'aider au contraire à s'en aller : il fallait opposer au néant qui nous attend l'égal néant des formules consacrées, lénifiantes et vides, de l'amour et du deuil. Ce que les deux sœurs ressentaient, c'était moins le regret de leur mère que le remords de n'avoir jamais entendu son silence. Elles ne se doutaient pas encore que l'être qui s'en va n'aura jamais su dire vraiment ce qu'il avait à dire. La couturière aurait disparu un demi-siècle plus tard que cela n'eût rien changé : elle n'avait fait que prendre les devants, et son suicide datait du jour, voilà bientôt vingt ans, où elle s'était laissée chasser de sa maison. Sans doute n'avait-elle jamais cessé de penser à ses filles, ensuite, et de les aimer. Sa souffrance, pendant toutes ces années, avait dû être immense. Mais elle avait choisi la voie du chagrin et du regret qui était pour elle la voie de la vérité : sa mélancolie, sa maladie n'auraient été que de savoir que les êtres ne se rencontrent jamais, et que l'amour qu'on leur porte nous fait seulement mesurer la distance qui nous en sépare. Elle ne s'était pas beaucoup plus éloignée de ses filles en cessant de vivre. Elle leur avait laissé une maison bien propre, de nouveaux coussins sur les chaises et des fleurs fraîches dans un vase : ces marques d'amour valaient bien sa présence. Elles n'étaient pas plus dérisoires, et c'était bien cela qui avait déterminé la couturière à en finir pour de bon.

Rose écrivit à M. l'ingénieur pour lui apprendre le décès de la couturière et ses propres fiançailles avec un certain Antoine Vimeux. La fiction du malaise cardiaque prévalut cette fois encore, sans doute parce que la jeune fille elle-même commençait à croire que sa maman n'était morte, tout bien considéré, que d'un arrêt du cœur. Il importait de moins en moins que le « colapsus fatal » (selon l'expression qu'avaient employée devant elle les gens de la morgue) eût été provoqué par une défaillance de l'organisme ou par une dose massive de trional.

M. l'ingénieur répondit par une longue lettre où s'exprimait un chagrin sincère dont Rose fut touchée. Lui aussi, bien sûr, avait vécu dans la nostalgie de la dame à l'ombrelle, et comme ses filles il n'avait fait au juste que poursuivre un fantôme, l'image ou le miroitement de son propre désir, à quoi s'étaient ajoutées certainement la brûlure puis la douceur, peut-être, du remords.

Il terminait son épître en invitant Rose à venir en Alsace pour lui présenter son fiancé : il rappelait qu'il était maintenant « la seule famille » de ses deux chères petites, et il entendait, par l'effet d'une merveilleuse amnésie, « continuer à veiller sur elles et sur leur avenir ».

Rose n'aurait jamais dû montrer cette lettre à Antoine ! Elle ne croyait pas un instant aux beaux sentiments qu'y exprimait le vieil homme. Tout cela sentait trop son cabot, l'histrion déclamant sa tirade sur des tréteaux de village. M. l'ingénieur n'était pas plus lâche, probablement, ni plus égoïste, ni plus vain qu'autrefois, mais il l'était de manière désormais toute machinale. Il l'était sans le moindre scrupule. Il n'avait plus le regret de ce qu'il était d venu. Au fil des années le mauvais acteur avait appris à jouer son

minable répertoire sans effort, et surtout sans vergogne.

Mais Rose, dont la pauvre maman venait de mourir
du cœur, n'en était plus à un mensonge près, elle non
plus. Son papa aurait d'ailleurs pu lui confirmer, avec
cette sagesse que donne l'expérience, que c'est le
premier pas qui coûte : ainsi la jeune fille avait
montré à son fiancé la noble lettre où l'on aurait bien
cru voir qu'elle avait un père, tout compte fait, et que
ce père l'aimait tendrement. Elle n'avait pas songé
que le fiancé voudrait rencontrer le digne vieillard.

Elle passa deux nuits sans dormir. Or ce qui la
tenait éveillée, ce qui la faisait même rougir par
instant (dans l'obscurité, par chance !), ce n'était pas
la honte d'avoir à s'engager pour tout de bon dans la
voie du mensonge en exhibant à son futur mari son
comédien de père (comme un vieil amant, pour ainsi
dire, qui l'aurait entretenue jadis et qui se serait fait
passer depuis lors pour un ami de la famille, un oncle,
ou précisément pour son père) : ce qui la gênait au
contraire, ce qui la terrifiait, même, c'était de savoir
que la vérité se découvrirait, odieuse, à l'instant où
Antoine Vimeux entrerait dans la demeure du prétendu papa. Cette vérité avait un visage, ou plutôt
même une trogne : celle de l'Alsacienne.

Or maintenant le jeune homme insistait pour qu'on
allât visiter M. l'ingénieur dans sa retraite. Il ne
comprenait pas les réticences de sa fiancée, où il
voyait une étrange froideur de caractère. Il lui en fit le
reproche : elle aurait bien pu se rendre avec lui en
Alsace, qui n'était pas le bout du monde après tout, et
il soulignait que M. l'ingénieur était désormais « la
seule famille » de la jeune fille.

Ainsi voilà qu'Antoine volait son texte au vieux

cabot ! Il entrait à son tour dans la comédie des nobles sentiments. Il y jouait sa partie en toute bonne foi, croyant avoir à faire de tendres remontrances à celle qui montrait si peu d'empressement à revoir « sa seule famille ».

Rose, pendant ce temps, se demandait comment montrer au fiancé son ingénieur de père, qui pouvait assez bien donner le change avec sa barbe de patriarche et ses yeux couleur d'horizon, sans du même coup faire découvrir la grosse blonde. Le vieil homme, hélas, n'aurait pas l'idée de l'éloigner à l'heure du rendez-vous. D'ailleurs la bonne femme ne se laisserait pas faire : elle voudrait voir le fiancé, elle aussi. Elle adorait se montrer bien qu'elle se sût laide à faire peur, car cette laideur n'était nullement pour elle une disgrâce, mais sa façon de montrer sa haine et son mépris des autres.

Alors la jeune fille se résolut à parler de la belle-mère alsacienne. Elle n'entra point dans les détails de cette triste histoire, bien sûr. Elle révéla simplement l'existence de cette créature, que son père avait jadis épousée par charité mais qui depuis n'avait cessé d'abuser des bontés de son bienfaiteur.

Antoine hocha gravement la tête à ces paroles. Il était jeune encore, mais il connaissait la noirceur, parfois, de l'âme humaine. Ayant écouté l'histoire du bon monsieur et de la fille de rien, il prit tendrement les mains de Rose entre les siennes et lui assura qu'il ne concevait toujours que de l'estime pour le digne vieillard si injustement perdu par sa propre générosité : il ne restait plus ainsi qu'à prendre le train pour Mulhouse.

Rose aurait aussi bien pu s'épargner ces deux nuits blanches comme le difficile aveu qu'elle venait de faire à son fiancé : l'Alsacienne ne se trouvait point à la maison quand ils arrivèrent chez M. l'ingénieur. Le vieil homme leur ouvrit la porte lui-même. Il n'avait pas de domestique. Il était en pantoufles et portait sur les épaules une sorte de houppelande doublée de lapin. Il s'expliqua sur ce bizarre accoutrement en révélant qu'il venait d'avoir un de ces accès de fièvre qui le prenait parfois, hélas, depuis qu'il avait vécu en Indochine : « J'ai jadis passé là-bas deux années qui comptent pour vingt », ajouta-t-il avec une sorte d'effroi dans la voix. Antoine Vimeux, qui n'avait jamais voyagé qu'entre Honfleur et la gare Saint-Lazare, exprima d'un discret mouvement de déglutition tout le respect qu'il éprouvait a priori pour le héros en chaussons. On alla ensuite s'asseoir dans le bureau de M. l'ingénieur. Celui-ci s'excusa de ne pas avoir d'alcool à offrir à M. Vimeux, mais le jeune homme assura qu'il ne buvait que pendant les repas, et seulement du cidre doux car il était natif de Honfleur, en Normandie.

— De Honfleur ? répéta pensivement l'ingénieur. Il faudrait bien construire par là un pont sur la Seine.

Le fiancé approuva chaleureusement de la tête, tout en considérant d'un air admiratif les rayonnages lourdement chargés de livres qui ceinturaient presque entièrement la pièce. M. l'ingénieur surprit ce regard, et un sourire de contentement s'esquissa sur ses lèvres :

— Ce ne sont que quelques ouvrages dont j'ai parfois besoin pour mon travail, fit-il comme en s'excusant. Mais son sourire et toute son allure démentaient ces paroles de modestie.

— Quand je pense à toute la science qu'il y a là-

398

dedans, reprit le jeune homme avec un geste du bras qui alla des rayonnages à M. l'ingénieur en personne.

Ce dernier acquiesça d'un sobre mouvement de la main, pour montrer que la douce liqueur de la flatterie emplissait maintenant assez son verre. On sentait que le futur gendre lui plaisait déjà bien.

L'Alsacienne s'était absentée pour quelques jours, emmenant Frédéric, afin de choisir une nouvelle maison : on allait en effet quitter celle-ci, qui était bien trop grande, malcommode, difficile à chauffer l'hiver. Rose, qui n'avait pas encore beaucoup parlé, eut un sourire d'ironie et dit au vieux monsieur qu'elle n'avait pas beaucoup de chance avec lui, car l'un et l'autre semblaient devoir changer d'adresse toutes les fois qu'ils arrivaient au point où ils auraient pu se retrouver. L'ingénieur baissa soudain les yeux et bredouilla quelques mots inintelligibles. Antoine posa sur sa fiancée un regard d'incompréhension et de reproche. Mais Rose n'en avait cure : toute cette comédie commençait à vraiment trop l'agacer. Elle voulait bien croire que son père était un savant. Elle s'y obligeait même, car elle avait besoin de l'estimer par quelque endroit. Elle voulait bien aussi mentir à son fiancé, et pareillement se mentir à elle-même sur ce qui était vraiment inavouable de son passé, sur cette honte qui n'était certes pas la sienne mais dont elle se sentait malgré elle atteinte. Mais elle n'admettait pas que l'ingénieur se rachetât à si bon compte et pût passer pour un digne patriarche aux yeux du jeune Vimeux, qui du même coup faisait figure de dupe, de naïf, d'imbécile, et qui semblait en redemander, heureux, béat, et cocu pour ainsi dire, mais cocu dès avant ses noces et par son futur beau-père.

Celui-ci rajusta sur sa poitrine le col flottant de son

espèce de pelisse, qui se faisait plus ou moins passer pour un manteau d'hermine sur sa royale personne. Assis de la sorte en majesté, le regard perdu au loin, le visage empreint d'une souveraine indifférence, le vieil homme révéla que l'effondrement de la rente l'avait ruiné en quelques années, et qu'il était aujourd'hui contraint de vendre sa maison, au reste bien trop vaste pour lui. Il regrettait seulement d'avoir à quitter son cher laboratoire aménagé dans le sous-sol, qu'il n'aurait certainement plus les moyens ni le courage de reconstituer.

Antoine sollicita l'honneur de visiter ledit laboratoire : il ne paraissait point s'adresser au vieillard qui minaudait devant lui, mais à une diva dont il eût rêvé chaque nuit et qu'il aurait espéré retrouver dans sa loge, après le récital, pour se jeter à ses pieds.

Il fallut traverser la cuisine d'où partait l'escalier menant à la cave. On passa sans rien dire devant l'évier de pierre qu'emplissait une pile d'assiettes graisseuses. On feignit de ne pas voir non plus le papier tue-mouches qui pendait du plafond, ni davantage le linge de corps trempant dans l'eau douteuse d'une bassine, à même le carrelage.

Ce qu'il y avait à voir dans la cave n'intéressait déjà plus Rose. M. l'ingénieur mena ses visiteurs devant un établi couvert de mystérieux appareils électriques, mais la jeune fille n'écouta point son exposé. Elle ne voulait pas savoir ce que le bonhomme était en train d'inventer dans cette cave, entre le tas de charbon et les outils de jardinage. Comme toutes les autres fois elle regrettait d'avoir revu son père, qui pourtant lui avait manqué, et qu'elle aurait tant voulu admirer. Les gens qu'on aime ne sont plus ou moins que des êtres de fiction. Et Rose ne savait plus imaginer son

400

père quand elle le rencontrait : il était trop éloigné de ce qu'elle aurait voulu penser de lui.

Le fiancé, cependant, écoutait avec recueillement les explications du vieil homme, et Rose se disait qu'il devait être idiot. Elle lui trouvait maintenant l'air tout à fait niais, avec son nez trop long, son air de grand garçon sage et studieux, cette absurde timidité qui le faisait déglutir sans cesse. Antoine et l'ingénieur s'entendaient merveilleusement ensemble, mais à la manière de ces éléments chimiques dont le mélange produit un « précipité » ou dégage de l'énergie : il n'aurait pas fallu les mettre en présence l'un de l'autre, celui-ci plastronnant de manière éhontée, celui-là buvant les paroles du précédent — il n'en sortait qu'une espèce de caricature, de l'un et de l'autre, d'une vérité cruelle et sans recours.

On remonta enfin dans le bureau de l'ingénieur. La jeune fille observait maintenant son fiancé avec un mélange de surprise et de colère. Il n'avait rien vu, rien deviné. Il n'avait pas mesuré à quoi l'ingénieur avait été réduit, relégué par l'Alsacienne dans cette cave, avec son pauvre bricolage pour percer les secrets de l'univers ! Il n'avait nullement senti le mensonge dont était faite cette vie. On lui avait montré du fil électrique, un transformateur, quelques ampoules bizarres, et il avait cru ! C'était donc un charlatan, lui aussi : charlatan par simple bêtise comme le vieux l'était devenu par son égoïsme et sa lâcheté. Tous les deux participaient à la même supercherie, et le plus jeune n'était que le compère de l'autre. Rose aurait aimé mourir en cette minute, tant elle éprouvait d'humiliation : elle se voyait dupée par Antoine, par la naïve et minable admiration qu'il montrait à son futur beau-père, bien davantage que s'il l'avait trompée avec une autre femme. Elle comprit alors qu'elle ne passerait point ses jours avec une personne aussi médiocre. Elle n'irait pas vivre à Honfleur. Elle se passerait de l'affection de la famille Vimeux. Elle continuerait son chemin seule avec Madeleine puisque c'était leur destin.

8

A peine furent-ils descendus du train en gare de
l'Est que Rose fit connaître à Antoine Vimeux son
irrévocable décision de ne plus le revoir. Elle s'était
promis d'abord de mettre quelque douceur aux
paroles qu'elle aurait à prononcer. Mais le moment
venu il s'avéra qu'elle n'en avait plus le loisir, si
grande était maintenant sa hâte à se dépouiller des
oripeaux détestés de son passé, parmi lesquels figurait
dorénavant le malheureux admirateur de son père.
Antoine Vimeux dut sentir ce qu'avait de farouche la
détermination de la jeune fille, même s'il n'en
comprenait aucunement la raison, car il s'éloigna sans
protester et se perdit bien vite dans la foule, désespéré
sans doute, mais se laissant docilement anéantir, en
grand garçon correct qu'il était, dans l'espèce de
catastrophe où s'abîmait maintenant toute la vie
antérieure de la jeune fille.

Le lundi suivant, Rose quitta sans préavis son
emploi à la biscuiterie, et se mit en quête d'une
nouvelle situation. Puis elle persuada sa sœur de
quitter avec elle, au plus tôt, un appartement que
hanteraient à jamais les fantômes de leur triste
jeunesse.

Rose naquit ainsi comme une seconde fois. De toute son existence antérieure elle ne voulut se rappeler que ceci : le monde était hostile, et l'on ne pouvait échapper à la malveillance naturelle des humains que par une dureté sans défaut. Elle oublia le reste. Elle fit mieux que de l'oublier : elle le dissimula sous l'écran du théâtre d'ombres où allait se donner la représentation de ses années d'enfance et de jeunesse. Elle voulait bien se rappeler qu'elle avait souffert, ou qu'on ne l'avait pas aimée, mais même au plus secret de sa mémoire elle ne pouvait garder le souvenir des humiliations subies jour après jour chez la grand-mère de Nantes, ou parmi les saintes éducatrices du Cœur très Pur, ou chez le vieux bonhomme un peu crapule qui avait épousé sa bonne.

Alors M. l'ingénieur retrouva sur cet écran magique une espèce d'honorabilité : n'avait-il pas fait de nombreuses inventions utiles ? Il portait maintenant au revers de sa veste la rosette de la Légion d'honneur : voilà quelques années, un ministre lui avait donné l'accolade dans la cour d'honneur des Invalides, devant la Garde républicaine en grande tenue et sabre au clair. Or de même que le peintre chargé d'exécuter un portrait officiel estompe ou corrige certains traits disgracieux de son modèle pour ne retenir que son expression la plus favorable, afin qu'on y trouve la preuve et comme le résumé de ses qualités éminentes, la mémoire de la jeune fille accomplit bientôt sur la figure de son père un subtil travail de retouches, effaçant à jamais les bassesses du vieil homme pour ne conserver dans la version ultime, officielle, du souvenir, que la pose avantageuse et noble de l'ancien collaborateur d'Eiffel, de l'ingénieur honoré par les autorités de la République.

Puisqu'elle ne voulait pas de l'enfance qui avait été la sienne, Rose n'eut bientôt point de père non plus, ou plutôt elle s'en fit un ancêtre, à la manière de ces nobles qui ne peuvent admettre la médiocrité de leur condition présente et ne consentent à se reconnaître que dans la figure légendaire de tel ascendant fameux, favori d'un roi ou héros d'une croisade. Or M. l'ingénieur pouvait aisément passer pour un de ces chevaliers, quoique d'un genre nouveau, s'étant illustré en ce siècle de fer que la Grande Guerre venait tout juste de clore (mais en le faisant basculer d'un coup dans un passé très lointain, et déjà mythique).

D'un ancêtre, justement, on n'a pas à savoir s'il fut bon ou mauvais homme, honnête ou gredin : il ne reste de lui que sa légende, ce bref et lumineux instant de gloire, forgé au fil des générations mais en quoi se résume aujourd'hui son existence, et qui ne résiste à l'usure du temps que par sa valeur d'exemple.

M. l'ingénieur prit ainsi la pose pour l'éternité : plus ses traits allaient ensuite s'estomper sur le papier jauni de la photographie, plus son visage en acquerrait de noblesse, la simple usure du temps ajoutant peu à peu ses propres retouches au travail accompli dans la mémoire de Rose, confirmant alors, et justifiant la transformation, le nettoyage en quelque sorte, entrepris par la jeune fille.

Celle-ci eut moins de mal encore avec le souvenir de sa mère. La couturière, la pauvre folle au regard plus gris encore que les cheveux, ne demandait bien sûr qu'à s'anéantir tout à fait, qu'à parachever son suicide dans la mémoire de ses filles : elle avait fait le premier geste en absorbant la dose fatale de trional et en s'étendant sur un lit d'hôtel, les mains jointes sur la poitrine, dûment vêtue et chaussée, songeait-elle, pour être mise en bière. Cette mort si discrète et silencieuse comportait par elle-même une espèce de grâce. La suicidée offrait une image que ses filles auraient le loisir de conserver à peu près sans retouche. C'était comme un « dernier portrait », d'ores et déjà idéalisé, et qui pouvait aisément se substituer à d'autres souvenirs, d'une tristesse malheureusement moins éthérée. Ainsi la figure vieillie de la couturière, marquée en profondeur par les stigmates de la mélancolie, du malheur, retrouva bientôt sa beauté dans la mémoire de Rose, comme il arrive souvent aux morts, dont le visage se détend, semble même rajeunir, tandis que les flétrissures de la maladie et de l'agonie s'estompent, laissant la place à l'expression, peut-être, d'une sorte de bonheur.

Celle qui avait mis fin à ses jours, ainsi, ne fut point la couturière mais « la dame à l'ombrelle », jeune à jamais, et dont la neurasthénie, que l'on pouvait déceler dès ces temps très anciens, n'aurait été que l'un, et peut-être le plus touchant des attraits. Alors Rose pourrait dire un jour : « Ma mère n'était pas faite pour vivre ». Ou encore : « Elle a voulu disparaître dans le meilleur de son existence ». Le suicide de la couturière passerait pour une dernière et sublime coquetterie, chez une femme « qui avait toujours été très belle ». On dirait aussi qu'elle avait passé comme une fleur égarée en plein hiver et dont la bise aurait dispersé les pétales avant qu'ils eussent assez duré pour se flétrir.

Madeleine, elle, avait meilleure mémoire. Cette timide rêveuse croyait que le vrai bonheur, tout comme le malheur extrême, ne se trouvaient que dans les romans. Le reste n'était que la vie des gens, et ne méritait point qu'on s'y arrêtât. Alors Madeleine ne croyait pas qu'elle eût à prendre une revanche sur le destin. Mme Marthe, jadis, lui avait souvent parlé du malheur du pauvre monde : la jeune fille estimait tout bonnement qu'elle en avait eu sa part, et ne pensait pas avoir beaucoup plus qu'une autre à se plaindre. Il n'y avait rien qu'elle dût transformer ou maquiller parmi ses souvenirs, rien qu'elle dût travailler, à l'instar de Rose, à rendre acceptable, car elle savait que le sort nous distribue indifféremment nos joies et nos peines, auxquelles nous n'avons pas à consentir.

Rose et Madeleine ne parleraient guère ensemble de leur passé. L'une avait désormais ses « ancêtres », avec leur légende. L'autre avait pris son parti de laisser sans réparation les injustices qu'on avait faites à son enfance.

C'était Madeleine qui allait fleurir la tombe de la couturière au cimetière de Pantin. Jusqu'à la fin de ses jours, soixante ans plus tard, elle veilla ponctuellement à l'entretien de la sépulture. Elle s'y rendait trois ou quatre fois l'an, le plus souvent seule, car sa sœur, ma mère, se bornait d'ordinaire à payer la part qui lui incombait pour les fleurs et pour la concession.

Madeleine demeurait un long moment devant la tombe de ma grand-mère : elle plantait des hortensias et des géraniums dans les jardinières de faïence ornant le petit enclos funéraire. Elle n'avait pas oublié d'apporter un couteau pour gratter la mousse qui recouvrait par endroits la dalle de granit. Elle ne restait jamais inactive : c'était son silence à elle. C'était le silence de ma tante, qui n'avait jamais su dire vraiment son chagrin ou sa colère et qui préférait s'occuper à repriser un linge, à finir un tricot, quand elle sentait que « ça montait en elle », et que « ça risquait de l'étouffer ».

Mais le tricot, l'ouvrage, ne suffisaient pas toujours à écarter la souffrance qui venait, et ma tante, parfois, se laissait aller malgré elle à dévoiler ce qui lui rongeait le cœur : elle pouvait bien enlever la mousse et arracher les mauvaises herbes sur la tombe de sa mère, ces gestes étaient si humbles et si simples qu'ils en paraissaient machinaux et ne faisaient à la fin que révéler leur indigence, qui est sans doute celle de toute prière. Alors ma tante parlait. Elle ne pouvait plus s'en empêcher. Elle racontait comment, cinquante ans plus tôt, on les avait accusées, elle et sa sœur, d'avoir dérobé une broche d'améthyste qui appartenait à leur belle-mère, et elle tâchait de me convaincre qu'elles n'en avaient rien fait, ni elle ni Rose : elle me demandait de la croire, elle, et de ne pas accorder de crédit à ce qu'avait prétendu alors l'Alsacienne. Sa voix tremblait, ses yeux s'embuaient encore de larmes après un demi-siècle. Et je pouvais bien lui jurer que je la croyais, que je connaissais sa bonté, son honnê-teté presque trop scrupuleuse, rien ne pouvait lui enlever le doute, la crainte qui subsistaient dans son âme. On l'avait accusée, et personne n'était venu à son secours : pour elle, qui était demeurée croyante, c'était comme si Dieu lui-même n'avait pas été tout à fait convaincu de son innocence.

9

D'aussi loin que je me souvienne, ma mère parlait de mon aïeul l'ingénieur comme d'un homme disparu depuis longtemps. La vérité est qu'elle ne s'inquiétait pas de savoir s'il était mort ou vivant. Elle ne s'intéressait qu'aux monuments qu'il avait laissés : elle racontait complaisamment sa légende, et jusque tard dans mon enfance j'ai cru qu'il avait construit presque à lui seul la tour Eiffel, qu'on apercevait dans le lointain depuis les fenêtres de notre appartement. Je ne trouvais pas étrange que ce bien de famille dominât de si haut le moutonnement des immeubles parisiens.

Un jour, pourtant, que ma mère et ma tante s'étaient mises en devoir d'empaqueter nos vieux albums de photos dans la perspective d'un prochain déménagement, je les entendis par hasard échanger ces réflexions, qui témoignaient d'un souci tellement peu ordinaire de leur part que je ne compris pas tout d'abord qu'il y était question de mon grand-père :

— Quel âge aurait-il aujourd'hui ? demandait ma mère (mais sans attendre de réponse, plutôt comme on se parle à soi-même).

— Cent cinq ans, avait calculé ma tante au bout de quelques secondes.

Il faisait très beau, cet après-midi-là. C'était le début de l'été. Je me tenais sur le balcon, où je m'étais installé pour lire. Une brume de chaleur estompait dans la distance la silhouette familière de la tour. Après un moment, j'entendis ma mère reprendre :

— Nous devrions aller voir sa tombe.

— Nous ne savons même pas s'il est mort là-bas, objecta ma tante.

Ma mère était d'un caractère à ne pas revenir facilement sur ses décisions, qu'elle pouvait prendre en un instant, et tandis que le jour tombait je l'écoutais dresser des plans pour aller fleurir enfin la sépulture du grand-père, écartant avec aisance toutes les difficultés qui pourraient se rencontrer à retrouver la trace d'une personne dont on n'avait pas eu de nouvelles depuis plus de quarante ans.

Il faisait déjà presque nuit quand je fus appelé, du balcon où je me trouvais encore, pour apprendre cette nouvelle : nous allions bientôt partir pour l'Alsace où mon aïeul, selon toute vraisemblance, avait fini ses jours. Ma mère avait le visage tout rose d'excitation sous ses cheveux blancs, et ses yeux pétillaient de gourmandise : nous allions visiter les lieux où le grand homme, ayant achevé son œuvre, avait choisi de se retirer jadis. Ma tante acquiesçait de son mieux à l'enthousiasme de ma mère : à soixante ans passés, la petite continuait bon gré mal gré à suivre la grande. Mais je sentais que l'idée de ce « pèlerinage » ne lui apportait guère de plaisir. M. l'ingénieur ne devait pas être mort pour elle de la même façon que pour Rose : je crois qu'elle aurait préféré n'y point trop penser. La grande, au contraire, réalisant qu'il aurait eu cent cinq ans, qu'il n'était donc plus de ce monde, et que le vivant, ainsi, ne pourrait dorénavant démentir en aucune manière la légende du mort, se voyait enfin libre de cultiver sans scrupule la mémoire, ou plutôt le mythe de notre ancêtre.

Pendant que ma mère, feuilletant les albums de photos et sans s'inquiéter pour une fois de ce que penserait Madeleine, me racontait à nouveau le roman de son enfance, la saga de l'ingénieur qui avait été le principal collaborateur d'Eiffel et qui avait construit des ponts « jusqu'en Indochine », je regardais par la fenêtre ouverte le phare tournant qui commençait à balayer le ciel depuis le sommet de la tour. Il me semblait que les intermittences de cette lumière lointaine étaient en réalité d'énormes, de formidables clins d'œil que la grande et familière sentinelle de fer m'adressait de loin, peut-être bien de l'époque de l'Exposition, comme pour me dire de ne pas croire à tout ce que j'entendais.

Le village où mon grand-père avait passé sa vieillesse après mil neuf cent vingt-deux n'était en fait, quand nous le découvrîmes, la grande, la petite et moi, qu'une assez triste et vilaine banlieue de Mulhouse. Rose, je crois bien, s'était vraiment attendue à trouver des nids de cigognes sur les cheminées de maisons, mais on voyait surtout des cheminées d'usines et de laids alignements de maisonnettes de brique brune. Dans les jours qui avaient précédé notre voyage, Madeleine s'était laissé peu à peu gagner par l'exaltation joyeuse de son aînée, et maintenant elle commençait à partager aussi sa déception. Les deux sœurs m'avaient progressivement oublié pendant les quelques heures qu'avait duré le voyage depuis Paris.

411

Je me bornais à conduire la voiture, et j'écoutais Rose, j'écoutais Madeleine, ma mère et ma tante sans doute, mais rajeunies pour lors d'un demi-siècle, deux petites filles en somme, l'une espiègle et vive, l'autre plus réservée, plus timorée aussi, attendant que l'aînée eût fait connaître sa décision avant de se prononcer à son tour.

Le village n'était vraiment pas beau : le soleil de fin du jour, illuminant les façades de brique et çà et là l'enseigne criarde d'une boutique, faisait crûment ressortir la laideur de l'endroit — je me plaisais à imaginer que le village de mon grand-père cherchait malgré tout à nous séduire en se maquillant ainsi de couleurs pimpantes, mais c'était à la manière de ces vieilles qui se peignent les lèvres et les paupières en croyant effacer la marque des ans, et ne parviennent qu'à se composer un masque de tragédie, effrayant et pitoyable.

Nous passâmes deux fois dans la grand-rue, puis nous nous arrêtâmes sur ce qui semblait être la place principale du petit bourg, avec la mairie et les deux cafés. Là, on m'indiqua le chemin du cimetière. Rose et Madeleine étaient restées dans la voiture et m'attendaient. Je repris ma place au volant, sans rien dire. Mais il me semblait que Rose, et peut-être Madeleine, attendaient que je leur apprisse que les gens attablés à la terrasse du café m'avaient parlé de M. l'ingénieur, qu'ils avaient autrefois bien connu, et auquel, à n'en pas douter, ils vouaient la plus grande admiration.

Depuis le commencement de ce voyage, depuis même que ma mère avait décidé voilà quelques jours de l'accomplir, j'éprouvais un sentiment pénible d'irréalité : tout se passait comme si nous n'avions fait aujourd'hui qu'achever une démarche commencée en vérité plus de cinquante ans auparavant, pour ainsi dire dans un autre monde. Et il m'apparut que pendant ce demi-siècle, ma mère, ou plus exactement Rose, avait attendu la mort de son père, dont elle allait enfin pouvoir s'approprier les cendres. Je m'en rendais de mieux en mieux compte : nous étions venus chercher en Alsace ce qui ne nous appartenait pas encore de la mémoire de l'aïeul. Nous allions remporter chez nous les chapitres manquants de sa légende. Rose et Madeleine n'avaient pas encore fini d'enterrer cet homme-là, et je me demandais si de si longues obsèques, si ce deuil interminable et laborieux, étaient la marque d'une vénération vraiment extraordinaire, ou ne manifestaient pas plutôt une haine à jamais inexpiable.

Quand nous arrivâmes au cimetière, ma mère s'avisa qu'elle ne savait pas l'emplacement de la sépulture. L'endroit n'était pas bien grand, remarqua-t-elle presque aussitôt. Nous n'aurions pas longtemps à chercher. Elle se mit sans plus attendre à parcourir les allées, un pas en avant de sa sœur, s'arrêtant auprès de chaque tombe et déchiffrant l'inscription à mi-voix, d'un ton d'humeur et de dédain, comme irritée par la profusion indiscrète de tous ces noms qui n'étaient pas celui de son père.

Au bout d'une heure il fallut bien convenir que nous avions fait plusieurs fois le tour du cimetière, exploré soigneusement chaque allée, et que nous n'avions pas trouvé la sépulture de l'aïeul. Ma mère ne cachait plus son exaspération, invectivant presque les vulgaires défunts qui l'environnaient sans vergogne tandis que son père l'ingénieur demeurait introuvable, comme si le sort, par quelque ironie, ne lui avait point accordé de demeure dernière. Ma tante s'assit, se laissa tomber plutôt, sur une dalle de marbre gris, et se mit à sangloter :

— Mais où est-il ? Qu'a-t-elle encore fait de lui ?

Le spectre de l'Alsacienne venait de surgir, là où manquait la sépulture de l'aïeul : cette absence, ce vide terrible, ce néant, ne pouvait être qu'un nouveau crime de la mauvaise fée, de celle qui avait été jadis la dispensatrice de la honte et du malheur dans notre famille.

Nous nous rendîmes à Mulhouse pour y passer la nuit. Rose choisit l'hôtel le plus modeste de la ville : cela n'était pas dans ses habitudes, car elle avait le goût du confort, mais il lui répugnait de laisser son argent dans ce pays qui ne voulait pas lui rendre son père.

Nous dînâmes, de même, dans une médiocre brasserie, de sorte que ma mère put faire remarquer que les verres n'étaient pas propres et que la viande était dure.

Pendant une heure on ne parla plus de l'aïeul. En fait, Rose ne desserrait pas les dents et Madeleine n'osait pas s'attaquer à ce silence, qui menaçait d'éclater à tout moment en orage. Vers le dessert je suggérai que les employés de l'état civil, à la mairie, sauraient sans doute nous révéler l'endroit de la sépulture.

— Ils ont bien su nous dire la date de sa mort, renchérit timidement ma tante.

— Ah, oui ! s'esclaffa Rose. Le deux août mil neuf cent quarante et un ? Il a dû s'en passer, des choses, depuis !

Elle dévisagea durement la vieille serveuse en robe alsacienne qui enlevait nos assiettes, comme si elle avait été directement responsable, ou du moins complice de la disparition de l'aïeul, et elle ajouta :

— Elle l'a fait enterrer ailleurs, voilà ! Elle s'est arrangée pour que nous ne puissions pas le retrouver !

Ayant empilé nos assiettes sur son avant-bras, la serveuse put enfin se dérober au regard de Rose et filer vers l'office, aussi vite que si elle nous avait dévalisés. Il lui fallut pourtant bien revenir pour présenter la carte des desserts. Ma mère la toisa de nouveau, et, à brûle-pourpoint, lui demanda si elle connaissait les cimetières de la région. Je crus alors que nous ne quitterions pas l'Alsace avant d'avoir inspecté toutes les sépultures de cette province. Par chance, le patron de la brasserie, appelé à la rescousse, apporta une information qui calma bien ma mère : il y avait deux cimetières dans le village que nous venions de visiter, le nouveau, où nos recherches étaient restées vaines, et le vieux, qui ne servait pour ainsi dire plus depuis bien longtemps, mais où notre défunt avait quelque chance de se trouver puisque son décès était ancien.

Nous allâmes nous coucher l'espoir au cœur. Fourbu, je m'installai avec délice dans mon étroite chambre où les fleurs du papier mural, qui ne devaient pas avoir été cueillies de la veille, exhalaient une légère odeur de moisi. Je m'endormis bientôt. Mal m'en prit, car mes rêves me transportèrent jusqu'à l'aube dans d'immenses et bien sinistres nécropoles où les tombes s'alignaient sous le clair de lune jusqu'à l'infini, de sorte que le fameux comte Dracula lui-même y aurait souffert du vertige, et conçu peut-être de secrètes angoisses.

Loin du village, le vieil enclos funéraire ombragé de grands ormes, de noyers, de saules, et doucement

415

incliné vers la berge d'un étang aurait pu faire le décor
d'une rêverie mélancolique sur le temps qui passe et
l'oubli qui finit par tapisser de mousse l'être qui fut,
avec le marbre qui le recouvre aujourd'hui. Mais
l'heure, pour nous, n'était ni à la rêverie ni à l'oubli, et
le joli cimetière n'avait qu'à continuer de se mirer
pour rien dans l'eau tranquille de l'étang. Nos investigations furent plus longues que la veille car les tombes
étaient disposées en rangs très serrés, et les inscrip-
tions n'y étaient pas toujours bien lisibles. Quand
nous eûmes accompli deux fois le tour des lieux il nous
fallut bien reconnaître que le grand-père ne se trouvait pas plus ici que dans l'autre cimetière. Ma mère
ne put que reprendre ses accusations à l'encontre de
l'épouse alsacienne. Madeleine se taisait, pinçant les
lèvres : je sentais qu'elle aurait bien aimé avoir un
ourlet à recoudre, un accroc à repriser, pour échapper
à la tristesse qui lui venait. Elle avait envie, aussi,
d'arrêter cette recherche absurde, de rentrer à Paris,
mais elle n'osait le dire à Rose. Quant à moi, j'en
venais par instants à me demander si l'introuvable
grand-père avait même jamais existé.

En fin de matinée nous allâmes porter nos
doléances à la mairie de ce village où les morts se
perdaient. L'employée de l'état civil — celle-là même,
sans doute, qui avait envoyé à Rose, quelques jours
plus tôt, l'acte de décès de son père — était une grosse
femme rousse aux allures de caissière derrière son
guichet, et l'on n'aurait pas été surpris d'entendre, au
moment où elle enregistrerait la mort d'une de ses
pratiques, le tintement du tiroir en train de se
refermer.

La caissière posa près de son registre la chaussette
qu'elle tricotait avec de la laine jaune, puis écouta

sans broncher les explications plutôt vives de ma mère : un demi-sourire vint à dessiner deux fossettes dans le gras de ses joues au récit de l'escamotage de l'aïeul. Or ce sourire n'exprimait aucune moquerie. La dame de l'état civil connaissait la douleur des gens, qu'elle savait respecter avec un métier très sûr. Sa physionomie marquait plutôt l'attention condescendante qu'on voit à ces fonctionnaires, retranchés derrière leurs guichets, leur importance, et se retenant par principe de dévoiler les arcanes d'une démarche administrative au simple citoyen venu les consulter : son sourire était celui de quelqu'un qui sait ce que l'autre ignore. Ma mère, ainsi, eut tout le temps de soumettre son cas à l'oreille professionnellement bienveillante et distraite de la rousse, qu'on voyait cependant s'épanouir, devenir de plus en plus grasse et rose, et prospérer pour ainsi dire à l'écoute de ce bien compréhensible désarroi.

Ma mère ayant à la fin épuisé toutes ses bonnes raisons, et jusqu'à ses dernières ressources d'agressivité, égarées les unes après les autres dans l'abîme d'indolence dont se redoublait l'embonpoint de la caissière, celle-ci consulta longuement un grand cahier noir, et consentit enfin à livrer son secret. Ces pauvres dames et ce pauvre jeune homme étaient venus de Paris bien inutilement, car la sépulture de leur père et grand-père n'existait plus...

— Comment ça, n'existe plus ? s'écria Rose, pour qui ce fait dans sa crudité, cet affront en quelque sorte, rendait d'avance dérisoires toutes les explications, les excuses même, que la dame voudrait bien désormais lui fournir.

Celle-ci commença cependant son exposé, habituée qu'elle était aux grandes douleurs et aux éclats qui en résultent parfois : l'aïeul de la famille, donc, avait bien été inhumé en août mil neuf cent quarante et un dans le nouveau cimetière, et il aurait dû s'y trouver encore si trois ans plus tard, par une nuit de malchance, un gros avion américain n'avait lâché là plusieurs tonnes de bombes, confondant les paisibles défunts du village avec les blindés ennemis qui manœuvraient sur l'autre rive du Rhin.

La caissière eut un geste éloquent de ses deux bras potelés pour montrer comment le cimetière avait été mis sens dessus dessous par ce bombardement accidentel, puis elle expliqua : le lendemain, au lever du jour, le village tout entier s'était transporté sur les lieux pour se rendre compte de la catastrophe, car tout le monde, bien sûr, avait là de la famille, mais il ne restait plus rien : à droite, à gauche, partout, on ne voyait que des entonnoirs...

Elle s'interrompit un instant, pour bien faire sentir et pour savourer elle-même l'horreur de ces révélations. Puis elle reprit tranquillement son récit, puisque les naissances ou les décès dans le village ne provoquaient pas pour l'heure d'attroupement à son guichet, et elle exposa que les dégâts occasionnés par les bombes avaient été si considérables qu'on avait renoncé à reconstituer beaucoup de sépultures, et qu'on s'était résigné à enfouir dans une fosse commune ce qui restait çà et là des chers disparus.

Il y eut une bonne demi-minute de silence après qu'elle eut terminé : ma mère avait blêmi. Madeleine s'était détournée, feignant de lire l'affiche du recensement de la classe 1964, pour essuyer discrètement ses larmes.

— Dans la fosse commune... dans la fosse

418

commune... répéta enfin ma mère, d'une voix que l'émotion rendait grave, presque rauque.

La caissière fit à nouveau tournoyer ses bras tout roses : on aurait dit de ces baudruches en forme de saucisses qu'on vend pour les enfants, et rien n'aurait pu mieux montrer, semblait dire la dame, la totale et tragique dérision de toute chose. Ma mère enleva lentement les mains du rebord du guichet, et considéra un instant ses paumes, l'air perplexe. Elle ne savait plus trop ce qu'elle avait serré si fort l'instant d'avant : sans doute n'avait-ce été que la tablette de bois du guichet. Mais ç'aurait pu tout aussi bien être le cou de la grosse dame. Madeleine dit alors d'une voix hésitante : « Allons-nous-en. Cela vaut mieux ! »

— Allons-nous-en, oui ! répéta en écho ma mère.

Elle considéra de nouveau ses mains, l'air de s'aviser qu'elle venait d'étrangler la dame rousse au lieu de l'avoir fait parler, car ce qu'elle venait d'apprendre, non seulement ne pouvait s'entendre comme une réponse à sa question, mais signifiait bien plus irrémédiablement encore qu'il n'y avait pas, qu'il n'y aurait plus jamais de réponse à ladite question. Le grand-père n'était pas seulement « ailleurs », comme égaré momentanément : il ne se trouvait plus nulle part en fait. La caissière ne nous en dirait désormais pas plus que si elle était tombée raide morte, terrassée par l'impatience de ma mère. Pourtant elle continuait de se donner l'air de savoir ce qu'on ignorait ordinairement de l'autre côté de son guichet : peut-être aurait-elle pu nous dire autre chose que ce que nous venions d'entendre, et qui était désormais sans recours, si au moins nous avions su observer certaines formes avec elle, si nous ne l'avions pas indisposée par notre hâte, si nous lui avions témoigné tout le respect dû à une personne qui faisait entrer pour l'éternité la vie et la mort des pauvres gens dans son grand cahier noir, et qui tricotait sans doute ses chaussettes avec les fils mêmes du destin. Alors, ma mère, vaincue, recula d'un pas, regarda brièvement à droite, à gauche, et comme personne ne se présentait pour lui offrir aimablement de changer l'ordre des choses, elle quitta vivement le bureau de l'état civil, nous entraînant à sa suite, Madeleine et moi.

M. l'ingénieur, décidément, n'avait pas eu de chance avec les avions, lui qui à la fin de l'autre siècle avait rêvé, mais sans succès, d'en faire voler. Je songeai pourtant que l'engin qui avait anéanti le cimetière où reposait sa dépouille était assez semblable à son bizarre Sidéroptère : mon grand-père avait ainsi reçu, quoiqu'un peu tard, la preuve que son idée avait été la bonne. On pouvait même admettre qu'il avait fait don de son corps à la science. Par malheur j'étais bien le seul à connaître la valeur d'exemple de cette aventure.

Ma mère passa le début de l'après-midi dans sa chambre, ce qui chez elle était signe d'un grand désarroi. Je pris le thé avec ma tante : celle-ci se demandait avec anxiété comment Rose allait réagir à sa déception, une fois passé le premier moment d'abattement — nous avions appris l'un et l'autre à redouter les brusques retours d'énergie de la grande, et nous soupçonnions qu'elle ne voudrait jamais rentrer à Paris sur cet échec. Quelle idée trouverait-elle alors ? Comment allait-elle faire rendre gorge au néant qui lui avait dérobé son père, ou ce qu'il aurait pu en rester : une tombe et quelques ossements qui seuls n'eussent pas été tout à fait illusoires, sans doute, venant de l'inventeur du cuirassé volant ?

M. l'ingénieur avait construit des ponts qui étaient bien réels et bien solides, certes. Il avait aussi fait serrer quelques boulons sur la tour Eiffel elle-même. Une part de sa légende, toutefois, reposait sur des inventions qu'il avait bien cru faire, mais que personne n'avait jamais vues : ce Sidéroptère, justement, qui ne devait prendre son envol qu'en d'autres temps, ou cette pendule électrique d'un genre nouveau, qui n'avait jamais compté les heures. Il y avait eu encore cette voiture fonctionnant à l'alcool, mais sur le papier seulement, ou le cinéma parlant dès mil neuf cent treize, également sur le papier, et plusieurs modèles de lessiveuses électriques, d'aspirateurs à poussières, ou ce brevet déposé pour un procédé d'évacuation pneumatique des ordures ménagères, et cet autre, prévoyant la transformation desdites ordures en gaz d'éclairage. La légende du grand-père était faite pour une grande part de ces inventions étranges qui n'avaient malheureusement pas laissé la moindre trace, et voilà que le grand-père lui-même disparaissait aussi complètement que son œuvre, victime de sa trop puissante magie.

10

Ce que ma mère venait de décider, ni Madeleine ni moi-même n'aurions jamais osé l'imaginer. Une expression d'incrédulité figea le visage de ma tante, parut même la paralyser pendant une demi-minute, avant qu'elle ne s'écriât soudain, avec une violence de ton que je ne lui connaissais nullement :

— Ça, non ! Jamais ! Pour tout l'or du monde je n'irai pas la voir !

Ma mère répliqua d'un geste d'apaisement de la main, et d'une expression de légère ironie laissant entendre que Madeleine n'aurait pas à refuser le moindre million, qu'on la laisserait tout à fait libre d'agir selon sa conscience.

— Je vois que ta décision est prise, repartit cette dernière, il n'est donc pas utile que nous en discutions !

Elle se leva soudain, considéra un instant ma mère d'un regard qui contenait toute la tristesse et toute la désapprobation du monde, puis elle quitta la salon de l'hôtel et gagna l'escalier qui menait aux chambres. Je la regardai s'éloigner, surpris par la raideur de sa démarche, où se sentait une douloureuse contradiction entre son désir de quitter sa sœur au plus vite (ou du moins de lui faire savoir qu'elle s'en allait, qu'elle était outrée, irrémédiablement déçue) et l'attente, l'espérance que Rose allait tout de même la rappeler, lui demander de se rasseoir, pour causer calmement avec elle de « tout cela ». Mais ma mère ne fit rien pour l'arrêter, la regardant monter lentement l'escalier et sachant bien que c'était elle, non Madeleine, qui depuis soixante ans prenait les décisions irrévocables : le mécontentement de la petite ne serait sûrement que très passager, et d'assez peu d'importance au fond.

Une demi-heure plus tard j'arrêtai la voiture devant une petite maison de brique et de meulière, sans étage, à l'adresse que ma mère avait trouvée dans l'annuaire du téléphone. A travers le rideau de dentelle jaunie d'une fenêtre je reconnus la lueur familière, grise, intermittente, d'un écran de télévision. Ma mère l'aperçut également, et se pencha vers moi pour me dire comme en confidence : « Tu vois : elle est là ! »

Je fis mine de ne pas avoir entendu, et j'appuyai sur le bouton de la sonnette : j'exécutais simplement ce qu'on me demandait. Je conduisais la voiture, j'appuyais sur les boutons de sonnette, je visitais aussi les cimetières, mais je ne voulais pas de ce ton de complicité que ma mère affectait depuis tout à l'heure de prendre avec moi. Et même si j'éprouvais une certaine curiosité à rencontrer celle qui allait dans un instant ouvrir la porte de cette maison, et dont j'avais si souvent entendu parler, je ne pouvais non plus me défendre d'un sentiment de malaise, que l'attitude plutôt désinvolte de ma mère ne faisait qu'aggraver.

Après un moment une femme entrebâilla la porte,

nous toisant avec circonspection. C'était une très vieille femme, bien sûr, et toute petite : bien plus petite que ne le laissaient présager les récits de Rose et de Madeleine. Elle ne devait pas recevoir souvent de visites et son regard grouilla un instant sur nous de derrière la chaînette d'acier qui empêchait l'ouverture complète de la porte : en se ridant et se ratatinant le visage des vieillards laisse parfois entrevoir, comme en transparence sous la débâcle de la physionomie humaine, certains caractères, peut-être, d'espèces depuis longtemps disparues, reptiles ou même insectes aux formes étranges, dont nous serions les descendants lointains et improbables (le menton, ainsi, redevient mandibule, le nez se mue en bec ou en rostre, les yeux s'enfoncent dans leurs orbites, crabes tapis au fond des anfractuosités sous-marines qui leur servent de repaires). Etait-ce l'effet de la prévention, d'ailleurs assez naturelle, que je nourrissais contre cette femme : elle ne m'apparut point derrière sa porte entrouverte comme un être humain dont j'aurais pu par exemple déchiffrer la physionomie, mais comme une créature chimérique, plutôt, avec une tête chauve de tortue, où luisaient deux petits yeux rouges de rongeur.

Ma mère, cependant, expliquait qui nous étions et l'objet de notre visite : elle parlait fort, présumant sans doute que la vieille était sourde, ou bien tâchant de dissimuler par ce moyen l'émotion qui aurait pu transparaître dans sa voix.

L'Alsacienne finit par enlever la chaîne de la porte, et laissa entrer les deux étrangers. Nous fûmes alors dans un couloir assez sombre que la vieille assombrit encore en fermant la porte qui se trouvait sur notre gauche. Les visiteurs durent attendre qu'elle eût fini, côte à côte sur le paillasson. Ma mère dit alors d'une voix forte, toujours, et d'un ton qui manquait infiniment de naturel :

— Ça sent bon la soupe, chez vous ! C'est de la soupe aux poireaux, n'est-ce pas ?

— C'est de la soupe, confirma simplement l'Alsacienne. Puis elle nous fit entrer dans une petite pièce, le salon, où les meubles noirs, trop lourds pour l'endroit, donnaient une impression pénible, presque étouffante, d'entassement. Je vis que ma mère regardait le vaisselier, le buffet, la table à pieds tournés. Elle les reconnaissait, bien sûr, et je les reconnaissais aussi car elle me les avait bien souvent décrits. Je commençai alors à comprendre le désir qu'elle avait eu de se rendre dans cette maison. Peut-être même commençais-je à l'admettre : ces meubles, ces bibelots accumulés, ces napperons, ces patins de feutre sur le plancher ciré, peut-être même l'odeur de poireaux, c'était le décor, bien sûr, de l'enfance de Rose et de Madeleine, qui aurait échappé au flux du temps, avec toutes les scènes qui s'y étaient jouées, pour venir s'échouer là, dans cette maison, depuis un demi-siècle déjà, et pour l'éternité.

L'Alsacienne nous pria du geste de nous installer dans deux fauteuils à haut dossier tout pareils à ceux qui se trouvaient chez M. l'ingénieur, encadrant la cheminée : ma mère parut les reconnaître, et s'assit avec précaution, comme si elle s'était trouvée dans la boutique d'un antiquaire, en présence d'une pièce fragile, portant une estampille rare. Alors je réalisai que c'était la première fois, certainement, qu'on l'autorisait à s'asseoir sur l'un de ces fauteuils, et je me sentis soudain humilié pour elle : je regrettai d'avoir accepté de la conduire dans cette maison. J'avais cédé à ses instances, bien sûr, mais surtout à ma propre curiosité. J'avais envie, moi aussi, de voir les grands meubles noirs de l'ingénieur, et surtout cette redoutable Alsacienne, dont la haine et la mauvaise graisse avaient pesé si lourd sur le destin de Rose et de Madeleine. Mais la petite vieille qui s'asseyait à présent devant nous, sur le bord de sa chaise, et qui s'excusait du désordre, qui s'excusait d'être en tablier, qui s'excusait de ne pas avoir d'apéritif à offrir « à madame et au jeune monsieur », n'avait aucun rapport avec l'ogresse dont on m'avait expliqué avec effroi toute la puissance et la cruauté. Il n'y avait même pas de méchanceté dans les petits yeux rouges qui fixaient ma mère, mais une expression tout ensemble de surprise, d'incrédulité, de crainte naïve et toute primitive, celle peut-être d'un assassin dont le crime, après un demi-siècle, vient d'être par hasard découvert.

Il y eut un assez long silence, après les excuses de la vieille : ma mère se contenta pendant ce temps de poser sur les meubles, autour d'elle, un calme regard de propriétaire. Du moins l'aurait-elle voulu, et l'imaginait-elle ainsi, car ses yeux pétillaient plutôt d'excitation et d'impatience : elle se gavait en douce de ce qu'elle voyait, elle devait trouver ces instants trop courts. Elle avait du mal, sans doute, à satisfaire en même temps tous les désirs qui constituaient pour le moment son « moi », comme autant de personnages distincts dont chacun aurait un tantinet bousculé les autres pour être assouvi le premier. Il y avait la petite fille d'autrefois, toujours bien vivante, qui entendait prendre sa revanche en dévisageant désormais sans crainte la vieille qui ne faisait plus peur à personne. Il y avait l'héritière de M. l'ingénieur, légitime après

426

tout, qui pouvait bien regarder sans se cacher son mobilier de famille. Il y avait la dame bien mise, qui portait au col de sa robe une précieuse broche, non de vulgaire améthyste mais de diamant, et qui considérait avec condescendance celle qui n'avait jadis été que la bonne. Il y avait Rose, tout simplement, qui n'avait pas une seconde cessé de cultiver l'image et la légende de son père l'ingénieur, et qui trouvait enfin la sépulture de son héros, ces meubles, ces objets sur lesquels s'étaient posés les yeux du vieil homme dans les derniers jours de sa vie : ceux-ci n'étaient point laids dans cette mesure, ils n'étaient pas misérables, mais ennoblis au contraire, rendus sacrés par ces ultimes regards comme par une bénédiction.

Or ce fut ce désir-ci qui l'emporta chez ma mère, ce personnage-ci parmi tous ceux qui s'étaient pendant un moment disputé son âme. Rose, Dieu merci, n'avait point de bassesse. Je sentis en cet instant qu'elle ne voudrait pas d'autre vengeance que de s'être trouvée ce jour-là face à l'Alsacienne, dans la dernière maison de son père, qu'elle s'était tout simplement donné le droit de connaître.

Mais l'autre n'en était pas encore persuadée. Elle s'attendait à pire, certainement : n'allions-nous pas repartir avec son vaisselier ? N'allions-nous pas, peut-être, la chasser de sa maison ? Elle se demandait depuis une minute si nous n'en avions pas le pouvoir, au fond. Alors ce fut elle qui rompit le silence, disant, bafouillant plutôt, avec un accent germanique que l'émotion redoublait :

— Vous voyez : je n'ai plus rien. Je vis presque dans la misère. Il ne m'a rien laissé.

Ce « il ne m'a rien laissé » fit passer une lueur meurtrière dans le regard de ma mère. Pourtant elle se reprit aussitôt et se contenta de remarquer sur le ton du sarcasme :

— Vous parliez mieux le français, autrefois.

Mais l'Alsacienne était aussi stupide, bel et bien, que tout ce que Rose et Madeleine m'en avaient dit : la graisse et non la bêtise avait fondu chez elle avec l'âge. Ses cheveux étaient partis aussi, car elle était parfaitement chauve : aussi chauve qu'une tortue, décidément, dont elle avait la tête et pour ainsi dire la physionomie. Elle devait en avoir aussi le cerveau car elle répéta, toujours balbutiant :

— Il ne m'a rien laissé. Il a mangé tout notre avoir, petit à petit...

Quelque part, très loin dans la mémoire de Rose, une fillette de douze ans se mit à nouveau à réclamer vengeance. Ma mère se borna toutefois à dire, d'une voix curieusement détimbrée, comme en pensant à autre chose :

— C'était un homme inconséquent.

— Inconséquent, oui : inconséquent, reprit la vieille, contente de répéter ce mot qui correspondait bien à sa pensée, sans doute.

— Autrement, il n'aurait pas épousé une souillon... et laide, par-dessus le marché !

L'Alsacienne ne parut pas tout de suite se souvenir de ce mariage. Quand elle réalisa que c'était d'elle qu'on parlait, elle n'eut qu'une sorte de sourire, de rictus plutôt, où se lisait toute la veulerie du monde. Et elle se défendit par ces mots :

— J'étais très propre, au contraire. J'ai toujours bien tenu son ménage.

Ma mère se leva soudain sans répondre. Je me demandai avec inquiétude ce qu'elle allait faire : depuis un instant je n'arrivais plus à déchiffrer sa physionomie. Mais elle s'approcha simplement du buffet, sur lequel se trouvait un gros encrier de cristal. Elle examina pendant quelques secondes l'encrier, le prenant dans la main comme pour le soupeser. Puis elle fit lentement le tour de la pièce, considérant tour à tour les meubles, les bibelots qui en composaient le décor, s'arrêtant enfin devant le vaisselier, et passant doucement la main sur l'une des arêtes du présentoir, l'air pensif, on aurait dit préoccupé. La vieille, pendant tout ce temps, n'avait cessé de la surveiller de ses petits yeux de rongeur, craignant peut-être qu'elle n'allât emporter ou casser quelque chose. Mais à présent je sentais que ma mère n'avait aucune intention mauvaise. Elle avait même oublié l'Alsacienne, sans doute. Elle tâchait seulement de faire revivre la petite Rose, à travers le contact de nouveau familier de l'encrier, peut-être, ou l'odeur de la cire sur le bois du vaisselier. La nostalgie, chez elle, était plus forte en cet instant que le ressentiment. A quoi lui aurait-il d'ailleurs servi de se venger de la vieille impuissante et craintive qui se tenait devant elle et qui n'avait plus que si peu de rapport avec l'Alsacienne ? Et à qui aurait-elle offert sa vengeance ? Elle-même avait maintenant du mal à se représenter la petite fille qu'elle avait été, à concevoir ses souffrances, et à répondre désormais de si loin à son désir de justice qui resterait alors insatisfait. Tout cela était mort. Il n'y avait plus que les meubles noirs de M. l'ingénieur, qui semblaient porter le deuil du temps passé. Et il ne restait sans doute à ma mère que des impressions fragiles et fugitives, un certain reflet du soleil couchant sur le cristal de l'encrier, une odeur peut-être, que moi-même je n'aurais pas perçue, ou le toucher doux et lisse, presque soyeux, de l'ébène du vaisselier, sous le doigt qui glissait.

Elle vint se rasseoir, sûrement à regret, dans le fauteuil près du mien : elle n'avait donc pas tiré vengeance de l'Alsacienne. Elle n'avait pas davantage retrouvé la petite Rose, qu'elle avait rêvé pendant cinquante ans de sauver après coup des griffes de la marâtre. Jamais deux fois la même goutte d'eau ne passe dans une rivière, dit le philosophe, et nous ne sommes, chacun de nous, qu'une telle goutte d'eau, tâchant en vain de se souvenir et de remonter le cours du fleuve. Si j'avais demandé à cet instant à ma mère ce qu'elle était venue faire dans cette maison, ce qu'elle avait espéré y découvrir, sans doute n'aurait-elle pas su me le dire, car cela aussi, elle venait de l'oublier : le temps l'avait soudain emportée très loin de ce qu'elle s'était crue capable de retrouver voilà seulement quelques minutes.

Elle dit encore quelques paroles indifférentes à la vieille qui se trouvait devant elle et qui n'était plus l'Alsacienne. Elle demanda des nouvelles de son fils Frédéric. Peu à peu rassérénée par le ton d'apparente aménité de ma mère, la bonne femme dit que Frédéric avait été gendarme, qu'il se trouvait maintenant à la retraite, et qu'il habitait à quelques maisons de la sienne. Elle proposa même à la dame et au jeune monsieur de les emmener tout de suite chez lui, « tant qu'ils étaient là », les assurant que son fils serait sûrement très heureux de cette surprise.

Ma mère eut un sourire de condescendance, qu'elle ne chercha nullement à dissimuler : avait-elle bien entendu ? La vieille lui offrait-elle une famille ? Ce fut la petite Rose qui se tourna vers moi, avec ce regard espiègle qu'elle devait avoir à douze ans quand le chagrin et l'humiliation ne le brouillaient pas de larmes, et elle me dit en s'esclaffant :

— Tu as un oncle gendarme !

Puis elle se leva, et elle s'excusa de n'avoir pas le temps, non, vraiment pas le temps, d'aller rendre visite à son demi-frère.

— Eh oui, fit bêtement la vieille, le temps, c'est ce qui nous manque.

— C'est ce qui nous manque en effet, reprit ma mère, mais dans un autre sens bien sûr, et d'un ton qui faisait sentir en elle, comme en chacun de nous sans doute, l'éternel désir, l'éternel regret de la vie.

Elle n'avait pas parlé de son père avec l'Alsacienne : elle avait bien vite compris que ce n'était encore pas là, dans cette maison, qu'elle le trouverait. L'homme qui avait passé les dernières années de sa vie dans ce village ne pouvait avoir été mon aïeul l'ingénieur : c'est qu'on meurt plusieurs fois, sans doute, avant d'être porté en terre, et Rose elle-même, à plusieurs reprises, avait vu son père disparaître devant elle, englouti dans l'abîme de ses renoncements, de sa lâcheté. Elle n'avait simplement pas voulu s'en souvenir. Elle avait si bien cru à la légende forgée au fil des années, qu'elle s'était figurée trouver peut-être sur le sol même de ce pays les empreintes de pas du géant qu'elle avait créé en rêve. Or, elle le voyait bien, c'était tout le contraire qui avait eu lieu : son père s'était tellement amenuisé à force de se renier lui-même qu'il en avait fini par disparaître complètement. Il n'était pas inconséquent que le hasard l'eût même privé d'une tombe : il y aurait eu trop peu de choses sans doute à mettre dedans.

Ainsi Rose n'avait rien trouvé au bout de son

pèlerinage. Mais ce « rien », justement, n'était pas indifférent : il contenait son père. Il en était la véritable sépulture. C'était donc cette maison minable, avec la vieille qui se tenait dedans, le seul mausolée à la mémoire de ce héros.

Nous retrouvâmes ma tante dans le salon de l'hôtel. Elle s'était fait servir du thé, mais elle n'y avait pas touché : elle s'occupait à stopper un accroc que j'avais fait la veille sur l'un de mes chandails. Elle nous vit arriver de loin, levant les yeux au-dessus de ses demi-lunettes puis les rabaissant vivement sur son ouvrage en veillant à conserver un visage impénétrable.

Ma mère, au contraire, cherchait à se composer une physionomie enjouée : elle n'avait pas coutume de regretter ce qu'elle faisait. Elle s'assit près de Madeleine, versa un peu de thé froid dans la tasse, et l'avala d'un trait, avec autorité, montrant que c'était encore elle, la grande, qui réparait les oublis de la petite.

Madeleine, cependant, poursuivait son ravaudage et ne disait rien. Seuls ses doigts bougeaient sur leur ouvrage tandis que le reste de sa personne tendait de toutes ses forces, par une immobilité contrainte, douloureuse, ostentatoire, à figurer une allégorie du désaveu et de la réprobation.

Ce fut ma mère qui céda la première, bien sûr. Elle ne supportait pas que Madeleine lui fît la tête, or la petite, pour résister à la grande, avait développé une faculté extraordinaire de se pétrifier en donnant une image de la souffrance digne et muette d'un réalisme si expressif que cette souffrance semblait sourdre d'elle et finissait par gagner ma mère, ou moi-même, ou quiconque venait à l'approcher.

— Puisque tu ne me le demandes pas, commença Rose d'un ton bourru, je vais te raconter...

Et elle raconta notre visite à la vieille, la petite maison à la sortie du village, l'odeur de la soupe en train de chauffer et le décor minable que faisaient maintenant les beaux meubles de M. l'ingénieur, entassés sans goût dans le salon exigu de l'Alsacienne comme dans le camion d'un déménageur.

Madeleine fit d'abord semblant de ne pas entendre : elle hésitait entre les deux bobines de fil bleu qui se trouvaient dans son nécessaire à couture, et moi j'essayais de ne pas sourire en songeant à la délectation que la petite se donnait, ce jour-là comme tant d'autres fois, à faire enrager la grande. Après deux ou trois minutes, cependant, ma tante reposa son ouvrage sur ses genoux, puis replia ses lunettes en soupirant, montrant qu'elle consentait à entendre Rose puisque celle-ci semblait si désireuse de raconter sa visite, et que de toute façon il faudrait acheter du fil de la bonne couleur avant d'achever de repriser mon chandail. Ma mère parla de l'encrier de M. l'ingénieur, qu'elle avait trouvé sur le buffet, réduit à l'emploi dégradant de bibelot : cela lui avait fait de la peine, cet encrier vide, comme un animal familier de son enfance qu'elle aurait reconnu, mais naturalisé sur ce dessus de meuble, dressé pour toujours sur les pattes de derrière et la fixant de ses yeux de verre. Elle n'avait pas vu le mobilier du bureau de M. l'ingénieur, ni surtout ses livres, prestigieux volumes contenant les nombres secrets de l'univers. L'Alsacienne avait dû brader tout cela, bien sûr : ces sales bouquins, elle les avait subis pendant des décennies. Ils avaient été le dernier refuge du vieil homme. Ils avaient été son silence, dans lequel la garce n'avait pu s'immiscer.

Madeleine parut chercher quelque chose, fébrilement, dans sa boîte à ouvrage. Mais non ! cela n'aurait
servi à rien qu'elle reprît son travail, puisqu'elle
n'avait pas le fil de la bonne couleur. Alors il lui fallut
trouver son mouchoir et s'essuyer les yeux. Ma mère
la regarda tristement, avec tendresse. Elle-même
n'était pas une femme qui pleure : elle était forte
au contraire, parfois dure, et grâce à cela elle
avait pu s'en sortir. Mais la petite était fragile. Il
avait toujours fallu la protéger. Depuis soixante
ans, Rose et Madeleine s'aimaient ainsi, se chamail-
lant bien souvent, se répudiant parfois l'une l'autre,
mais se retrouvant toujours, dans le meilleur et
dans le pire, l'une se jugeant indispensable à l'autre, et celle-ci, alors, se prétendant brimée par la
grande.

— J'aurais dû emporter l'encrier, dit ma mère. Cela
nous aurait fait un souvenir. Quelque chose qui nous
serait resté de lui.

— Elle ne t'aurait pas laissé le prendre, songea
Madeleine avec effroi.

Ma mère lui sourit, comme à un enfant qui a fait un
cauchemar et qu'on veut rassurer.

— Ce n'est plus qu'une pauvre vieille. C'est elle qui
avait peur, tout à l'heure.

Pendant quelques secondes, Madeleine considéra sa
sœur d'un regard où se lisait encore l'incrédulité, mais
surtout une immense déception : elle n'en voulait plus
à Rose d'avoir visité l'Alsacienne, non ! Elle regrettait
qu'elle eût découvert ce qu'il y avait fatalement à
découvrir là-bas : que l'Alsacienne, que la marâtre,
que l'ogresse n'était justement plus qu'une « pauvre
vieille » sans défense. Avec une étrange véhémence,
alors, elle s'écria :

— Moi, je veux avoir encore peur d'elle ! Ce serait trop facile ! Je veux avoir peur d'elle jusqu'à mon dernier jour !

FIN DE LA PREMIÈRE ÉPOQUE

DU MÊME AUTEUR

Romans

B COMME BARABBAS, Gallimard, 1967

L'IRRÉVOLUTION, Gallimard, 1971 (Prix Médicis)

LA DENTELLIÈRE, Gallimard, 1974 (Prix Goncourt)

SI ON PARTAIT, Gallimard, 1978

TENDRES COUSINES, Gallimard, 1979

L'EAU DU MIROIR, Mercure de France, 1979

TERRE DES OMBRES, Gallimard, 1982

JEANNE DU BON PLAISIR, Denoël, 1984

Série Inspecteur Lester

PLUTÔT DEUX FOIS QU'UNE, Mercure de France, 1985

TROIS PETITS MEURTRES... ET PUIS S'EN VA, Ramsay, 1985

MONSIEUR, VOUS OUBLIEZ VOTRE CADAVRE, Ramsay, 1986

L'ASSASSIN EST UNE LÉGENDE, Ramsay, 1987

COLLECTION FOLIO

2135.	Sempé	*De bon matin.*
2136.	Marguerite Duras	*Le square.*
2137.	Mario Vargas Llosa	*Pantaleón et les Visiteuses.*
2138.	Raymond Carver	*Les trois roses jaunes.*
2139.	Marcel Proust	*Albertine disparue.*
2140.	Henri Bosco	*Tante Martine.*
2141.	David Goodis	*Les pieds dans les nuages.*
2142.	Louis Calaferte	*Septentrion.*
2143.	Pierre Assouline	*Albert Londres.*
2144.	Jacques Perry	*Alcool vert.*
2145.	Groucho Marx	*Correspondance.*
2146.	Cavanna	*Le saviez-vous? (Le petit Cavanna illustré).*
2147.	Louis Guilloux	*Coco perdu (Essai de voix).*
2148.	J. M. G. Le Clézio	*La ronde (et autres faits divers).*
2149.	Jean Tardieu	*La comédie de la comédie* suivi de *La comédie des arts* et de *Poèmes à jouer.*
2150.	Claude Roy	*L'ami lointain.*
2151.	William Irish	*J'ai vu rouge.*
2152.	David Saul	*Paradis Blues.*
2153.	Guy de Maupassant	*Le rosier de Madame Husson.*
2154.	Guilleragues	*Lettres portugaises.*
2155.	Eugène Dabit	*L'Hôtel du Nord.*
2156.	François Jacob	*La statue intérieure.*
2157.	Michel Déon	*Je ne veux jamais l'oublier.*
2158.	Remo Forlani	*Tous les chats ne sont pas en peluche.*
2159.	Paula Jacques	*L'héritage de tante Carlotta.*
2161.	Marguerite Yourcenar	*Quoi? L'Éternité (Le labyrinthe du monde, III).*
2162.	Claudio Magris	*Danube.*
2163.	Richard Matheson	*Les seins de glace.*
2164.	Emilio Tadini	*La longue nuit.*
2165.	Saint-Simon	*Mémoires.*
2166.	François Blanchot	*Le chevalier sur le fleuve.*
2167.	Didier Daeninckse	*La mort n'oublie personne.*